萤火与雪窗

Striving Days

李婧 著

LI JING

四川文艺出版社

图书在版编目（CIP）数据

萤火与雪窗 / 李婧著. —— 成都：四川文艺出版社,2019.2
ISBN 978-7-5411-4987-0

Ⅰ.①萤… Ⅱ.①李… Ⅲ.①长篇小说—中国—当代Ⅳ.①I247.5

中国版本图书馆CIP数据核字(2019)第000163号

YINGHUO YU XUECHUANG
萤火与雪窗
李 婧 著

责任编辑　　金炀淏　余　岚
封面设计　　张　妮
内文设计　　最近文化
责任校对　　蓝　海
责任印制　　崔　娜

出版发行　　四川文艺出版社（成都市槐树街2号）
网　　址　　www.scwys.com
电　　话　　028-86259287（发行部）　　028-86259303（编辑部）
传　　真　　028-86259306

邮购地址　　成都市槐树街2号四川文艺出版社邮购部　610031
排　　版　　四川最近文化传播有限公司
印　　刷　　四川华龙印务有限公司
成品尺寸　　146mm×210mm　　　　开　　本　32开
印　　张　　9.75　　　　　　　　　字　　数　270千
版　　次　　2019年2月第一版　　　印　　次　2019年2月第一次印刷
书　　号　　ISBN 978-7-5411-4987-0
定　　价　　39.00元

序：乖乖女的内心方程式

川妮 / 文

　　抽烟、喝酒，叛逆，抛弃孩子、抛弃男人或者被男人抛弃，同性恋、抑郁、割腕……如此混乱的生活，搁在普通女人身上，早已经被社会规则、道德礼教碾压得粉身碎骨了。死了还不足惜，还得被世俗的唾沫反复淹死几百回，被钉在历史的耻辱柱上，示众千年。即使放在包容度无与伦比的今天，不再对这样的生活进行严酷地道德审判，也有一顶现成的帽子戴到这样的女人头上：作女，作死的女人。这样的女人，这样的生活，无论如何是让正常社会难以消化的。但是，因为她们是女作家，她们黑暗的生活刚好被光芒万丈的才华照亮，她们凭借文字的神性把自己托举到了高于生活的艺术王国里，让自己像女神一样，傲世独立，享受众人的膜拜。才华是女作家的金刚罩，有才华护身，她们得以逃过世俗生活的审判。普通女人辛苦一生只为了织出一件华美的袍子，覆盖在生活的表面，让人羡慕。女作家非要把袍子翻开来，指给人看那里面爬满了虱子。她们不循规不蹈矩，不相夫不教子，不懂得眉高眼低，不通晓世俗利益。女作家自成体系，她们是社会规则的破坏者，因为她们活得太任性，太充分，她们爱得太多太过分。不管英年早逝，还是孤独终老。女作家的一辈子，都比普通女人的三辈子还要丰盛。提起女作家，人们第一时间想到的肯定是：乔治·桑、玛格丽特·杜拉斯、萧红、弗朗索瓦兹·萨冈、多丽丝·莱辛、张爱玲、波伏娃、丁玲、弗吉尼亚·伍尔夫……这个名单，可以添加到两个街区之外。这类女作家，是女作家中最受瞩目的，她们的私生活甚至比她们的作品受到的关注要多。她们的私生活跟她们的作品，是她们个人 Logo 不可分割的两个部分，连接这两个部分的，是她们耀眼的才华。激烈动荡的内心，烈火般的欲望，她们的身体可以发出核爆一般的能量，她们的内心可以忍受地狱魔鬼的折磨，在某些方面，她们是超人，但她们就是不可能像普通女人那样正常地生活，养儿育女，油盐柴米。记得在影院观看《黄金时代》的时候，旁边坐着一个胖胖的中年女人，她边看边忍不住对萧红的生活发出唏嘘感慨，她小声说，萧红太不幸了。如果把正常作为一个幸运的坐标，这一类女作家，没有一个是幸运的。在女作家身上，才华既是救赎的光芒，也是毁灭的闪电。这样的双刃利剑，在女作家与正常生活之间，辟出了一道不可跨越的深渊。

幸好还有另一类女作家，冰心、爱丽丝·门罗，也许可以把终身未婚的简·奥斯丁和勃朗特三姐妹算上，这个名单，要单薄得多。爱丽丝·门罗是这类作家中最有代表性的一个，这个恪守社会规则的女人，即使名声日隆，仍然坚持在厨房或者餐厅写作而把书房让给丈夫。这类作家的意义也许大得多，因为她们既可以在世俗中稳妥地安放自己，又能够用才华创造出另外一个世界，拓展她们生命的空间和生活的维度。她们驾驭才华和生活的双轮马车，自由驰骋。她们打通了世俗生活和才华的壁垒，在她们这里，才华和生活，不再是水火不容势不两立的对抗割裂状态，而是共融共生在她们的生命里，各自发挥不同的功能，让她们的生命更加圆满和丰盈。她们提供了才华的另一种示范效应。她们的存在，印证着另外一种可能性：女作家也可以有正常的生活。

李婧的生活和写作轨迹，可以划入这个正常生活的类别。八零后、独生女李婧，是父母的掌上明珠。除了父母，宠爱李婧的名单还得加上爷爷奶奶外公外婆等等一长串家里的长辈和父亲母亲一辈的亲戚朋友。这么多的宠爱加在李婧的身上，使她的成长空间阳光灿烂，三百六十度无死角。沐浴阳光长大的李婧，是一个典型的乖乖女。原装瓜子脸，大大的眼睛，红润的肤色，笑起来唇齿微启，含而不露，眼神明亮，神色干净。这是一个好人家的女孩，教养良好，气息单纯。兰心蕙质，其实就是被阳光雨露滋润出来的生命气息。

十多年前十八岁的李婧来考中戏，考完之后跟着她妈妈和几个朋友到我家玩。在我家的书房里，我们几个好不容易相见的大人热火朝天聊天，大呼小叫，我儿子的情绪被我们感染了，格外亢奋，在垫子上奋力地爬动，捡起玩具用力扔。那时候我儿子不到一岁，还不会走路，正处于到处飞快爬动，玩具拿起扔多远是多远的危险阶段。李婧坐在垫子的边缘，默默地看着我儿子，孩子快要爬出垫子的时候，她伸出手臂拦住孩子，孩子扔出去的玩具，她一个一个捡回来，码放在角落里，没多久，我儿子就跟她混熟了，不再关注我们这帮叽叽喳喳的大人。安静的李婧，让我儿子也安静了下来，他们两个把满地的玩具捡回去，津津有味地把玩具按照大小排成了一大排。当年的九月份，李婧到北京来读书，她考上了中央戏剧学院戏文系。考上大学，是值得庆祝的大事。李婧的父母在前门全聚德烤鸭店请十来个好朋友吃饭，一桌人互相认识的打着招呼，不认识的互相介绍，满桌子热气腾腾。全聚德整个大厅座无虚席，每一桌都跟我们这一桌一样，欢声笑语，热气腾腾。李婧礼貌地跟每一个叔叔阿姨打完招呼，就安静地坐在一边，看我们大呼小叫，喝酒吃肉，当说到她的时候，她总是微微一笑。过了这么多年，李婧安静地坐在喧闹的全聚德大厅的形象，仍然能够清晰地浮现出来。在喧嚣当中，安静反而更加有力。

中戏毕业后，李婧写起了剧本。李婧写了很多电视剧，在电视剧那个行当，她像一棵小白杨，天天都在茁壮成长，已经长得亭亭玉立了。遗憾我没有时间看剧，她参与写作的电视剧，我唯一看过的是《幸福密码》，这是一个喜剧故事。我记得当时一边看一边觉得不可思议，李婧居然写了喜剧！那个云淡风轻的女孩，看上去不动声色，原来内心还有那么一大片隐蔽的草场，长满各色杂草，开满五色鲜花，当你以为花丛里会飞出五彩的蝴蝶，她却随手从草丛里捉出了几只巨大的蚂蚁。乖乖女清秀单纯的面目，容易让人忽略了她丰富的内心。

跟李婧见面很少，朋友圈倒是基本都看了。李婧的朋友圈，最能体现乖乖女的特色，不发牢骚也不发鸡汤，不装深沉也不炫富。发一点美食，发一点美景，发一点跟父母亲人的相聚时刻，发一点跟画家彭薇女士学画的习作。都是恬淡美好，清新雅致的生活场景。

收到她二十多万字的青春小说《萤火与雪窗》，我才知道李婧写起了小说。一个生活经历简单如一条直线的乖乖女会写出怎样的小说，我倒是很好奇。我几乎一口气看完了《萤火与雪窗》。编剧出生的李婧，有非常好的故事能力和娴熟的塑造人物的能力。《萤火与雪窗》在故事层面和人物塑造方面，都有不凡的表现。在我有限的阅读青春小说的记忆中，罗宝瓶应该是独一无二的"这一个"。出身良好家庭的女孩罗宝瓶，度过了万千宠爱于一身的美好童年，本来，这样可爱的公主，天使一样的美人儿，完全可以像李婧这样，顺利地成长为阳光少女，顺利地上大学，然后有好的事业，好的恋爱，好的家庭。她的人生轨迹，就像一条林中的小路，风花雪月，鸟语花香。可是在十二岁那年，因为她的无限度撒娇，间接造成了父亲的落水死亡。这个家庭的顶梁柱轰然倒塌，天使罗宝瓶折翼坠落，公主秒变灰姑娘。唯一的上升渠道考大学，也因为对朋友的仗义出手而戛然终止。被劳教过后，罗宝瓶的人生在世俗眼里，已经跌到谷底了。但是没有，罗宝瓶还没有跌到人生的谷底，事实上，一个人如果开始下坠，这个下坠的过程，将会深不可测，因为深渊是没有底部的。十八岁被朋友背叛，三十岁被男友背叛，三十岁的生日被家人和楼上的邻居搞得一塌糊涂。没有事业，没有钱，没有过去也看不到未来。这个折翼的天使，皮肤粗糙，衣着落伍，看上去无所畏惧张牙舞爪，内心却充满不安和恐惧。唯一能够护佑她的，是她藏在身体各处的零食，那些重口味的辣条子、薯片、瓜子、巧克力……在她受伤的时候，被她从身体各处拉扯出来，塞进嘴里，像是把棉花团塞进一个冒血的伤口。三十岁被男友设局骗钱抛弃之后，一无所有浑身伤痕的罗宝瓶终于开启了她的绝地反击模式。叛逆的表妹绿萝因为无意伤害了发小春丽，负罪感无法消除，要逃避退学。三十岁的罗宝瓶，因为多了十二年的人生历练，比那些十八岁的糊涂孩子更加明白，人生这一步走错了，要用十步百步去矫正，更或许从此走入歧途无法矫正。罗宝瓶痛心疾首，她不愿意表妹成为第二个折翼的天使，她勇敢地回到当初被朋友背叛的学校，强行介入表妹绿萝的生活。她决不能听之任之，她要干预，她要在表妹黑暗的人生时刻，用自己萤火虫的微光指引她前行，把她引渡到光明的地带。这样一个单纯的执念，把罗宝瓶内心的力量唤醒了。罗宝瓶就这样闯进了表妹绿萝那个班。

那是个已经被老师被学校放弃了的学渣班级。在那群有着各自人生伤痛和迷惘而又自以为是的少男少女面前，罗宝瓶要拯救他们的举动，像堂吉诃德跟风车战斗一样荒唐可笑。再加上绿萝的班主任，一个叫伍元的怪蜀黍，曾经被父亲当成天才培养而备受伤害，如今躲在中学教一个垃圾班，得过且过。罗宝瓶认真展开的拯救行动，荒唐可笑而又有一种直抵人心的纯良善意。敌意，恶意，明枪，暗箭，整个世界都在跟罗宝瓶作对，单薄的罗宝瓶经常陷入抱头鼠窜的狼狈境地，但是，即使四面楚歌的时候，罗宝瓶也绝不投降，决不放弃。罗宝瓶庄严深刻的救赎欲望和善良执着的单纯信念，是无敌核武，最后为她赢得了胜利。青春小说，一定要有一个胜利的结局。所有残酷的青春，都需要一条光明的出路。

故事当中，每当罗宝瓶陷入绝境，就会出现一条罗宝瓶语录。这些感悟青春的语录，是罗宝瓶用自己的经历炖出来的土鸡汤，真材实料有营养。

"青春不能错过的第一件事：争取接受最好的教育，精通一门专业知识或技能，掌握足以维持生存的看家本领。

青春不能错过的第二件事：至少交一个过命的朋友，可以是姐们儿，亦可以是异性知音。你们长在彼此的青春里，在脆弱的时候，她／他是你第一个想依靠的人。"

……

"青春不能错过的第十五件事：记住，人性本善。也许有一天，你看遍了人情冷暖，看透了世间沧桑，你恨过，也爱过，你痛苦过，也快乐过，你对人性的信任，再不如前。你会开始伪装，开始防备，开始攻击。但在你向这个世界射出第一支冷箭之前，先告诉自己：人性本善。"

看到最后一条罗宝瓶语录，我突然笑了，我仿佛看见李婧抿着嘴唇，睁着大眼睛，拿着一只蓝色的钢笔，在一张 A4 的大白纸上写下了一个数学方程式：

设：公主罗宝瓶十二岁死掉父亲，变成灰姑娘。求，罗宝瓶有几种人生走向？分别说明理由。

自此，我突然破解了乖乖女李婧的内心秘密。

一个乖乖女的人生，因为太过简单，像一条直线一样没有波澜。这样的人生，固然单纯美好，可是，缺失了丰富跌宕，终究会不满足。乖乖女李婧，不可能像弗朗索瓦兹·萨冈那样身体力行地去生活的各个层面探险。她不会那么任性、那样混乱地生活，不会伤害那些爱她的亲人。乖乖女的内心不够强大，不抗击打，承受不起那种烈焰般的经历和伤害。乖乖女李婧，她有自己的解决之道，她选择了躲在安全的地方写小说，在小说里，她给自己的人生设置各种障碍，然后，她像解方程那样，求出另一种人生的答案。乖乖女李婧由此找到了一条丰富自己人生的秘密途径。她随时随地可以拿起一张 A4 的白纸，在上面设置一道人生的方程式，然后，用各种方法去破解。随着年龄和经历的增长，李婧设置的方程式会更深奥，破解的方法也会更多更复杂，答案自然会不一样。一个人内心的方程式，可以无穷无尽。

作为看着她长大的长辈，我深知，李婧即使有那种闪电般的才华，可以把混乱不堪的生活照亮，我也不希望她成为萧红或者玛格丽特·杜拉斯那样的作家。她现在这样真的很好，在正常的生活之上，安全地写作。

所有残酷的青春
都需要一条光明的出路

00.

"大家好，我叫伍元！第一天上班，请各位老师多多……"

一只雪白的，冰凉的手突然抓住了伍元的手！

伍元一惊，那只手已经松开了。他转头，只看见那只手的主人，被几个老师带走，她穿着校服的背影，紧紧绷着，充满无助和绝望。

周遭的声音嘈杂起来，有学生们尖锐地质问："你算什么老师？"

你算什么老师？伍元的汗水大颗滴落，一个挺身从梦中惊醒！

原来，又是在梦里……

十二年了，他总是逃不掉这个梦魇，逃不掉他内心深处的罪恶感。

01.

我叫罗宝瓶，是个男友力爆表的女人，大家都叫我宝哥。

今天，是我三十岁生日。

青瓦深巷，长长的队伍，一直延绵过三个巷口。

所有人都翘首以盼，双目放光，等待着那越来越近的终点：老巷炸鸡。

清亮的油锅里，正噼里啪啦炸着鲜嫩酥黄的鸡肉。

罗宝瓶用细长的竹筷翻动着鸡肉，姿势百变。她眼如点漆，脸盘白净、精致，一头干净利落的短发像个帅气的高中男生，穿着从大腿破到脚踝的牛仔裤，一双脏到看不清颜色的旧板鞋。

装包，递给食客的时候，总听见"怎么少了一块？"的怨念。

桌子下面，从百变的姿势中，偷得一块炸鸡的罗宝瓶，正在大嚼特嚼，表情满足。她一抹嘴，站起来哈哈一笑："多找您两块钱！"

老师傅少不了给她一顿板子："你是属耗子的？就知道偷吃！"可是每晚，罗宝瓶的饭盒里，总会多出两只炸鸡腿，这是老师傅对她的疼爱。

罗宝瓶已经在这儿待了三个月。

每天清晨第一个去市场挑鸡腿，买回新鲜的食材，伺候老师傅开工。

她是老巷炸鸡的"男朋友"。

有她在，同住一屋的姑娘们，再也不去菜市场，不做饭不洗碗，也不打扫房间，甚至连内衣裤都往罗宝瓶的洗衣盆里一扔："帮我洗嘛！"

姑娘们都被罗宝瓶伺候成了豌豆公主。

甚至一次，罗宝瓶刚病倒两天，屋子就乱成了战后残垣。

她元气未满地爬起来，把屋子彻彻底底打扫干净，扔掉厨余垃圾，洗了一池污垢已经黏成块的碗筷杯子。而姑娘们回来不到半个小时，屋子又成了垃圾场，碗筷杯子又扔得到处都是，罗宝瓶的洗衣盆里又堆满了不属于她的内衣裤。

罗宝瓶受不住姑娘们梨花带雨，能者多劳，否则就是冷血动物。

她肯吃苦，肯吃亏，也是个十足的吃货。

大家都说，罗宝瓶是个男友力爆表的女人。不仅是"老巷炸鸡"，连整条街的居民，都享受着她的男友力。

她几次借给张大哥钱，却被人家嬉皮笑脸赖掉不还；她帮刘大婶的小保姆陪孩子，连孩子都会叫"宝哥"了，小保姆还赖在牌桌上不下来；她把相机借给小王，却收回一堆破铜烂铁；周大妈的孙子卖萌耍赖，她就背人家孙子上学一个月，风雨无阻……她从不会拒绝别人，甚至当了马大爷半个月的垃圾桶，专门消灭人家吃不完的饭菜，却笑称自己吃的是满汉全席。

只用了三个月，罗宝瓶就成了整条街的"宝哥"。

今天，她要走了。手捧着老师傅递来的珍贵姜汁酒，她"毕业"了。

是的，罗宝瓶是创业公司"嘎嘣脆炸鸡"的合伙人兼第三大股东，她被公派到老巷来跟老师傅学艺。揣着三个月满分成绩，她要回去为公司的未来做贡献。虽然"嘎嘣脆炸鸡"现在还是个穷得叮当响的小公司，但她相信，总有一天，"嘎嘣脆炸鸡"会上市，会成就她未婚夫夏之初的英雄梦想。

夏之初是谁？是"嘎嘣脆炸鸡"的第一大股东兼CEO，是罗宝瓶的骄傲。

"什么？！"——罗宝瓶赶到公司，还没放下行李，竟得知自己被逐出公司管理层！

夏之初的脸变得冷酷、陌生，他联手第二大股东许小东排挤罗宝瓶，因为罗宝瓶"吃里爬外"，联合众筹的小伙伴闹事，要夏之初归还若干小伙伴的钱和股权。

罗宝瓶急于解释：有的小伙伴要生孩子，或者家里出了变故，急于用钱，才不得已要讨回属于他们的一份。但这激怒了夏之初："投资是什么？投资是生意，不是银行，不是你今天放进去明天就能取出来！现在钱都投入公司发展了，这个时候要讨回，你不是吃里爬外是什么？老好人做了，'寡妇的钱'也动了，你又想当婊子又要立牌坊，谁受得了？"

在投资界，所谓"保护寡妇的钱"是：第一，寡妇的钱少，赔不起；第二，寡妇对项目的判断能力低；第三，寡妇赔了，要闹事！

罗宝瓶默默吞掉夏之初的凉薄，接受了公司的"审判"，但她知道小伙伴担心的是什么。当初急于众筹，罗宝瓶刷脸找各路小伙伴筹到了几十万，夏之初却迟迟不在合同上盖章。现在钱到位了，却没有白纸黑字证明股权，小伙伴不信任夏之初，要撤资。

对夏之初来说，却又是另一盘棋。

就算闹出官司，没有白纸黑字，走账都通过罗宝瓶的账户，也能算作罗宝瓶私人借款，跟公司没关系，跟他夏之初更没关系！

罗宝瓶不想让夏之初为难，竟将自己30%的股权以低价转让给夏之初，加上自己的全部存款，还清了小伙伴们的众筹。她不以为意，股份嘛，是谁的都无所谓，反正将来都是一家人。

罗宝瓶捧着那瓶姜汁酒，去赴夏之初的约。这是她作为一个未婚妻，最为得意的贡献。因为光是凭这瓶酒，就能腌出"老巷炸鸡"最香浓的滋味。

谁料，来赴约的不只有夏之初一个人，还有一个女人，琼姿花貌。

在这个女人面前，罗宝瓶就像个捡破烂儿的叫花子。

夏之初握着女人的手，告诉罗宝瓶："我们要结婚了。"

罗宝瓶心一抖，手里的姜汁酒啪啦掉落，玻璃瓶碎了一地，酒香四溢，浓得就像她冒了三十年傻气的热腾腾的血液：所有人都赞它甘洌醇厚，却仍用一把夹杂着泔水和呕吐物的臭拖把将它践踏。

夏之初承诺，那几十万会还给她，可罗宝瓶咬破了嘴唇，只说了一句话："钱嘛，就是拿来用的，什么时候还都无所谓！"

罗宝瓶仓皇而逃。

坐在邻桌的一个男人目睹这一场背叛的全过程，他深吸一口气，回味着空气中飘荡的姜汁酒的香气：灰霉将淀粉转化为糖，酵母再将糖转化为乙醇，泡酒的人手艺精湛，将这两个过程都发酵得刚刚好，酿得醇美的米酒，再泡上鲜嫩的仔姜，连空气中的甜香都经久不散。

男人叹息："可惜了，好东西落到蠢货手里，迟早得砸。"

男人示意服务生买单，在刷卡单上签名：伍元。

钱没了，股权没了，未婚夫也没了。

她从许小东怜悯的眼神里，突然读懂了：这三个月她被公派去老巷学艺，竟是夏之初精心策划的一场阴谋！

她从胸衣里摸出一包豆腐干，从袖子里抖出一块巧克力，从鞋子里掏出一袋瓜子，从帽子里捞出一包鱿鱼丝，从衣服口袋里抓住一袋辣条……她像个小动物，到处藏食。她常常被揍得满地找牙，却不敢还击，独自躲在角落靠食物填补自己、温暖自己。

即便这样，她还是为夏之初找到了借口："那个女人真的很美、很美啊，连我都喜欢。"

她的表妹绿萝，管这种烂好人属性叫，包子。

本市一所排名并不靠前的普通中学——立德高中，正发生着一件轰轰烈烈的大事。

高三三班的班花，罗宝瓶的表妹绿萝，被傻子春丽求婚了。

所有同学都炸锅了！楼道迅速被占领，大家起哄着："结婚！结婚！"绿萝站在人群的中心，面对着春丽傻傻的笑脸，蒙了。

她看向林真，张嘴想解释，一切却都被同学的笑闹声淹没。

绿萝喜欢的男生，是林真。虽然从来没有表白，她却相信，他们两人是有默契的，是惺惺相惜的。学校音乐会上，绿萝拉大提琴，林真清唱，所有人都赞叹，大概这就是天造地设吧？

绿萝长得像个洋娃娃，笑容很甜，大提琴十级，是许多男生的暗恋对象。

但她，只替春丽出头。

绿萝和春丽是小学同学，五年级时，春丽淋了雨发高烧，留下后遗症。医生开具的诊断书说，春丽的智商只有 68，显著低于平均水平，属于智力障碍。

春丽是绿萝的跟屁虫，就像个长不大的小孩子，用各种各样的方式表达他对绿萝的喜爱。而在别人嘲笑春丽、欺负春丽的时候，绿萝总是第一个挺身而出，保护春丽。

春丽永远是那个五年级的小男孩，但绿萝在慢慢长大，慢慢长成了姐姐，长成了春丽的保护伞。绿萝对春丽，永远都不可能是爱情。

但此刻，春丽竟要求绿萝嫁给他！而且，是在众目睽睽之下，是在林真的面前！

林真在人群中，转身走开。

绿萝又羞又恼，追上去："不是你想的那样！春丽他，他是弱智啊！"情急之下的一句话，就像是蝴蝶效应一般，改变了绿萝，改变了春丽，改变了太多人的命运。

绿萝回头，看见春丽傻傻地站在自己身后，眼里带着泪。绿萝觉得，今天，简直是她人生中最糟糕的一天……上课铃响，绿萝跑了，第一次把春丽一个人丢在原地。

阴暗的角落，戴着方框眼镜，白净、瘦弱的学生会长扁福，冷冷地看着这一切，嘴角飘荡出一个复杂的微笑。

化学课，化学老师兼高三三班的班主任伍元，正在指导大家做实验。

伍元三十五岁，是公认的最帅男老师，长腿欧巴。但他总是独来独往，不近人情，尖酸、刻薄、嘴贱又冷漠的怪蜀黍属性，反倒吸引了更多少女粉丝，将他的古怪称为"有性格"。不过，他也是个恋爱绝缘体，大概没哪个女人会对一个捉摸不透的化学老师感兴趣吧？

伍元这样的帅蜀黍，也非常招男孩们讨厌，赐了他一个绰号"武大郎"。

今天的化学课，武大郎教同学们 DIY 汽水。

高三三班是全年级的"垃圾班"，此时此刻，以捣蛋分子赵小侠为首的一帮男生，正激烈讨论着球赛，谁也没把伍元的话当回事。

赵小侠一帮人，被称作扁福的"走狗"，虽然成绩不好，却"为虎作伥"，最喜欢生事。这一帮人，堪称校园老大，没人敢对他们说个不字。

伍元教大家，把冷开水注入汽水瓶，加入适量的砂糖、3 克碳酸氢钠、1.5 克柠檬酸，然后立即用塞子塞紧瓶口。没人真的在听，连班里成绩最好的绿萝和林真，也心不在焉，坐在桌子上的赵小侠一帮人更是肆无忌惮爆发出哈哈大笑。

伍元轻摇瓶子，瓶中产生大量气泡，不断翻滚，伍元解释，二氧化碳能够溶解在水里，并且溶解量总是随着压力的增大而增加，如果不塞紧瓶盖——伍元突然松开瓶盖，翻腾的气泡像火箭腾空，嗖的一声从瓶中飞出，伍元用这沸腾的气泡扫射着全班，爆发出哈哈大笑："柠檬酸又叫 3 - 羟基 - 3 - 羧基戊二酸，分子式为 $C_6H_8O_7$，属于羟基羧酸，具有酸性，所以它能和碳酸氢钠反应生成二氧化碳。汽水中的气泡就是这两种物质反应产生的，当我打开瓶盖，瓶内压强减小，二氧化碳在水中的溶解度减小而从溶液中逸出。你们听懂了吗？听懂了吗？懂了吗？啊？"

伍元转身在黑板上迅速写出了化学反应公式，讲台下，每个同学都被喷上了黏糊糊的液体，湿漉漉地抱头鼠窜，惊声尖叫，一下子全醒了！赵小侠悲怆地高呼："武大郎！你给我等着！"

拍拍手，伍元整理完实验用具，傲娇地扭出了课堂："下课。"

谁料，语文老师莫茶惊慌失措地闯进教室：春丽，出事了！

全班一下子安静了。

绿萝看见春丽漂在游泳池水面，被人打捞起来，送上救护车。

耳边嗡嗡作响，好像每个人都唯恐避之不及，明里暗里盯着她，指指戳戳，说她是逼春丽自杀的凶手。

她背弃了春丽的信任，践踏了春丽的自尊。没人伤得了春丽，除了她——绿萝。

学校第一时间出面进行调查，对游泳池的负责员工进行处分。由于没有尽到对学生的保护责任，学校对春丽的家长公开道歉，并承担了春丽的全部治疗费用。

罗宝瓶按照夏之初的微信指示，独自去了他的家——他们的家，五年来，他们相依为命的小窝。她的东西，夏之初已经整理好了，放在门口的大箱子里。

一时间，罗宝瓶胃里翻江倒海，她就像垃圾一样，和她的物件一起，被扫地出门。扛着从夏之初家里搬出来的一大箱子东西，罗宝瓶骑着她的摩托车，呼啸在城市的大街小巷……

罗妈妈方华准备了一场华丽的三十岁生日大派对，一切就绪，开门欢呼："宝哥回来啦！"

这场派对，与其说是为罗宝瓶准备的，不如说是方华为自己准备的。

方华旗袍婉约，做了一头复古盘发，成为全场最闪亮的女王大人。她一直都是这样，从来没从她的童话世界走出来过，永远都是个公主。

年轻的时候，有丈夫疼着，她是小公主；丈夫走了，她还有罗宝瓶宠着，是老公主。

没人在意灰溜溜的罗宝瓶。她抱着一大箱子东西，钻进了厕所，只有这里稍微安静一点。她从箱子里一件件拿出她和夏之初的回忆：成教班课堂上，代课的博士后夏之初曾用过的粉笔头；一起参加同学聚会，夏之初手里攥过的黑桃二；偷拍的夏之初吃面的照片；第一次约会，俩人合吃一串糖葫芦留下的竹签子；坐船去葫芦岛的两张船票；她写给夏之初的毫无文采的情书；送给夏之初的各种各样的纪念品……还有，夏之初还给她的订婚戒指。

罗宝瓶看着这些东西泪目，五年的时光历历在目，什么时候，他变了？为什么变了？为什么自己什么都不知道？为什么自己连问一句"为什么"的勇气都没有？

与此同时，罗宝瓶的楼上，伍元提着一桶下水道清洁剂走进厕所。

伍元放着钢琴曲《少女的祈祷》，陶醉在优美的音乐中，缓缓将一桶清洁剂倒入下水管道……

轰的一声，罗宝瓶屁股下面的马桶炸了！

伍元一愣，把清洁剂凑近鼻子一闻，皱眉，破口大骂："哪个捣蛋鬼干的！把我的管道清洁剂调包成了钠单质！"

灰头土脸的罗宝瓶，从头到脚，都被糊上了下水道喷出来的粪便。不仅如此，她怀里抱着的珍贵回忆，也都被秽物染指，犹如整个人生在这一瞬间掉进了粪坑！

楼上的伍元抓耳挠腮，预感大事不妙……

罗宝瓶一身的 shǐ，仰天长啸！

我叫罗宝瓶，是个男友力爆表的女人，大家都叫我宝哥。

今天，是我三十岁生日。我承认，我是个男友力爆表的女人，但我也有颗少女心。

生日宴会炸了锅，当罗宝瓶浑身冤屈爬上楼，站在伍元面前时，已经被逼到崩溃边缘。

伍元捏着鼻子，跟罗宝瓶解释钠单质遇到水产生的化学反应，越说越来劲："你知道吗，在那么短的时间内，反应便开始了。钠单质表面开始向外喷射，形成尖刺状！"说到"尖刺"两个字时，伍元激动得满面红光："钠原子簇变成一堆带正电的钠离子。这些离子彼此之间会产生强烈的排斥，这种排斥转化为动能，由此引发爆炸！怎么样？有趣吧？欢迎进入化学的世界！可惜这一幕没有被我的学生看见，你等一下！"伍元说着，从兜里掏出手机，对着罗宝瓶咔嚓照了一张相片。

伍元端详着照片："有图有证据，这下我可以跟他们展示钠单质遇水的反应有多强烈！他们还不知道这是期末考试的重要题型呢！"

伍元沉浸在自己的世界里，一边满足地微笑，一边指了一下罗宝瓶："离我远一点，shǐ 快凝固了。"

罗宝瓶勒令伍元："你把照片给我删了！你删不删？"伍元誓死保护着来之不易的重要教材……没想到，触底反弹的罗宝瓶一个过肩摔，把伍元撂倒在地！

伍元鬼哭狼嚎，捏着衬衫上沾上的粪便："我的阿玛尼！"话音还没落，就疼得晕了过去。

经诊断，伍元被摔成肩胛骨骨折。

最终，他们决定私了：伍元负责罗宝瓶家的"灾后重建"，而罗宝瓶，要负担伍元的全部医药费。

罗宝瓶以为，她糟糕的三十岁生日，也不过坏到如此了。可是……

绿萝回家宣布："我不参加高考了，我要退学。"

读大学，是罗宝瓶的死穴。十二年前的那件事，令她怨恨自己至今——

不是恨自己年轻气盛，冲动做事，而是恨自己没有鼓起勇气复读，没有参加高考，没有去读大学。

绿萝的爸爸方庄赶回家，房子毁了，孩子要退学，连环炮炸得这个老好人有些蒙。几年前，妻子执意离婚，要出国去追寻大提琴梦，把女儿绿萝留给了方庄。这个老好人，卖了房子，全部家当给了妻子，只为了给她在国外傍身。本来想带着女儿租房子，结果被亲姐姐方华收留，于是，方庄和绿萝便开始了在方华家寄人篱下的日子。

从很小的时候，方绿萝就懂得，住在姑妈家，要听话，要手脚勤快，要交生活费。

像今天这样，不顾全家反对，执意退学，实在不是绿萝的作风。全家轮番上阵，均未找到突破口，罗宝瓶慌了：绿萝一定是出事了。

一无所有的罗宝瓶，不能让妹妹走上跟自己一样的路。

十年来，罗宝瓶什么样的工作都做过，端盘子跑腿，卖奶茶，在实验室当工人，在酒吧当警卫，在成教学了营销专业之后跟人合伙做海鲜，代理自行车，做微商……她最羡慕的就是那些知道自己想要什么的人，努力经营着自己的事业、人生，从来不背弃自己的内心。

而她罗宝瓶，不知道从什么时候开始，已经看不清楚自己的心了。

她坚信，只有读书，读大学，才能站在更高远的地方，选择自己的人生。

如果连选择人生的权利都没有，还有什么资格去遵循内心、肆意妄为？

海鲜市场，嘈杂的吆喝，讨价还价，新鲜鱼虾噼里啪啦蹦跶着，就像弹坏了的四重奏，嗡嗡作响。海洋的香裹挟着腐烂的腥，熏得罗宝瓶有些头晕。

李树从西装贴近胸口的兜里，掏出一颗糖，剥开，塞进罗宝瓶嘴里——是她最爱的大白兔奶糖。

"夏之初的事儿，我听杨丽说了。"李树开门见山，倒令罗宝瓶有些措手不及："杨丽？她怎么没找我？"

李树笑了，此时此刻，杨丽应该正在替天行道，收拾夏之初的帮凶。李树作为罗宝瓶多年挚友，就像是哥哥，总能在她跌倒了、摔疼了的时候出现，拉她一把，往她嘴里塞一颗糖。并且，他总是知道，罗宝瓶喜欢的口味，喜欢的颜色，喜欢的天气，喜欢的电影……就像小时候，孩子们总会默默搜集心上人的信息，细枝末节到对方喜欢的圆珠笔牌子。

李树是阳光的，也是精明世故、成熟周到的，和他在一起从来不会冷场。在罗宝瓶眼中，他是个好心肠的大哥，除了带自己这个小弟吃喝玩乐，还负责扫尾善后。

罗宝瓶一直很感激这个大哥的照顾，至少，在她每次跌倒的时候，李树都能给她指明前路。此刻，李树指着整个市场，问罗宝瓶怎么看？面对这样没头没脑的问题，罗宝瓶揣摩不透李树的心思，不理解为什么他要约在这样一个和他的西装皮鞋格格不入的地方。

罗宝瓶盯住一个摊位的小老板，乔艾尔在《菜市场里的大厨》里就写过："把半死的活虾倒进装自来水的桶里，用手不停搅动。几分钟后，桶里的水越来越少，而虾也不再跳动，开始变大，直到每一只都变得又大又硬挺！说穿了，就是生活在咸水中的虾子放进淡水后，因剧烈的环境变化而死亡，因水分的含盐浓度不同，虾子肌肉组织开始吸水，迅速变大。"

罗宝瓶直言，在这个市场里买东西，懂的人能满载而归，不懂的人会被杀得片甲不留。

作为一个吃货，又倒卖过海鲜，罗宝瓶将书上读来的这些知识，记得格外清楚。

李树赞许地点头，告诉罗宝瓶，他们公司已经把这个海鲜市场承包下来了，他打算让罗宝瓶来负责海鲜市场的业务！

罗宝瓶有些蒙，半晌才开口相求："我想进立德高中。"

李树是餐饮公司副总，掌管着仓储物流部、品质研发部、酒店运营部、餐厅管理部四大部门，前不久刚从立德高中的招投标中胜出，拿下了食堂运营。

罗宝瓶必须知道，绿萝到底出了什么事。她要救绿萝。

此时此刻，医院里。

伍元病床前，一个身穿白大褂的男人正演练着一套令人闻风丧胆的"螳螂拳"，吸引来病友们将他团团围住。

男人两鬓斑白，却虎虎生风，眼快、手快、身快，嘴里念叨着"拳打出其不意，攻其不备，知己知彼，才能百战百胜。将计就计，借力打力，乘风行船，四两拨千斤，此乃学拳之道矣。"身体做尽鹰眼、猴手、狼盘、雷炸、龙形、狗腰。

伍元忍无可忍，翻着白眼，挖苦男人在空气不流通的房间剧烈运动，造成 O_2 含量下降，CO_2 浓度升高，人体正常的气体交换进行困难，表现欲未免太强烈，将病友们的健康置之不顾，应当予以谴责。

男人反唇相讥，挖苦伍元身体孱弱，被人徒手撂倒，还不好好习武！

两个人你一句我一句，越吵越厉害，男人教育伍元，要对来访探病的亲朋好友报以感恩的心，因为"感谢别人这一小小的举动会让大脑释放包括多巴胺和 5 - 羟色胺在内的'奖赏'化学物质，让人感到平静与快乐。同时，体内的压力激素如皮质醇等的水平会降低，能缓解焦虑，减轻压力。常怀感恩之心，内心自然平静。"

伍元反击："我又没有让你来看我！"

男人淡淡一笑："我只是偶然路过发现你躺在这儿，进来吧怕伤你面子，不进来吧又显得我太小肚鸡肠。所以我还是进来了，因为你都已经这样了，还在乎面子吗？你的脸早就丢尽了啊！十一岁那年，别的同学连化学符号都认不全，你出了一道题，连老师都解不出，当众挖苦老师'老天，为什么人一无知就结巴呢！'我觍着脸去跟老师道歉，结果发现你居然把汞 Hg 写成了镁 Mg ！"

伍元赶紧："那是手误！"

男人继续："把无知当个性，我的脸都给你丢光了！十五岁被当作化学天才保送大学，连女老师和女同学的脸都分不清楚，毕业答辩的时候居然当众对女老师说'别再给我发骚扰信息了，看看你的错别字，真够羞耻的！'气得女老师差点没让你毕业！博士后出来找工作，同班同学都成教授了，你呢混进高中当化学老师，还年年考评倒数第一，因为你上课根本没人听讲！"

一向尖牙利嘴的伍元，在男人面前竟然渐渐落入下风！

男人步步逼近："口口声声把你班同学叫作学渣，我看你就是个人渣！自我感觉良好，好为人师但是从来不审视自己、反省自己，遇到挫折就一头扎进沙漠，你以为你是鸵鸟？就连鸵鸟都是群居动物，你呢，人际关系处理能力为零，我强烈建议你检查肩胛骨的同时检查一下下丘脑，是不是被电梯门夹坏了！"

伍元满头大汗，疯狂地按铃，大叫："来人啊！来人啊！把这个疯子给我拖出去！"

护士赶来，男人嘻嘻一笑，从兜里掏出一张名片："我是大学化学系教授，退休之后老骥伏枥，被返聘到本院天然药物活性研究室，我是这位病人的父亲，我叫伍德。"

伍元大叫："化学系教授有什么了不起！我从十五岁到现在一共申请过两百六十七个化学专利，我能处理化学合成中甲基化反应产生的废水，我简化了制备超细铜粉的工艺，我发现了一种植物细胞的抗癌用途并且跟制药厂合作研发，我发明了改造冲天炉的除硫装置，我还发现了抗氧化配基功能化的纳米复合物！化学怪人怎么了？全世界的化工企业都向我伸出过橄榄枝，我去当高中老师只是不想像你们一样被名利腐蚀，充他妈上流社会的一份子！我告诉你，我一高中老师，照样比你牛 × ！"

伍德面不改色微笑着："哦？两百六十七个化学专利？要是我没

记错的话，还有大概三百二十一个化学专利申请失败了吧？成功率只有45.4%，你还好意思冒充化学天才？"

伍德走后，伍元脑海中浮现出儿时的画面。

小小的伍元，战战兢兢站在爸爸面前。

伍德拿着一根筷子，厉声问他，为什么要用肥皂洗手？为什么肥皂能抓住脏东西？为什么肥皂是一种表面活性剂？

伍元小心翼翼回答，肥皂分子是由一个极性的亲水基和一个非极性的疏水基构成的长链……一个回答有误，爸爸就一筷子打下来，伍元的小手掌被打出一道道红印。

伍元越紧张，越答不好，就挨越多打。

爸爸极端的培优教育，望子成龙，都化为一股脑的恨铁不成钢："你太让我失望了！这么简单一道题你都不会做，简直就是个废物！"

为了达到爸爸的要求，伍元不停地逼自己，也不知道什么时候开始，他成了别人眼中的学霸，却也是个高智商低情商的怪物。

即便如此，他也从没达到过爸爸的要求。

还没回过神来，方华、方庄带着绿萝来到病房，跟伍元商量装修的事情。在装修期间，一家人只能去住酒店，费用需要伍元报销。可是，方庄和绿萝看见伍元就傻了：这不是班主任嘛！

罗宝瓶带李树回家吃饭，感激他聘请自己，管理立德高中食堂。

李树作为挚友，是罗宝瓶家的常客。方华和方庄是过来人，将李树对罗宝瓶的感情看在眼里，一直很感激这个男人对自家闺女的照顾。如果不是因为罗宝瓶爱的人是夏之初，他们倒真希望跟李树成为一家人。

没想到，罗宝瓶正撞见方华他们在搬家，一问搬哪儿去？罗宝瓶炸了，他们竟然要搬到伍元家里？！

方华振振有词，装修的事都是其次，现在最重要的，是要伺候绿萝的班主任痊愈！她已经决定了，一家人都搬到伍元家里，轮番照顾伍元，这才是对绿萝最大的帮助！罗宝瓶呢，忙完了就回去吧，反正伍元家也住不下。

罗宝瓶一噎，她没告诉家里，她被夏之初分手的事情，也没想好该怎么开口。

伍元虽然被撂成重伤，却理亏，毕竟是他炸了人家房子在先。谁料自己炸的，竟是学生家，现在家长一个劲儿表示要照顾自己，还口口声声要伍元拿他们当免费保洁、钟点工，甚至他们可以打地铺！伍元赌着跟伍德的一口气："就连鸵鸟都是群居动物，你呢？"群居就群居，有什么了不起！就这样，伍元松了口，同意学生一家人暂住进来，楼下一装修好就即刻搬走。

脖子上戴着护颈、肩膀上缠着绷带的伍元，被方庄接回了家。

罗宝瓶无处可去，又不想在这个关头火上浇油，只好告诉方华，说夏之初家里来亲戚了，不方便，自己得回来住几天。

伍元的家，一看就是精心雕琢过，充满了中式古朴而典雅的端庄气质，又因为无处不在的德国高端厨卫、进口家具而显得简约却不简单，散发着一股洁癖专属的消毒水味儿，和拒人于千里之外的金钱味儿。

不得不说，伍元非常有品位，房间里没太多摆设，每一件却都很精致，每一小块被装点的空间都像是一幅画。不仅如此，伍元的家，还是一个神奇的化学世界。

到处是试管、化学制剂、烧杯和各种实验装置，彩色喷泉、飞舞的纸蝶、水下植物园、酿造的各种酒、游泳的鸡蛋、呼之欲喷的人造火山……

方庄伸手碰了一个开关，伍元惊叫："不要！"

只见水槽中的导管口有气体冒出，此气体一接触空气，旋即生出一团团的火光。绿萝吓得往后躲——是鬼火！

伍元略有些得意："给我们班那些幼儿园智商的小傻子们备课用的。"

李树意味深长地看着伍元："伍元，好久不见。"

大家这才发现，李树竟和伍元认识！

伍元倒一点儿都不客气，对李树极尽挖苦："哟，这不是吕布吗？最近又改姓什么了？"

方庄捅捅绿萝，什么意思？绿萝悄声回答："吕布啊，一个不忠不义、以身侍贼的叛徒。三姓家奴，就是在讽刺他反复无常，认贼作父。"

叛徒啊……方华和方庄对李树"刮目相看"，看得他无地自容。

后来，李树和伍元年纪一般大，曾从一个大学毕业。但伍元鼻孔朝天："我跳级读博士后的时候，吕布连本科高数都没考过呢。"

是夜，伍德的书房。

李树泡茶、研墨，亲亲热热叫伍德一声"干爹"。

伍德略微吃惊："她要进立德高中？"伍德感叹，那是罗宝瓶梦碎的地方，但也许，那也是她能重新开始的地方。

十二年前，那场风波，断了罗宝瓶的大学梦，断了她的前程。伍德一直希望，罗宝瓶能站起来，努力往前跑，可是罗宝瓶太容易跌倒了。伍德心疼这个女孩，便安排了李树在她身边，默默守护了她多年，就是为了在罗宝瓶摔跤的时候，有人能名正言顺地站出来，拉她一把。

更令伍德大跌眼镜的是，那个撂倒伍元的人，竟然就是罗宝瓶！不仅如此，罗宝瓶一家人都搬进伍元家里了！

伍德愣了几秒钟："他们俩没认出对方来？"李树摇头。

伍德突然哈哈大笑："楼上楼下，终于见面了。十二年啦，这一次，是老天的安排，伍元赎罪的机会来了。"

街道上，许小东汗流浃背，累得跟狗似的，跟在一辆轿车后面跑。

过路的人驻足观看，甚至拿出手机录像。许小东脸涨得通红，驱赶着路人："别拍！别拍！"

小轿车开得优哉，车里的女人风情万种，从后视镜看着许小东狼狈不堪的模样，微微一笑。这时，女人的手机响了，接起来，是许小东上气不接下气的乞求："丽丽，我都跟你跑了二十公里了，咱别闹了，我错了！"女人悠然："二十公里就不行啦？不行早说啊，浪费我时间。"说罢，女人挂了电话，一脚油门开走了。

许小东傻眼了，一边跟跟跄跄追上去，一边拨号："丽丽，你别走啊！我行！我行的！你等等我呀！"

好不容易追到了路口，许小东扑通趴在地上，再也不起来了。女人开门下车，十二厘米的细高跟鞋，修长白皙的腿，轻盈的短裙，她像个妖精飘进许小东的眼里。他仰着脑袋，傻傻地对女人笑："丽丽，你消气儿了吗？"

女人幸灾乐祸地看着许小东，鲜艳的嘴唇轻启："你挺能耐啊，帮夏之初那浑蛋坑我姐们儿，我这是替天行道。"

许小东急忙解释："我也是被夏之初逼的，你也知道，我拿夏之初毫无办法的！我不想害宝哥，但我只能帮我哥们儿啊！我这么做，都是为了'嘎嘣脆炸鸡'的前途！"

女人怒了："狗屁前途，他那是过河拆桥！罗宝瓶为他付出了多少，他翻篇儿够快的，连招呼都不打一声！明天我就上你们公司去逮夏之初跟那个贱货，我看他怎么跟我交代！"

许小东赶紧拉住女人的脚脖子，要她别去，那贱货是投资人的女儿，得罪不起！她可是"嘎嘣脆炸鸡"的未来，罗宝瓶一定能理解的！

女人被气笑了："理解？理解你们的梦想，就是建立在伤害女人、利用女人的基础上？理解你们出卖自尊，去换回来一个所谓的将来？理解你们将同伴一脚踹下水，只为了少奋斗几年，钻一条捷径去傍上大树好乘凉？理解你们急于求成甚至笑贫不笑娼，这他妈就是你和夏之初想要创的业？你们这样的人，就是社会进步过程中碾碎的垃圾，多少把扫帚都不够扫的。"

说罢，女人踢开怔怔的许小东，上车绝尘而去。

这女人，就是罗宝瓶三十年来最铁的姐们儿，杨丽。

餐桌上，方庄亲手准备了盛宴：饺子。

这一顿，是欢迎伍元回家，为他接风洗尘。

谁料，嘎嘣一声，伍元捂住大牙："妈呀！谁往饺子里放钢镚了，好歹吱一声啊！"

伴随着全家人的祝贺，钢镚滑进了伍元肚子里。

痛苦的伍元开始怀疑：为什么我要让这群人搬进我家？我是脑残么？

方庄洗了一大把生韭菜，硬要伍元吞下去，把钢镚排出来……伍元要哭了，他最讨厌吃韭菜！

从楼下这家人踏进自己家门的那一刻，他就后悔了。暗中唾骂自己中了下丘脑的陷阱，掉入了心软、感情用事的旋涡，人类简直就该对这个控制情绪的器官进行电击！

伍元决定了，立即找施工队，一旦楼下装修完毕，就立即让他们滚蛋！

伍元蹲在厕所里努力排钢镚，满头大汗。

厕所外面，罗宝瓶拉住绿萝，要她明天就回学校上课。

绿萝却忍不住爆发："你把你没完成的梦想，都压在我身上，你知道我压力有多大么！不要再为我做任何事了，你付出越多，我就觉得我欠了你越多！但我还不起啊，我就是这样一个没用的人，我背负不起你们的感情！到最后我辜负了你们，最痛苦的人不是你们，是我！"

罗宝瓶求绿萝："还有半个学期就要高考了，不要在这个时候放弃，给我点时间，让我帮你解决所有的问题，好不好？"

绿萝难过，她的问题，表姐能解决得了吗？自己是个罪人啊，是逼春丽自杀的凶手，表姐有什么能耐让春丽从病床上站起来，原谅她的自私和恶毒呢？

在罗宝瓶百般恳求下，绿萝漠然："多一天少一天，对我来说都没有任何意义。"绿萝讨厌自己，也讨厌身边的人，上了大学也一样，周围也全都是讨厌的人。

看着绿萝离去的背影，罗宝瓶伤心：那样乐天、开朗的妹妹，怎么变成现在这个样子了？

"你就让她退学吧！现在的中学生真是不得了，动不动就心灰意冷、寻死觅活，真是受够了！这种蠢货最好全部退学，把纯真和清静还给校园。"厕所里的伍元，恨铁不成钢，突然冒出来这么一句。

这倒提醒罗宝瓶了：伍元是绿萝的班主任啊！伍元肯定知道绿萝出了什么事！

罗宝瓶一激动，下意识拉开厕所门："你告诉我，绿萝到底出什么事了！"

厕所里，马桶上的伍元和站在门口的罗宝瓶，大眼瞪小眼。

"啊——"伍元的号叫响彻天际："滚！滚！滚！你们都给我滚！"

罗宝瓶九十度鞠躬，乞求伍元的原谅。

方华和方庄害怕得罪了班主任，影响绿萝的前程，争先恐后地批斗罗宝瓶。

伍元大人有大量，点头算放过罗宝瓶。但同时也再次声明，住在他家里，一切就要按照他的规矩来，不该看的不要看，不该听的不要听，不该说的不要说，不该碰的不要碰。

规矩立下不到半个小时，伍元的号叫又响了："谁把我的内裤给洗了！"

夜深了，方华、绿萝挤一张床，方庄睡地铺。方华小声嘟囔着伍元家的马桶圈，热的！坐一会儿突然哗啦啦开始放水，吓得她差点弹起来。

沙发上，罗宝瓶翻来覆去，看见伍元的房间还亮着灯。

罗宝瓶小心翼翼敲门，想跟伍元打听绿萝的事情。伍元正在网上查找装修公司，他所处的卧室，像是属于一个小学男生，浅蓝色的墙壁，挂着飞机模型，稀奇古怪的卡通人物贴纸上，写着稀奇古怪的化学符号。角落里堆着成箱的玩具和儿童图书，书柜的一角，摆放着一张相片：伍元被一群山村的孩子们包围着，笑得有点尴尬，却很真心。

罗宝瓶没想到，她得到的，竟是春丽自杀未遂的消息！

伍元嗤之以鼻："为了点小情小爱，就放弃学习、放弃前程，真是没脑子、没眼光！都高三了，智商还停留在这种程度，是考不上大学的，勉强留在学校也是浪费金钱、浪费时间、浪费资源！"

罗宝瓶很生气："你作为一个老师，怎么能这样贬低自己的学生？她才高三，她以为自己是个成年人了，什么都懂了，可她毕竟还是个小孩子！她找不到方向了，因为挫败，她不敢往前走，需要你领着她走！你怎么能在这个时候放弃她！"

罗宝瓶不服气，她不信任这个班主任，她要自己带着绿萝去找方向。

看着罗宝瓶气鼓鼓的样子，伍元居高临下："你把姜汁酒给洒了的时候，怎么没见这样血气方刚？"

原来，伍元不知道在哪个瞬间，认出了在餐厅里，那个被男友背叛，摔破一瓶上好的姜汁酒，却不敢反击、抱头鼠窜的包子女。

保护别人的时候，永远冲在最前线，自己受到伤害时，却从不敢替自己还击，在伍元看来，这就是智商不够用，却硬要逞强，不自量力，最后把自己搭进去的蠢货。

而这冷漠、自负、孤芳自赏的伍元，在罗宝瓶看起来，也不过是个缺乏关爱，幽闭自己，害怕人际关系、害怕负责任的幼稚中二中年。

酒吧里，杨丽一杯接一杯，痛斥夏之初的薄情寡义。

"你怎么啦？别憋着啊，骂他！问候他祖宗十八代！"杨丽急了，可罗宝瓶只是闷头喝酒。她回味着杨丽的话，那个贱货是投资人的女儿。所以，也是夏之初的希望。

突然间，罗宝瓶有点心疼夏之初：这三个月，他得经历多少煎熬？在甩掉她还是不甩掉她之间，他做了多少次选择，又推翻了多少次？罗宝瓶忍不住替夏之初辩解起来："他多不容易啊，吃了那么多苦，他只是想成功。你不知道他肩膀上背负了多少人的希望，我怎么能拖他后腿呢，我得拼了老命去成就他，这才是爱情呀！"

哗！杨丽一杯酒泼在罗宝瓶脸上："爱情你个大头鬼！你这不叫爱情，叫自作多情！哪有爱情是建立在作践自己的基础上的？你自己都看不起你自己，凭什么指望他夏之初把你放在眼里？我真是受够你了，这五年来每一次见面，你都'我家夏之初今天说了，我家夏之初不让，我家夏之初想要这个想要那个'结果你家夏之初呢，把你当成个屁，悄无声息就给放了！臭的人是我！"

罗宝瓶气急败坏指着杨丽："原来我在你眼里就是个屁！再也不理你了！"

罗宝瓶心里未必糊涂，自己就是个屁啊。揣着一肚子委屈，晕头转向的罗宝瓶倒在伍元家门口。

"不能，我不能让绿萝的人生，像我一样失败。"抱着这样的信念，罗宝瓶昏睡过去。

罗宝瓶语录：

青春不能错过的第一件事：争取接受最好的教育，精通一门专业知识或技能，掌握足以维持生存的看家本领。

"她以为自己是个成年人了，什么都懂了，可她毕竟还是个小孩子！她找不到方向了，因为挫败，她不敢往前走，需要你领着她走！你怎么能在这个时候放弃她！"

罗宝瓶的话，回荡在伍元耳边。那一句"你怎么能在这个时候放弃她！"扰得伍元翻来覆去睡不着。

十二年前，他放弃了那个女孩儿。

　　十二年了，他总是想不起那个女孩儿的脸。也许，是他不能原谅自己，而故意忘记。

02.

我叫罗宝瓶，大家都说我，是个不自量力的女人。

我总是在冒傻气，高一数学课，一个女生忘带课本，急得直掉眼泪。我立刻把自己的数学书递给她，说："你先拿去用，我再找别班同学借！"她拿走数学书，而我却没借到书，被老师惩罚，在教室后面站了一节课。那节数学课，她发言很积极，得到了老师的赞扬，开心得脸都红了，却没有回头看我一眼。

清晨，家里已经弥漫着新鲜的葱油饼味儿。

伍元僵硬着脖子，只有单只手臂可以自由活动，艰难地穿上全套骑行装备要逃走。可是，当他看到那辆价值三万美元的限量版 beru factor 山地自行车，杀猪般号叫起来！

那辆他好不容易海淘来的高级货，竟然被人在后轮两侧装了两只——小轮子！

方庄得意极了，告诉伍元，他现在身负重伤，行动不便，这样骑车出门才安全！

伍元要崩溃了！刚一推开门，又被死尸般的罗宝瓶吓得半死。伍元单手骑着那辆改装四轮车，迎着路人不怀好意的讥笑，摇摇晃晃地在风中前行，默默坚定着这辈子就算孤独终老，也不要当什么群居动物了。

春丽的病房外，蓬头垢面的罗宝瓶带着绿萝，想推门进去，绿萝却躲开。

绿萝不敢踏入病房，她害怕看见春丽的脸，那张曾经最信任她，最乐此不疲跟在她身后的脸。

五年级的春丽，和绿萝是同桌。

那时候的绿萝就长得很漂亮了，白白的皮肤，闪闪的大眼睛。那个时候的春丽，总是坏坏的，调皮捣蛋，到处欺负同学，老师便把他安排在绿萝身边。

春丽总是跟绿萝作对，又对她特别好。

有一次，绿萝上课看漫画，老师发现了，春丽就一把抢过绿萝的漫画，等老师走过来，发现是春丽在看漫画，绿萝因此躲过一劫……

春丽还喜欢给隔壁班的小姑娘写情书，每次写好了都读给绿萝听，问她：你看看这样写好不好？或是买一堆零食，说是要送给隔壁班的小姑娘，却一包一包，以"可怜你"的名义，全部扔给绿萝吃掉。

绿萝脑海里，一件件回闪，春丽一年一年，总像那个五年级的小男孩，跟着她，惹她生气，却不许其他的男生欺负她。

绿萝不敢面对春丽。她辜负了春丽，她伤害了春丽，玷污了他们一起长大的六年。

罗宝瓶推着摩托车，远远跟在绿萝身后，看着她的背影，脑海中回响着医生的话："那个病房的男孩儿啊，怕是一时半会儿醒不过来了……说不定，这辈子都醒不过来了。"

罗宝瓶看着绿萝小小的，抽泣的背影，心很痛。怪不得绿萝要说那样的话："我背负不起你们的感情！到最后我辜负了你们，最痛苦的人不是你们，是我！"

李树的公司，承包了学校食堂一楼的生意。

今天，是罗宝瓶上班第一天。

十二年了，学校变化太大，连校领导都换了好几届，没人再认得罗宝瓶。

大家认真记录着李树的要求：1. 食品安全放在首位。2. 按照"服务型员工"的要求来规范自己的言行。3. 每位食堂工作人员每个季度都要进行严格体检。4. 公司会不定期对工作人员进行组织教育。5. "一洗、二清、三消毒"，工作台随用随清，每周进行厨房大扫除。6. ……

李树叮嘱罗宝瓶："你是为了绿萝而来，但在任何情况下，你都必须把所有师生的饮食安全放在第一位。"看着大哥的认真脸，罗小弟使劲点头，她不能辜负李树的信任，不能给李树找麻烦。

这个食堂，从今天开始，就交给罗宝瓶了。她看着一应俱全的功能区域：洗消间、切配间、厨房间、窗口，5 台大型消毒柜、3 台冰箱、1000 套不锈钢面碗和快餐盘、1500 套汤碗、3000 套汤勺筷子等，心里突然七上八下……自己，真的行吗？

仿佛一眼看穿了罗宝瓶的不安，李树拍了拍她的头："我相信你。"

这是罗宝瓶重新开始的地方，她必须全力以赴。

她清点了手下员工：大雄的团队负责切配，静香的团队负责窗口，胖虎的团队负责掌厨，小夫的团队负责洗消，她自己负责和运输公司对接以及处理日常其他事务。

所幸，大雄、静香、胖虎和小夫，都是非常有经验的员工，大家手忙脚乱，帮着罗宝瓶完成了和运输公司的对接，很快投入工作。

今天，要打响食堂运营的第一炮。门口，有几个鬼鬼祟祟的脑袋，不怀好意地探进探出。静香噘嘴，神秘地告诉罗宝瓶，那几个家伙，肯定是二楼来的探子！食堂二楼，承包给了另一家餐饮公司，专营各种小吃，很受学生欢迎。

胖虎鼻孔喷出一团气："咱们是做大菜的，不屑那些鸡零狗碎的玩意儿！"

罗宝瓶又一次走在校园里，她对这里太熟悉了……十二年前，她十八岁，也是这里的一名高中生。

往事一瞬间袭来，好的、坏的。好像只有教学楼，还是当年的样子，一点都没变！

可是她定睛，却看见了终生难忘的一幕。

楼顶一盆裹了泥土与垃圾的脏水倾盆而下，哗啦泼了绿萝一身！

绿萝的头发、衣服全湿了……她像是一尊雕塑，绝望地站在众目睽睽之下。

罗宝瓶发疯一般扑过去抱住绿萝，大喊："是谁！是谁！你给我出来！"可是回应她的只有寂静的校园，和教学楼上，挤满每一扇窗户的灼灼的目光。

过了许久，不知道从哪个窗户传来两个字："凶手。"

那样幽幽的声音，却是那样刺耳。

罗宝瓶望向楼顶，那个泼脏水的人一闪而过。

罗宝瓶追上楼去！楼道转角，伍元一把拉住罗宝瓶："走这边！"

伍元带着罗宝瓶从防火通道往楼上追，一推天台门，空空如也，只剩那个装脏水的大桶，在原地打着转。

罗宝瓶追下楼，一层一层地找，大喊着："你给我出来！"却只惊散了一群群的学生，招致保安将她架走……

伍元层层排查，那个大桶，是三楼的保洁王阿姨的。据称，她打扫完楼道回来的时候，桶就不在了，几个学生在旁边聊天，说是一个小姑娘把桶借走了，一会儿就还。

可是一个小姑娘，哪儿拎得动这样一个装满了水的大桶？还将目标精准锁定绿萝，当头泼下？她是谁？她和谁一起，干了这样的事？

为什么？

伍元怀着种种疑问，突然灵光一现，是她！

伍元直奔教室，冲到黎雪儿跟前，质问她为什么要做这样的事情！

黎雪儿却鄙夷地笑了："你觉得是我干的？证据呢？"

不需要证据，黎雪儿一向都是这样一个女孩子：身材高挑、面容娇艳，她的家庭出身应该很不平凡，从小就接受钢琴、舞蹈、声乐、形体等技能的培养，琴棋书画样样精通，会四国语言。不仅如此，她还聪明、泼辣、爱放狠话，而且，说到做到。她永远是人群的中心，男生仰慕她，每天都有无尽的水果、零食、鲜花，作业本排着队给她抄；女生趋之若鹜，跟着她买鞋子、书包、水蜜桃味儿的唇膏，羡慕她一周换一个颜色的新手机和那些在淘宝上都搜不着的漂亮手机壳，每一样她用过的东西都是校园爆款。

黎雪儿是一呼百应的女神，只有她，敢指使身边人，对绿萝下此狠手。

"现在，去跟绿萝道歉。"伍元命令黎雪儿，却被一只手拉开了，是赵小侠。

赵小侠一副玩世不恭的样子，掏出手机，打开录像功能，对准伍元："所谓老师，就是这样戴有色眼镜看人的吗？你认为她有罪，她就该心甘情愿接受你的惩罚吗？凭什么？伍元老师，现在是法治社会，什么都讲究一个证据，你有吗？没有证据，就敢信口雌黄，我们可是能告你诽谤的！"赵小侠转脸指着绿萝，"她不该受罚吗？她践踏同学的尊严，蔑视同学的人格，我们都是目击证人啊！她可是有罪的！"

赵小侠嚣张的样子，终于激怒了绿萝。

绿萝站起来，回身走到赵小侠面前，抬手给了他一巴掌！

绿萝含着泪，咬牙切齿："我是伤了春丽。但你们都别忘了，是谁一口一个'傻子'叫他，是谁在他的抽屉里放炮伤他，是谁处处捉弄他、讥笑他，像训练小狗一样一声哨响，就让春丽鞍前马后替你们跑腿！赵小侠，你别欺人太甚，你，还有你的那些走狗，你们每个人都是逼春丽自杀的凶手！"

罗宝瓶一把抢过保安手里的扩音器，冲到教学楼下。

她知道，欺负她妹妹的人，就在这栋大楼里，就混迹于全校师生之中。罗宝瓶想不通，这么好的学习条件，这么珍贵的青春年华，不好好珍惜，却把精力放在这样龌龊、毫无意义的事情上，这些孩子究竟怎么了？

罗宝瓶高昂着头，把扩音器对准了嘴边，冲着教学大楼掷地有声！

你们就那么想被人称作垃圾、败类、失败者、蠢货吗？

你们只有努力、勤奋、拼尽浑身力气去学习，才有可能成为一个合格的人啊！

否则，这一辈子，你们都会被人欺骗，被命运愚弄，你们没有选择的权利，也没有主宰人生的机会，只能被生活踩在脚下，然后绞尽脑汁，钻营心机，为了爬上更高的位置，出卖朋友弟兄！

长得这么丑了，还不读书吗？脑子这么笨了，还不读书吗？没有条件跟人拼爹，你们还不读书吗？弱者会被欺凌，被剥削，拼尽力气反抗却不敌强者的三分力气。春丽是弱者，绿萝是弱者，难道你们不是吗？不仅无知，还自以为是！

今天的你们，就是祖国的明天，只有读书，才有力气为自己、为家人、为同胞争取他们应有的权益。少年强则国强，有这个时间欺负人，不如从现在开始，为明天拼一把！

罗宝瓶因为和高考失之交臂，后悔至今。

她不能让绿萝，让眼前这些懵懂的青春期的孩子，再尝一遍后悔的滋味。

教学大楼里，人头攒动，窗户里挤满了探身出来看热闹的人！罗宝瓶站在整栋大楼，全部的眼睛面前，信誓旦旦："我罗宝瓶盯上你们了！"

说罢，罗宝瓶转身走了，没走稳，啪嗒摔在地上。她龇牙咧嘴，感受到了爆发自整栋教学大楼的耻笑……

伍元看着罗宝瓶的背影，心里某个地方，起了奇怪的化学反应。

而这个食堂咆哮姐，迅速走红了。

我叫罗宝瓶，大家都说我是个不自量力的女人。

有的时候我觉得这叫善良。但是没错，其实我就是蠢。

我想我可能这辈子都要做个善良的蠢货，一条道走到黑吧。

校园里，罗宝瓶撞上了语文老师莫茶。

一刹那间，两个人都愣住了。

罗宝瓶首先认出了莫茶："你是……小珊？"

莫茶惊得张大了嘴巴，随之而来的，眼神中出现的竟是惊慌、恐惧，她颤抖起来，难掩警惕与焦灼，嘴角泛起一个刻意的笑容，因为不自然而显得扭曲、狰狞。

"罗、罗宝瓶？"

莫茶磕磕巴巴说出这几个字，像是遭到一记重击！

她没想到，罗宝瓶竟然冲上来一把抱住了她！一时间，莫茶恍惚了，那一年，她们十八岁，就读于立德高中，是最好的姐妹。

那时候，莫茶还没改名，叫莫小珊。妈妈病重，她帮着妈妈卖包子，生意却被街对面新来的流动包子铺给抢走了。莫小珊卖不出钱，每次看着剩了一大堆的包子，就会被继父辱骂。

莫小珊每天无精打采，跟同桌罗宝瓶哭诉，不知道该怎么办。罗宝瓶直接去了街对面的流动包子铺，看到卖包子的男人金链子、花文身，满嘴的气冲霄汉，高义薄云，罗宝瓶拍出五百块钱，告诉男人："不用找了，我就住这儿附近，以后每天来拿包子，记账吧！"

男人收了钱，从此，再也没出现过。

莫小珊的生意重新好了起来……从罗宝瓶为她拍出一个月生活费的那一刻，她就打心底里把罗宝瓶当成最好的姐妹。

可是，当莫小珊成了莫茶，妆容精致，风度翩翩，她只希望，永远不要再见到罗宝瓶。

被罗宝瓶紧紧抱住的莫茶，浑身发抖，心里不停问：为什么？怎么办？看见罗宝瓶，莫茶就忍不住想起，她那痛苦的过去，她想永远洗清的污点。

罗宝瓶却发自内心高兴：你成了老师？语文老师？看见你这么好，我真为你高兴。

罗宝瓶必须滚蛋。

莫茶不相信，罗宝瓶真的能像什么都没发生过一样？一定是她居心叵测，她要毁了我的一切，她必须消失！

失控的莫茶，把自己办公桌上的东西全部砸了！

一回头，伍元站在她身后。

莫茶赶紧转身擦干眼泪，深呼吸一口，再回头换上甜甜的笑容："哎呀，教案找不着了，急死我了！还好你来了，要不，帮我找找？"

莫茶自诩漂亮聪慧，才华横溢，她的语文课，最受学生欢迎，考评也年年第一。她会在课上讲亚里士多德，讲莎士比亚，讲布莱希特，讲希区柯克……她的才情，和伍元的天资，是命中注定。

莫茶觉得，就算所有人都不懂伍元，她懂。她懂他的恃才傲物，懂他在熙熙攘攘的人群中，泰然自处的那份孤独。语文皇后和化学天才，不是旗鼓相当的一对吗？

不过这一切，只是莫茶的一厢情愿罢了。

高三三班，转学生夏薇在做自我介绍。

夏薇一头小卷毛，非常天真开朗，声音很好听，就像是清晨的小鸽子。

扫视全班，只有绿萝身边有一个空座位。夏薇笑着，好像早就准备好了似的，朝绿萝走去……

"喂，小卷毛！"一个声音打断了夏薇的脚步，回头一看，是赵小侠。

"她可是瘟神，小心被传染。"赵小侠肆无忌惮，示意小卷毛，换个座位。

夏薇却回敬一个漫不经心的笑，径直坐在绿萝身边。所有人都凝神屏息，紧张地看着夏薇：在这里，没人敢和赵小侠对着干。

"我还以为，这里是高三三班的教室呢！原来这里是猪圈？还是养鸡场？怎么个个都害怕瘟疫，就这么容易被传染上呀！那你该去防疫站打针啊！我看，瘟疫不容易染上，脑残倒是很容易传播，这教室里的人应该都被你洗脑了吧？"

连绿萝都吃惊地看着这个小卷毛。

小卷毛对她眨巴了一下眼睛，长长的睫毛下亮亮的眼睛忽闪忽闪的，拿出书本和文具盒："想当坏蛋，他还嫩了点儿，我见过比这坏十倍、二十倍、一百倍的，咱不怕。"

小卷毛握住了绿萝的手。

第一天开张，罗宝瓶已经紧张到坐立不安。她盯着挂钟：十、九、八、七、六、五、四、三、二、一。

窝了一肚子火的赵小侠，带上浩浩荡荡的学生队伍，上食堂去见识这位咆哮姐的能耐。闹闹哄哄的人潮从教学大楼冲出来，哗啦啦涌进食堂一楼！以赵小侠为首，几个人控制了人流的龙头，他们挤到打饭的窗口，好奇地伸长了脖子，新来的一楼班底何方神圣？很快，他们眼前一亮：猪蹄！

赵小侠一挥手："我全要了！"罗宝瓶惊了，随即，赵小侠转身招呼后面的同学们，每个猪蹄加价一元，要的人全从赵小侠手里买。

原来，这便是立德高中的规矩。这个世界，本来就是弱肉强食，没有人反抗，这便成了传统，逐天、逐月、逐年，赵小侠是这里的霸王，他说什么，便是什么。加一元钱罢了，要猪蹄的同学们，规规矩矩排成一行。

罗宝瓶看不过眼，凭什么？大雄、静香、胖虎和小夫意味深长地对视一眼，食堂从不插手，事情通不了天，任由孩子王胡闹惯了，可如今罗宝瓶来了，要变天了。

罗宝瓶跟赵小侠叫板："我今天，偏偏就不卖给你！"

赵小侠面子上磨不开，所有人都等着看好戏。他又急又怒，却让罗宝瓶更加淡定："我告诉你，不管你是谁，到了食堂，就是我罗宝瓶的地盘，得照我的规矩来！爱买买，不买，让一让，后面的同学还等着呢！"

在鸦雀无声的学生之间，赵小侠笑了，行，不买猪蹄，买别的。

在所有人都心满意足，买到了猪蹄套餐落座后，赵小侠环顾一下食堂，突然放大了嗓门："香蕉炒鸡丁，月饼炒辣椒，草莓炒鱼丸……这都是啥乱七八糟的，你确定这是给人吃的？不会是把剩菜剩饭大杂烩吧？"

赵小侠站起来，把盘子碗筷稀里哗啦砸在地上！

"你们说，一楼的饭菜难不难吃？咽不咽得下去？！"赵小侠目中带着威胁，扫视着全场，"今天我请客，上二楼，大家都跟我走！"

赵小侠说罢，大摇大摆走出食堂。整个食堂的学生们愣了三秒，纷纷放下手里的碗筷，起身，不到五分钟的时间，上百名学生消失不见，只留下满食堂的狼藉。

罗宝瓶彻底傻眼了。

只见角落里，打着石膏的伍元，抬起完好的另一条胳膊，剔着牙齿，啃了一口的猪蹄扔在盘中。罗宝瓶快绝望了，追过来问伍元为什么不出手。

伍元皮笑肉不笑："冰糖的主要成分是蔗糖，化学公式 $C_{12}H_{22}O_{11}$，炼糖色的时候，最讲究的就是油温。油温过低冰糖难以焦化，但油温过高会导致 $C_{12}H_{22}O_{11}$ 变成 $12C+11H_2O$，冰糖碳化变苦。这种东西加入猪蹄里以次充好，来骗学生那点儿生活费，你们也真够黑的。我看你的脑子也是高温碳化了，劝你把头塞进冰箱里冷却一会儿，然后上南山烧炷香，求学生们不要来找你索赔。这么难吃的饭菜，简直亵渎了农民伯伯的血汗，现在我去洗舌头，你呢，就带着你那四个活宝冲着太阳升起的方向对农民伯伯们磕头谢罪去吧！"

说罢，伍元嫌弃地离开了。

罗宝瓶抓起伍元餐盘里剩下的食物尝了个遍，油过火了、盐少了、腥味重……一盘子的菜，就没一个吃得下去的。

罗宝瓶叫来胖虎，质问他这是怎么回事！胖虎尝了一口，扔掉筷子，膨胀得不要不要的："就是这个味道！"原来如此，厨房有厨房的江湖，在这里，定规矩的人是掌厨。

胖虎皮笑肉不笑："人都被老板拉去做酒店了，就分给我几个学徒，用不得，全换掉。"厨师班子，竟全是胖虎的亲戚！他都不用通过老板，直接把工资表甩给财务，便肃清了食堂队伍。

胖虎的人盯着罗宝瓶，谁会服她这么个空降来的光杆司令？

再说了，食堂菜，要求那么高干吗？哪家食堂做的菜上得了台面？

食堂二楼，各色各样的小吃一溜排开：炸鸡、奶茶、八宝饭、小面、凉粉、鸡蛋卷……人头攒动，学生们争先恐后享受着赵小侠给的福利。

楼道拐角，扁福一巴掌拍在赵小侠脑门上！赵小侠一声不吭，惶恐地站在扁福面前，像个受伤的小孩子。

"谁允许你惹事儿的？"扁福冷冷地盯着赵小侠，"谁允许你打肿脸充胖子的？"

赵小侠甚至不敢看扁福一眼。

小卷毛夏薇拉着绿萝，刚好走来，看见这一幕……小卷毛忍不住说，她在厕所里偷听了个大概：扁福暗恋绿萝，却碰了一鼻子灰，恼羞成怒！赵小侠一帮人，作为扁福的走狗，竟煽动大家处处针对绿萝！

"不过没事，我不怕他们的，从今天开始，我保护你。"小卷毛认真地说。

听见这话，绿萝一惊，突然想到了春丽……曾几何时，她也曾对被人欺负的春丽说："春丽，没事，我不怕他们，我保护你。"

回过神来，扁福已经离开了。

小卷毛走到赵小侠身边，轻蔑地吐出三个字："丧家犬。"

绿萝清楚地看见，赵小侠眼里流露出的痛苦和愤怒，还有一些复杂的东西，她看不懂，但是她害怕……因为这眼神里的东西，会灼伤小卷毛。

今天这一天，令罗宝瓶无比沮丧。

她把一盆一盆的剩饭剩菜装车，碰见了食堂二楼的管理人杰瑞。很显然，杰瑞对一楼的惨败，幸灾乐祸。两家承包公司，楼上楼下，就是死对头——上一届的一楼，没抢过二楼的生意，被惨淡驱逐出局，才轮到李树的公司入驻。杰瑞不怀好意，暗示罗宝瓶做好思想准备，免得三振出局的时候，死得太难看。

罗宝瓶心下一凉，不想连累李树，就得抓住学生的胃。可是，胖虎坐镇，自己的处境难关重重，怎样才能突出重围呢？

罗宝瓶约了莫茶，想好好聊聊。没想到，莫茶落座，却从包里掏出一摞钱。

十二年，莫茶的全部存款，十万。她怀疑罗宝瓶出现的用心，她希望罗宝瓶带着钱消失。

看着眼前的莫茶，罗宝瓶知道，回不去了。

最好的姐妹，永远留在了十二年前。她不知道莫茶这么多年是怎么过来的，她没有找过莫茶，但她相信莫茶一定在这个世界的某个地方，过着幸福的、自由的生活。

罗宝瓶不是没暗自纠结过，在无数个孤独的夜晚。但是，她挺过来了，她相信她所做的一切，都是对的，是值得的。

只是，罗宝瓶没想到，他们的重逢，竟然会给莫茶带来这么强烈的憎恶，和惊惧。

甚至需要，莫茶拿出十万块钱，来交换她的离开。

罗宝瓶苦笑：原来我这么值钱啊，原来我的存在，是这么重要，甚至重要到你拿出全部积蓄，买我的消失。罗宝瓶告诉莫茶："我回来不是为了破坏你的人生……我可以装作……不认识你。"

莫茶失态，她不相信，你罗宝瓶以为自己是圣母吗？你就是回来践踏我的自尊，显得我有多么猥琐，多么不堪一击吧？我好不容易站起来了，我只求你带着我肮脏的过去，永远消失啊！

原来，这才是她们姐妹情谊的真正面目。

原本，罗宝瓶只是想祝贺莫茶，带出了整个高三成绩最好的一班。

罗宝瓶咬牙告诉莫茶："半个学期，就给我半个学期的时间，我绝不多待一天，绝不多说一个字，绝不碰你努力得来的一切。"

雨里，罗宝瓶骑着摩托车，不知不觉到了夏之初的楼下。

她被雨水浇得睁不开眼，却还是抬头望着那扇熟悉的窗户。那扇窗户里，透出温暖的灯光，就像一团小小的火焰。

罗宝瓶希望，那团小小的火焰，能拥抱自己，温暖自己，竟然不由自主，敲了夏之初的门。

开门的，是那个女人。一瞬间，罗宝瓶从梦中惊醒，她忙不迭说自己走错了，转身要逃，却被女人一把拉住！

罗宝瓶闭上眼睛，以为自己要像一切狗血剧里的小三，被夏之初家的女主人，扇三百个大巴掌……谁叫自己犯贱呢？罗宝瓶咬紧牙关，做好了挨打的准备。

可是，一张暖暖的毛巾，披在了她身上。

罗宝瓶睁开眼睛，惊讶地看着眼前的女人……

女人帮罗宝瓶擦着头发："英国女作家格林说，一个女人啊，应当如标枪一样直，如蛇一样柔软，如虎一样高傲。这句话，一直是我的人生箴言，但在你面前，我高傲不起来了，我觉得我赢得不光彩。夏之初是我抢来的，我希望能得到你的宽恕，也希望得到你的祝福。罗宝瓶，对不起。"女人一把抱住罗宝瓶，"你能宽恕我吗？"

在女人的怀里，罗宝瓶有些蒙。

女人的头发很香，怀抱也软软酥酥的，像只小鸟一把钳住了罗宝瓶。透过女人的肩膀，罗宝瓶看见了夏之初。

他就站在那里，嘴巴动了动，却没有发出任何声音。罗宝瓶觉得自己太他妈卑微、丢人了，为什么要来呢？自取其辱，小心脏咻咻咻中箭，疼得她有点喘不过气。

"我、我宽恕，祝、祝你们……幸福。"罗宝瓶说着这几个字，不知道到底是对女人，还是对站在眼前的夏之初。

罗宝瓶不知道自己是怎么逃出女人幸福的尖叫的，一个人走在街上，回味着女人的人生箴言：我罗宝瓶，从不敢奢望以真心换真心，我隐藏悲伤，我就是一根折断的标枪；我罗宝瓶，从不曾像蛇一样柔软，总是鸡蛋碰石头，把自己弄得支离破碎；我罗宝瓶，没有尝过高傲的滋味，从爸爸死的那天起，就开始像只小老鼠一样活着，辛苦、苟且、自卑，只为了在这个世界偷得一席落脚之地。

爸爸的样子浮现在她面前……

那一年罗宝瓶十二岁，穿着爸爸从法国带回来的粉色公主裙、纯白色小皮鞋，像个精致的洋娃娃。她是闪闪发光的，是受过良好的教育，有着和爸爸一样温文尔雅的微笑，教养得体的小淑女。她住在童话世界里，如果不是那场意外，她的这一生都会在爸爸的呵护下度过，她会成为人尖儿，去国外读书，回国创业，或是嫁给一个翩翩君子。

如果不是那场意外……只有罗宝瓶自己知道，她有多么痛恨自己。她有多么痛恨自己的矫揉造作，恃宠而骄，那条公主裙被她藏在衣柜最深处。十八年来，她再也没穿过裙子。她希望老天爷带走的人，不是爸爸而是自己。

爸爸被盖上白布的那一刻，罗宝瓶崩溃了。外公抱着罗宝瓶："你是爸爸的小英雄。爸爸走了，你要代替爸爸，好好照顾妈妈，支撑起这个家，好不好？"

罗宝瓶成了妈妈的顶梁柱。她成了街里街坊的小跑腿，她卖力付出的一切，只为了换回大家对妈妈的照顾。这是她埋在心底深处，对爸爸的赎罪。

罗宝瓶生下来便微微一笑酒窝妙，美目顾盼眼波俏。爸爸曾希望这个小姑娘遇到一个翩翩君子，被人娇着、惯着，永远不需要长大。

可是逐天、逐月、逐年，巧笑倩兮美目盼兮的小姑娘，偏偏长成了一个顶天立地的爷们儿，成了宝哥。

楼下，伍元找来的装修队已经进场，着手进行"灾后重建"。

楼上，伍元手无缚鸡之力，正被迫"享受"方华和方庄对他的伺候。

他被按在沙发上，浑身因为亲密接触而起了红疹——方华正抓揉、清洗他的头发。他想逃，因为不习惯被人触摸，东抓抓西挠挠，哪儿都不对劲。不仅如此，水温更令他崩溃，太热、太凉，热了、凉了，热、凉，就不能控制在三十八度吗！

方庄在一块一块给伍元喂麻油鸡："这个麻油鸡啊，对坐月子的女人最好了，滋补、下奶。"伍元差点一口喷出来："坐月子？"

姐弟俩殷勤地围绕着伍元：我们家绿萝还要老师费心教育啦；绿萝年纪小，冲动犯错不要跟她当真啦；我们家宝哥去学校，也都是为了绿萝，老师多多关照啦……

谈到绿萝，伍元眉头紧锁：虽然他表面上看起来冷漠，其实内心里比谁都关心这些学生，他只是不知道该怎么接近他们。

方华放出诱饵：将来宝哥公司上市赚了钱，少不了大家的好处！

伍元乐了："上市？自打我认识她，就没见她智商上线过，还上市呢！"

听到这话，方庄好奇了，感觉伍元好像和罗宝瓶认识？

伍元不屑一顾："第一次见面，就是目睹罗宝瓶分手，姜汁酒碎尸餐厅大堂。"

"什么？！"方华惊叫之下，差点抓掉伍元的头发！方庄一哆嗦，把一碗麻油鸡泼在了伍元的身上！

伍元嗷嗷叫，姐弟俩凌乱：罗宝瓶跟夏之初分手了？！

当罗宝瓶失魂落魄地回到家，妈妈、舅舅包围上来，进行缜密地审问。罗宝瓶瞒不下去了，干脆承认："是老子看不上他了！怎么着？"

方华气得要动手："女孩子家家，你还敢老子老子的！人家夏之初是博士后，前途无量！你呢？你连本科文凭都没有一个啊！能找到这么好的男人就烧高香吧，你怎么还敢看不上人家？"

罗宝瓶故作笑容："我不仅甩了他，我连存款和股份，也都给他了。世界这么大，还怕找不到一个更好的男人吗？"

方华气得要吐血了："你、你是脑袋被驴踢了吧？你把存款和股份也给他了？你怎么不把我们家房子卖了给他呢！罗宝瓶，你已经三十岁啦，你一没事业、二没存款、三没男人，你这样子放到现在社会上那叫什么？失败者！你连自己的人生都过不好，还成天想着帮这个帮那个呢？你这叫自不量力！"

母女大战，方庄拦住方华，示意罗宝瓶逃离现场。拉拉扯扯之下，罗宝瓶就像个千疮百孔的筛子，身上哗啦啦掉出一堆东西……袖子里掉出一块抹茶蛋糕，鞋子里挤出两包松子，裤子里甩出几袋牛肉干，衣服口袋里飞出一包肉松……这些吃的，在乱战之中被踩得粉碎。方华要去找夏之初求和，被罗宝瓶喝止："你要敢去找他，我就离家出走！"

方华冲进屋里，把罗宝瓶的东西卷成一卷，一把扔出门："滚！"

街道上，雨渐渐停了，路灯开始星星盏盏亮起。

林真推着自行车，跟在黎雪儿的身后。

黎雪儿已经换上了一身黑色紧身连衣裙，脚踩blingbling的金色高跟鞋，唯独肩上那个书包，显得格外刺目。

她不耐烦地回头瞪了一眼林真，他已经跟了她好几条街。

一个清秀的校服少年，和一个妆容精致、打扮入时，却拎着一个书包的美丽少女，一前一后，不紧不慢，这怪怪的画面难免会让人想多欣赏一会儿。

黎雪儿看手机，开始急了："你到底想干吗？"

"是不是你干的？"原来，林真问的，是今天在教学楼顶，有人往绿萝身上泼脏水的事，"你就这么怕扁福？"林真急得到黎雪儿的答案。

可是，黎雪儿却觉得林真幼稚、可笑："你喜欢绿萝？那你干吗不冲上去保护她，跟扁福宣战？绿萝像只落水狗，你不打，可你也躲得远远的啊，现在来质问我，算什么本事？"在黎雪儿眼里，林真一向如此，站在一旁观战、在心里为正义摇旗呐喊，却从不肯挺身而出，怕引火烧身。

黎雪儿管这种德行叫，伪君子。"是我又怎样？不是我又怎样？扁福是学生会长，谁不忌惮三分？有这个工夫来追查凶手，还不如去陪陪绿萝。"

正说着，一辆公交车靠站停下。

公交车上，绿萝坐在窗边，呆呆地看着外面，看见了林真。

窗外的林真不知道在说些什么，绿萝只看见，林真懊恼、焦急的样子，像是在说："不要去。"

顺着林真的目光，绿萝看见了黎雪儿。

一辆跑车在黎雪儿面前停下，她换上一副笑脸，头也不回钻了进去。剩下林真站在原地，表情失落。

公交车要启动，绿萝突然大声让司机等等！她跳下车，却不知道该对林真说些什么……

林真骑车载绿萝回家，两人一路无语。

傍晚的风，五味杂陈，绿萝第一次感觉到，大概这就是青春、成长的味道。

终于，林真开口了。绿萝听见他在道歉，为他的懦弱、逃避道歉，也为他给绿萝造成的误会道歉：他喜欢绿萝，但是，就像是喜欢一个好朋友，仅此而已。

绿萝懂的，从林真对黎雪儿依依不舍的眼神里，她就读懂了，那才是对初恋的喜欢。

小区角落，伍元找到了罗宝瓶。

他被罗宝瓶的样子逗乐了——罗宝瓶从胸衣里摸出袋棉花糖，这是她仅剩的战备物资。

她就像个小动物，可怜巴巴，兢兢业业地啃着这吃的，这垃圾食品能给她热量，给她温暖。

伍元动了恻隐之心，再怎么说，也是他大嘴巴惹的祸。

他一把拉起罗宝瓶："跟我来。"

罗宝瓶心爱的棉花糖一抖，掉在地上，被踩扁。她心疼不已，要甩开伍元，却怎么也拧不动："你什么时候力气变这么大了？"

伍元神秘一笑："你以为，凭你这点能耐，真能把我摔残？我只是从来不跟女人动手。"

罗宝瓶情急之下捂胸："你、你想怎样？"

伍元不屑："别捂了，就你那片大草原，我还不如看我自己的呢。"

伍元拉着罗宝瓶，穿过小区蜿蜒的小径，一直跑到地下车库。径直向深处走去，罗宝瓶有些打鼓：地下车库，一向是悬案频发的地带，我可不想成为法制节目里的受害者……汽车开锁声把罗宝瓶从胡思乱想中拉了出来。

面前，一辆纯黑色保时捷911在暗暗的地下车库一角，发出骚包的荧光。

伍元开车门，把罗宝瓶塞了进去。

马路上，伍元脚踩油门，汽车轰鸣而过。

罗宝瓶紧张得脚趾都抓紧了，感觉到身体正逐渐脱离心脏，要飞出去了！

不知道开了多久，车终于停下。车门一开，罗宝瓶又被伍元一把抓出车门，拎进一家灯光暖暖的便利店。

"提着。"伍元把一个篮子塞进罗宝瓶手里。

伍元头也不回地往前走，来到了零食区。他哗啦啦从货架上拿起各种各样的零食，扔进罗宝瓶的篮子里："葵花中亚油酸含量高，有助于保养皮肤；花生中维生素 B2 含量丰富，可以防皮肤病；大枣中维生素 C 含量丰富，可以预防坏血病；最重要的是无花果，含有一种类似阿司匹林的化学物质，可以稀释血液，增加血液的流动，从而使大脑供血量充足——尤其适合智障吃。"

罗宝瓶瞪着伍元，却像个坏宝宝，跟在大人身后，一边故作坚强地顶嘴，一边对着五彩缤纷的零食流口水。

伍元买单，把一大包零食往罗宝瓶怀里一塞："给你的。为什么？因为可怜你啊。"

看着伍元酷酷的背影，罗宝瓶气急败坏拦住他："你一个高中化学老师，为什么会这么有钱？为什么会开这么壕的汽车？你说吧，你敛了多少不义之财，是不是挪用了班费？是不是拿了家长的好处？是不是……"

"地下水，是农业灌溉和城市用水的重要水源之一。"伍元跺了跺地面，"但近几年在多种污染源作用下，浅层地下水污染严重而且污染速度快。这个城市的智商组成是金字塔形状的，有人制造污染，就得有人去净化水源，这种高层面的智商博弈，你是不会懂的。"

罗宝瓶被他说得满脑子糨糊，伍元补刀："因为你在金字塔底层啊，智障！"

伍元简单描述了关于化学修复地下水水质的专利技术，核心就是在污染源附近的含水土层中构建一个可渗透反应区，填充以化学还原剂或者吸附剂，修复地下水中对此化学物质敏感的污染物，当这些污染物被迁移到反应区时可被降解、吸附或者转化为固态，从而降低水质污染——这一大段罗宝瓶听不懂的天书，就是伍元作为一个化学家的存在价值。

罗宝瓶终于听懂的是，伍元就是个贩子，贩卖脑子。他贩卖的不仅仅是修复地下水质的专利，还贩卖各种各样的专利。他敛的不是黑心财，甚至还用脑子，让自己这种金字塔下层基石过上了更好的生活。

这辆保时捷，也是一个合作商资金断链，抵押给伍元的。

回程的路上，罗宝瓶抱着那一大袋子零食，在保时捷里抓紧了脚趾，对身边这个中二中年刮目相看。

车停在一个小区门口，罗宝瓶感谢伍元送她，打今儿起就搬到朋友家住了，如果妈妈、舅舅和绿萝给伍元添麻烦了，请务必开口，她会尽全力配合解决。

罗宝瓶抱着一大包零食按响杨丽家的门铃，门一开，她像只小猫一样腻进杨丽怀里："亲爱的，你可以收留我吗？"杨丽从袋子里抓出一袋薯片："又跟华姐吵架啦？"

方华是不允许罗宝瓶的朋友们叫她阿姨的，嫌叫老了，只能叫华姐。

罗宝瓶语录:

青春不能错过的第二件事:至少交一个过命的朋友,可以是姐们儿,亦可以是异性知音。你们长在彼此的青春里,在脆弱的时候,她/他是你第一个想依靠的人。

此时，伍元的车开回家，一刹车，焦灼的方华站在他面前。方华朝伍元车里一探头："她上杨丽那儿去啦？"

这对母女，就是欢喜冤家。

其实方华心里，是愧对女儿的。她作为独女，接了父亲的班，在老茶厂当制茶师，后来丈夫生意做大了，她便辞了工作，专心当公主。

女儿是跟她争着宠长大的，俩人不像是母女，更像是情敌。丈夫去世后，方华重新出山，在朋友开的茶馆里当讲师，端着阔太太的自尊，只能勉强糊口。

但丈夫的死，对女儿打击太大。从那时起，女儿就变了，变得强悍，像个男孩子咬紧牙关担下了家庭里里外外的全部琐事，更成了个打工达人。女儿在学着她爸爸的样儿，宠爱这个公主妈妈。方华却没有尽到一个妈妈的责任，而是接受了女儿的宠爱，成了老公主。她努力去做女儿相依为命的破产姐妹，却仗着一身的公主病将女儿的心越推越远。

方华从没对女儿说过一句谢谢，也从没对女儿说过一句对不起。一开口便是承认自己的懦弱自私，她高高在上的自尊做不到，只能把愧疚藏在心里。可她毕竟是妈妈，在罗宝瓶跑出门的那一刹那她就回过味儿来了：差点就给这个傻女儿骗了啊！这个傻女儿，从来都是受了伤，却不肯喊疼的那一个，她是被夏之初给甩了！

方华在伍元面前，一瘪嘴，想哭又咽了下去。她突然意识到，在她们的母女关系里，她总是依靠着女儿，总是向女儿索取，却没有回报。

看着方华哽咽的样子，伍元的心，好像是冰山被炙热的阳光刺开了一道裂缝。这一刻他是羡慕罗宝瓶的，谁说她一走了之不是撒娇，不是依靠呢？她一定知道，就算一走了之，妈妈也会想着她，念着她的。

洗好澡，伍元靠在床头，却发现床头柜不知什么时候多了一盘细细切好的水果，插了几根牙签。果盘边上，有一杯冒着热气的水。

也许，这就是家的感觉吧？

03.

我叫罗宝瓶，我妈常说我是三十岁的躯体，十三岁的智力。

十三岁那年，我开始了叛逆期。我不穿裙子，我剃平头，我迷上了跆拳道，我跟着街头小霸主混过"沙场"。我做尽了叛逆的事情，被妈妈一巴掌打醒。

我可以为妈妈做一切事情，除了做回小公主。

预备，跑！八百米，高三三班的同学们，箭一样撒了出去。

体育课，大概是高中生涯里，最轻松愉快的课程了。可这时候，不知道从哪段跑道，爆发出一声惊叫！

小卷毛夏薇的运动服不知道被谁剪破了，在剧烈的运动中撕裂！

所有人震惊的是，运动服底下，露出小卷毛的身体：她背上几道巨大的伤疤，赫然在目！

小卷毛脸色苍白，站在原地，众目睽睽之下，红通通的伤疤如此刺目。她既震惊，又恐惧，开始哆嗦，泪满眼眶。

绿萝脱下外套，一把披在小卷毛身上。绿萝的心也在哆嗦，她不知道面前这个转学生，到底经历了什么……但真正令她震怒的，是剪破运动服的人。

绿萝扫视着围观的面孔，赵小侠？是赵小侠，她想起了赵小侠复杂的眼神。

但显然，赵小侠也没料到，运动服之下，是这样一幅惨烈恐怖的画面。

体育老师跑来，还不知道发生了什么……绿萝护送着小卷毛先离开了，但这几道巨大的伤疤，像是闪电劈开了同学们的脑洞，很快，小卷毛神秘的身世就有了无数版本。

食堂一楼，李树听说了第一天开张的惨状，召罗宝瓶开紧急会议。

但没想到，罗宝瓶一觉睡醒，却重生了似的，精神焕发：今天开始，重振一楼。我罗宝瓶是谁，是蒸不烂、煮不熟、捶不扁、响当当的一粒铜豌豆！

罗宝瓶认真向李树提出几点要求：第一，厨师班子要换血。

一个省的厨师不能超过两个人，并且要均衡南北方厨师。最好是不同省的厨师互相穿插，一个四川的，一个陕西的，一个上海的，一个广东的，一个北京的，最大程度避免厨师拉帮结派，同时也为学生增添多种口味的菜肴。每道菜实行流程化、标准化制作，每道工序都不能出错，一个菜不好吃，一个组的人连坐！

李树看着认真的罗宝瓶，笑了。这才是他认识的罗宝瓶，她是从不气馁，元气满满，一直跟这个世界拼杀着，用尽最后一滴血，也能想办法满血复活的超级小强。

"从最基本的菜开始改善，一步一个脚印，重新把学生们拉回食堂。"罗宝瓶向李树保证，会在师生们吃到放心菜的前提下，提高营业额。

罗宝瓶在杨丽的建议下，把食堂装点一新——角落里扔了几张懒人沙发，墙上贴了流行的偶像照片和电影、话剧海报，新增了一块黑板，实时更新城里的电影、演出、讲座等信息，并且有一本专门的留言簿，欢迎同学们积极提意见……罗宝瓶摆弄着一套 DVD 机："食堂，就是孩子们的咖啡馆，后花园，我要让他们尽可能地轻松、舒服。只有和他们打成一片，我才能带着绿萝走出困境。"

而罗宝瓶这一系列食堂改革，却得罪了胖虎。作为厨师长，他的江湖被破坏了。

食堂开张前一个小时，胖虎就带着他的食堂班子消失了。在罗宝瓶急得焦头烂额的时候，胖虎正带着他的人下馆子："敢割老子的肉，弄不死她！"

火烧眉毛，负责切配的大雄，怯生生，跃跃欲试又不敢冒头。

窗口的静香指着大雄："他会做菜！他做菜可好吃了！"

负责洗消的小夫一干人等，看笑话似的，等着大雄出洋相：墩子在大厨边儿上看三年，就自以为出师了？

罗宝瓶只能赌一把了，赶鸭子上架，今天的午餐，就由大雄承包了！一语既出，整个厨房都沸腾了，墩子真的能当三级厨师使吗？

静香逼着大雄："你给我做菜的时候那股劲儿去哪儿了？现在，就给我拿出来！"

一咬牙，大雄硬着头皮上了……在大家不怀好意的注目下，大雄根据现有的食材，定下今天的例汤——棒骨汤。

开饭了，罗宝瓶万般期待之下，来食堂吃饭的师生却远不如前一天热闹。看来，要赶上二楼小吃的魅力，任重而道远。

绿萝出现了，后面跟着赵小侠。

两人打了饭，坐在同一张桌子上，面对面。这对组合太不和谐，引人频频侧目。

绿萝开门见山，让赵小侠放过小卷毛。可是赵小侠的态度却很古怪："你凭什么觉得，小卷毛是你的朋友？你凭什么觉得，是我剪了小卷毛的运动服？"

绿萝冷笑："因为做好事儿从来轮不到你。"赵小侠挖苦绿萝："这么有正义感？这么有是非观？别侃侃而谈假正经了，做出一副挺身而出的样子，累不累啊？谁不爱看笑话？你偷窥着小卷毛的隐私，还要打着友情的招牌，替她行侠仗义，但别装了，其实你打心眼儿里，兴奋着呢！对吧？就像你对春丽一样，表面上比谁都护着他，其实呢，最瞧不起他的人就是你！别装了，看着恶心。"

绿萝气得抓起碗里的棒骨就要砸到赵小侠头上！谁料，赵小侠一个反手，将绿萝手里的棒骨汤，泼在她自己头上。

绿萝一头的肉渣，咬牙忍泪。

罗宝瓶拦住赵小侠的去路："跟她道歉。"

但这边事儿还没了，那边又出事儿了。

刚喝了一口棒骨汤的伍元，咚一声晕倒在地！

赵小侠吹了个口哨，盯着罗宝瓶："泥菩萨过江，自身难保！你们食堂的汤，把老师都给撂倒啦！幸好我一口都没喝。"

刚刚清醒的伍元，从医务室冲进厕所，吐了个昏天黑地，脸色惨白。

伍元喝了汤应声倒地的新闻传遍了学校：肯定是食物中毒！罗宝瓶成了过街老鼠。

莫茶代表师生联名上书，要彻查食堂卫生问题。校方怕事情闹大，立即停掉食堂一楼的工作，组织彻查。所有当天在食堂吃过午餐的师生都挨个儿体检，人心惶惶。

罗宝瓶彻底蒙了，一个棒骨汤，怎么会惹出这么大的事？不仅仅让胖虎看了笑话，罗宝瓶更是无颜面对李树。公司董事长拍桌，要弄清楚到底出了什么事！罗宝瓶在李树的求情之下，才得以停职调查，没有被立即撵走。

大雄吓得哆嗦："我说不行，你们偏要我上！"

罗宝瓶终于等到了从医务室出来的伍元，却跟不上伍元的脚步。想问他到底这是为什么，伍元转过身，脸色是从未有过的冷："没金刚钻，你揽什么瓷器活？你们食堂做的东西有多难吃，你自己不知道啊？你以为你到食堂是来玩儿的？为了你妹妹，走个后门你就来当负责人了，你担得起吗？全校上下几千个人，你要保证的是他们的营养，他们的健康！没这个本事就趁早滚蛋，把这个地方让出来，换其他有能力的企业来！别在这儿浪费资源了，最烦你这种自不量力的蠢货。"

伍元的刻薄，刺痛了罗宝瓶："我的汤到底出了什么问题，我得对症下药，我得知道，你晕倒到底是怎么回事！"

封闭的食堂内，李树跟着检察员一个一个菜试吃。可是，从供货商查到洗消，都没有任何问题……难道，真是大雄有问题？

校领导针对食品安全问题，召集一楼和二楼的餐饮公司负责人开紧急会议。罗宝瓶低着头，跟在李树后面，脸上火辣辣的。没想到一抬头，却看见会议室门口，走进一个熟悉的身影——夏之初！

看见罗宝瓶，夏之初也蒙了三秒钟。随即，他身边的女人盯住罗宝瓶："怎么又是你？"

杰瑞屁颠颠地跟住女人，有些好奇："大小姐，你认识这个人？"这个"大小姐"，夏之初的未婚妻，原来就是二楼餐饮公司董事长的千金陈娇娇。

李树笑了，这就是夏之初抛弃罗宝瓶的原因吧？傍上了董事长千金，他的"嘎嘣脆炸鸡"被陈娇娇的妈妈收购，他直接从前途缥缈的创业狗，摇身一变，成了上市公司的餐饮部副总。

这一次，轮到夏之初脸上火辣辣了。

杰瑞牙尖嘴利，见缝插针地在校领导面前挖苦李树管理不善，直抽罗宝瓶的脸。气得罗宝瓶当场立下军令状：二十四个小时之内，查明事情真相！

陈娇娇滴得出水的声音娇嗔："二十四个小时，查不出真相，一楼的承包权就转给我们公司吧？"校方负责人招架不住，答应了陈娇娇。

二十四个小时，像是一把刀架在了罗宝瓶脖子上。

她必须要查明真相，给李树一个交代。

运动会的接力赛练习开始了，按班级分组。

绿萝换上跑鞋，刚跑了几步，却惊叫一声，摔倒在地！

体育老师赶过去，脱下绿萝的跑鞋一看，脚上全是血……两颗小图钉扎在绿萝的脚趾底下。同学们都看不下去了，体育老师赶紧把绿萝背去医务室！

绿萝疼得满头大汗，她一定要参加接力赛的，因为这是她和春丽的约定。

初中一年级时，绿萝和春丽仍然在一个班。接力赛，绿萝排在春丽的前面，最前面几个同学短跑超级快，把对手甩了差不多一百米，几乎胜券在握！轮到绿萝了，她太想胜利，又太过紧张，在还剩下几米，就要传棒给春丽时，突然摔倒了！春丽紧张极了，鼓励绿萝起来，但绿萝就是爬不起来。时间一分一秒过去了，春丽本可以过去抢过绿萝的棒继续跑，可是春丽没有。春丽一直在原地，对绿萝伸着手，等她爬起来，瘸着跑过来，把棒交到他手里。

就因为这珍贵的几秒钟，尽管春丽非常努力地跑完了全程，他们还是输了。

事后，班里的同学一致埋怨春丽，暗地里说，不该让一个傻子上场。可是绿萝感激春丽，因为那只伸出的手，代表着"我相信你"。

绿萝和春丽约好了，每年的运动会，都要一起参加。这一次，虽然春丽不在，但是绿萝不能失约。

从医务室出来，绿萝的脚被缠上了厚厚的纱布。她径直走到赵小侠面前，一字一句告诉他："我，绝对，不会放弃。"

所有人都看见了，绿萝一瘸一拐，走向操场。

她请求体育老师，不要换掉她。她要上场，她一定，一定不会拖班级的后腿。

看着绿萝的背影，赵小侠默默张了张口："不是我，不是我放的钉子。"

可是，没有人听见他的声音。在所有人心里，这个欺负女孩子的校园恶霸，是卑鄙的。

赵小侠拦住小卷毛夏薇。

"为什么？你来到这个学校，到底想干什么？"赵小侠盯着小卷毛。

小卷毛知道，自己败露了……她偷偷剪破了绿萝的运动服，本来在跑道上出丑的人，应该是绿萝！但是被赵小侠发现了，那件运动服，被赵小侠恶作剧掉了包。于是最后出丑的人，反而成了小卷毛自己。

为什么要害绿萝？因为她来到这里，就是为了绿萝。她要成为绿萝最好的朋友，让绿萝尝尝，"友谊"的滋味。

"有种，你就去跟绿萝告发我啊？"小卷毛长长的睫毛，几乎要碰到赵小侠的脸，"你敢吗？我做的事情，跟你一样啊，我们都是坏孩子。"

小卷毛笑笑，转身走了。

"绿萝鞋子里的图钉，也是你放的？"赵小侠盯住小卷毛。可是，他没有得到回答。

赵小侠看不清小卷毛眼睛里面藏的东西，可是他隐约觉得，答案，就在小卷毛背上的那几道伤疤里。

大雄从头开始，给大家演练棒骨汤的做法。

无论怎么看，都不该有任何问题……突然，罗宝瓶想起了什么，一拍脑门："我、我在大雄去洗手间的时候，往汤里放了一条鱿鱼。"所有人都诧异地看着罗宝瓶，"我、我跟'老巷炸鸡'的师傅学的，就往汤里放鱿鱼，可好喝了。"

李树眼睛一亮，就是鱿鱼！

李树带罗宝瓶去了他和伍元的大学……这是一所全国重点大学，考进来很不容易，一直是罗宝瓶向往之地。

原来，李树和伍元，竟然曾经是最好的兄弟！那时候的伍元，没有朋友，还到处得罪人，被人堵在图书馆后面的角落。四面楚歌的伍元，使尽浑身解数跟人打架，却还是寡不敌众……这时候，李树出现了。两人都是化学系的学生，一个是跳级成为博士后的天才，一个是连高数都挂科的嘻哈少年，竟然默契得惊人，三两下就解决了围攻伍元的那些人。

从那天起，李树就成了伍元的跟屁虫，他喜欢外冷内热的伍元，从来不计较伍元的尖酸刻薄，反而能理解伍元不解风情之下的幽默。

渐渐地，伍元接受了他人生中的第一个朋友，开始放下内心的芥蒂，告诉李树，关于他的一切。

李树这才知道，伍元竟是化学系教授伍德的儿子！但伍元的妈妈死得早，他和爸爸水火不容，从不公开承认二人的父子关系。于是，李树成了伍元和伍德之间，穿针引线的那个人——父子间有任何事情，都让李树带话给对方，或者带信给对方。

李树也便知道了伍元从来不吃鱿鱼的秘密……伍元小时候，爸爸最喜欢给他吃鱿鱼，因为鱿鱼的营养价值高，对脑子好。可是鱿鱼性质寒凉，并不是人人都适合吃，特别是脾胃虚寒的人。伍元每次一吃鱿鱼，都要发湿疹，爸爸却从来没重视过，以至于之后每次吃鱿鱼，伍元就哭……伍元一哭，爸爸就拿筷子抽他的小手心，逼着他咽下去。

长大之后，伍元再也不碰鱿鱼，甚至见着鱿鱼就躲得远远的。只要任何菜里夹杂着鱿鱼味儿，他都立即浑身不舒服，恶心呕吐！

罗宝瓶这才恍然大悟……没想到，自己扔进锅里的一条鱿鱼，竟然碰到了伍元内心深处，最敏感的伤口。家长极端的望子成龙，却是以爱的名义，伤害着孩子，把孩子逼到死路，变成了怪物。

罗宝瓶终于明白了，伍元为什么会是现在这个样子。这个冷漠、自负、孤芳自赏的中二中年，原来曾是那样孤独过，无助过。

我叫罗宝瓶，我妈常说我是三十岁的躯体，十三岁的智力。

我一直在以这样叛逆的方式爱着妈妈，她不愿让步，我也不愿低头。

但谁能否认呢，她比任何人都要爱我，我也比任何人都要爱她。也许，亲情就是这样，我们站在这头，家人站在那头，我们拼命拽着一条线，想把对方拽到自己这边，可是越使劲，就越危险。在线快要崩断的那一刻，我们都会突然间同时放手，突然间害怕起来。

火锅店里，杨丽盯着手机心不在焉。

她爱上了一个男人，对方是做室内设计工作时结识的甲方。男人叫顾海洋，想要做一间兼备休闲聚会功能的画廊。他风度翩翩，笑起来的样子很好看，言谈举止分寸拿捏极其妥当又不失风趣。最重要的是，他懂画，这唤起了美术专业出身的杨丽极大共鸣。他能从中国美术史，讲到西方画，讲尼古拉斯普桑的《里纳尔多和阿米达》，十字军东征时期，阿米达下定决心要杀死骑士里纳尔多，复仇之火燃烧着她，在她要发出致命一刺的时候，却被丘比特抓住了紧握匕首的手臂！那一瞬间，阿米达放弃了杀死骑士的计划，甚至伸手去触摸他的头发……阿米达被杀戮的欲望和突如其来的爱情所折磨，里纳尔多既是她的敌人，也是她的爱人，真正的现实不再黑白分明。顾海洋告诉杨丽，每个人都是阿米达，在黑白之间寻找栖身之地，这个世界本来就不是非黑即白的，是灰的。

杨丽被顾海洋的成熟、渊博所吸引，她觉得他们早已认识多年，有聊不完的话题。她常常偷看顾海洋的侧脸，她觉得顾海洋眼角的每一根皱纹都是美的，甚至顾海洋一颦一笑都让她想起维纳斯。

突然杨丽说了一句："我想去整容。"

罗宝瓶喷了："你受了什么刺激？"杨丽掏出手机，翻出顾海洋的照片，一张张秀给罗宝瓶："帅不帅？灵魂伴侣，soulmate！在他面前，我觉得我浑身上下每一个细胞都应该回炉再造。"

罗宝瓶瞠目结舌地看着杨丽，不认识她了。小学时候，俩人在一个补习班上课，是同桌。杨丽很招小男生喜欢，水汪汪的大眼睛，飒气的短发，穿嫩黄色的宽松 T 恤和运动短裤，白花花的腿在阳光下反射出粼粼波光。杨丽一直都是人群的焦点，她是最早一波进肯德基打工的时髦少女，最早拥有 BB 机、MP3，最早穿上牛仔裤吊带衫匡威脏布鞋，就算到了三十岁她也能靠卓越的社交水平和专业能力秒杀那些刚大学毕业的美少女。杨丽是和罗宝瓶并肩作战的队友，是个对人生永远充满激情的铁血战士，是罗宝瓶的夜航灯塔。

可是，这样一个女人，竟要为了什么 soulmate 去整容！

罗宝瓶感叹，爱情是盲目的，就连杨丽也在劫难逃。但她理解这样的感情，站在一个喜欢的人面前，生怕自己不够好。拼命踮起脚尖，想显得自己高一点，却只会将差距拉得更大。

这时，罗宝瓶注意到，火锅店的一角，伍元正一个人在涮肉。

一个人吃火锅，是世上最孤独的事情之一。

罗宝瓶冲过去，一鞠躬："对不起！"顿时，火锅店里所有的目光都集中到了伍元和罗宝瓶身上。伍元对着肉说话："4－甲基辛酸，4－乙基辛酸，4－甲基壬酸，经过烤、炸、煮之后，还是能以足够浓度存在，真是阴魂不散。"

罗宝瓶听见"阴魂不散"几个字，抓抓脑袋："阴魂不散？"伍元还是盯着肉："羊肉味道的主要成分，特别是 4－甲基辛酸，跟那个汗味儿有很大关系，连扔锅里都涮不掉，就像你一样，阴魂不散。"

罗宝瓶脸涨得通红："我、我是来跟你道歉的！那条鱿鱼……是我放进锅里的，我也没想到那是你的童年伤疤。"伍元一愣，表情逐渐发青。而罗宝瓶满怀歉意，表达着对一个受伤孩子的理解与同情，却激怒了伍元。

"你，从李树那个叛徒那儿，偷来了我的秘密，还把自己包装成知心姐姐的样子，表面上是安慰我受伤的心，实际上是想利用我，要我在众目睽睽之下，再揭一次伤疤，帮你们食堂洗白，对吧？你这不是理解与同情，你是在看笑话，你和李树一样，是踩着我往上爬的人。"

伍元微笑，结账离开，却被杨丽拦住："你这人，有没有同情心啊？"

伍元面无表情："人体的96%是有机物，其中包括65%的氧，10%的氢，3%的氮，还有剩下4%的部分，包含各种有机物和无机物，比如碳、钙、纳、镁、铁、锌等40多种元素。人体中，脑垂体中包含一种催产素，由下丘脑视上核和室旁核的巨细胞制造，经下丘脑—垂体轴神经纤维输送到垂体后叶分泌，再释放入血。催产素，就是产生同情心的垂体神经激素，你有，我当然也有。"所有人都听得目瞪口呆，伍元耸耸肩："可惜，我对蠢货不分泌催产素。"

回到楼下，伍元面前站着李树。

好像回到了大学，那年，两个人也是这样面对面站着。李树喊："你凭什么？凭什么践踏干爹的感情？不管他以什么方式在爱你，你至少还有爸爸，你知不知道我有多羡慕你！"而伍元，笑了，干爹？好啊，这个爸爸，你喜欢，那给你吧。既然你在我和伍德之间，选择了站队，那我们也不必再来往。

其实事情的起因，也并不是多了不起的事。那堂化学课，伍元本是不屑于去上的，以他的知识储备，已经够格带研究生了，何必老去跟本科生凑热闹——还是伍德的课。但作为博士后，凑学分，他不得不去给化学系的老师们打下手。这种无聊行径，让伍元非常烦躁，每天沉浸在游戏中，一玩儿就是通宵，打不过关就不睡觉。

谁想到，一开课，讲台上的投影屏幕竟开始直播游戏攻略！伍德得意扬扬：他用了三天时间，就破解了世上最难网游的所有关卡！整个课堂都轰动了，伍元抗议，谁要你的攻略！父子大战，伍德直指伍元："老子比你厉害多了！老子三天时间，连攻略ppt都做出来了你还没打过九九八十一关，还敢嫌老子的课无聊！井底之蛙！"

伍元当众被伍德打脸，很没面子，号召同学们罢课！因为强行直播游戏攻略侵犯了大家的权利！面对伍元的无理取闹，李树作为最好的哥们儿，不是撑腰，竟是站出来喝止伍元："化学天才，不等于没有进步的空间！伍德说得没错，你半桶水响叮当，只是井底之蛙，就不要把大家都拖下水了，毕竟不是每个人都有资本跟老师拍桌子吵架。"

李树的父母离异，很早就扔下他出国了，他一直跟着外婆长大。在心底，他渴望父母完整的爱，也羡慕那些，可以跟爸爸称兄道弟的人。在伍元和伍德之间，他一直扮演着穿针引线的角色，也因此看见了伍德别扭的父爱，他敬重伍德，而伍德也十分喜欢他，两人便成了再生父子。

李树看见ppt的那一刻，内心是震撼的。他没想到，为了让伍元专心学习，伍德竟然搞了这么个游戏攻略！这对父子，拧着一股劲儿，爱得辛苦，也爱得让人心疼。李树希望伍元退一步，跟爸爸和解，却弄巧成拙，变成了站队。在伍元眼里，他李树，选择了从小到大，一直在践踏伍元自尊心的"仇家"。

此刻，李树站在伍元面前，逼他站出来，给校方一个真相。

李树奚落："你逃避、懦弱，但是付出代价的是罗宝瓶，是我们整个公司！作为一个老师，不能坦然面对过去，不能重新开始自己的人生，你怎么教那些孩子向前看，往前走？怪不得你的高三三班，是整个年级的垃圾班，因为你根本就没有重新开始的能力。"

伍元被李树的话刺激，上去想抓李树的衣领，却反被李树揍了一拳。

今天这一架，好像已经等了很多年。

伍元家，方华和方庄正在手忙脚乱地帮伍元清理伤口。

肩胛骨的伤还没好，额头上又贴上了胶布。伍元的脸上，看不到任何表情。

但他在听，听绿萝的决心：因为脚受伤，却非要上场，绿萝遭到了同学们的孤立。

方华插嘴，脚都成这样了你还要上场！疯啦！女孩子万一落下个后遗症，你这辈子走路都一瘸一拐的，将来谁娶你？

方庄支持绿萝，一点小伤不算什么，但重要的是，绿萝为什么一定要上场？

对于绿萝来说，这是她和春丽之间的约定，遵守约定，也许是对春丽赎罪的一种方式，但更是她咬牙不屈服的信念。

一楼食堂，因为罗宝瓶没能在二十四个小时内给校方一个解释，全军覆没。

陈娇娇准备好了合同，要接手一楼的承包权，还不忘奚落罗宝瓶："不好意思，这个世界都是我陈娇娇的，更何况一间食堂。"

李树脑袋上，也贴着胶布，微笑着对罗宝瓶说："没关系，所有的责任我来担。"看着李树大包大揽的样子，罗宝瓶心里突然什么都明白了：他也是为了保护伍元。

李树和罗宝瓶，带着人将东西从食堂搬走……楼梯口，罗宝瓶站住了，夏之初站在她面前。不等夏之初开口，罗宝瓶先绽放了一个巨大的笑容，给夏之初加油：她理解夏之初的选择，相信夏之初配得上他想要的一切。

出身小城镇的夏之初，咬牙熬过了多少个寒窗日夜，考上了最好的大学，成了全镇的骄傲。他怎么能爱罗宝瓶这样一个平凡到丢进人群就消失不见的傻小子呢？他要的是公主，是荣华，是富贵。那个和罗宝瓶一起在山顶等日出，憧憬未来，胸怀天下的夏之初，那个最好的夏之初，早已见光死。

可罗宝瓶越是笑，夏之初就越难受。

广播突然响起。是伍元的声音，教学楼上下窗户里纷纷探出头来。

伍元只身站在巨大的操场上，举着话筒——

有一个男孩，他恨他的父亲，不仅仅是因为，他永远达不到爸爸的要求，更是因为妈妈病危，一直到咽气，爸爸也没有赶回来，见妈妈最后一面。多少日夜，妈妈都是念着爸爸的名字睡着的，而爸爸站

在妈妈的坟前，给的理由仅仅是，忙。后来，男孩才知道，是爸爸的项目失误了，被对手挖了，所以为了一个过失，用加倍的日夜工作来弥补。爸爸以为，他是因为这个过失，错过了妻子最后一面，所以在他的余生里，以加倍的严苛来教育这个男孩：你不能犯错，因为犯错的代价太大。这个男孩，罚过站，挨过打，受过羞辱，被逼着吃让他全身起疹的鱿鱼。直到有一天，男孩被爸爸，教成了一个怪物，一个只会往前跑，却封闭自己内心的怪物。他觉得他的人生，都被扭曲了，终于有一天他忍无可忍，对爸爸爆发：为什么我要为你的错买单？为什么我要成为像你一样的人！我们明明是不同的啊，我根本不会把名利，排在亲人的前面！……后来，男孩长大了，像个怪物一样活着，没有朋友，不停犯错，不碰鱿鱼。这个男孩，就是我。

所有人都凝神屏息，听着伍元的自白。

伍元自嘲，因为一碗鱿鱼汤，自己竟晕倒在食堂。如今当众剖开内心，实在是很没面子。但是，我不愿让别人，为我的错误买单。一楼食堂，是清白的，问题在我。

但伍元真正要说的，是反抗。你们学习的目的，不是成为怪物，是成为人！你们要学会怀疑，学会辩证地看这个世界，学会反抗！

你们要知道，什么是信念？信念是咬牙不屈服，是被钉子刺破脚底，还要坚持跑下去，是你们被人扼住了喉咙，也不能丧失说话的权利，是无论眼前多黯淡，也不泯灭的初心！

有了信念，你们才会为人生的不公而反抗，为现实的残酷而反抗，为不断被践踏的自尊而反抗！不要被任何人所左右，你信什么，你的人生，就是什么。

回到高三三班，伍元指着绿萝："我不管是谁在她的鞋子里放钉子，但是参加接力赛，是她的信念，我支持她的信念，你们呢？"

原本一边倒，将绿萝视为过街老鼠的人，开始各自思考：绿萝，真的罪不可赦吗？是随波逐流，还是反抗，忠于自己的初心？

最终，全班大多数的同学，举起了手，支持绿萝参加接力赛。最重要的不是输赢，而是坚持跑下去的信念。

罗宝瓶语录：

青春不能错过的第三件事：学会主宰自己的思想。思想有积极和消极之分，选择积极的思想，坚持下去，总有一天，你会成为你想成为的那个人。

一楼食堂得以幸存，夏之初暗暗舒了口气。

看着夏之初为罗宝瓶高兴的样子，陈娇娇不乐意了。作为女强人的掌上明珠，陈娇娇享受着比别的孩子加倍的宠溺，也承受着妈妈近乎变态的控制欲。她受够了爸爸从巨富，到破产，再到大富那样过山车似的人生，受够了父母多年纠葛不清，爱恨交织的爱情，只想抓住夏之初这根稻草，谈一场普通人的恋爱。

但她被骄纵惯了，她所谓的普通人的恋爱，更像是公主与贫儿的游戏：我仰慕你的才华，你可以驾驭我，虐我，但不能改变我们身份的悬殊，只有我，才能决定这个游戏怎么玩，只有我，才能判决我们的关系。

陈娇娇作天作地，夏之初只有认输的份。

回家的车上，陈娇娇为了夏之初看罗宝瓶的一个眼神，尖酸刻薄，气得夏之初忍无可忍！一看夏之初为了前女友，竟然敢跟自己顶嘴，陈娇娇开门就要往下跳！

夏之初吓得伸手去拉陈娇娇，方向盘一拐，眼看着就要撞上前面的一辆大货车！就在撞车的一瞬间，夏之初为了保护陈娇娇，把方向盘朝陈娇娇那边拐，让自己的驾驶位直接撞了上去。

陈娇娇一声尖叫，夏之初当场晕死过去！

同一时刻，李树正严厉地盯着胖虎："事情的起因，都是因为你撂挑子。别太拿自己当回事儿，带上你的人，滚蛋吧。"

胖虎傻了，求李树再给自己一次机会……最终胖虎得以留下，但是他带来的亲戚全部解散。李树按照罗宝瓶的要求，将厨师班子大换血，这一系列的变故将胖虎的手下烧得咬牙切齿！

罗宝瓶得到夏之初出事的消息，急得立马就要赶往医院！胖虎的一个手下拉住罗宝瓶："坐我们的车吧！"罗宝瓶想也没想，就跳上车，却没注意到，这帮人的眼神里透出了一股杀气。

这一幕，被莫茶看见了。

餐厅，莫茶约伍元坐坐。

莫茶听了伍元的自白，内心翻云覆雨。听见伍元的反抗，她几乎要痛哭失声，因为想起了十二年前，想起她屈辱的，被践踏的曾经。她认定了伍元就是那个对的男人，她决定主动出击，抓住伍元。

莫茶精致、克己，每一个姿态、语气都是精心准备，在所爱之人面前，她不允许自己有一丝一毫的不完美。

这时，伍元电话响了，接起来，是绿萝。

绿萝等不到罗宝瓶，着急跟伍元说，罗宝瓶失踪了！就像是人间蒸发了一样，罗宝瓶没有一个信息，手机关机，绿萝求伍元帮忙找找。

伍元挂了电话就要走，莫茶得知竟是为了罗宝瓶："为什么是她？你们很熟吗？"

伍元不想生出误会，隐瞒了罗宝瓶一家人暂居自己家的事。但也奇怪："你们认识？"莫茶赶紧掩饰："不，不认识，只是，谁不知道那个食堂咆哮姐呢？"

莫茶拦不住伍元，只能咬牙告诉他，傍晚的时候，看见罗宝瓶被一车人拉走了……

伍元觉得不对劲，联系了李树，才发现事情没那么简单，罗宝瓶是被胖虎手下那帮人给带走了！

郊外小树林，胖虎手下的那帮人，将罗宝瓶扔下车。

罗宝瓶惊恐，四下无人的野地，求救无门。罗宝瓶随手在野地里摸索，抓住残断的树枝，紧紧攥在手里，当成武器。

胖虎手下们冷笑，是罗宝瓶坏了江湖规矩，断了他们财路，理应付出点代价。

手下们靠近，罗宝瓶一边发抖，一边扬起手里的武器，狠狠拼向这帮人，孤身奋战。

李树联系上了胖虎，报警，根据车牌号追踪到罗宝瓶的下落！

同时，一辆纯黑色保时捷911，在马路上飙驰，轰鸣声呼啸而过……车里，伍元全神贯注，掌握着方向盘，狠踩油门！屏幕定位，正是罗宝瓶所在的位置。

罗宝瓶满身是血，拼得快没力气，衣服也在厮打中被扯得残破不堪……

眼看寡不敌众，随手捡的武器，被折断的折断，踢飞的踢飞。罗宝瓶脚软，逃也逃不掉，一不留神被脚下的石头绊倒在地。

手下们淫笑，开始解裤腰带……

罗宝瓶绝望，嘴唇咬出了血。

就在手下们扑向罗宝瓶的那一刻，只听见猛的一声刹车，刺目的车灯照亮了漆黑的小树林。手下们转头，伍元开门下车，冷冷地看着他们。

脖子上还挂着护颈，肩膀还绑着绷带的伍元，活动着手指，几个指关节咔咔作响。几个手下转身回来，伍元微微一笑："一帮蠢货。"一个回旋踢，就和几个人干了起来！

当李树和警方赶到，伍元已经解决了一地的胖虎手下。

罗宝瓶惊魂未定，看着满身是伤的伍元，大哭起来……

罗宝瓶一边哭，一边嘟囔："你怎么会这么能打！你不是很弱吗，不是连我都打不过吗？"

伍元强忍着疼痛："不跟你说了吗，我从不跟女人动手。"

警方控制了七零八落的胖虎手下，李树跑过来，抱住罗宝瓶。

站在伍元面前，李树表情很复杂……他一直以为，自己才是罗宝瓶的守护者，但一切开始有了莫名的变化：在罗宝瓶快触底时，接住她，把她抛回来的人，成了伍元。

同在最好的医院，罗宝瓶要做的第一件事，是找夏之初。

她穿着病号服冲进夏之初的病房，却被陈娇娇拦在门外。

差点作死了夏之初的陈娇娇，不能让前女友在这个时候来看笑话。她竟面带笑容，一副又骄傲又满足的样子跟罗宝瓶炫耀：你看，夏之初是为了救我，才差点死在车里的，他能为了你去死吗？

罗宝瓶快要站不住……他快要死了？这个自己爱了五年的男人，她供在手心里，当神一样仰慕的男人，差点死在陈娇娇手里？

罗宝瓶疯了一样要去看夏之初一眼，却被陈娇娇一耳光扇在脸上！

陈娇娇咆哮："他是我男人！我不同意，你有什么资格进去看他！"

罗宝瓶清醒过来，更响亮地甩了陈娇娇一个耳光："你男人为了你，差点丢了命，你还笑得出来吗！"

罗宝瓶不管不顾，推门进了病房。她看着夏之初的脸，泪如雨下，她一字一句对夏之初说："我要向你宣战，从今天开始，我要赢你！我要把'嘎嘣脆炸鸡'丢的份儿，全部赢回来！夏之初，你不是能耐吗，有本事你站起来，跟我比比，是你的二楼厉害，还是我的一楼厉害！"

楼顶，伍元独自吹着冷风，望着城市的夜里车水马龙。

罗宝瓶疲倦地来了，递给伍元一杯热水："怎么跑这儿来了？"伍元接过水，沉默了一下，才说："冤家路窄呗。"原来，是怕又跟父亲伍德路狭路相逢。

谢谢。这是罗宝瓶此时，必须对伍元说的话。谢谢他在全校师生面前，站出来澄清事实，救了她，却剖开他自己的内心创口。

伍元却嘴硬，说只是不想欠人情，尤其是，不想欠李树的人情。

罗宝瓶对伍元伸出手：交个朋友吧！无论如何，也要谢谢他能挺身而出，救了自己第二次，身上还又添了新伤。

伍元一口气喝光了水，把一次性纸杯放进罗宝瓶手里："我只跟智商相当的人交朋友。"

罗宝瓶好气又好笑地看着伍元傲娇的样子，这样的一个家伙，智商相当也不一定会有朋友的吧！

其实罗宝瓶本来挺看不上伍元的，觉得他隔岸观火，没有尽到一个老师的责任。可慢慢地，她觉得错怪伍元了。伍元只是孤僻，不知道该用什么方式表达他的关心，他总是冷冰冰地，用奚落和挖苦表示自己的关心，却因此碰一鼻子灰。他讨厌人情，与其被人情拽入泥沼，倒不如冷眼旁观。

伍元早已习惯了自己跟自己做朋友。冰块冻住的心，却并不是冷的，他收留了罗宝瓶的家人，他剖开内心，指引着学生们往前走，他有一腔不为人所知的热血。

04.

我叫罗宝瓶，我最喜欢的动漫是《海贼王》。

看克斯对路飞说："这顶帽子是我最珍贵的东西，我把它交给你，将来你一定要还给我，当你成了不起的海贼的时候。"

我喜欢那种，为了梦想努力打拼的人。夏之初就是这样的人，他的执着吸引我，就算是他背叛了我，我还是无法恨他。

运动会上，绿萝在全场瞩目之下，拼尽全力奔跑起来。

突然，一阵刺痛从脚底钻来……伤口破了，绿萝满头大汗，仍然义无反顾地跑着。所有人都揪紧了心脏，看着她的脚步越来越艰难，一点一点慢下来……终于，她坚持不住，连赵小侠都屏住了呼吸！快要跌倒的那一瞬间，一只手扶住了她，是罗宝瓶。

罗宝瓶一个下蹲，把绿萝背在背上。罗宝瓶迈开腿，拼命朝前跑去，全场都哗然了。

突然，伍元在看台上大喊："把你的大嘴巴合上！你是青蛙吗？舌头尖往上舔到上颚位置，让空气通过你的舌两侧进入！吐气的时候用鼻子和嘴慢慢吐气，保持呼吸均匀！"所有人都转头怔怔地看着他。伍元继续大喊："过弯道不要用全力，用90%到95%的力量来跑，整个身体内倾，摆臂时左手小幅度，右手摆动幅度要大！"

罗宝瓶听见了伍元的声音，慢慢跑入佳境。伍元紧紧盯着她们："出弯道后要全力加速，大步跑，用100%的力气。罗宝瓶，蠢货！反击，冲啊！"

感受到了伍元的魔力，在座所有人都跟着为罗宝瓶摇旗呐喊。

高三三班赢了。在罗宝瓶过线的那一刻，全班尖叫起来。

好像好久好久，这个全校闻名的"垃圾班"都没有这样团结过！小卷毛沉着脸，一转身发现赵小侠嘴角勾着复杂的笑容，在看她。

教学楼内，黎雪儿眼睛里充满绝望。

她站在楼梯前，一只脚伸出，颤抖着，闭上眼睛……她摔下了楼梯！

医护人员用担架把黎雪儿抬上救护车，送进了医院。

罗宝瓶挤进乱哄哄的人群，听说从楼道的监控视频里看，并没有任何人推过黎雪儿，是她自己摔下去的。那些引领女生时髦的发卡、唇膏、手机壳，被摔得粉碎。

伍元蹲在人群的中心，去捡那些破碎的女孩子的饰品，面若冰霜。

是什么，让这个女孩不顾一切？罗宝瓶拉起伍元："先去医院看看！"

罗宝瓶骑上摩托，把伍元载去了医院。

黎雪儿的爷爷奶奶抹着眼泪守在病房门口。原来，黎雪儿父母离异后，她就一直跟着爷爷奶奶一起住。祖孙有代沟，爷爷奶奶从来管不住黎雪儿，只能任由她玩闹，只要不出事就好。

至于黎雪儿的脑袋里到底在想些什么，奶奶唯一知道的，是这个孙女对家的渴望。奶奶能做的，就是像个妈妈一样，努力温暖雪儿，给她安全感，给她一个家。

罗宝瓶握住奶奶的手："她一定会醒过来的。"奶奶望着伍元和罗宝瓶，一咬牙，竟然扑通一声跪下来："老师，你们救救雪儿吧！"

罗宝瓶吓坏了，赶忙扶老人起来，却听见匆匆而来的嘈杂脚步，是雪儿的父母。

雪儿妈妈劈头盖脸冲着雪儿爸爸去了，怪他不管女儿，以为什么都能靠钱解决。

雪儿爸爸看上去很老实，浓眉大眼，国字脸，年轻的时候应该是个标致的男人。他任由雪儿妈妈骂，一直紧闭双唇，像在极度忍耐着，只伸长了脖子往病房里面望。

那里面躺着他曾当掌上明珠一样宝贝的女儿。雪儿爸爸任由身边这个悍妇的拳头噼里啪啦砸下来，却毫无回应……这个悍妇，终究是爱他的，却将他越逼越远。只是可怜了这个女儿，小学时候，逢年过节，别人家的孩子吊在爸妈的手腕子上荡秋千，而她怔怔地看着叔叔婶婶和堂妹一家人其乐融融，冲上去抱住婶婶狠狠亲一口说："婶婶，你和叔叔把我带走吧，我会是个乖女儿的！"吓得堂妹哇一声就哭了。那天晚上，她躺在爸爸的怀抱里睡着了，没看见爸爸抹眼泪，一个劲儿地跟她说："宝贝，对不起。"

为了让爸爸重回妈妈身边，雪儿想尽了办法。

最后，她目光冰冷，恶狠狠地对奶奶发誓："我爸要敢再婚，我就白刀子进，红刀子出。"

从她撂狠话那天起，她就变了，再也不是那个让人一眼能看穿心思的小丫头。她的眼睛里，揣着一股狠劲儿，揣着飞蛾扑火般的决绝。她的眼睛，那样美，那样清澈，却锋利得像两把小刀子，剜得人心头滴血。

为了保护雪儿的心，全家人就像是被下了咒，不敢提雪儿爸爸在外面经历的任何一任新女朋友。逢年过节，叔叔婶婶、街里街坊就像是礼盒里炸出来的爸爸妈妈，纷纷带着玩具和新衣服来抱雪儿，表面上拿她当小女儿一般宠着，小心翼翼蒙着眼，怕别人家的幸福会刺痛她，背地里却不知说了多少闲话。

雪儿就像只越来越冷漠的小猫，躲在黢黑的床底，两眼却放着光，遇人遇事第一个反应是：你们在骗我。然后以最快的速度逃走。

奶奶终于受不了雪儿妈妈一而再、再而三的无理取闹，大声喝止：

"是谁把我孙女儿害成现在这个样儿的？你也有份！看看你穿得像个啥，三天两头换男朋友，好不容易见一次女儿你又跟她说啥了？满嘴都是钱钱钱！子乔就这么一个闺女，能少了她的咋的？"

雪儿妈妈一下子慌了，想解释，三天两头换的，并不是男友，只是普通朋友。可她的解释，雪儿爸爸黎子乔，根本就不在乎。

黎雪儿看起来是那么耀眼，她貌美、身材火辣，琴棋书画无所不能，甚至还会四国语言！她的钱包里似乎有用不完的钞票，对自己、对别人都出手阔绰，她应该是被供在城堡里，像公主一样活着的女孩。

黎雪儿终于醒来，看见罗宝瓶和伍元，嘴里却吐出几个字："别多管闲事。"

绿萝曾说，她讨厌她自己，讨厌她身边的人，不想去读大学，因为上了大学也一样！

罗宝瓶突然意识到，这些孩子病了，得治。只有各个击破，治好了妹妹身边的这些孩子们，才有可能让妹妹重获希望。

可伍元竟然决定尊重黎雪儿的意见：不再多管闲事。这一决定让罗宝瓶很懊恼："雪儿她奶奶都那样求你了，你怎么还能袖手旁观？"伍元冷冷地盯了罗宝瓶一眼，每个人都得为自己的人生负责，不是谁都有这个闲情去做电视机里爬出来的海贼王。

回到学校，罗宝瓶接到公司董事长的最后通牒：在保质保量的前提下，提高食堂业绩。

罗宝瓶仔细一算，一天的营业额只有几千元，好一点一万，一个月营业总额不超过29万，勉强把供货商的钱结了，水电费交了，再刨去学校的费用，员工工资都没戏！而且，她还从董事长嘴里得知，李树自愿作保，一个月内还是赔本赚吆喝，他就承担公司全部损失并且引咎辞职。

罗宝瓶不能把李树拉下水，必须尽快提高食堂业绩！可是，大雄跌跌撞撞扑进门，带来一个晴天霹雳：二楼食堂贴了公示，对全校师生免费供餐一个月！

罗宝瓶冲上楼，杰瑞笑眯眯迎上她："我们大小姐有钱、任性，愿意免费给老师同学们吃喝，你管得着么？"

罗宝瓶明白了，陈娇娇这是有意逼死一楼食堂。

一波未平，一波又起，一封以"绿萝"为名发的群发邮件，传遍了学校。

邮件里有许多照片，有一些，是黎雪儿穿着娇艳，和各种开着豪车的"男友"们吃吃喝喝。还有一些，是在老旧的平房外，穿着破睡衣、脏拖鞋的黎雪儿，拎着一个油腻腻的大桶出来倒垃圾。

邮件里附加了"绿萝"的揭发：黎雪儿是个假公主。

黎雪儿脚上包着纱布，回到学校，迎上的是学生们异样的目光，每个人对她都指指戳戳，唯恐避之不及。她的小跟班阿季，犹豫了好久才开口：那封邮件，你别往心里去。黎雪儿这才打开邮箱，发现了关于自己身世的"秘密"。

绿萝！这个要毁了她的凶手！黎雪儿绝对不能放过绿萝……她冲向前，一把扼住绿萝的脖子："你为什么？又是为了林真吗？因为你喜欢林真，所以你践踏春丽，毁了春丽；因为你喜欢林真，所以你嫉妒我，你也要毁了我！"

绿萝喘不过气。一只手抓过黎雪儿，将她一把甩开："你疯了吧！"林真指着绿萝对黎雪儿说："掐死她，受惩罚的人是你！你这样只会让自己陷入更惨淡的境地！"

黎雪儿冷静下来，却在众人冷箭般的目光包围下，心如死灰。她苦苦经营的那个骄傲公主，本来就不是真的，只是自尊在这一瞬间崩塌，砸得她呼吸困难。她突然觉得，她什么都没了，是个没人要的孩子，是个被人唾弃的过街老鼠，她的存在就是个笑话。她只想逃走，她恨死这个操蛋的世界了。

绿萝张嘴解释："不是我。"但是却迎上了林真冷淡的目光："我不喜欢你，请你不要再为我做任何事了。"

林真朝着黎雪儿的方向追去，扔下绿萝在众目睽睽之下，僵硬得像一尊雕塑。现在，绿萝才是真正的笑话，是个不择手段、口蜜腹剑的花痴。

黎雪儿的照片不仅传遍了学生之间，还不知道被谁，寄到了她爷爷奶奶家。

她开始不回家，也不去学校，混在朋友家里，几句话便挂了电话，不知道该如何面对爷爷奶奶苍老而凄苦的脸。

伍元被黎雪儿的爷爷奶奶围住，指责他误人子弟，没资格当老师！学生逃学这么多天，为什么他不负责把黎雪儿抓回来！这下子，高三三班这个"垃圾班"又一次名扬四方，伍元被跛脚的教导主任严肃警告："不处理好这件事情，你也别干了！"

所有人都睁大眼盯着伍元，谁都知道，这件事要这么好解决，黎雪儿也不是黎雪儿了。伍元这样一个拒人于千里之外的怪蜀黍，连跟普通学生沟通都很少见，真的能搞定那样一个天不怕地不怕的叛逆少女吗？

莫茶为伍元挺身而出："我帮你！"莫茶自认为，自己在老师之中算得上受欢迎的一号，以她的谆谆教诲，不怕黎雪儿不听话。说到底，都是一群半大的孩子，介于小孩子和成年人之间，这样一个不尴不尬的年纪，你说什么他们都不懂，但你说什么他们又都懂。这样的青春期孩子，需要引导，一不留神，就能从天使变成恶魔。高中，是个分水岭。

食堂是一个神奇的地方。在食堂里，你能第一时间，得到你想要的任何小道消息！罗宝瓶在为生意都被二楼拉走而发愁的时候，却意外得知了黎雪儿差点掐死绿萝的事情！

罗宝瓶相信，妹妹绝对不会做这样的事情！是谁？是谁在背后陷害她？那人为什么要这么做？罗宝瓶后脊一阵发凉，这些孩子远比自己所以为的更为复杂。

绿萝更加封闭自己，从早到晚都把自己关在学校琴房，疯狂地拉大提琴。

罗宝瓶在门外看着妹妹的样子，突然想起了多年前，舅妈和舅舅离婚，要出国发展。舅妈就那样毅然决然，为了梦想，连女儿绿萝都放弃了。那天晚上，绿萝也像现在这样，把自己关在房间里，疯狂拉着妈妈留下的大提琴……

罗宝瓶脑子一团乱，正好接到杨丽的电话，要罗宝瓶陪她去一趟酒吧。

原来，杨丽发现，她的soulmate顾海洋除了自己，竟然还有别的红颜知己！

罗宝瓶一点都不奇怪，像顾海洋这样风情万种的男人，嘴里不是爱德华霍普就是米开朗琪罗，不是《里维埃小姐的画像》就是《戴珍珠耳环的少女》，得有多招蜂引蝶啊！他那源源不断的灵魂之泉，需要一万只小鹿争相啜饮，杨丽很可能只是这万分之一。

杨丽不甘心，她要了解这个神秘的男人，要知道关于他的一切！所以，杨丽抓罗宝瓶去酒吧，就是要跟踪顾海洋。

杨丽一边给罗宝瓶出主意，要她找黑客去查邮箱IP，一边伸长了脖子，恨不得把耳朵放在盘子里，让服务生端到顾海洋的桌子上，听一听他和对面的女人到底在聊些什么。杨丽咬牙切齿："就是那个女人！我简直是受够了，你知道吗，她就像是卡在我嗓子里的鱼刺，咽不下去又吐不出来！美其名曰，挚友。我看不是挚友，是炮友吧？什么叫挚友，挚友是知进退，知冷热！那女人，每次我和顾海洋约会，她都来！每次来，我都输！气死我了！"

罗宝瓶喷了："还有你输的时候？我们家杨大小姐，从来都只有当人生赢家的份儿啊？"

杨丽细数一件件奇葩事："去看小剧场话剧，我穿了一件日本带回来的小礼服，为了不显得用力过猛，我珠宝首饰统统没有，一双平底鞋就去了。一到场，那女的也来了，穿了一身T恤牛仔裤，一见我就笑，声音特大说丽丽呀你真土，谁看小剧场话剧穿礼服啊！我四下一看，全是些大学生和文艺青年在看着我，满脸写着两个字：矫情！

"还有，说去喝酒，我穿牛仔热裤和夹脚拖上了车，才知道来的都是些藏家！去的地儿不是路边摊，是私人酒庄！她呢，一条 Dior 的礼裙，整个晚上都是酒庄的焦点！我站那儿就跟服务生似的，连人头都没记清楚就落荒而逃！

"还有，朋友聚会，张口闭口，都是我不知道的事儿，完全插不进嘴！我就跟傻子似的，甚至我以为是我和顾海洋专属的约会地点，他俩早就去过了！我就纳了闷了，我怎么跟一小三似的插在顾海洋和那女的之间？"

罗宝瓶仔细一看，顾海洋和他的挚友，还真不是一般地默契。谁料，俩人身后竟出现了一个熟悉的身影，黎雪儿！杨丽大跌眼镜："现在的小屁孩够可以的，高中没毕业就敢混酒吧了？"仔细一看，不对啊，黎雪儿面前坐的男人，绝对没安好心！

罗宝瓶上前，要带走黎雪儿。却被男人拦住："你谁啊？"黎雪儿喝得晕晕的，扫了罗宝瓶一眼，笑了："连食堂的姐姐也来看我笑话吗？"

男人喷了："食堂的姐姐？一起坐下喝两杯？"

罗宝瓶要拉黎雪儿："你知不知道你家人多担心？爷爷奶奶都找到学校来了！不行，你现在马上跟我走！"男人推开罗宝瓶："想从我手里抢人，得陪我喝几杯。"

男人指着绿萝面前的几个瓶子："不多，就这几瓶啤的，饮料似的，喝完人就让你带走。"

罗宝瓶拿起一瓶酒就要喝，却被身后的杨丽抢过来，一把砸在桌子上！周围的人都看向他们，顾海洋也一愣，发现竟是杨丽。

男人急了闹事，杨丽一脸鄙夷："老手啊，骗了不少小姑娘吧？"

男人在众目睽睽之下，脸颊发烫，指着杨丽破口大骂："你什么意思！"杨丽却不紧不慢，叫来了酒吧负责人，指着男人："这个人给这小姑娘点了五瓶Delirium，常混酒吧的都知道，这'粉色大象'，看起来萌萌的，却是著名的'失身酒'。他什么意思，小姑娘不知道，你知不知道？"

酒吧负责人打圆场："出来玩儿嘛，就是你情我愿的事儿，你看人小姑娘也没发话啊！"

杨丽拿出手机，就要拨号："行，你不管，我找人来管。你这老牌酒吧竟然无视未成年人保护法，容许未成年少女随意出入不说，还纵容不法分子迷奸未成年少女，要被有关部门知道了……"没说完，酒吧负责人脸色刷白，拦住杨丽求情："姐，我真不知道这孩子未成年！"

一时间，试图迷奸未成年少女的男人被人围观，脸上挂不住，夺路而逃。

黎雪儿看着这一出，哭笑不得："真没劲！"——大家都看傻了，黎雪儿却没事儿似的，拎着包走出门。

罗宝瓶赶紧追去，而杨丽被顾海洋一把拉住："你怎么在这儿？"

顾海洋为杨丽的侠女义气征服，杨丽却抽出手来一笑："不好意思啊，叨扰你好事儿了。"

不一会儿，伍元和莫茶一起来了。

罗宝瓶和莫茶见面，一时间有些僵。

莫茶赶紧装作不认识罗宝瓶，迎上黎雪儿，一开口便是道理，逼黎雪儿跟她聊聊，你不想说或者写日记、发邮件给我也行。黎雪儿失笑："莫老师，朋友可不是这么交的，要知道我在想什么？容易，跟我去夜店拼酒，喝得过我，咱俩就结拜，你想知道什么我就告诉你什么！"

莫茶被黎雪儿满嘴的酒气熏得倒退两步，皱着眉头盯着罗宝瓶和杨丽："你们怎么回事？带她去喝酒了？你们怎么能这么干，知不知道未成年人保护法？你们……"还没说完，伍元开口了："怪不得你被父母抛弃。"

所有人一愣，黎雪儿有些不可置信地盯着伍元。

　　伍元继续说："你根本就没认清自己的处境，你父母复婚是不可能了，因为他们根本就不是一个世界的人。你呢，硬要把俩人往一块儿凑，只会让你爸怕你，躲你，你的自私只会成为他的负担，你却还在痴心妄想。你以为自己是青春叛逆？不是的，你是在借着青春叛逆的理由，作践自己，撒娇给你爸爸看。但是你撒娇用错了方向，你只会将你爸爸对你的愧疚，转化为他对你妈妈教育方式的恼怒，将他推得更远！而且，你最终辜负的人，是你的爷爷奶奶，他们一番苦心，却养出来一个废物，满脑子的小聪明，靠交换青春和色相混日子，三十岁之前你能勉强骗来一点钱糊口，三十岁之后，你就会走上跟你妈妈一样的人生道路，变成和她一样的女人，这辈子巴望着男人的施舍，活在自欺欺人的悲剧里。像你这样没脑子还自贱自负的人，要是我，我也抛弃你。"

　　伍元的一针见血，让黎雪儿恼羞成怒。黎雪儿自尊心受不了，破口大骂："你懂什么！你凭什么这么说我妈妈！"

　　黎雪儿像是一头被激怒的小野兽……

　　莫茶急了："我们都了解过了，你朋友也是未成年人，不具备监护你的资格，你现在必须回家。"黎雪儿烦透了：回家？怎么面对家人？她的自尊心要往哪儿放？莫茶似乎是读懂了她的心事："不回家可以，跟我走，回我家，我照顾你。"

　　黎雪儿却一把挽住罗宝瓶："不，我要跟她走。"

　　罗宝瓶仗义，豁得出去，肯为了朋友两肋插刀。虽然这人做事莽莽撞撞的，但至少真实、坦荡，黎雪儿待在罗宝瓶身边，反倒更有安全感。

　　莫茶坚持不肯，却被伍元拦住："行，跟她走就跟她走。"

　　相比罗宝瓶，伍元和莫茶作为老师，反倒走不进一个孩子的心。他已经开始对自不量力的莫茶厌烦，在现在这种状况下，首先要做的是稳住黎雪儿，再谈教育。

　　莫茶将伍元的决定视为输了罗宝瓶一局，悻悻地咽下这口气。她知道，一旦黎雪儿被罗宝瓶带回家,那么伍元和罗宝瓶之间的联系就更多了一层。罗宝瓶大可以在黎雪儿身上做文章,迷惑伍元。

莫茶感觉到威胁,一时间脸色阴沉,却发现杨丽正饶有兴致地观察她。

杨丽思索着:"这个莫茶,怎么会这么面熟,好像在哪里见过?"

罗宝瓶拉过伍元,对他的冷酷很不满:"怎么能这么刺激一个孩子呢?你未免也太冷静,太隔岸观火了吧?"

伍元从包里掏出一瓶矿泉水递给罗宝瓶:"现在黎雪儿体内的酒精已经开始通过肝脏进行代谢,多喝水,将酒精通过尿液、汗液和呼吸排出。还有,让她把这个解酒药吃了。市面上这一些所谓的解酒药,其实是保健食品,包含对化学性肝损伤的保护作用,并不等同于可以真正解酒或者预防醉酒。但起码,异黄酮葛根素能抑制酒精的胃肠吸收,降低血液中的酒精浓度,对身体起到一定的保护作用。"

罗宝瓶骂到一半的话,却被伍元的细心给噎了回去。

她讨厌伍元居高临下的态度,却又隐隐觉得,这个化学怪物的内心,是藏着温暖的。

绿萝背着大提琴,走在回家的路上。

赵小侠不远不近跟在后面,故意夸张地念叨着:"喂,你在哪儿偷拍的?真带感!没想到你看起来不声不响的,还挺有狗仔队的潜质……那取景、那构图,要不要我帮你报名参加摄影家协会?"或者花痴似的:"林真,你长得真的好帅哦!我好喜欢你哦!……想不想知道林真家住哪儿?"

周围的人看笑话,对绿萝指指点点,议论她被林真拒绝,报复黎雪儿。绿萝一直低着头,就好像什么也没听见似的,从流言蜚语中穿行而过,像是走了好几个世纪。

赵小侠眉头一皱,拦住说闲话的人:"谁允许你们在背后嚼舌根的?"

被他抓住的人又害怕又难堪,赵小侠自己能讲,却不允许别人讲。

赵小侠听见一个，就收拾一个，警告对方："再敢胡说八道，小心我打你哦！"

赵小侠鬼使神差地跟着绿萝，一路走，一路戏弄。不知道什么时候开始，他对绿萝有了不一样的感觉：也许，是从绿萝扇他那一耳光开始，也许，是从绿萝替小卷毛出头开始，也许，是从绿萝坚持跑接力开始……也许，更早。

跟了好几条街，绿萝终于在小区门口站住了，她并没有回头。赵小侠在等她反抗，在等她回头跟自己解释、反击，可是绿萝终究什么也没说，进去了。

赵小侠站在原地，急了，朝着绿萝的方向大喊："不服啊？不服你出来打我啊！不服你就说清楚到底是怎么回事啊！"

夜里，罗宝瓶和伍元，都方阵大乱。

黎雪儿酒后发疯，在杨丽家里放声高歌，展开 KTV 模式，号得杨丽的邻居砰砰砰砰敲门，要她们小声一点！

另一边，绿萝也把自己反锁在厕所，疯狂地拉大提琴，急得方华和方庄团团转，在外面拍厕所门："宝贝儿，你先暂停一会儿，让我们进去方便一下，好不好？"

伍元快要崩溃了："你拉的这是什么？是垃圾！垃圾！"说罢，伍元扒拉出唱片，放马雷夏尔、瓦列夫斯卡和西尼格罗，把声音调到最大，要盖过绿萝的琴音。邻居一个劲儿按门铃，要伍元适可而止，否则就报警！

伍元忍无可忍，打给罗宝瓶："你妹妹疯了！"

罗宝瓶也躲到阳台："这俩孩子都疯了！心里都压了太多事儿，堵得慌，不发泄好不了，但怎么才能不让俩人出声呢？"突然，罗宝瓶心生一计……伍元摇头："不行！不行！这太失控了！"

但是，事到如今，也只有这个办法可以一试。

罗宝瓶和杨丽，俩人一对视，点头，抱着枕头就冲向黎雪儿……

伍元拉开方华和方庄，一脚踹开厕所门，一副视死如归的样子，抱着枕头冲向绿萝……

两个家里，两场枕头大战拉开了帷幕！

罗宝瓶、杨丽和黎雪儿在枕头大战中，一头的鹅毛，挥汗如雨，谁也不甘示弱，疯狂地进行反扑。

方华和方庄也加入了枕头大战，四人混战，伍元精致的中西结合豪宅里漫天飞舞着枕头里的蚕丝。

两个孩子，在枕头大战中，逐渐放开手脚，耗尽身体最后一丝力气……

伍元手机响了，罗宝瓶发来一张照片：她和杨丽、黎雪儿满头鹅毛，做着鬼脸。

罗宝瓶手机也响了，伍元也发来一张照片：绿萝、方华和方庄摊了一地，笑得肚子疼。

杨丽一捅罗宝瓶："我看，你俩挺来电的。"

罗宝瓶一翻白眼："怎么可能！我可受不了那种怪物好吗！"

我叫罗宝瓶，我最喜欢的动漫是《海贼王》。

我喜欢那种，为了梦想努力打拼的人。但爸爸去世后，我失去了做梦的资格。只有不停地付出，我才能确定，自己活在这个世界的价值。

绿萝的同学们，都还这么小，都已经开始体会人生百味。我不愿他们因为迷茫而失去梦想，我想保护他们做梦的心。

路飞说："我必须变得更强，否则就无法保护同伴，就算他们并不强大我也需要他们在身边。若我不变得比任何人都强大，我就会失去他们。"

我一直在努力成为路飞，我要当海贼王。

第二天，罗宝瓶给黎雪儿戴上头盔，骑摩托车载她去学校。路上，她告诉黎雪儿，邮件的事情一定不是绿萝干的，她会查个水落石出。

没想到，刚到学校门口，黎雪儿的爸爸黎子乔站在他的小轿车旁，看见黎雪儿便冲上来，一巴掌打在黎雪儿脸上！黎子乔脸涨得通红，憋了半天，憋出了三个字："不要脸！"

众目睽睽之下，黎雪儿目光越来越黯淡，她怔了半天，好不容易恢复的情绪，一瞬间就崩盘了。她搬起学校门口的花盆，狠狠砸在黎子乔的车上！

黎子乔傻眼了，黎雪儿笑得狠："我不要脸？不要脸的人是你！黎子乔！你瞒了我多少年？你拿我当傻子吗？我都看见了！你有儿子啦！你在外面都有一个好几岁的儿子啦！我他妈的在你眼里到底是什么？你干吗不早告诉我，我被你抛弃了，我被你放弃了，我早就从你的家人名单中被删除了！"

黎子乔和罗宝瓶都呆了，没想到黎雪儿会说出这番话。黎子乔更是一时间不知道该怎么解释，没想到瞒了五年的大秘密，会在这时候被女儿一举揭开。

黎雪儿还不依不饶，搬起花盆就往黎子乔的车上扔去。可是黎子乔像个小孩儿一样束手无策地站在原地，像是在接受黎雪儿的惩罚。

黎雪儿指着黎子乔："没想到吧？我也没想到。是，我虚荣，我娇气，我找你要钱是因为我爱漂亮，我喜欢买衣服，买化妆品，买乱七八糟的小玩意儿，因为我花得越多，我心里越舒服！你可以说我不懂事儿，说我变态，你可以不给我钱，我理解你赚钱不容易，但我想要的只是你一句关心！我跟坏孩子鬼混，我做了那么多不堪的事情，只是在跟你撒娇，我只是要伤害我自己，来报复你！但你连一句关心都他妈没有！我跟踪了三天三夜，你知道吗，看见你喂他吃豆浆油条的时候我才醒过来，我爸爸没了。你，爷爷奶奶，你们所有人，都把我蒙在鼓里，为了保护那个孩子。"

黎子乔脱口而出："因为你说——白刀子进红刀子出！"黎雪儿笑了："我就让你们看看，我说到做到。"

黎雪儿跑了，黎子乔愣了几秒，抄起电话："看好小宝，千万别给雪儿开门！"

罗宝瓶忍无可忍："儿子是你孩子，女儿也是你孩子啊！"她向黎雪儿追去，却没赶上，不知道雪儿钻进了哪辆出租，开往了哪个方向。

罗宝瓶打电话通知伍元，找黎雪儿！

与此同时，赵小侠查到了以"绿萝"为名的发件人邮箱 IP。

他当众宣布，发邮件的另有其人！"谁啊！谁啊！"所有人都迫不及待。

赵小侠往小卷毛的方向看去。小卷毛表面上没有任何反应，在本子上做着数学题，可是仔细一瞧，她拿笔的手，在微微颤抖。

当伍元和罗宝瓶找到黎雪儿的时候，已经晚了。

黎雪儿跟两个富二代玩儿飙车，结果富二代的兰博基尼，撞上了路边的出租车。

幸好及时刹车，但引擎盖撞坏了，黎雪儿半边脸灼伤被送进医院。

赶到医院，黎雪儿的家人已经将她团团围住。黎雪儿一半脸用纱布包起来了，医生说没有毁容，只是睫毛和眉毛烧掉了，皮肤灼伤，需要慢慢养，会好的。

黎雪儿静静地望着窗外，任由家人怎么说，都一言不发。两个闯祸的富二代人间蒸发，不站出来负责，也不赔礼道歉，黎雪儿的妈妈一个劲儿责骂：不能便宜了那两个臭小子！

林真赶到医院来，看到黎雪儿的样子吓坏了。黎雪儿的妈妈抓着他问："知不知道那俩富二代是谁？怎么能把人扔到医院，就溜之大吉了！万一女儿真毁容了怎么办？他俩得赔钱！"

一直沉默的爷爷终于爆发了，都这时候还钱钱的！先看看孩子吧！

说到孩子，雪儿妈妈又来劲了，直到现在自己才知道，黎子乔已经在外面结婚生孩子了呀？"你们一家子都把我们母女蒙在鼓里，是谁把孩子逼成现在这个样子的，是你们！合着你们是一家人，我女儿不是？我女儿身上流着你们黎家的血，你们怎么能拿她当傻子？"

你一句我一句，一家人吵吵嚷嚷，整个病房都让人透不过气来。

罗宝瓶大喊："够了！"她拉起黎雪儿，要把黎雪儿接到自己那儿去休养，"我会好好陪她，照顾她，给她清静。"在伍元作保之下，家人同意了：这个时候，让黎雪儿跟谁走都不合适，不如委托老师多加关照。

罗宝瓶将黎雪儿拎上摩托车，直接载去了理发店。看着镜中那个半边头发烧焦的黎雪儿，罗宝瓶坚定不移地告诉理发师："换个发型。"

罗宝瓶语录：

青春不能错过的第四件事：换个发型。新的生活，从头开始。想换个形象，就从现在开始吧，给自己充分的时间，整装重新出发。要学会取悦自己，而不是用别人的错误来惩罚自己。

伍元回家，家里已经浓香四溢。方庄炖了鸡汤，摆盘上桌。

自从楼下搬进他家，每天他都被各种各样的味道包围。包子味儿、饺子味儿、红烧味儿、麻辣味儿……曾经的伍元飘在天上，现在却掉进了市井。但他自己竟开始潜移默化的，喜欢上了这样的市井味儿。

虽然，挑剔的伍元常厉声指出：两个洗衣机，一个洗内衣、一个洗外衣，怎么又搞混了！多少毫升洗衣液放多少件衣服，柔顺剂和消毒水的格子不能放错！外衣和外衣一起洗，裤子和裤子一起洗，深色和深色一起洗，浅色和浅色一起洗，任何一项搞错，重新洗！方华常常被伍元训，老公主从没有伺候过人，却总乖乖认错，把疑难杂活都留到伍元走了以后干。但每次伍元回家，都能一针见血：上衣和裤子又混在一起洗了吧？

伍元进屋换上一身花睡衣。这身睡衣是方华买给他的，一开始他是拒绝这种恶俗图案的，但这样的全家同款一上身，立刻感觉：我有家了。

这种滋味让伍元有幸福感。

从家人口中，他听说了许多罗宝瓶成长中的糗事，却唯独一点甚是奇怪：他们似乎都对罗宝瓶高中的一段经历，心照不宣地缄口不言。

杨丽家中，黎雪儿还是不吃不喝不说话，只拿着一面小镜子，左顾右盼欣赏着自己的新造型。

罗宝瓶做了一大桌子吃的，可黎雪儿连看都不看一眼。

杨丽突然开口："听说你会四国语言？"

黎雪儿不语，罗宝瓶接话："汉语、英语、日语、法语，我在食堂听她同学说的。"

杨丽眉毛一挑："真巧。"

接着，杨丽开口，用流利的法语对黎雪儿说："谁教你的？"黎雪儿眼神一动，看向杨丽。罗宝瓶一愣："不是吧，你俩有什么秘密还要用法语对话的？"

杨丽一笑："我大学是学美术的，一直想去法国留学，就选修了法语。"黎雪儿终于动了动嘴巴，也用流利的法语回答："我爷爷教我的。他的先生是法国人，不过后来他参军了，南下到了这个城市，再没离开过。"杨丽点头："我也成长在一个单亲家庭，你瞧，我不是也好好的？"黎雪儿开始认真观察起杨丽，这个姐姐漂亮、洒脱，走路带风，她是怎么长大的？怎么战胜孤独的？看着黎雪儿困惑的样子，杨丽接着说："没人会为你负责一生，除了你自己。"

黎雪儿看着杨丽专心画图的样子，被吸引了。她以后也能像这样吗？当一个自由自在的独立女性，而非依附于任何人的玩物。黎雪儿想起伍元的话，她不想成为妈妈，自欺欺人地活着，被抛弃、被放弃。

"宝哥做的菜很好吃哦！"杨丽笑着用法语示意黎雪儿，"最拿手的是炸鸡腿。"

黎雪儿突然有了胃口，转头看向罗宝瓶："宝哥，我要吃鸡腿。"

罗宝瓶吓了一跳，冲到杨丽面前："你说什么了？她怎么突然要吃东西啦？"

杨丽和黎雪儿相视而笑："嘎嘣脆炸鸡老师傅，快把拿手绝活亮出来！我们都等不及啦！"罗宝瓶急忙得令，钻进厨房。

黎雪儿坐到杨丽身边，对这个食堂姐姐也很好奇："她到底是个怎样的人？"

杨丽看着罗宝瓶的背影，脑海中浮现出几年前的一幕：杨丽被男友背叛，叫上罗宝瓶一起去手撕小三。她一酒瓶子拿起来刚要当头拍下，却被罗宝瓶挡在面前！杨丽失手，酒瓶子拍在罗宝瓶脑门儿上，顿时血流汩汩，杨丽吓得尖叫："罗宝瓶你疯啦！"可罗宝瓶睁开眼睛只说了一句话："我在里面待了两年，不想让你再去尝一遍坐牢的滋味。"当即，杨丽清醒过来，抱着罗宝瓶痛哭。

黎雪儿摇摇杨丽："姐姐，你怎么啦？"

杨丽认真地对黎雪儿说："她是这个世界上，最值得被爱的人。"

05.

我叫罗宝瓶。

有一次我跟杨丽讨论，如果有一天，我们各自结了婚，生了小孩，我们的小孩问："妈妈，有个老人摔倒了，我扶不扶？"我说当然扶，而杨丽说当然不。

为了这句"当然不"，我跟她争论了好久。

罗宝瓶硬要挤进黎雪儿的被窝，她被黎雪儿嫌弃了，却也被黎雪儿接受了。

她告诉黎雪儿，也许从另一个角度看这个世界，会有新的收获。

下雨天，地铁车厢潮湿而拥挤，一个尖叫声传来："我钱包丢了！"大家如惊弓之鸟，护着自己的包，避散左右，目光扫视四周，仿佛身边每一个人都可能是小偷。

大妈着急而尴尬，原来是从菜篮子里掏手机，一不留神菜篮子翻了，手机、菜、钱包滚落一地。

罗宝瓶挺身而出，帮大妈捡了一篮子的东西，唯有钱包找不到。

罗宝瓶劝大妈别急，扑下身子找！人群里，伍元看着罗宝瓶善心大发的样子，摇头。

谁料，罗宝瓶竟摸索到了伍元脚下，一抬头，惊喜："是你！"

伍元要逃，被罗宝瓶一把抓住脚脖子："帮大妈找找吧……"众目睽睽之下，伍元使劲儿踢，却踢不开罗宝瓶，脸色愈加尴尬："你自己干这种蠢事干吗要捎上我啊！谁知道钱包是真丢了，还是借机碰瓷儿讹人的？"

大妈快哭了，求伍元帮帮忙，好像他拒绝，就成了不近人情。伍元踢开罗宝瓶：总有种人习惯道德绑架，谁规定路见不平就要拔刀相助的？谁规定早高峰时期你不帮大妈找钱包就是心地不善？这下雨的鬼天气，方华不让他骑自行车怕危险，跑车没油开去加油站又浪费时间，出门打不到车又挤不上公交，好不容易钻进了地铁又遇到罗宝瓶！

伍元暗骂今天真倒霉，却还是留下来帮罗宝瓶一起找钱包。

于是他们错过了站，耽误了上班时间，伍元跑进学校门的那一刻被教导主任抓住骂了个劈头盖脸："都几点了才来上班？你带的好头，你看看你们高三三班的成绩！影响了升学率你干脆不要干了！"

伍元真后悔，面对蠢货从不该心生慈悲。

罗宝瓶决定对二楼食堂免费供餐一个月的手段进行反击，亮出撒手锏：炸鸡腿。

李树也来帮忙，撩起袖子打下手，谁也没想到看起来风度翩翩的李树，进了厨房竟然游刃有余！

大雄、静香、胖虎和小夫带着各自的人手站在面前围观，罗宝瓶一边熟练地挑选鸡腿，一边对大家说：楼上免费供餐一个月，就是看死了我们一楼！我们不能坐以待毙，必须行动起来，出奇制胜。为什么老巷炸鸡的生意那么火爆？食客宁可排好几条街，等上几十分钟，就为了买一袋炸鸡？旁边小店就算是赔本赚吆喝，都没人光顾？因为味道！

大雄眼睛一亮："宝哥，咱们要用味道，把学生抓回来！"

罗宝瓶知道李树担着对董事长的承诺，就一个月，她一定要让食堂起死回生！她拿出昨晚做好的秘密武器：姜汁酒。

这一瓶姜汁酒，是她按照老师傅给的配方做出来的。腌好鸡腿，油烧至六成热，下锅。

所有人都对炸鸡腿赞不绝口，只有罗宝瓶咬下去第一口就愣住了：这个味道……跟老巷炸鸡的味道好像不太一样？

不知道什么时候，伍元混入了员工里，拿起鸡腿一口咬下去："是少了那么点儿味道。"

大家回头看，伍元一边吃得津津有味，一边挖苦罗宝瓶："喂，蠢货，蒙别人可以，蒙得了你自己吗？这个味道，跟你想要的不一样吧？"

李树站出来挡在罗宝瓶前面："这儿好像没你什么事儿吧？别张嘴闭嘴的蠢货，你天才又怎样？凭什么羞辱人？"伍元也不甘示弱，皮笑肉不笑地凑近李树："我是顾客，顾客就是上帝。现在作为你们的上帝，我遗憾地告诉你，这样的炸鸡腿不过是大路货，没办法把学生抓回来的。"

伍元手指一弹，鸡骨头准确地投进垃圾桶。他耸耸肩："本来心情不好，想来找你麻烦的，但看你已经这么惨，又于心不忍了。"伍元指着罗宝瓶，"蠢货，姜汁酒。"

罗宝瓶一下子回过神来，拿起姜汁酒仔细闻，又倒出一点品尝。她皱眉，拿出手机，打给老师傅，为什么按照师傅给的配方却不对味？谁料，电话那头的老师傅似乎早有预料，回答罗宝瓶："老巷炸鸡真正的味道，你得自己找，而不只是靠配方。"

罗宝瓶傻了，老师傅送她的那瓶姜汁酒摔碎了，要怎么去对比真正的味道？原来，老师傅给的配方，只是调料中的一部分！老师傅相信，只有真正的有心人，才能将老巷炸鸡完整的味道传下去。

可是伍元，他又是怎么知道的？

罗宝瓶接到杨丽的电话：黎雪儿失踪了！

原来，黎雪儿趁杨丽不注意出门了，她去了黎子乔家，带走了在小区里玩耍的小宝！

伍元提议报警，但被罗宝瓶强烈反对！如果报警，真的按诱拐儿童把雪儿给抓了，那会给雪儿留案底，留下一生的阴影！况且，雪儿的心会受到多大的伤害啊，你把她当什么人了！如果雪儿知道，报警抓她的人，是她的老师，你让她将来在学校怎么做人？怎么抬得起头来？你又打算怎么面对她？你应该好好反思一下，为什么你作为一个班主任，却这么不受欢迎！

罗宝瓶戳到了伍元的痛处。

伍元的冷漠刻薄，居高临下，将他自己推到了一个高处不胜寒的位置。他花了这么多年的时间，都没能走进学生的心里，而罗宝瓶只收留了黎雪儿两天，就成了黎雪儿的朋友？

正在这时，他们却得知，林真去找那两个撞车逃逸的富二代单挑了！这下可了不得，赵小侠带着一大帮兄弟，风风火火地追着林真去了！

伍元头大，这些孩子怎么一点理智都没有？这种关头，所谓的兄弟义气最容易生出祸端！

罗宝瓶也急了，兄弟义气，本来是好事，但若不加以引导……罗宝瓶提议两人兵分两路，伍元去林真那边，自己继续找黎雪儿！罗宝瓶脑海中浮现出十二年前……那时候，她就是个如赵小侠一般，天不怕地不怕，带着一帮兄弟，仗义执言，随时两肋插刀的人。那一天，很热，她穿过大街小巷，直到一扇破门前，停住了，她推门而入，看见一个男人赤裸着上身的背影。罗宝瓶热血上头，从桌子腿下抽走了一块板砖，红着眼睛，举起砖头就对着男人的后脑勺砸下去……

时间好像静止了，罗宝瓶站在人行道上，浑身发抖。

来往的车辆暴躁地对她鸣笛，而罗宝瓶却沉浸在回忆中。

那个兄弟义气的下午，改变了她的一生。

急疯了的黎子乔一家人，等到的却是黎雪儿自己带着小宝回家了。

小宝哇地哭了，冲上前去——爸爸大笨蛋！爸爸大笨蛋！姐姐这么好，你为什么要扔下姐姐！黎雪儿站在原地，看着小宝委屈大哭，心里常年冰封的雪山突然崩塌：能给我这样一个弟弟，也许爸爸真的没那么糟糕……

黎子乔质问，是不是黎雪儿故意带走了小宝？不待黎雪儿开口，小宝先挡在前面："是我把姐姐带走的！你们谁也不许凶我姐姐！"

一片哗然之中，黎雪儿一把抱住罗宝瓶，她痛苦不堪地小声说："宝哥，我好恨我自己，怎么办？我带走小宝，是想把他给扔了，我本想把他给扔了！"

可是，黎雪儿没有。

过马路的时候，五岁的小宝说："爸爸说了，姐姐是近视眼，我是千里眼，我来保护你！"小宝冲着车流大喊："你们，通通地，快让开，我姐要过马路了！"仿佛黎雪儿是全世界，最重要的人。

小宝只是在照片里见过黎雪儿，却早已发誓当她的小卫士。

他主动牵黎雪儿的手，吓得黎雪儿一把缩开！他却执拗地抓住黎雪儿的袖口，奶声奶气地问："姐姐，你是什么血型？"黎雪儿警惕，B 型血。谁料他竟然开心地一下子欢呼起来："太好了！以后如果姐姐生病需要输血，就可以抽我的了！我也是 B 型血！"

小花园里，盛开着一排清香的栀子花，小宝用小石子将栀子花围了起来。黎雪儿观察着这个怪怪的弟弟，他眉眼长得很像爸爸，神态里，竟然还有一些古灵精怪的样子，像自己。小宝一边围小石子一边说："今天是我第一次见姐姐，我没买到漂亮的玫瑰花，就来到了这里。这是我送给姐姐的花，希望它好好地开，不要有人来摘。"

黎雪儿有些好笑，长这么大，第一次这样用力爱自己的人，竟是这个她恨之入骨的弟弟！

黎雪儿问小宝，五年了，为什么……从来没见过面？小宝眼睛有些红：我也想回爷爷奶奶家。别的小孩儿都能回，就我不行。每次都是爷爷奶奶来看我，每次来我家，都只坐一小会儿就走。爸爸说了，怕姐姐生气，他以为我睡着了，可我都听见了，他们怕姐姐会伤心。

小宝很快从难过中抽身而出："我终于见到姐姐了！我可以陪着姐姐，我可以保护姐姐，我要让姐姐不伤心。"

黎雪儿眼泪掉下来，这个小宝，根本就不懂姐姐伤心的原因，姐姐伤心，就是因为他的存在！可是说他不懂吧，他又啪嗒啪嗒掉下眼泪："姐姐这么好，为什么爸爸不要你？是不是我抢走了爸爸？是不是我抢了你的家？"

懂与不懂之间，小宝对成年人的世界太困惑，他甚至将姐姐的不幸，怪罪到自己头上，发誓要加倍爱护姐姐！黎雪儿突然间明白，小宝是无辜的，他也只是个夹在亲情中受到伤害的小孩子。

真正让黎雪儿决堤的，是小宝记得爸爸爱吃的每一样东西。是他一直在照顾爸爸，陪伴爸爸，是他最了解爸爸，最能安慰爸爸。而自己呢？自己一直在索取，一直在想方设法地利用自己的软弱来伤害爸爸，逼迫爸爸。相比之下，她觉得自己还不如这个五岁的小孩，自己凭什么恨他？

黎雪儿感激罗宝瓶，从另一个角度看世界，果然，有新的收获。

罗宝瓶微笑："都过去了。你看，弟弟还在，爷爷奶奶、爸爸妈妈都在，你什么都没失去，还多了一个小宝来爱你，多好，是不是？"

罗宝瓶走向黎子乔，对他说："是你害了雪儿。"父母的问题，不该让孩子来承担后果。从一开始，就该对雪儿坦诚，告诉她即使父母不再一起生活，还是爱她的！而不是逃避，给她希望，却又逼得她一步一步走错方向。在她走错方向的时候，你要负责把她带回来，而不是骂她，嫌弃她，看不起她！你要知道，她所做的一切都是为了吸引你的注意，她想得到你的爱，她很无助，只能靠伤害自己来报复你。作为父亲，你顾此失彼，伤透了女儿的心。别再懦弱下去了，该面对，该承担的，你逃不掉，否则，只会让小宝长大后，也看不起你。

黎子乔笨拙地看着黎雪儿，有多少年，他都没有认认真真地看过自己的女儿。他错过了女儿太多年的成长，如今才发现，外表上已经亭亭玉立、负气倔强的女儿，眼神里却还是那个依赖他的小丫头。

我叫罗宝瓶。

有一次我跟杨丽讨论，如果有一天，我们各自结了婚，生了小孩，我们的小孩问："妈妈，有个老人摔倒了，扶不扶？"我说当然扶，而杨丽说当然不。

杨丽说，坏人变老了，只会更坏，他们把自己一生的不如意，转化为对陌生人的恶毒。于是，他们碰瓷，敲诈，甚至缠上好心扶他们一把的高中少年。不扶，就是要把坏人的伤害彻底抹杀。

我却想起了外公，八十来岁还喜欢去逛菜市场。外公走路不快，因为糖尿病而四肢细、身体胖，有时候摇摇晃晃的，让人担心。逛菜市场，让他觉得活着，是那么有意思，每天能去逛个三十分钟都足够乐一天。

有一天早晨，他出去了一个多小时。家人以为他逛嗨了，却接到一个少年的电话：外公摔倒了！他捧着一袋蔬菜，孤零零地在马路中间坐了半个小时，却没有一个人来扶他。因为身体胖，双腿力气不够，他特别无助……直到，一个少年向他伸出了手：爷爷，我扶你。

把外公送去医院的路上，一家人心怀感激，却发现那个少年已经默默离开了。

我对杨丽说，不管是老人变坏了，还是坏人变老了，我们内心那一小块净土，不能变。

杨丽想了半天，算是妥协：就算要扶，也得先拿出手机录像，证明不是我们把他推倒的！

顾海洋的画廊开张，他非常满意杨丽的设计，主动提出和她确立恋爱关系。

红颜知己也来了，举杯祝福顾海洋，口口声声说自己就是顾海洋的亲人，眼神里却透着对杨丽的妒忌。然而此时，杨丽才是闪亮全场的女神，她赢了这场攻坚战。

杨丽没想到，她在画廊里看见了立德高中的语文老师，莫茶。之前见面，她就觉得莫茶面熟，于是仔细打量起来。

莫茶穿戴精致，言谈举止有些品位，但还是被杨丽一眼发现：莫茶从不对服务员、清洁工说谢谢；莫茶竖起耳朵打听画家的收入和私生活；莫茶习惯将画廊茶几上盘子里精致的水果糖一扫而空，趁着没人看见全部倒进自己的Prada皮包；莫茶眼神嗖嗖地扫视着全场的男男女女，对男人一带而过，对女人却从头看到脚，好像在心里打分……杨丽确定，这个莫茶，肯定是穷大的。

果然，莫茶努力装作很懂画，却洋相百出。她到画廊来，是别有用心，看样子她不是头一次混入这样的场合，不是为了钓男人，而是为了女人——她在努力从各色各样有品质的女人身上，学习时尚、端庄、优雅、高贵。

杨丽笑了，既然这样用心，肯定是目标明确了。从那晚莫茶看伍元的眼神来看，她喜欢伍元无疑。但是，伍元不喜欢她，所以她才绞尽脑汁给自己贴标签，吸引伍元。

杨丽迎了上去，主动对莫茶伸出手："又见面了。"

莫茶一时没想起来杨丽是谁，经过提示"罗宝瓶的朋友"，莫茶眼神一闪，有些不自然地和杨丽握了手。

杨丽大方地带着莫茶参观画廊，给她讲画，并邀请她有时间一起去看展。杨丽的漂亮、慷慨让莫茶很有好感，因为"罗宝瓶"三个字而产生的隔阂感被一扫而空，莫茶很愿意提升自己，做一个现代感十足的优质女性。

顾海洋欣赏着杨丽在画廊如鱼得水的样子，惹得红颜侧目：有异性没人性！要抱抱！

顾海洋环顾四周，嘴角露出一丝笑，对红颜伸出手，却被红颜娇柔地躲开了："我才不要你做渣男呢。"

罗宝瓶听说伍元带着赵小侠一帮人，去解救林真的盛况，暗自赞叹。

"看够了么？"伍元突然蹦出一句，吓了罗宝瓶一跳。

"谁、谁看你啦！"罗宝瓶有些底气不足。

"是不是觉得，我特别帅？"伍元凑近罗宝瓶，嘴唇几乎要贴上她的脸！罗宝瓶吓得闭上眼睛："怎、怎么可能。"

"不过可惜了，我是不会喜欢你这种蠢货的。"伍元轻轻一笑，挪开了脸，气得罗宝瓶嚷嚷："谢天谢地！感激不尽！被你这种人喜欢真的会折寿！"

罗宝瓶气鼓鼓地走在前，伍元笑嘻嘻地跟在后，到了学校门口，发现竟有人举着一面锦旗，被人团团围住！再仔细一看，举着锦旗的人，竟然就是早上在地铁里，丢钱包的大妈！

原来，那钱包里，装着儿子从海外写来的信。大妈不知道该上哪儿去表达对罗宝瓶和伍元的感激，只记得伍元的背包上，别着一枚小小的校徽，写着"立德高中"。见着罗宝瓶和伍元，大妈扑上来，激动地把锦旗往他们怀里塞："我儿子前年在国外病逝了，那封信是他留给我的最后一件东西。"

伍元在人群里，被师生们交头接耳地夸赞着："没想到，真没想到，伍元也这么热心肠！"教导主任脚虽跛，速度却不含糊，一个箭步蹿上来捉住伍元的手："你带好这个头，高三三班就有希望了。"

一时间，伍元觉得有些滑稽：他好像占了罗宝瓶这个蠢货的便宜？

伍元带罗宝瓶回家吃饭，方华和方庄已经做了一大桌菜等他们。

罗宝瓶惊讶地发现，伍元竟然和方华、方庄、绿萝穿一样大红大绿的家居服！难以置信，冰山美男竟然在老公主的魔爪之下，成了一个市井小民。罗宝瓶忍不住偷着乐，被方华一筷子敲在脑门上："死哪儿去了，也不知道回来看看！好歹楼下装修，你搭把手啊，净给老师添麻烦！"罗宝瓶倒觉得，一家人在伍元这儿住得乐不思蜀了，压根没有搬回去的心思。

方华像爱儿子一样，对伍元嘘寒问暖，把伍元说的每一句话都当真理，掏出笔写在小本儿上，一边还要说："说得好！你要多提携一下罗宝瓶，她没什么文化，你要多教教她，女孩子嘛，腹有诗书气自华！"这令罗宝瓶觉得很尴尬，不住小声咳嗽："妈，你合适一点！"而方华毫不留情瞪罗宝瓶一眼："你踢我干什么！没文化还这么不谦虚！你学学人家伍元！"

很显然，伍元作为"别人家的孩子"，甚是得宠。

伍元愈加蹬鼻子上脸，挖苦罗宝瓶："要不要我教你，怎么才能还原那瓶姜汁酒的味道？否则以你的智商，想扳回一局是没戏了。"

虽然被伍元居高临下的样子气得牙痒痒，但罗宝瓶还是强作笑颜，从伍元嘴里得知：她被夏之初分手的那天，姜汁酒碎尸餐厅大堂，伍元正坐在身边。罗宝瓶惊呆了："就闻了那么一下，你就能还原出姜汁酒的味道？"

"灰霉将淀粉转化为糖，酵母再将糖转化为乙醇，泡酒的人手艺精湛，将这两个过程都发酵得刚刚好，酿得醇美的米酒，再泡上鲜嫩的仔姜，连空气中的甜香都经久不散。"伍元陶醉着，回忆姜汁酒的味道，"虽然被蠢货砸了，但所幸，我的大脑储存了对各种成分的记忆，需要做的只是比例上的细微调整。"

伍元向罗宝瓶伸出手："结盟吧。"我教你用科学的方法创造美食，你教我走进学生的心。

方华和方庄扒在沙发后面，偷看忙活的伍元和罗宝瓶。

罗宝瓶跟着伍元选姜，选酒，在不同比例的酒中分别加入冰糖、白糖、红糖和蜂蜜，再用不同比例的盐调配，蒸馏。

罗宝瓶恍然大悟,上手,烧杯炸了! 伍元追着罗宝瓶跑,又卷土重来……

罗宝瓶不懂,伍元为什么要选她这个"蠢货"结盟。伍元自己也不懂,他本来是个隔岸观火的人,从不被轻易打动,可是罗宝瓶这样一个毛手毛脚,飞蛾扑火般闯进他生活的人,生硬地挑战着他的耐心,连同他的家人一起,把他坚如磐石的外壳敲出了一道裂缝。也许,只有罗宝瓶这样的蠢货,才有这样的本事,这样的脸皮吧。

方华和方庄意味深长地对视一眼,微笑。

夜深了,厨房炉子上架着两个油锅。

伍元一边将腌好的鸡腿放入六成热的油锅,一边讲解:"油脂是由甘油和脂肪酸所组成,我们用的花生油,属于不饱和脂肪酸,在高温接触氧气的情况下会发生很多变化——首先是物理变化。食物一旦进入高温油,表面的水分被快速蒸发,产生酥脆的硬壳,而食物内部的水分转化为蒸汽,通过食物的蜂窝通道逃逸,油即被吸入食物内部替代水分,注意了,这个时候,如果油经过长时间高温加热产生了有害物质,亦会随之进入食物中。"

他一边说,一边将鸡腿捞出来,放在吸油纸上:"第二步,是化学变化,新鲜的油主要成分为 1 分子甘油和 3 分子各类脂肪酸结合的甘油三酸酯混合物,油炸过程中,油主要产生三种有害反应,即水解、热氧化、热聚合,产生超过 400 种的分解或聚合物。"

罗宝瓶仔细思考着:"也就是说,油炸物经过长时间高温加热,会产生有害物质?"

伍元点头:"看来你还没那么蠢,从时间来看,我们将第一波鸡腿放入油锅时,油六成热,也就是 120 度到 180 度,鸡腿开始形成外壳,内部蛋白质部分变性,淀粉开始糊化。我们将鸡腿捞出,开始炸第二次的时候,油炸时间和油温的控制,就格外重要了。"

伍元将之前捞出的鸡腿放入第二个油锅:"一旦掌握不好分寸,食物很容易错过最适阶段，进入劣变阶段。就算你能将鸡腿在最适阶段及时捞出，也可能因为油温过高，产生刚才所说的 400 种分解或聚合物。尤其是丙烯酰胺，有致癌的可能性。"

罗宝瓶拿着小本子认真记："油炸时间，油温……"

伍元："第二锅油，必须控制在 200 度以内，才能在短时间内反复使用且将风险降至最低。"

看着罗宝瓶专注的样子，伍元竟然有些沉醉，嘴角露出了一丝微笑。

方华和方庄扒在门后面，偷看两人，被绿萝抓住："姑妈，爸，你们俩也太八卦了吧！"

方华捂住绿萝的嘴："嘘！你觉不觉得，伍元喜欢上你姐姐了？"

第二天，罗宝瓶按照伍元的配方，重新腌制鸡腿。

午餐时间到，一楼紧张地等待学生的到来。虽然二楼免费供餐的手段，将所有的客源都吸走了，但是一楼飘出来的炸鸡腿香，还是吸引人驻足观望。

在这群学生中，挤进来一个戴着耳机，衣着清新，抱着书本的女孩。她率先走到一楼窗口，点了一份鸡腿套餐。是黎雪儿。

黎雪儿褪去了所有名牌，在空荡荡的餐厅坐下，翻开书本，一边吃鸡腿，一边根据英语听力解题。看着她认真的样子，罗宝瓶惊讶不已，冲到她面前："你、你开始努力读书啦？"

黎雪儿微微一笑："你不是说，现在长大还不晚吗？"说罢，她将一只耳机塞进罗宝瓶耳朵里，"帮我听听，这题该选哪一项？"熟悉的高中英语，熟悉的 ABCD，罗宝瓶认真听起来。

有了黎雪儿带头，围观的学生们纷纷走进一楼食堂。杰瑞没想到，罗宝瓶竟然在这么短的时间内就置之死地而后生！杰瑞让自己的员工乔装打扮，去偷买了几只鸡腿，吃了一口就眼冒星星：这也太好吃了吧！

一天之内，罗宝瓶的招牌炸鸡风靡全校，学生们挤爆了一楼食堂！

二楼食堂虽然免费供餐，却乏人问津！

罗宝瓶飞奔去感谢伍元，一手将他壁咚在墙，滔滔不绝地倾诉那场面如何盛大。她丝毫没注意到，伍元红着脸，有些羞涩……罗宝瓶激动地越来越靠近伍元："就是那个味道！老巷炸鸡！伍元，你真是，第一次让我这么肃然起敬！"

伍元的心，扑通扑通直跳，他第一次感觉自己……不受控制。

回到家，罗宝瓶发现杨丽一个人在喝闷酒。她一把抱住杨丽："想我了早说啊，怎么自个儿坐在黑夜里借酒浇愁啊？"

杨丽拿出手机，打开朋友圈递给罗宝瓶："瞧她那个嘚瑟劲儿！"罗宝瓶接过手机一看，是顾海洋的红颜知己，带着一条精美的项链自拍。

原来，顾海洋晚上约杨丽去逛街。杨丽本以为是顾海洋要给自己买东西，精心打扮赴约后才知道，是顾海洋要她帮红颜挑礼物！杨丽顿时就不爽了：咱俩的约会你让我帮她挑礼物是几个意思？杨丽觉得自己就像是个陪新郎给新娘选定情信物的伴娘，浑身不得劲儿。但顾海洋温柔细语："宝贝儿，要我跟她真有问题，也不会让你帮着选礼物了。这不是她快过生日了嘛，总得意思一下的。"

杨丽虽然觉得逻辑都说得过去，但顾海洋连一件像样的礼物都没给自己送过！她指着橱窗里最丑的一条项链："我看这条挺适合她的。"

买好礼物，本来想再腻一会儿，可顾海洋推说手头上还有好几个画廊的案子要做，将来要谈一些和青年艺术家的合作，得做好充分准备。看他这么辛苦，杨丽也就贤良淑德地放走了顾海洋，没想到，刚回家，就看见红颜的朋友圈更新了这么一张照片！所以顾海洋，压根就不是回去做什么案子，而是和红颜深夜私会！

杨丽气不过，打给顾海洋，问他在哪儿，顾海洋这才"万般无奈"地解释，被一帮朋友拉去喝酒了，但究竟是"一帮朋友"，还是"一个朋友"，杨丽无从得知。

"对了，我跟你们学校那个语文老师，莫茶，约了下周一起去看画展。"杨丽漫不经心的一句，却让罗宝瓶吓了一跳："莫茶？为什么？"

看着罗宝瓶紧张的样子，杨丽凑近她："我总觉得莫茶看起来，特别眼熟……你跟她熟吗？"罗宝瓶回避着杨丽的眼神："不熟。"杨丽盯着罗宝瓶看了一会儿："有问题。"

春丽病房外，绿萝将一束小黄花放在门口。

她还是没敢走进去，转身离开医院。她前脚离开，后脚病房门就被人打开了，一个人走了出来……是小卷毛！她将那束小黄花抱到春丽面前，神情恍惚。

春丽喜欢小黄花。

小卷毛的思绪一下子被这束花揪回了一年前，她满身是伤，满眼是泪。春丽牵着她的手，拼命往前跑，一直跑到远远回头再也看不见人的地方。她抬头看春丽，这个大男孩，虽然智力障碍，却五官鲜明，轮廓清晰好看。她的眼睛里，一瞬间充满了阳光，好像整个人生都被照亮了。

春丽看见路边有小黄花，俯身下去采了一束，编成了一个花环，戴在小卷毛的头上。

小卷毛希望永远跟着春丽跑下去，永远不要再回头。她甜甜地笑了："春丽，我喜欢你。"而春丽也甜甜地笑了："春丽喜欢绿萝。"

罗宝瓶语录：

青春不能错过的第五件事：消除一些盘踞在内心的恐惧。如果听之任之，内心的恐惧将跟随你一生。你真的怕飞翔怕得要死吗？你希望永远做一个诚惶诚恐的自己吗？你希望永远站在原地不敢向前奔跑吗？闭上眼睛，面对你的恐惧，当你再睁开眼，前路将不再那么可怕。

立德高中，足球场的夜灯还亮着。

足球队的队员们刚下场，满头大汗的赵小侠拦住林真："你脚怎么了？"林真擦了一把汗，侧身走开："没怎么。"赵小侠不信："刚才长传突破，你怎么没接住我的球？！"林真不耐烦："那你就别传给我啊！"

球队的队员都朝这边看过来，跟过来拍拍赵小侠的肩膀："队长，他有病吧？"赵小侠却没说话，跟体校足球队的联赛在即，林真作为中锋，是赵小侠不可替代的搭档。但照林真现在的样子，他根本就上不了场……

赵小侠突然脸色一沉：林真的腿，不会是被那俩富二代给伤了吧？

06.

我叫罗宝瓶。

今天是夏之初出院的日子。

我买了花，却不敢在他面前出现。我躲在医院的急救车后面，伸着脖子偷看他被陈娇娇搀扶着走出来的样子，黯然神伤。我的男神啊，我爱了五年的男人，伤成这剔面包人的样子，我还是觉得……他，和以前一样帅。

杨丽说，老天爷替我惩罚了夏之初的背板。但我宁愿老天爷放过他。

不知不觉，救护车开走了，我被曝光在光天化日之下。拿着一束花的我，就像个白痴，看着目瞪口呆的夏之初和陈娇娇，恨不得能缩成一根面条溜进下水道。

足球场上，本校和体校的足球联赛已经开始热身。

冤家路窄，林真撞上了那两个富二代，郭奚和罗汉。

比赛开始，看台上已经挤满了立德高中的师生们。为了这次联赛，老师特意给了一节课的假，让学生们来给本校的球队加油鼓劲。

人群中，罗宝瓶穿得格外引人注目。

超短裤，绚丽的啦啦队服，带着食堂的一群人拉开一条横幅"立德高中必胜！"引得所有师生都吹口哨。

伍元简直膜拜："真想看看你的脑子里装的是什么，哪儿来的冲动和干劲去做这些明明很蠢的事情？"而罗宝瓶振振有词："如果每个人都像你一样冷漠，谁去给足球小将们加油啊？我一点都不觉得我蠢，反而觉得，像你这样置身事外才是了无生趣呢！"

比赛开始，罗宝瓶的尖叫一浪高过一浪，逼得伍元捂住耳朵，不住翻白眼。

场上，林真一直很卖力，却一直不在状态，错误频发。赵小侠在本方大禁区左侧面对对方干扰，将球传回给门将，林真在小禁区线上将球停住，此时体校队前锋郭奚从禁区外快速前冲上前逼抢，而林真似乎没反应过来，还双手摊开示意赵小侠前压，没想到不等林真开出大脚，郭奚以迅雷不及掩耳之势奔至门将面前！

林真慌了，他横向拨球准备了过郭奚再做处理，而凶悍的郭奚从身后上抢，右腿扣球，纵使林真的左臂已经架到郭奚脸上，也无奈在身体对抗上不堪重负，郭奚一个干净利落的滑步上抢将球端下，而林真则失去重心，狼狈地前倾倒地！

抢断成功的郭奚将球带到门前轻松推射空门入网，体校队庆祝进球！

整个球场却因为林真的失误嘘声一片……下半场，林真被换下来，但立德高中队士气大挫，任凭赵小侠怎么拼命也还是以一球之差输掉了比赛。

回更衣室的途中，郭奚和罗汉一把揽住林真："小子，敢一个人来应我们俩的战，以为你多大能耐呢！原来是个玻璃人啊，这么不抗揍！我看你这腿……也别踢球了，省得让人笑话。"

两人笑着走远，赵小侠手指捏得咯咯响：欺负到我赵小侠的地盘上来了。

人都散场了，罗宝瓶还坐在原地发呆，嘴里喃喃："就差一个球啊……"

伍元一拍她的头，没好气："你推荐给我的游戏，我玩了，可你让我去当主播，也太莫名其妙了吧！我上网浏览了一下，果然不太懂你们蠢货的世界。你这种行为是犯罪你知道吗？你让我去当主播，就是诱惑越来越多的人成为蠢货，整天不干正经事就知道坐电脑面前看别人玩游戏，打发时间、虚度人生！你安的什么心？是不是想拉低社会平均智力水平，好让你自己脱颖而出？"

罗宝瓶哭笑不得："你不是要走进学生的心吗，你不知道学生心里都想些什么吗？这可是现在学生中间最流行的几款游戏！"

伍元冷冷一笑："那你就是在助纣为虐，我拒绝！"说罢，他傲娇地要走。这时，黎雪儿的小跟班阿季跑过来，上气不接下气："老师，不、不好了！"

原来，体校足球队员们去更衣室洗澡的时候，有人把他们的换洗衣服全部偷了出来，扔进了游泳池里！

赵小侠带着一帮人站在更衣室的大楼外看笑话，对着从窗口伸出脑袋，气急败坏的郭奚大喊："郭队长，别害羞嘛，我们都等着看你们裸奔呢！"

郭奚气得大骂："赵小侠，输了球就玩阴的，你们立德高中可真够丢人的！"谁料赵小侠完全不被激怒，反倒回敬郭奚："我再阴，也没郭队长你攻击林真下三路阴！我再丢人，也没郭队长你以多欺少，靠打伤对方球员来赢球丢人啊！"

众人哗然，没想到这背后还有这么一出！教导主任跛着脚跑来，指着赵小侠让他赶紧下水给人把衣服捡回来！赵小侠却一笑："我怕脏手，谁爱捡谁捡。"说罢，转身走了，呼啦啦一帮学生立即也跟着赵小侠，瞬间消失了个干净。

郭奚气得大叫："赵小侠，我不会放过你！"

教导主任抓住伍元："你们班的学生，你看着办吧！"谁料伍元也耸耸肩："我们班的学生都回教室了，我也得赶去给他们上课了，教导主任再见。"

伍元竟然也大摇大摆地走了！教导主任气得跺脚，连金丝边眼镜都跟着晃了晃，歪在鼻子上，大喊："擅自损坏他人财物，我们有责任和义务教育他们！再说了，这事要传出去，以后谁还敢来我们学校打比赛？你，去游泳池把衣服捡起来。"

教导主任的手指正对罗宝瓶。

"我？"罗宝瓶吃惊。

"难道还要我亲自去捡？半个小时之内，必须将衣服归还给体校的学生！你不会真想看他们裸奔吧？"教导主任打量着罗宝瓶，吓得她摆手："我对他们不感兴趣！"

于是，罗宝瓶只能硬着头皮下水去捡衣服。

教学楼上，伍元带着高三三班的同学们，从窗户里伸出头来，看着罗宝瓶的窘态，替她尴尬："就不懂得拒绝吗？真是蠢到家了！"

同学们爆发出一阵哄笑，这个食堂姐姐可真够逗的，太爱多管闲事了吧！

伍元实在看不下去，罗宝瓶就像个旱鸭子，在泳池里沉沉浮浮，好不容易捡起一件衣服，待到捡下一件时又给弄丢了。伍元脱掉外套，径直走出教室，去泳池帮罗宝瓶捡衣服！

所有围观的人都惊呆了，这个冷若冰山的美男子，竟然会脱了鞋子跳下水去，帮一个蠢货捡衣服！人群中的莫茶，脸色铁青：伍元，会不会对罗宝瓶动了心？

罗宝瓶像见到救星一样扑过来："武大……郎……谢……"舌头还没将直，又脚一滑栽进水里……

好不容易完成任务，罗宝瓶赶去食堂，又遭到晴天霹雳：陈娇娇一纸诉讼，告她偷了"嘎嘣脆炸鸡"的秘方，要她的一楼食堂立即停售炸鸡腿，并赔偿所有损失！

罗宝瓶浑身滴着水，湿嗒嗒地看着面前的夏之初和陈娇娇。她脸色惨白，没想到夏之初在康复之后做的第一件事情竟然就是摆了她一道！

陈娇娇非常得意，告诉罗宝瓶："我们公司已经收购了嘎嘣脆，所以你作为嘎嘣脆的前股东，私自用公司的秘方赚钱，相当于窃取商业机密，损害的是我的利益，私了还是法庭见，你自己选吧。"

罗宝瓶傻眼了，但她开口说的第一句话竟是："夏之初，你还疼吗？"

她模糊掉了陈娇娇气急败坏的责骂，模糊掉了周围人看她的同情眼神，也模糊掉了一楼食堂的胖虎之战和二楼食堂杰瑞之战……她眼里只看得到夏之初，虽然她知道她的爱多么卑微，多么低贱，她是个多么恬不知耻的前女友，但她还是情不自禁。

因为诉讼，一楼食堂暂停营业。

员工们耷拉着脑袋盯着罗宝瓶："这是二楼见我们生意好，眼红的！你倒是说话啊！我们的炸鸡，真的偷了嘎嘣脆的秘方？"

我叫罗宝瓶。

今天是夏之初出院的日子。

我和夏之初相识在一个成教班的教室，那时候我后座的女生很爱翘课，每次都让我替她签到。有一次，夏之初发飙了，因为签到的人很多，都没几个人出现在课堂，于是他当即改为当堂点名，还现场抓了个替人签到的！当时，我很紧张，吓得不敢再替后座女生签到，可是因此，没来的所有同学被取消考试资格，全部没拿到结业证书……

女生气坏了，说我害她白白浪费时间和金钱，一耳光就要扇在我脸上！但是一只手抓住了她正要扇下来的手……是夏之初。他冷冷地对女生说："这个老师，我真是当腻歪了，因为整天要面对的都是你这样的败类，不思进取，又怨天尤人。"

从那一刻起，他指东，我就往东，他指西，我就往西，我是个不停付出的人，希望以此来证明我的价值，以此换来珍视。

即便被人厌弃，我还是执迷不悟。

校外一家咖啡馆，李树坐在夏之初面前，将一份文件推过去："还未公示的城南规划，未来将建设本市最大的艺术园区，但现在那一块地的真正价值还未被人掘开，你该知道这份文件的价值吧？"

夏之初看也没看文件一眼："你一直喜欢罗宝瓶吧？"顿了顿又说，"准确地说，你应该很爱她，只有爱一个人，才甘愿无声无息地在背后保护她。"

十年前，李树第一次见罗宝瓶，看着罗宝瓶从铁门里走出来的那一刻起，他就一直默默守在罗宝瓶身后，像个哥哥一样保护她，支撑她。虽然，一切都是伍德的安排，但慢慢地，李树爱上罗宝瓶了。他想爱，却又不能爱，因为他的爱可能会吓跑罗宝瓶，从而毁了伍德的苦心经营。

李树的爱，永远这样润物细无声。他希望夏之初明白这份文件的重量，无论对个人投资，还是公司未来的发展，都有极大意义，能得到这份文件实属不易。

"从此以后带着你的女朋友，有多远滚多远，放过罗宝瓶，再也不要染指她的人生。"李树很坚定。但夏之初根本不做这笔交易："不可能。我能得到陈娇娇的信任，不是一天两天的事。一旦打开这份文件，我就会前功尽弃。"

李树一拳揍上夏之初：为了讨好陈娇娇，你就用伤害罗宝瓶作为代价？我都替你恶心，替你尴尬！你就这么纵容你女朋友胡闹下去？你这种吃软饭的男人，根本配不上罗宝瓶的爱！夏之初却一拳回揍李树：如果这样丧失自我、一厢情愿的付出，就叫爱，那我根本就不需要！我喜欢聪明女人，喜欢有主见，敢对人说"不"的女人！罗宝瓶这种一根筋往前冲，受了委屈只会往肚子里咽的人，让我觉得害怕，也让我觉得廉价，因为对她来说，把什么事儿都自己扛了，比拒绝别人，跟人起冲突，来得更容易，更简单，更不走心！说白了她就是懦弱，一个对自己都懦弱的人，有什么力量和我一起承担梦想往前走？我自己往前走都太累了，哪儿还有力气拖上一个她？

夏之初看穿了罗宝瓶的虚弱，却没能力负担她的虚弱。

李树看到的，却是罗宝瓶把什么事儿都自己扛了，并没有比拒绝人来得容易。罗宝瓶的付出不是廉价的，而是勇敢的，是飞蛾扑火的。这十年，李树的心，早已为罗宝瓶掀起了惊涛骇浪。

伍元家里，也翻涌着惊涛骇浪！

方华替伍元收拾房间时，不小心打翻了一个盒子。

她连忙捡起盒子里的东西，却发现了一封信。

"爸爸，我很想你。"

信的第一句话就把方华给雷翻了，爸爸？！原来伍元竟然已经当爸爸了！这就说明，伍元要么结过婚，要么，就是未婚但有一个私生子！

方华心惊，真是人不可貌相……

莫茶又一次跟罗宝瓶面对面，她受不了伍元对罗宝瓶的心动："你还是一点儿都没变，抢着当好人，抢着展示你高尚的情操，抢着站在聚光灯下……站在你面前，什么都不做，便矮了一头，所以十八岁那年，我必须心甘情愿当你的'金锁'，我必须感恩戴德接受你的施舍、你的救助。你是好人，是高高在上的，我呢？"

罗宝瓶怔住了，莫茶却还是那样面无表情："现在的我，如果回到从前，会直接走上讲台对着那个抱着捐款箱的你，说一句——我不需要！"

那一年，罗宝瓶和莫小珊是最好的姐妹。

罗宝瓶处处替莫小珊行侠仗义，同学们都笑称，莫小珊是罗宝瓶的丫鬟，是金锁。

有一天学校要求学生们交一笔补课费，莫小珊的妈妈找来了。

莫小珊的妈妈哭诉，家里穷，自己又重病缠身，没有额外的钱了，请求学校免了莫小珊的补课费。莫小珊的穷，让她在同学里抬不起头来。她的衣服是亲戚朋友穿旧了施舍给她的，她的图书玩具也是别人家的孩子不要了送的，她看够了贫穷的恶毒。在妈妈走进学校的那一刻，她残存的自尊，也濒临瓦解。

而她最好的姐妹罗宝瓶，竟然发起了一场捐款活动。给莫小珊的捐款。莫小珊宁可去打工，去做脏活累活，那也是靠双手挣钱，而不是靠施舍。但罗宝瓶不懂。

罗宝瓶拿出了全部积蓄，动员同学们都节省下一些零花钱，帮小珊一把。

当罗宝瓶抱着捐款箱走上讲台的那一刻，莫小珊的自尊心，天崩地裂。

我不需要你可怜我，我不需要你施舍我，我不需要你自以为是的付出！我心里到底在意的是什么，你看到了吗？你没有，你根本就不在意，因为你要的，只是"付出"带给你的愉悦，带给你的存在感！罗宝瓶，你一点没有变，你还是一样自私，你现在跑到这里来，自以为是地帮助那些孩子，只是在满足自己！莫茶的嘴角，有一丝冷笑：你说我狠心也好，说我恶毒也罢，从你被送进去的那一刻，我就再也不是你的"金锁"了。我解脱了。

酒吧里，罗宝瓶失魂落魄，一个人喝得迷迷瞪瞪，咣当一下倒在地上。店员摇不醒罗宝瓶，掏出她的手机，正要帮她打电话找人，电话响了。

店员接电话："喂，是怪胎吗？你朋友喝蒙了，赶紧来把人抬走！"

不一会儿伍元到了，手里拿着一本册子。他看见昏睡不醒的罗宝瓶，皱眉，店员迎上来："你就是怪胎吧？可算来了，把她的账结一下。"

伍元打开罗宝瓶的手机通讯录，果然，自己的名字被设置为"怪胎"。伍元气得牙痒痒，将罗宝瓶扛上车……这副样子，带回家只会让方华担心，伍元将罗宝瓶送到杨丽家楼下，却不知道是哪一户。

半梦半醒的罗宝瓶喃喃："小珊，对不起……"伍元凑近了听，小珊？

"小珊，对不起……"罗宝瓶的眼角流下了泪，一时间令伍元有点蒙。

他伸出手，帮罗宝瓶擦眼泪。突然，有一股突如其来的感情在伍元心里涌动。

伍元俯下身，吻了熟睡中的罗宝瓶！

当他抬起头，看见了车窗外站着的刚回家，目瞪口呆的杨丽。伍元一下子回过神，开门将罗宝瓶拉起来，塞进杨丽怀里："你就是杨丽吧？我们在火锅店见过。"

杨丽赶紧搂住罗宝瓶："我是。"

"我不知道你的门牌号。"伍元有些紧张，"交到你手里我就放心了，我走了。"伍元钻进车里，又出来，手里拿着那本册子，一并塞给杨丽："这是给她的。"

说罢，伍元又钻进车里，逃似的离开了。

一路上，伍元脸上火烧火燎，不住在内心怒骂自己：中邪了！我肯定是中邪了！我怎么会吻那种蠢货，还被人抓了现行！对，我那是恶作剧，是恶作剧，不是认真的。可谁他妈会跟一个睡得像死猪一样的家伙玩恶作剧？

杨丽把罗宝瓶搬上床，翻开伍元给的那本册子，是一本详尽的复健计划，从科学的角度分析如何在最短的时间内恢复双腿健康。

杨丽笑了，把册子放在罗宝瓶身边："傻瓜，有人爱上你了哦。"

早起，罗宝瓶揉着酒后快要炸裂的脑袋。

杨丽和顾海洋恋爱正浓，约罗宝瓶带上伍元，一起吃个饭。

"伍元？为什么要约他？"罗宝瓶觉得莫名其妙。

"昨晚你喝得烂醉，你以为你是怎么安全回来的？是伍元把你送回来的！作为你的娘家人，我难道不该设宴请他吃个饭？顺便观察观察，这个藏得颇深的单身爸爸，到底是好人还是坏人。"杨丽笑得意味深长。

"单身爸爸？！"

杨丽惊诧："你还不知道啊？华姐可都炸锅了！"

罗宝瓶对伍元刮目相看！

走进食堂，竟发现伍元正在跟人切磋厨艺，再定睛一看，对方是老巷炸鸡的老师傅！

伍元抬头看见罗宝瓶，脸红了，不知道杨丽有没有把那个吻告诉她？

踌躇之间，罗宝瓶已经扑上来……伍元紧张到心脏都快跳出来了！天哪，真的要在大庭广众之下拥抱吗？蠢货的爱都来得这么凶猛吗？伍元嘴角上扬，不自觉伸开了双臂，罗宝瓶却扑进了老师傅的怀抱。

"师傅！"罗宝瓶像个小孩子见到了爸爸。

原来，老师傅竟是伍元请来的！他通过方华得到了老巷炸鸡的地址，亲自打电话把老师傅请来应对陈娇娇的诉讼。只要证明了罗宝瓶没有用老师傅卖给嘎嘣脆炸鸡的配方，就能全身而退了。但伍元是绝不承认他所做的一切是为了罗宝瓶的："我只是想证明，用科学的方法做出来的味道，比他的更好。"

两个人已切磋到如火如荼，甚至为"用提纯过的谷氨酸钠比较鲜还是用香菇和虾皮等磨制的天然味精比较鲜"这样的问题争得脸红脖子粗！最后，俩人各自为营，决定分别以自己的方式来做炸鸡，一战高下。

老师傅这边，凭着几十年的经验运筹帷幄；伍元那边，各种材料的科学配比，精确到秒的油炸时间，让人应接不暇……

时间到，两个人分别端着自己的炸鸡，送到罗宝瓶面前。她先拿起老师傅的炸鸡，咬一口，一切都恰到好处，就是那个味儿！再拿起伍元的炸鸡咬一口，呆住了，一切都恰到好处的基础上，香味儿、酥脆感、鸡汁、嚼劲和回味都更精进……

罗宝瓶不由自主咬了第二口："太好吃了！"老师傅一愣，冲上前来抓起伍元炸出的鸡腿一咬，傻了几秒，随即扑通一声跪在伍元面前："师傅，请受徒弟一拜！"

所有人都惊呆了，伍元却耸耸肩："我赢了，我的目的已经达到了，至于别的，我没兴趣。"罗宝瓶急忙扶起师傅，瞪伍元："别忘了，咱俩是结了盟的，你不教师傅，教我可以吧？"

"很简单，我更改了姜汁酒的使用方式，由普通的腌制改为浸泡，让鸡肉最大程度吸取姜汁酒的汁液，增加鸡汁量。然后按比例调和十八味香料，用鸡蛋封住香味和鸡汁，进行腌制。最后裹粉，一般人只是裹生粉去炸，但我用了地瓜粉、在来米粉和高筋面粉，比例是 1:1:0.75，加上一小份苏打，因为地瓜粉颗粒粗，会让炸鸡格外脆，在来米粉和小苏打可以增加酥松的口感，这样炸出来的鸡腿就算是凉了，外壳还是酥脆的。"伍元一边讲，一边指向两个油锅，"接下来要讲的是火候。第一次炸是让外壳定型，锁住鸡汁！所以一次性下锅的鸡腿不能多，否则会导致油温骤降，影响口感。第二次炸，火候比第一锅大，要把握最适时间，一旦过了最适时间，鸡肉就会变柴，咬开之后既不嫩也不会有汁。"

伍元一转身，在食堂专门写菜单的大黑板上，迅速写起来："下面，我来教大家，在炸鸡过程中的化学反应公式……"

罗宝瓶这才发现，食堂里竟然围满了来看热闹的同学！

不知什么时候，来了第一个，又来了第二个，越来越多……同学们纷纷拿出本子和笔记了起来，食堂俨然变成了伍元的化学课堂！

罗宝瓶看着老师傅，很羞愧："其实那瓶姜汁酒……被、被我摔了。按照您给的配方，我根本找不回姜汁酒的味道，是伍元帮了我。"

老师傅脸上露出赞美的表情："把你交给这样一个人，我放心了。"

罗宝瓶："什么？"老师傅笑了："我现在就去告诉夏之初，他想告你，门儿都没有！因为我卖给嘎嘣脆的那份秘方，根本不值一提！我之所以给了一份不完整的配方，是我相信，只要你有心，一定能将那份配方补全，将老巷炸鸡的味道延续下去……所以，与其说我将秘方卖给了嘎嘣脆，不如说，我将真正的味道，给了你。"

在老师傅的帮助之下，陈娇娇撤诉，但受伤的人是夏之初。不仅因为丢人，更因为，他感觉到了来自伍元的威胁。他突然意识到，罗宝瓶要被伍元抢走了，他惶惶不可终日。

他的焦躁，被陈娇娇看在眼里。

同样感觉到威胁的人，还有李树。

操场上，腿受了伤的林真，对自己失望透顶。

一双手，递过来一本册子。林真回头，是罗宝瓶，递来了那本复健计划。

林真惊讶："这是你做的？"

罗宝瓶摇摇头："是一个表面上冷漠，却内心火热，默默关心着你们，又不知道该怎么表达感情的人做的，他看起来尖酸刻薄，拒人于千里之外，内心却比谁都善良热血。我不说，你也该知道是谁了吧？"

绿萝替林真担心，几次上课开小差，被莫茶抓了个正着！

莫茶气急败坏，不再纵容，罚绿萝去扫厕所。厕所是公共区，本是学生轮流去清洁的，但这一次，所有的清洁任务都落在了绿萝一个人头上。

莫茶本来是想吓唬吓唬绿萝，逼绿萝认错，却没想到绿萝一言不发，拎着水桶和拖布就去了！赵小侠气得牙痒痒，因为绿萝好不容易扫干净一次，下一次再进去的时候，厕所又脏得不像样。

于是，赵小侠带着手下们围堵了厕所。只要绿萝打扫干净了，就不允许任何人进去污染……同学们急得团团转，又不敢忤逆赵小侠。因为赵小侠说了，不管大的小的，一律自己想办法，谁敢往办公室捅，我让谁好看！

其他楼层的厕所，因此被挤得拥堵不堪。

为了排队上厕所，常常有学生迟到，而一旦老师问起，却没有任何人敢说出实情。学校里开始出现隐隐约约的恶臭，陈娇娇出入学校，一不小心踩到了一坨大便！

陈娇娇气得发疯，立刻捅上去，状告校领导：为什么不整治校园卫生，这样的环境很容易滋生疾病！在赵小侠的威胁下，所有同学统一口径：

因为绿萝打扫厕所太辛苦，不忍心糟蹋，才不进厕所的。赵小侠直指莫茶：打扫公共区，本来是班级任务，却只分配给绿萝一个人做，这是欺负人！

莫茶却反咬一口，说绿萝上课开小差，影响自己的教学进度！不如去扫厕所！

晚自习下课，学生都走了。

莫茶上了厕所，却发现，自己被反锁了！她慌了，怎么使劲都打不开厕所门！是谁干的？她的手机放在了办公室，大喊却无人回应。

空荡荡的校园里，黑夜逐渐袭来，莫茶心底生出寒意。她恐黑，疯了一样拍门，可是喊破了喉咙也不会有人来救她。

走廊尽头，一双球鞋，转身越走越远……

莫茶听见了脚步声："你是谁，快来给我开门！"

罗宝瓶约伍元去参加杨丽组的四人聚会。一来，要感谢她前一天晚上喝多了，伍元把她送回家；二来，要感谢他请来了老师傅，解救了自己。伍元哼哼："真有诚意就该单独请我，蹭别人的约还人情债，你真够省钱的。"罗宝瓶气："你爱去不去！"伍元一翻白眼："当然去，反正指望你还人情债是没可能了，免费的晚餐不吃白不吃。""谁说我不还了！不就是请客嘛，你说吧你要吃什么，我先欠着。"罗宝瓶嘟囔，"没见过你这种人，帮助别人还盯着人家还人情债的。""付出和回报当然要成正比，只有双赢才有下一次付出的可能。那种不自量力，付出不求回报，把自己搞得狼狈不堪的人，就叫——蠢货。"

罗宝瓶面红耳赤："你骂谁呢！"伍元嘻嘻一笑："挖个坑你就往下跳，啧啧，也不知道以你的智商是怎么活到今天的。"说罢，伍元从罗宝瓶的包上揪下一个小老虎挂件："这个东西先放我这儿保管，等你兑现了请客吃饭，我再还给你。"

罗宝瓶急了："这个不行，还给我！"伍元已经把小老虎塞进包里：

"夏之初送的啊？"

罗宝瓶黯然："是我爸爸送的。"

伍元一愣，想起在家里，方华常常不自主地谈起罗宝瓶的爸爸："说什么一辈子，说什么我可以永远当公主，十指不沾阳春水，都是骗人的鬼话！都怪他，说走就走，我现在根本就不是什么公主，我就是白雪公主那恶毒的后妈！"

伍元弹了一下罗宝瓶的脑门："所以，这顿饭你是非请不可了。"罗宝瓶捂着脑袋，从悲伤的回忆中惊醒："你轻点！"

到了聚餐地点，杨丽还在路上。

罗宝瓶却突然看见了顾海洋……正要走上前，却发现一个女人吻住了顾海洋的嘴唇！罗宝瓶瞠目结舌：是顾海洋的红颜。

顾海洋推开红颜，手里的力气却越来越小。终于，他抱住了红颜，在她耳边说着什么，一边说一边紧张地朝门口看，把红颜往外哄。上次在酒吧，罗宝瓶就觉得这两个人看起来不对劲，原来他们简直就是对狗男女！

罗宝瓶浑身发抖，她不知道，在她自己不在场的时候，夏之初是如何拥吻陈娇娇的。他们是如何背着自己搞在一起，如何密谋着跟自己摊牌，看自己笑话的。她可以当傻子，可以将夏之初的凉薄咽进肚子里，但杨丽不行。她不能让杨丽当傻子，不能容许杨丽受这样的欺负……她抢过身边服务员的甜点车，对准顾海洋冲了过去！

顾海洋和红颜的瞳孔在罗宝瓶的嘶吼中放大，像大难临头的两只鸟，四散逃窜……罗宝瓶盯准了顾海洋，追着他冲撞而去，嘴里不自觉地大声喊道："夏之初，你这个混蛋！"顾海洋抱着脑袋："你、你认错人了！"罗宝瓶撒丫子往前冲，眼看就要撞飞顾海洋，却被伍元一把抓住！

甜点车飞向顾海洋的同时，餐厅服务员推开了顾海洋。甜点车撞上墙，摔得七零八落，餐厅里顾客们都吓得屏住了呼吸。

寂静无声的餐厅里，罗宝瓶似乎在这个时刻，才终于把自己积压了太久的委屈、愤怒和种种复杂的情绪爆发出来。"哇"的一声，她号啕大哭。

餐厅里回荡着她肆无忌惮的哭声，伍元抱住了罗宝瓶。

餐厅门口，杨丽看着这一幕，泪水滑落。

罗宝瓶语录：

青春不能错过的第六件事：对毁灭你人生的力量说"不"！在你的青春里，一定有那么些恃强凌弱的人，他们看似高大威猛，他们羞辱你，毁灭你的心。但你，不该成为恐惧的俘虏。对抗欺侮的唯一办法，就是挥拳。勇敢的人不仅能发现对手的懦弱，还能为自己赢得尊重。

莫茶晕倒在厕所一整夜，轰动全校。

被保洁阿姨发现时，她发着高烧，嘴巴里说着胡话："别、别过来……别过来……"吓得保洁阿姨见人就说，莫茶晚上肯定见着鬼了！

不知道是谁给校方写了匿名信，说看见了赵小侠和绿萝，把莫茶反锁在厕所。

绿萝和赵小侠作为谋害莫茶的肇事者，被校方记了大过，请了家长。

方庄赶到学校，和赵小侠的妈妈一见面就愣了：这不是董事长的女儿吗！

原来赵小侠的妈妈芦竹，竟然是方庄公司董事长的女儿，只是董事长前几年去世，公司便由芦竹的丈夫扁鳌全权打理。

方庄很激动，因为董事长是他最尊敬的人！虽然方庄只是个小员工，但他在公司几十年，可以说是看着芦竹长大的。这些年，芦竹不再出现在公司，大家都传言她身体不好，老员工们更是替董事长心疼。没想到芦竹的儿子竟和绿萝是同学！

芦竹曾是个大美人，但现在的她就好似经历过重创，眼神黯淡、飘忽，仿佛总是要你把话说个两三遍她才能回应。她是个活在画中的美人，只是一开口，就会把整个意境撕破。

绿萝和赵小侠站在办公室里，各自咬定：不是我干的。

教导主任语重心长："莫茶老师昏迷了一夜！这是多恶劣的性质，你们现在还撒谎，是不是想退学！"

方庄看绿萝的脸色，小心翼翼地问："是不是搞错了？我们家绿萝心地善良，从不惹是生非，不可能干欺负老师的事情！"

芦竹却连声道歉，求老师放过赵小侠。她的软弱，妥协激怒了赵小侠："不是我干的，你为什么要道歉？你就不能为了我，挺起腰杆吗？为什么总是不信任我，总是要我忍，总是要我低头！我是那种做了亏心事儿不认账的人吗？"

赵小侠委屈得两眼通红，可芦竹却像没听见一样，顾自示弱，说自己是个全职太太，管孩子的事情，有心无力，他爸爸又工作太忙……只要能顺利毕业，就把孩子送出国，求老师千万别断了孩子的前途。

芦竹的楚楚可怜，打动了教导主任。

教导主任叹了口气，要绿萝和赵小侠一人写一份检查，一人跑操场十圈，以儆效尤。芦竹感恩戴德的样子，让赵小侠彻底失望了。连方庄都忍不住感叹：芦竹好像真的病了，以前的她天真开朗，爽快又可爱，而现在她唯唯诺诺，谨小慎微，实在是可惜了。

赵小侠气得站在走廊上大喊："到底是谁？谁他妈敢黑我？我要你死得好看！"

方庄去食堂找罗宝瓶，告诉她这件事，罗宝瓶也傻了：绿萝怎么可能干那种事情！

锁莫茶的人，寄匿名信的人，到底是谁？

好像在黑暗之中躲着一个人，一直默默窥伺着，时不时出来咬绿萝一口！

赵小侠跟着绿萝在操场上跑十圈，吸引了教学楼里伸出无数脑袋，窃窃私语："他俩肯定是在恋爱！"

教导主任跛着脚，竖着耳朵听，一拍大腿："是吧？你们也觉得他俩在恋爱吧？早恋，是要坚决杜绝的！"——教导主任一现身，大家纷纷鸟兽散。

赵小侠拉住绿萝："你身体吃不消的，别跑了！"却被绿萝甩开：越是被冤枉，越是要咬牙死撑到底，绝对不低头。

"又不是你干的，凭什么要罚你？你再跑，我就去砸了教导主任办公室！"赵小侠威胁绿萝，气得绿萝回头瞪他："砸了办公室，只会把情况搞得更糟糕！你不就想看我出丑吗？现在如你所愿了。"

赵小侠跟在绿萝身后，看着这个纤弱的少女。让他为之动容的，正是她的倔强；而拒他于千里之外的，也是她的倔强。

教学楼上，扁福冷眼看着赵小侠的样子，扶着镜框冷笑。

食堂里，罗宝瓶把一大盘好吃的推到黎雪儿面前。

"干吗？弄这么多好吃的贿赂我，肯定没好事！"黎雪儿怀疑地看着罗宝瓶。

"绿萝的事，你知道多少？"罗宝瓶跟黎雪儿打听。

"你关心她干吗呀？"黎雪儿好奇，却得知，罗宝瓶竟是绿萝的表姐！而且，罗宝瓶来食堂的初衷就是为了绿萝！黎雪儿又惊奇又妒忌："我还以为你是我一个人的宝哥呢，原来你有妹妹啊！"

黎雪儿嘟着嘴，用力嚼着面前一大盘好吃的，心里其实也怀疑，怎么每件事儿倒霉的都是绿萝？黎雪儿沉思着："对了，赵小侠知道啊！"

罗宝瓶一愣："赵小侠知道？"

"邮件那事儿，赵小侠专门去查了邮箱IP，说找到真凶了。"

罗宝瓶紧张，那人是谁？"他也没说啊！"黎雪儿耸耸肩，"不过，我们猜，应该是马莉！学霸一个，老和绿萝争第一名，争得死去活来的！关键是，马莉很讨厌我，所以，肯定是她！"

在教导主任的要求下，每个班的班主任都要组织一次关于"杜绝早恋"的班会。

罗宝瓶来班里找马莉的时候，高三三班正在开班会。她从教室后门的玻璃望进去，惊得下巴都要掉下来了！

伍元正在黑板上详细讲解堕胎的全过程。从生理构造到化学反应，惊得班里胆小的女生捂眼睛，胆大的男生也沉默，陷入一种深深的悲怆感。伍元耸耸肩："其实恋爱嘛，你要非谈不可，我也拦不住，但你谈着谈着就会知道，没什么意思。恋爱嘛，说白了就是荷尔蒙作用，荷尔蒙是什么？激素。激素可以促进我们新陈代谢，促进神经系统的发育和生殖器官的发育与成熟，你们这个阶段的恋爱正是荷尔蒙作用下对性的渴望。"

罗宝瓶满头黑线，所谓"杜绝早恋"的班会，原来就是一次杜绝青春期性行为的生理课啊？

这时候有人举手提问了："老师，但早恋也不一定就要那个啥吧？我们享受的是这个'恋'的过程！"全班哄然，女生羞得面红耳赤，男生笑得不怀好意。

"人的精力是有限的，每个人都觉得'恋'的过程很美好，但不是每个人都有这个能力去平衡'恋'和学业之间的比重。有的人，一恋爱就疯狂爱，疯狂给，一受伤就把自己搞到精神不正常，这样的人就没有早恋的资格，因为他们把自己的全部精力专注在对方身上，到头来恋爱不成，回头一看自己这段时间除了错爱一个傻×之外没干别的事儿，最后恋人没了，自己也没考上大学，亏不亏啊？"伍元逼视全班，"我看，在座的人，你们都没这个资格。"

有人不服气了：凭什么说我们没资格啊？

伍元冷笑："高三三班，全年级闻名的垃圾班，每次月考都全年级倒数第一，你们连学生的本职工作——学习，都做不好，还腾得出精力来恋爱？在我看来，学习是这个世上最简单的事情，因为这是唯一一件你付出了努力就一定会得到回报的事情！而你们连这么一丁点努力都不愿意付出，成天只知道做白日梦，不是希望买彩票中大奖就是希望突然从美国回来一个亿万家产的亲生老爸，要么就巴望着靠自己那点可怜兮兮的姿色嫁入豪门，我都替你们恶心。你们这样的一类人，高中毕业，就会进入各色专科学校，将来唯一的命运就是成为社会底层劳动者中的一员，有点自知之明的可能可以通过自学继续往上走，但更多的人，你们将来所做的一切，都只是为了活下去。你们会蝇营狗苟，苟且偷生，你们会被人剥削、压榨到最后一滴血都流尽，你们会被人欺负，被人智商碾压，骗得身无分文，还反过来替人数钱，感激别人施舍你被压榨的机会，因为这是你存活在世的唯一价值。

　　"当你们被穷，被妒忌，被不甘心却又无力回击的生活逼到人生惨淡的时候，你们就开始抱怨社会了，你们会叫骂一切，将你们悲惨的命运嫁祸于人，到死都不知道自我反省。你们永远不会知道什么是自由，什么是希望，什么是思想！因为你们根本没有精力，也没有这个平台和眼界去思考去进步，你们生活中的所有谈资就是菜涨了两块猪肉涨了五块，隔壁张老五家死了狗、王老六家丢了自行车，你们不敢生孩子，因为生不起，你们的孩子好不容易长大了，却在班级里显得那么蠢！为什么？因为他们先天就缺乏来自父母的素质教育！于是你们再将这辈子唯一的希望寄托在这个蠢孩子身上，又一次做起了买彩票中大奖，孩子凭空遇到贵人，或是嫁入豪门的白日梦……到死的时候，你们会觉得，我这一生，活着到底是个什么意思呢？

　　"你们，高三三班所有人，将来都会这样走完一生。别他妈还想着什么早恋不早恋的问题了，去恋吧！去堕胎吧！去放肆享受青春吧！将来还能结伴一起去领低保，活不下去的时候一起去犯罪，一起去坐牢，一起出狱再一起自欺欺人地告诉你们的子孙后代，'我的青春多么与众不同，多么肆意妄为！'没错，马上就要高考了，现在，将是你们人生中，最后一段缤纷多彩的时光。高考过后，别人去追梦，你们就该去求生了！"

全班鸦雀无声。

所有人都含着泪，被羞辱，被痛击，却又被戳中要害。"垃圾班"这三个字，就像魔咒。这个班的孩子们，在精英班面前抬不起头来，以叛逆、无所谓的形象来掩饰自己的仓皇和自卑，越是逃避，就越难进步。

直到今天，伍元真正打醒了他们。谁愿意那样苟且偷生？谁愿意一辈子被生活俘虏，永远没有选择的权利？谁愿意终其一生都没有思考的能力，只有求生的本能？

"记住我说的话，在这个世界上，只有学习是最简单的事情！是唯一一件，你付出了努力，就一定会得到回报的事情！人不为己，天诛地灭，意思就是你不修行自己，天要诛你，地要灭你！你们真的不怕吗？下课。"

伍元傲娇地出门，留下静默的全班。

他看见已经傻掉的罗宝瓶，凑近："你没事儿吧？"罗宝瓶脸红了，她也不知道为什么，心脏突突跳……

伍元的刻薄，竟然能让人觉得蛮帅的。

"没、没事儿，我来找……"罗宝瓶还没说完，伍元打断她："今天晚上，给老师傅践行，我负责买菜、做饭，你来给我打下手。晚上六点，准时过来。"伍元好像也很紧张，噼里啪啦一通说完，头也不回地走了。

罗宝瓶闯进教室，谁是马莉？

马莉来了，是个白白胖胖，戴着眼镜，一头乌黑短发的女孩。罗宝瓶一手将她壁咚在墙："是你吗？"

马莉不明所以，但罗宝瓶吸引了一些同学的注意："放过绿萝吧，别再玩这种无聊的把戏了。"

马莉被周围嗖嗖扫射而来的眼光包围，冷笑："她真是个上天的宠儿，聪明漂亮成绩好，随时都有人跳出来袒护她。什么都让她得到了，被整是活该啊，我还嫌她被整得不够惨呢！"然后，她推开罗宝瓶，趾高气扬地走了。

07.

我叫罗宝瓶，我对任元的感觉，发生了奇妙的变化。

在他怀抱里的那一刻，突然有了一种前所未有的，踏实的感觉。我对顾海洋的那一场疯狂行动，差点酿成大祸，若换作夏之初，他一定会痛骂我的冲动，警告我不计后果的意气用事。可任元只是给了我一个可以趴在上面痛哭的胸膛，甚至在我的泪水淹没了他的高级衬衫后，也没有回以我以往的尖酸刻薄！

我和这个怪胎之间，一切好似没变，但一切好似都变了。

如约而来的罗宝瓶站在门外，心脏咚咚直跳，强作镇定。一会儿见到伍元该什么状态呢？自己表演了一会儿，怎么都觉得不够好。包里，手机一个劲儿催，罗宝瓶深吸一口气，敲门，脸上挂着一个大大的笑。

门开了，伍元一张紧绷的脸瞪着她："你迟到了五分钟，我的鱼汤全被你给玷污了。"

"玷、玷污？"罗宝瓶一呆。

"新鲜的鱼含有大量DHA，也就是二十二碳六烯酸，这种物质天性活泼，特别容易被氧化，从而产生三甲胺，也就是鱼腥味儿。因为你的迟到，我的鱼不得不延迟五分钟下锅，这五分钟之间二十二碳六烯酸的化学反应已经开始了，整锅汤的味道都会大打折扣！我果然不该相信一个蠢货。"

说罢，伍元黑着脸转身进了屋。

罗宝瓶悻悻地跟在他屁股后面，在厨房里帮忙打下手，一会儿弄翻了碗一会儿又砸了菜盆，整个厨房简直就如同战场，气得伍元对罗宝瓶大喊："滚出去！快滚！"

罗宝瓶又尴尬又抱歉地退出厨房，撞上方华和老师傅俩人正意味深长地看着她。

"我、我给他一个锻炼的机会。"

方华和老师傅对视一眼，叹气："你要是不介意，那妈妈也不介意。"

罗宝瓶摸不着头脑："介意什么？"

"孩子呀！他孩子。但咱们总得先弄明白是怎么回事吧？"方华有些担心，"伍元人倒是个好人的。"

罗宝瓶赶紧解释，你们误会了，我和伍元不是你们想象的那样！可是罗宝瓶越着急，就越显得心里有鬼，此地无银三百两似的。

饭菜上桌，伍元和罗宝瓶为老师傅践行，却得知：老师傅不走了！原来，方华这两天负责当老师傅的导游，带他在这个城市里到处游玩，没想到玩出了火花。老师傅决定在这个城市留下，先买一套房子。

罗宝瓶目瞪口呆，而方华则不好意思地红了脸："本、本来没想这么快公开的。"

老师傅捏了一下方华的脸："你怎么这么可爱？生气也可爱，害羞也可爱，吃饭也可爱，记不起来景点的名字也可爱，你呀，到底知不知道你多有魅力？我怎么放心把你一个人留在这里，我得留下来当你的护花使者呢！"

伍元和罗宝瓶面面相觑，没想到剧情变化太快，他们有点跟不上节奏。

老师傅举杯："今天是我和华华的第一次家宴纪念日，来，咱们举杯庆祝一下！"罗宝瓶："第一次家宴纪念日？这么快就有纪念日啦？"

老师傅一笑："这还不是我们的第一个纪念日呢，我们已经有第一次见面纪念日、一起吃水饺纪念日、划船纪念日、在楼梯跌倒后第一次牵手纪念日……"

"等等！你们才认识三天吧！"罗宝瓶惊得眼珠子都要掉下来了，可是老师傅和方华相视一笑："人家说，两个人第一次见面的八秒钟，就决定了能不能相爱。"

整顿饭变成了方华和老师傅之间的花样虐狗，伍元和罗宝瓶都吃不下去了。

"我出去走走。"伍元起身，被老师傅叫住："带上宝哥，你们年轻人，应该多交流！"

罗宝瓶带伍元去了她最爱的路边麻辣烫，全程，伍元一直抄着手看她吃得满头大汗。

一边大嚼，罗宝瓶一边故作心里没鬼似的，大大表扬伍元在班会上的表现。如果伍元能再多一点热情，多一点耐心去解决这些孩子的心理问题，就能从根本上推动这个垃圾班的进步！虽然高考迫在眉睫，但是即便只剩下一天，也要去努力，不是吗？

"别光我一个人吃啊，你也吃点儿！这个毛肚，你尝尝，巨好吃！"罗宝瓶夹起一块红亮油辣的毛肚就往嘴里送，而伍元一直抄着手面无表情地盯着她。

"闻起来是用工业碱和福尔马林泡过的。"伍元凑近观察那盘麻辣烫，"工业碱的价格比食用碱低，福尔马林是 40% 浓度的甲醛溶液，能使食品保持新鲜状态，并且加强了韧性，但食用后容易引起咽部、口腔、食管和胃肠道不适。"伍元用筷子挑起罗宝瓶嘴里的面条："明矾。闻着香，看着嫩，但是食用后对人体危害很大，影响神经细胞发育，造成智力障碍……怪不得你这么蠢，原来是明矾吃多了。"

罗宝瓶差点一口把嘴里的东西吐出来："你、你不要太夸张，这家店的味道超赞的，怎么可能添加那些奇怪的东西……"说着说着，她自己也有点底气不足。

"味道超赞，是因为添加了十几种化学原料、调味剂来勾兑骨汤，而且因为食品不新鲜，无良商家会在汤里添加止泻药，这就是你们吃了几百回却没拉过肚子，可是身体却越来越虚弱的原因。"伍元轻描淡写的样子，让罗宝瓶实在是咽不下去了。

"买单！"罗宝瓶气鼓鼓地结账，一路上，她都在心里抱怨，偶像剧里不都是女生带男生去她最爱的路边摊，女生一边吃，男生一边宠溺地看着她，觉得喜爱路边摊的她特别可爱吗？走着走着，却肚子咕噜噜响了。完了！罗宝瓶快哭了，商场打烊了，方圆几里地都没有厕所，怎么办？

静静的夜，罗宝瓶的肚子叫得格外欢畅，她一脸的尴尬，捂着肚子四望，只有小树林。

她不好意思地瞥向伍元，换来一个嫌弃的白眼。伍元一努嘴："五分钟，一超时我立刻就走！"

说罢，伍元转身走开，在不远处把守住这片小树林。

罗宝瓶急不可耐冲进树林……一分钟不到，有人来了。伍元想方设法拦，却还是抵挡不住，他朝小树林里瞥一眼，罗宝瓶还没有出来的意思……情急之下，伍元豁出去了，又唱又跳起来："来来，我是一个菠菜，菜菜菜菜菜菜，菜菜菜菜菜菜菜菜菜菜菜；来来，我是一片杧果，果果果果果果，果果果果果果果果果果；来来，我是一个竹笋，笋笋笋笋笋笋，笋笋笋笋笋笋笋笋笋笋笋；来来，我是一块菠萝，箩箩箩箩箩箩，箩箩箩箩箩箩箩箩箩箩；来来，我是一粒草莓，莓莓莓莓莓莓，莓莓莓莓莓莓莓莓莓莓；来来，我是一只香蕉，蕉蕉蕉蕉蕉蕉，蕉蕉蕉蕉蕉蕉蕉蕉蕉；来来，我是一个葡萄，萄萄萄萄萄萄，萄萄萄萄萄萄萄萄萄萄；来来，我是一个琵琶，琶琶琶琶琶琶，琶琶琶琶琶琶琶琶琶……"

周围的人都惊呆了，以为伍元是个傻子，或者行为艺术家，纷纷拿出手机拍起来。

众目睽睽之下，伍元硬着头皮唱唱跳跳，直到看见罗宝瓶从小树林里钻出来，他瞬间停下，气鼓鼓地对周围的人大喊："让开让开！"

罗宝瓶追上去，一脸羞愧地想知道刚才到底发生了什么，而伍元一股脑对着罗宝瓶又喊又叫："都是你！你简直就是一只没头的苍蝇，把我的人生全部打乱了！我好像也开始变成一个蠢货了，我的脸都被你丢尽了！你总是在打破我的规则，每次都让我不受控制，像个小丑一样干些出格的事，让我变成一个多管闲事的八婆！我知道了，你是个扫把星，你把我三十五年的克制都给扫走了，你知不知道我保持着这样一个克制的人生需要多费劲？请你继续飞蛾扑火，但是不要往我身上扑，好吗？请你让我继续做一个隔岸观火的人，我对蠢货的世界没兴趣，我更没兴趣跟在蠢货后面扫尾善后！我，这辈子都不可能喜欢上你这样的一个人，不可能，绝对不可能。"

伍元说完，逃似的走了。他的"不可能"，更像是说给他自己听的，他的"不可能"，其实是在拼命遏制他突如其来的爱情。他这样习惯了孑然一身的男人，对人与人之间的交心都讳莫如深，又怎么会一头栽进彻底搅乱他生活的爱情？他失去了安全感，他不知道喜欢上这样一个看似对人生毫无规划毫无方向的罗宝瓶，到底是幸运，还是灾难。

我叫罗宝瓶，我对伍元的感觉，发生了奇妙的变化。

我以为我和伍元之间什么都变了，原来没有。

他还是那个看不起人的他，我还是那个跌跌撞撞的我。

他不可能喜欢我，我早就已经料到了。

杨丽家楼下，我看见了夏之初。他目光灼灼，问我："你是不是喜欢上伍元了？"

我……只觉得好笑。我反问他："你真的爱陈娇娇吗？"

清早，伍元一进学校就感受到了周遭奇怪的气氛。

有学生学着他昨晚的舞姿："来来，我是一个菠菜，菜菜菜菜菜菜，菜菜菜菜菜菜菜菜菜菜菜菜；来来，我是一片杞果……"

伍元视而不见从人群中走过，却又有不同的学生模仿着网上热传的视频："来来，我是一块菠萝，箩箩箩箩箩箩，箩箩箩箩箩箩箩箩箩箩；来来，我是一粒草莓，莓莓莓莓莓莓，莓莓莓莓莓莓莓莓莓莓；来来，我是一只香蕉，蕉蕉蕉蕉蕉蕉……"

一时间，校园被伍元的歌舞占领，不知道的还以为是什么神秘组织。

他走过的每一寸土地，都传来遏制不住的狂笑和窃窃私语。他内心咬牙切齿：都是那个蠢货害的，我成了全校的笑柄！

可是，竟有学生冲上来围住他："老师，原来你喜欢玩这种啊，我妈也喜欢！没想到你这么可爱！"

伍元怔住了：可爱？还是第一次有人用这个形容词，来形容他。一时间他又怀疑了，罗宝瓶这个蠢货带给我的究竟是灾难，还是幸运？

马莉遭到了围攻。

马莉快要崩溃了，她恨死了绿萝。

她知道，有人在替绿萝出头，而能够调动所有人来对付她，只有赵小侠做得到。马莉既恨赵小侠，又怕赵小侠，但是更要命的是，她喜欢赵小侠，并且暗恋了赵小侠整个高中三年。她心里最难过的，是赵小侠这么做，一定是因为他喜欢绿萝。

食堂在教导主任的提议下进行男女分区，以杜绝早恋。

站在食堂门口，罗宝瓶好不容易把男女学生分流，分别从不同的入口进入不同的区域，只能无奈地听学生骂这种治标不治本的政策多么的傻叉。可是没想到，男女分流，坐在南北两个区域，却爆发了更大的炸雷……

一只纸飞机从男生区域飞过来，吸引了所有人的注意力，纸飞机飞啊飞啊，一路飞到了女生所坐的区域，落在桌子之间的走道上。所有人的目光都集中在那只纸飞机上，却没人敢捡起来。

罗宝瓶把纸飞机捡了起来，打开一看，愣住了。

男生们吹口哨大喊："念！念！念！……"罗宝瓶捏紧了那张纸，看向马莉。

马莉面如死灰，浑身颤抖：她的日记本丢了。那本上锁的日记里，有她的全部秘密。马莉终于忍不住，站起来冲着人群大喊："够了！"她冲到罗宝瓶面前，一把抢过那张纸，眼睛通红地瞪着罗宝瓶："你们都要我放过绿萝，你们哪只眼睛看见我害她了？！我到底做错了什么？我只不过是嫉妒！我嫉妒她漂亮，我嫉妒她多才多艺，她会拉大提琴，她是所有男生眼里的女神！我嫉妒她聪明，她成绩好，我有的仅仅只剩下成绩了，为什么她还总是来跟我抢第一名！我就是嫉妒了，我羡慕到死，我控制不住！除此之外，我什么坏事都没做过，为什么你们要这样对我！"

马莉哭着跑出去，剩下罗宝瓶呆立原地……在背后陷害绿萝的人，不是马莉。那么，把马莉逼到今天这个局面的人，是罗宝瓶自己。

她简直要恨死自己了，不分青红皂白地行侠仗义，害了马莉，也将绿萝置于更加难堪的境地。

马莉跑出了食堂，在校园后墙看到有人涂鸦，画满了墙面，上面用油漆写着一行大字："赵小侠，我喜欢你！马莉。"

她蹲在墙角下痛哭，手里攥着那一张被人偷走的日记。日记上面写着她对赵小侠暗恋的点点滴滴，写着那一句她偷偷重复过无数遍的表白："赵小侠，我喜欢你！"

不远处，有双眼睛在看着马莉。是小卷毛夏薇。

小卷毛同情地看着马莉，突然有人凑近她的耳朵。"好玩吧？"小卷毛吓了一跳，回头一看，是赵小侠。

赵小侠似笑非笑地看着小卷毛："我知道，在背后搞鬼的人是你。

泼脏水的事儿，是你干的；剪破绿萝运动服的事儿，是你干的；以绿萝的名义群发邮件，是你干的；把莫茶反锁在厕所，也是你干的，对吧？我真的很好奇，你到底为什么这么恨绿萝？你转学来这儿就是为了绿萝吧，你到底想要什么？"

小卷毛毫不示弱："既然知道，直接冲着我来不就好了，干吗要整马莉？"赵小侠耸耸肩："杀鸡儆猴咯！"赵小侠看着小卷毛笑了，"毕竟，让绿萝失去她唯一的朋友，是件很残忍的事情。这只是些小把戏，要是你再敢打绿萝的主意，可不仅仅是这些了。我会为你准备一顿大餐，让你吃不了兜着走！"

罗宝瓶要为自己的冲动负责，首先要做的就是去除掉墙上的那些油漆字。

可是不知道如何下手的她，只能选择一条最直接的办法：再刷上一层油漆盖住那些字。

她越忙越乱，狼狈不堪。

教导主任气得破口大骂：我们不需要粉刷匠，你把这面墙给我弄干净！罗宝瓶束手无策，逗得路过的伍元掩住口鼻："蠢货，又把自己给搭进去了。"

罗宝瓶赌气："你少瞧不起人了，我就让你看看，我今天非得把这面墙弄干净不可！"

于是，这一天，她都耗在与这面墙做斗争上。连马莉都看不下去了，递给她一瓶水："为什么要帮我？"罗宝瓶接过水，掷地有声："帮你们，就好像是在帮我自己，好像重新走一遍青春，发现了很多我曾经没有注意过的事。所以再难，我都不能回头，我没机会再重新长大一次了。"

马莉听不懂她在说什么，但有一些话却让她深有感触。

罗宝瓶告诉她，你有嫉妒心说明你向往美，向往更好的人生，你正青春，有旺盛的生命力，你有充足的时间去变美，去变得更好，将来有一天，你也可能会成为令别人"妒忌"的一个人。想要漂亮，你就去运动，令身材变得健康匀称，去跟漂亮的姑娘取经；想要才艺，什么时候开始学都不晚，你还有整整一生的时间去进步；想要成绩，你比别人有更坚实的基础，只要虚心跟老师请教学习方法，一定会事半功倍……你的时间这么珍贵，却用来妒忌，真可惜。你的妒忌，伤害不了任何人，却只害苦了自己，我心疼你。

罗宝瓶还说，我也喜欢过一个人。仗着我的喜欢，他可以肆无忌惮地伤害我。我能停止对他的喜欢吗？我停不下来，我没法控制自己。但至少我知道了，爱情不仅仅是甜的，也是酸的，是苦的，是无论什么滋味我都必须咽进肚子里的。等你长大了你就会知道，你必须咽进肚子里的东西，还多着呢，但只有"爱情"这一样，是你心甘情愿的。

不知道什么时候，马莉走了。

罗宝瓶在夕阳中睡着了。

伍元全副武装，提着一个桶，开始替罗宝瓶清理墙面。不一会儿，墙面就被伍元清理得干干净净。他看着睡成一摊烂泥的罗宝瓶摇摇头："蠢货，你不知道用脱漆剂吗？"

当罗宝瓶醒来，看着干干净净的墙面惊呆了：天哪，晚礼服假面出现了吗？

罗宝瓶受邀去参加夏之初的婚宴。

杨丽想了一百种大闹婚宴的方法，但罗宝瓶不仅不能毁了夏之初的订婚宴，还要穿上这辈子最漂亮的衣服，去祝福夏之初。就算让人看笑话，罗宝瓶也不介意，就算被人说厚颜无耻、居心叵测也无所谓，她就是要比陈娇娇还美！她要让陈娇娇知道，要是不好好抓住夏之初，那么她会时刻准备着把夏之初抢回来。

杨丽带罗宝瓶去做头发，化妆，给她挑选出衣柜里最贵最时尚的衣服，并表示要把罗宝瓶送去稀有物种保护机构，让他们把她关起来，以免她在人间怎么惨死的自己都不知道！

站在镜子面前，罗宝瓶都不认识自己了。

自从十二岁那年，爸爸去世后，罗宝瓶再也没穿过裙子。可是今天，为了夏之初，她穿了，而且还是杨丽珍藏的 Chanel 小礼裙！她的短发被打理得利落却不失女人味，妆容精致而清透，杨丽说这是时下流行的水光肌。她的包包和鞋子，都是和礼裙配套的 Chanel 最新款，浑身上下充斥着金钱的味道，可杨丽说这叫品位，叫气势，是砸得陈娇娇抬不起头来的魅力。

出发前，杨丽想了想：就差一个男伴了。她眼光一动，一把抢过罗宝瓶的手机，翻到"怪胎"的电话，拨了过去。

罗宝瓶着急："不行啊！让那怪胎去，是雪上加霜！"

杨丽躲着罗宝瓶抢手机的手："你是怕雪上加霜，还是怕对他动心？"

罗宝瓶不屑一顾："我怎么可能对那种怪胎动心！再说了，他是不可能喜欢我的。"

杨丽一笑，电话那边伍元接起来。杨丽："怪胎，今天中午，夏之初的订婚宴，你得作为男伴陪罗宝瓶出席。"

电话那边的伍元冷淡："我凭什么要去？"

杨丽避开罗宝瓶，小声捂着话筒："你不去，我就告诉罗宝瓶，那天晚上你在车里吻了她。我都看见了！"

不多久，伍元开着他的保时捷911，身着正装，乖乖出现在杨丽家楼下。

罗宝瓶和伍元在众人的瞩目下，面面相觑。罗宝瓶没想到，伍元身着正装的样子竟然这么帅，一时间有点恍惚。

"衣服大了，罩杯小了。"伍元审视着罗宝瓶的新装，气得罗宝瓶一掌拍在他脑袋上："往哪儿看呢！"

"别动！"伍元扳着罗宝瓶背过身，不知道从哪儿弄出来一枚别针，帮罗宝瓶把礼裙宽松的空间收紧，别上别针："曲别针的重量相同，在化学实验里可以做各种砝码，作为一个金属物，又可以与不同的酸类产生各种反应，所以我常会携带别针，没想到还给你派上用场了。"

偌大而华美浪漫的订婚宴现场，罗宝瓶挽着伍元，被昔日成教班的同学包围。

那些久不相见的同学们，本来准备了一大篓子的同情，瞬间换了一副脸孔，赞美声不绝于耳，大家连声感叹夏之初瞎了眼。

这时候，陈娇娇挽着夏之初出现了……全场都呆住了，静了好几秒，所有人的视线都在罗宝瓶和陈娇娇身上流转。

罗宝瓶和陈娇娇撞衫了！

陈娇娇的脸都绿了，当即气得声音都发抖了："罗宝瓶，你、你故意的吧！你、你衣服怎么跟我一样啊！"

似乎是意识到自己的失态，陈娇娇的笑容变得复杂起来："淘宝买的山寨货吧？早知道就不穿经典款来了，都被淘宝做滥了，开宝马的也穿，坐公交的也穿。"

在场所有人都怀疑地打量着罗宝瓶。夏之初赶紧打圆场："大家吃啊，刺身拼盘，尝尝，我都饿了！"夏之初伸手拿筷子要夹，被陈娇娇一手打掉："没见过吃的啊！饿死鬼一样，丢人现眼。"夏之初脸上也挂不住了，尴尬地笑着："大好的日子，发什么脾气。"

陈娇娇同情地看着罗宝瓶："我陈娇娇，可不是这么容易模仿的哦。假的就是假的！"

罗宝瓶着急，想解释，自己的衣服不是假的，只是借的，伍元却坏笑："瘦脸针也就是 A 型肉毒素针剂，作用于胆碱能运动神经的末梢，拮抗钙离子的作用，干扰乙酰胆碱从运动神经末梢的释放，损害神经和肌肉的兴奋性和传导性，以达到缩小咬肌来瘦脸的效果。严格来说，这是一种没有经过时间考验的美容手段，加上有资历的施针医生屈指可数，大多数注射瘦脸针的人都会产生或多或少的副作用，比如——左右脸颊不对称，"陈娇娇的脸色苍白，"笑容不自然，脸颊僵硬、活动艰难，肌肉结构的变化导致五官下垂。最可怕的后遗症，是依赖，是患者微整形上瘾，为了弥补一个副作用而采取更多美容手段，比如——玻尿酸。"

"你、你什么意思！"陈娇娇底气不足。

"虚荣过度，矫枉过正，是心理疾病，建议尽早治疗。要知道，假的就是假的。"伍元的话，让所有人的注意力都从罗宝瓶的衣服上，转移到了陈娇娇的脸上。

陈娇娇又羞又恼，拉起夏之初："这、这饭不吃了，我们走！"可是夏之初却面无表情，抽出手来。人是他请来的，这顿饭再难吃，他也要咽下去。这是他夏之初的订婚宴，他不能叫人看笑话，打了脸。他自顾自招呼客人们就座，气得陈娇娇指着他大喝："夏之初你个混蛋！"陈娇娇转身跑了。

众目睽睽之下，夏之初跟罗宝瓶郑重道歉："今天的事儿，是我未婚妻不懂事，冒犯在先，实在是对不住！感谢你们来参加我的订婚宴，我自罚三杯，替我未婚妻赔罪了。"

看着夏之初三杯酒下肚，罗宝瓶心里翻江倒海。

她本全副武装来送祝福，却让夏之初陷入这样尴尬的境地。从订婚宴现场走出来，她躲到一个角落里，从礼服的胸罩里掏出一袋松子，从手包里掏出一块巧克力，就往嘴里塞。伍元看着她的样子心里难受，因为只有在失去安全感的时候，罗宝瓶才会像个小动物一样在身上到处藏食。

"人家订婚宴给你发邀请，摆明了就是鸿门宴，欺负到家了，你竟然还答应去？要换作我，直接给他们快递几个花圈当贺礼！看吧，这下送上门去给人羞辱，要不是我，你这辈子都是那些人茶余饭后的笑料！"伍元嘟囔着，"有这么好吃吗……倒是桌上真没吃饱，给我尝尝！"伍元抢过罗宝瓶的松子，剥了起来。

最让罗宝瓶心疼的，是夏之初一口一个"我未婚妻"，他好像这么快就忘了，不久之前，罗宝瓶才是他的未婚妻。最难的，是爱过，却不能抽身而出。罗宝瓶脑海里不断浮现出她和夏之初的过往，她一边从伍元手里抢松子，一边大喊："你还给我！还给我！"

争夺之间，松子散落一地。

罗宝瓶看着那些零落破碎的小松子，就好像她破碎一地的心。她蹲下来一边捡一边哭："他说他这辈子想娶的女人，只有一个，就是罗宝瓶。他说过的……"

伍元一脚踩在松子上，把那些松子踩得稀巴烂："别自怜自艾了，你们的爱情就像这些松子，看起来坚硬，一踩就碎。为了这种廉价的感情掉眼泪，浪费身体里的 H_2O、无机盐、蛋白质、溶菌酶、免疫球蛋白 A 等等有机元素，实在是蠢得可怜。"

罗宝瓶红着眼睛："你凭什么说我的感情廉价？你知不知道我付出了多少！"

伍元一脸的不屑："付出越多就越高尚吗？你的付出是人家想要的，还是只满足了你一厢情愿的存在感？用这种方式来证明自己的爱有价值，简直就是莫名其妙！你给得再多，没给到点上，都是在倾倒垃圾！还想以这种倾倒垃圾的方式来换回别人同等的回报？你做梦吧，连对方到底是什么样的人，在什么样的环境下长大，有什么样的价值观，想要什么样的人生你都不明白，你的付出，就只是一场自我满足的意淫，自私透顶！"

罗宝瓶一巴掌打在伍元脸上！

"别站着说话不腰疼了，我的人生，不需要你的评价。"罗宝瓶含着眼泪瞪着伍元。

伍元冷笑："别自欺欺人了，你的行为只表现了两个字——蠢货。"说完，他把罗宝瓶扔在路边，绝尘而去。

伍元气得在家里走来走去。他抓起一个抱枕，把脸埋进去，大喊大叫！

老师傅抱着一锅汤，坐在气急败坏的伍元身边："你知道当时，我为什么决定把老巷炸鸡的秘方传给罗宝瓶吗？想跟我合作的公司多了，我却选了一个最傻的姑娘。"老师傅回忆着当时的场景，"第一次见她是在一个市场里，有一个老头问罗宝瓶借了五百块钱，说有急用，身上没带钱，留下手机号给她，说一个小时以后就赶回来还钱。那是罗宝瓶身上仅有的现金，她还是全部拿出来，借给老头了。结果呢，如你所料，她在原地乖乖地等了一个下午，老头再也没有出现。我都看乐了，让她打那个手机号试试，一打，果然，错号。"

老师傅感叹："这世上自作聪明的人多，甘心当傻子的没几个。只有傻子，才能一根筋，把一些看起来很蠢的事情坚持做下去。所以我选择了罗宝瓶，只有她，才能一根筋地把老巷炸鸡真正的味道传下去。"

罗宝瓶是个蠢货，但是她有着非同一般的价值。

绿萝站在电视机面前呆住了。

妈妈回来了。妈妈接受一个节目的采访，说她会在本市即将举办的艺术节担任评委。

可是妈妈没有联系自己。是不是太忙了？是不是想给自己一个惊喜？绿萝胡思乱想，但她随即决定：参加艺术节比赛。她要站在舞台上让妈妈看到，自己每一天，都在坚持拉大提琴，每一天都在朝着妈妈的方向迈进。

绿萝开始疯狂练琴，比赛的日子就快到了。她只把这个秘密告诉了小卷毛。

每天，小卷毛都会陪着绿萝练琴。琴房门口，每到下课都会挤满同学，静静地听绿萝拉琴。他们的喜爱，让绿萝信心大增，她的生活从没像现在一样生机勃勃。

赵小侠暗地里准备着上台给绿萝献花的事情。

他以无厘头的方式，表达着自己对绿萝的喜欢。

他买了两瓶矿泉水，一瓶给绿萝，一瓶给自己。趁绿萝回教室写作业，放在她面前。

绿萝一愣，有些不好意思，却什么都没说。首先，没有拒绝已经是个好兆头了，赵小侠窃喜。待绿萝打开矿泉水，喝了几口之后，赵小侠蹭到她旁边，也拿着自己的矿泉水喝了几口。赵小侠把两瓶矿泉水放在一起，直到两瓶水喝到同一条水平线……他装作不经意地把两瓶水给弄混淆了，然后让绿萝猜，哪瓶是你的，哪瓶是我的?

　　绿萝懒得理他，拿起自己面前的矿泉水喝了一口，只听赵小侠惊叫："你喝了我的水，这不是间接接吻吗! 说，你是不是喜欢我!"

　　绿萝一口水喷在赵小侠脸上："神经病!"

　　教室里爆发出一阵笑声。不知道什么时候开始，身边的这些同学们，不再像以前一样招人讨厌了，绿萝第一次觉得在这个班里好像还挺不错的，为自己的未来打拼……也挺不错的。

　　放学后，绿萝刚出校门，看见林真推着自行车站在门口等她。

　　"一起吧!"林真示意绿萝上车。又一次坐在林真的自行车后座，绿萝的心情却不一样了。相比之前对林真一厢情愿的单相思，这一次，她的心情更坦荡，她希望林真是快乐的，是自由的，是不要被自己的暗恋所牵绊的。

　　晚风徐徐，绿萝听见林真说，谢谢你喜欢我。虽然，我们不能成为男女朋友，但我们可以成为最好的朋友。有朋友的支撑，可以走过最艰难的日子，我们需要，春丽也需要。我们谁都不能放弃他。

　　绿萝点头，自己逃避了好久，这一次的艺术节，就是一个新的开始。她要带着最好的成绩，去请求春丽的原谅，因为春丽最喜欢听她拉大提琴。

　　林真提到赵小侠："你知道吗，我和赵小侠从小学开始就一直在同一个学校，我们曾是最好的兄弟……"绿萝惊讶："为什么现在你们这样陌生?"林真告诉她，赵小侠和扁福是异父异母的兄弟，扁福的爸爸和赵小侠的妈妈再婚后，赵小侠就像变了一个人，对扁福言听计从，到处欺负同学，自成帮派。林真当初，就是看不起赵小侠的做派，才和他闹翻的。

扁福这个人，就像是学校里的一颗定时炸弹。

这个高三一班的学霸，全年级第一名的学生会主席，深得老师的信赖，却是学生中的魔鬼。赵小侠替他扫清竞争者，每年的优秀学生评选，他都是第一名。不仅如此，这个各类竞赛中的佼佼者，头顶光环足够立德高中引以为傲，他攥着几所重点大学的保送名额，几乎是学校里呼风唤雨的角色。

他骄傲，残忍，谁忤逆了他的心意，谁就要遭殃。

他喜欢绿萝，竟被拒绝了。

绿萝不寒而栗。被这个冷血自私的怪物喜欢，是个噩梦。原来，这就是赵小侠过去，总找她麻烦的原因。林真让绿萝不要记恨赵小侠，因为谁又知道，赵小侠面对扁福时，会有多少苦衷？

方华家终于装修好了，一家人收拾东西，依依不舍地搬走。

伍元其实舍不得，却表现得异常冷漠。嘴上说着终于摆脱了麻烦，要去开瓶香槟庆祝一下。等人真的走了，却因为连个干杯的人都没有，而倍感孤独。

夜里——

"大家好，我叫伍元！第一天上班，请各位老师多多……"

一只雪白、冰凉的手突然抓住了伍元的手！

伍元一惊，那只手已经松开了。他转头，只看见那只手的主人，被几个老师带走，她穿着校服的背影，紧紧绷着，充满无助和绝望。

周遭的声音嘈杂起来，有学生们尖锐地质问："你算什么老师？"

你算什么老师？伍元的汗水大颗滴落，一个挺身从梦中惊醒！

原来，又是在梦里……

好长时间没有做梦了，为什么今天又梦到了十二年前的那一幕？

因为突然丢失了，这个好不容易建立起来的"家"？因为他不得不再次面对孤独？还是因为，罗宝瓶的出现，让他不得不重新审视，十二年前的那个自己？

十二年前，他放弃了那个女孩。

他失去了全班同学的信任，他不配做一个老师。

当年，他在争相抢夺他的化工企业中，选择了当一个高中老师，因为他觉得学校是躲避尘世喧嚣的清净之地，进可攻退可守。他无心与人相争，也从不多管闲事，他是一个隔岸观火的审判者。没想到，他作为实习老师，第一天进校，就遭遇了一件，改变他人生的事……

"大家好，我叫伍元！第一天上班，请各位老师多多……"

他边念叨着一会儿要在课堂上说的自我介绍，一边往教学楼走，一路盯着地面，丝毫没有注意到周遭。他话还没说完，一只雪白、冰凉的手突然抓住了他的手！

伍元一惊，那只手已经松开了。他转头，只看见那只手的主人正被几个老师带走，她穿着校服的背影，紧紧绷着，充满无助和绝望。

伍元急忙问周围的老师，那是谁？老师们纷纷讨论着，那个女孩，被人起诉，犯了故意伤害罪！

故意伤害罪？！这么小的女孩？！伍元揣着深深的疑惑，到了班级报到。

那是个高三毕业班，班级里的孩子们吵吵嚷嚷，不得安宁！其中，一个男孩绘声绘色地描述着，他亲眼看见，那个女孩被老师带出学校，上了警车！孩子们义愤填膺：不可能！她不可能故意伤人！她那么善良，那么仗义，不可能去做伤害别人的事情！

孩子们抓住了这个第一天当老师的伍元，求他：你去把这件事查清楚吧！你救救她吧！我们相信她，我们都是她的伙伴，我们担保，她绝对不会故意伤害别人的！小珊一定知道事情的真相，你去找小珊问问清楚吧！

伍元于是，找到了那个已经转学的女孩，小珊。

他想知道，整件事情的来龙去脉，却被拒之门外！他一趟又一趟，吃了闭门羹。一直到他被老师们劝阻：要高考了，你应该带着你们班的孩子们，向前走。

伍元放弃了，他回到班里，对孩子们说：快要高考了，你应该把精力放在有意义的事情上面，干吗还要去做这些没用的事儿？！这种真相，根本就不重要，你们应该向前走。

这些话，深深刺痛了那些孩子们。

真相，对他们来说，比什么都重要。一个老师，难道不是应该，不抛弃，不放弃吗？可这个老师，无视了他们对伙伴的信任，无视了他们对真相的坚持，无视了他们的不忍心和不甘心，用一句"不重要"轻轻把他们给打发了。

伍元太冷血了。他没有挺身而出，却选择了明哲保身。

何必多管闲事呢？此后的十二年，他却总是会做梦，梦到当年那一幕，却再也想不起来，种种细节。那个女孩，叫什么名字？她判了几年？她后来怎么样了？

伍元只记得那些孩子们锐利的眼睛：你算什么老师？

他在这个躲避尘世喧嚣的清净之地，进可攻退可守，却丧失了为人师表的热情。

他想做一个好的老师，一个除了传道授业解惑，还懂得尊重学生人格，尊重学生本性的老师。可是，从他放弃那个女孩的一刻起，他放弃了初心。

直到罗宝瓶出现。

罗宝瓶用她无穷的能量，傻瓜一般横冲直撞，闯进了他的高三三班。罗宝瓶让他睁开眼睛看到，这些学生背后的故事，每一个学生都是活生生的，有血有肉，像一只只有伤痛有渴望的小动物，他们站在孩子和成人的分水岭，踌躇不前。他们懵懂，热情，他们憧憬未来又害怕伤害，他们需要保护，更需要引领。

伍元必须面对他逃避多年的罪恶感，他想起了他的初心。他不仅仅想教这些孩子知识，还想陪着他们长大，成为一个人，成为一个更好的人。

他的心脏里揣着一块冰，而罗宝瓶的心脏里揣着一把火。

他冷冰冰地孤身走了好久好久，突然迎面而来一团火，紧紧抱住了他。这团火，让伍元的整个人生，都暖和起来了。

罗宝瓶语录：

青春不能错过的第七件事：疯狂一次！只有年少轻狂的时候，你才能够毫无顾忌地去冒险，当你越来越成熟，越来越安定，你就会成为一个小心翼翼，缩头缩脑的大人。趁现在，疯狂一把吧，祝你找到一个全新的自己，祝你玩得开心！

一早，罗宝瓶走进食堂，发现所有人的脸色都异常沉重。

一楼食堂被人砸得面目全非！

很快，消息传遍了学校，说是一楼食堂结了仇家。罗宝瓶让大雄调出监控，看看到底是谁这么大胆……一看，罗宝瓶傻了。

砸食堂的人，是夏之初。而且，他好像是故意砸给罗宝瓶看的！在视频里，他就像是疯了一样毁了一楼食堂的一切，然后仰头看着监控摄像头，嘴里说了一句什么话。

胖虎急了，当即就要冲上楼去！但罗宝瓶一把抓住他：别去。

李树冲进一片废墟中，走向罗宝瓶："我联系了施工方和桌椅餐具的供货方，以最快的进度恢复营业，需要一周。这一周的营业额你不用担心，我想办法。"

罗宝瓶愧疚地看着李树："我不能再让你替我擦屁股了，所有的损失我自己负担。"

李树不懂，为什么要包庇他？都已经被他攻击到这个地步了，还要再忍下去吗？罗宝瓶什么都没说，给李树回放了一遍视频。

"看到他在说什么了吗？"罗宝瓶指着夏之初的脸，"他说，报警，抓我！"

为什么？罗宝瓶摇头，他肯定是有苦衷，我不能报警，我不能给他留案底。这件事情的真相查明之前，任何责任我自己担。虽然分手了，虽然不是一路人了，但是我还拿他当我的朋友，作为朋友，也不能不管不顾地把他往牢里送。

很快，许小东那儿传来消息：陈娇娇妈妈决定撤除对夏之初的投资。但夏之初的电话一直打不通，谁也不知道到底发生了什么。

罗宝瓶着手恢复食堂运营，让大雄将那份监控资料删掉。可是大雄咽不下这口气，还是偷偷拷贝了一份下来。

08

我叫罗宝瓶。

我终于逐渐将食堂的运营带上了正轨。

董事长告诉我说，逆水行舟，不进则退！

我似乎一直在逆水行舟。我拼命前进，目标总是，为别人付出。

如果别人不需要我的付出呢？我便会没了目标，乱了阵脚，被逆水卷走。

为别人活着，这样真的好吗？

艺术节开始了，罗宝瓶带着全家人去看绿萝演出，只有方庄面露难色，想方设法要拦住她们，却被一起拽走。

学校里，伍元被同学们拉着去给绿萝加油助威。在大家的期盼之下，绿萝紧张得不得了，临开场了突然想上厕所，把大提琴交给小卷毛保管。

绿萝幻想着，自己在比赛中胜出，给妈妈一个惊喜！她要让妈妈知道，这些年，她一直在努力练琴，在朝妈妈的方向靠近。

当年，为了大提琴理想，妈妈毅然出国。虽然，妈妈跟爸爸离了婚，但是绿萝心里明白，不是妈妈不要他们，而是她和爸爸选择了成全妈妈。那时候，爸爸卖了房子，把钱都给了妈妈出国傍身，才会带着自己寄居在姑妈家。

绿萝祈祷着，一定要比赛胜出，只有这样才会让妈妈看见，她不是拖累，她可以和妈妈一起走，一起去追寻大提琴梦。

从厕所出来，绿萝却听见，两个人在激烈争吵……

是妈妈！妈妈质问爸爸："你为什么会出现在这里？为什么不拦着绿萝？我现在这个样子怎么见女儿？我都怀孕三个月了！你不是不知道，我再婚了，不可能把她带走，你怎么还让她对我们的关系抱有幻想？"

爸爸在妈妈面前，似乎抬不起头来："我、我想拦，我没拦住。"

妈妈恼羞成怒："你想拦？你想什么想？你想了有什么用！我最受不了你这副受气包的样子，什么都是想想想，从来就没见你往前迈进一步！方庄，当老好人，你也有个限度好不好？你这样让我怎么做人啊？你这样让我和女儿面对面的时候，说什么啊？"

绿萝早已满脸泪水，她冲出来挡在爸爸面前："你以为我来参加艺术节是为了你吗？别自作多情了，好好当你的妈妈去吧，别管我的事儿！是，你从来都是个敢想敢做，不停往前迈步的人，是，我爸爸就是个受气包，就是个老好人，就是个什么事情都藏在心里，怕打扰别人、伤害别人的人！但你别忘了，是谁卖了房子供你出国去追梦！是我爸爸！他是这个世界上最好的男人，他是这个世界上对你最好的男人，我不允许你说他半句坏话！"

爸爸和妈妈，都惊呆了。

绿萝浑身颤抖："有什么了不起啊，不就是会拉个琴吗！谁不会啊！"

绿萝头也不回地走了。妈妈一下子没站稳，脸色苍白："我、我不知道她在……"

绿萝上台了。

她深呼吸，要演奏的是施特劳斯的《堂吉诃德》。

她拿起琴弓，第一个音曼妙而起，全场肃穆。

正在演出进行得如火如荼之时，绿萝的大提琴琴弦突然崩断！一声刺耳的断裂声划过演奏厅，惊醒了在座的所有观众。

绿萝呆住了，琴弦不该断的啊？

整个演奏厅都在等待着绿萝。时间好像变得分外漫长，突然，绿萝笑了。她恶狠狠地盯着台下的妈妈，怀孕三个月了？要再婚了？不是不敢面对我吗？不是害怕我拖累你吗？真是个笑话，这是我听过的，最愚蠢，最恶毒的笑话！

绿萝就着断裂的琴弦，疯狂地拉奏起来！

整个音乐厅都充斥着撕裂的，焦躁的，疯狂而难以入耳的噪音！绿萝一边拉一边对着妈妈笑，这是你教我的，我都还给你。

最后，绿萝被工作人员强行带下台。

场面乱作一团，罗宝瓶看着方庄虚弱的样子，这才知道绿萝踏上这个舞台就是为了妈妈尹小荷。

本来准备好了要上场献花的赵小侠，一把将花摔在地上，抓住小卷毛就往外拖！

演奏厅外，赵小侠把小卷毛按住：是不是你干的？是不是你在她的琴上做了手脚！

小卷毛冷冷一笑：证据呢？无凭无据，你这叫血口喷人。赵小侠被她气得说不出话，一拳砸在墙上！

回到家，绿萝把自己反锁在房间里，任凭家人怎么叫她都不出来。

罗宝瓶看着那个被摔在地上的大提琴，那曾是绿萝最珍爱的东西。

学校里，已经静谧无人。

一楼食堂外墙，堆放着一批新进的桌椅，准备在装修完工后放进去。

一个黑影闪过，将一桶油漆泼在桌椅上！

瞬间，崭新的桌椅，被油漆染得乱七八糟……

当罗宝瓶赶到学校，看见七零八落的桌椅，蒙了。

她深吸一口气：又是夏之初吗？一回头，看见夏之初站在她身后，红着眼睛问她：为什么不报警？为什么不抓我！

罗宝瓶看着眼前这个男人，他从没这么狼狈过，头发凌乱，衣衫不整，浑身酒气。她心里疼了一下："因为，我不能给你留案底。"

夏之初好像一下子就崩溃了，他支撑了许久的狠心、恶毒，好像在这一刻溃散。他终于将一切的真相告诉罗宝瓶：是陈娇娇逼他砸的，因为怀疑他和罗宝瓶还藕断丝连。陈娇娇指着一楼食堂的摄像头：你砸，如果她不报警说明她还爱你，如果她报警，我到警察局去捞你！你不砸，说明你心虚。

为了证明自己的"清白"，夏之初砸了，对着摄像头做了口型：报警，抓我！

可是，罗宝瓶却还是下不了手抓他，气得陈娇娇暴怒：她不报警，为什么？她对你余情未了，你呢？

夏之初受不了陈娇娇反反复复地作，被她这种毫无安全感的姿态扼住了脖子，第一次失态爆发：老子不玩了！

于是，夏之初将要失去陈娇娇的资助，他处心积虑，践踏罗宝瓶的心换来了前途，换来了功成名就的基石，现在却要亲自将这基石给踢开。他失魂落魄，彻夜买醉，他既怨恨罗宝瓶的傻，又追忆罗宝瓶的傻……当听见罗宝瓶说："我不能给你留案底。"他双腿发软，跌坐在地上。这个世界上，可能只有罗宝瓶，会把他当作圣诞礼物一样珍惜。无论过了多少年，经历了什么，无论为了残酷的现实怎样不择手段，对这个人世有多么清醒而灰心的认知，回头一看，罗宝瓶都还站在那里捧着他的初心，像是捧着那年冬天的圣诞礼物。

夏之初一把抱住了罗宝瓶！

不远处，带着一桶脱漆剂赶来的伍元，看见了这一幕。

办公室里，那桶脱漆剂被伍元塞进了桌底。

回头一看，他却皱眉。莫茶的手上分明有未洗掉的油漆痕迹……

正要开口问，阿季慌慌张张冲进办公室："老师，不好了！"

游泳课，赵小侠站在岸上，手里拎着小卷毛的书包，虎视眈眈地盯着水里的小卷毛。

他拉开书包拉链，倒过来抖抖抖，书包里掉出一把小刀。

"你不是要证据吗？我找到了。"说着，他把小刀举起来，"这就是你割开琴弦用的小刀，对吧？"

所有人都盯着小卷毛，而她的注意力，只在被赵小侠抖落在地的那堆东西上。

"你到底来这儿干什么？你的目的究竟是什么？"赵小侠冷笑，蹲下身来拿起地上的一件东西："说不说？"不说，就一件一件，扔进水里。

小卷毛怒视着赵小侠，咬死了牙关，就是不说。当赵小侠把一本书扔进水里时，激得小卷毛像疯了一样，去抓那本书……所有同学都避散开来，只有绿萝去帮小卷毛捞那本书。

那是一本童话书，看见那本书的一刻，绿萝的心一动。

那是绿萝送给春丽的童话书，那本童话书的书页侧面，有两只小熊印章的记号。为什么它会在小卷毛的书包里？小卷毛和春丽有什么关系？

一时间，绿萝脑子很乱，她看见小卷毛捧着那本被水泡湿的童话书，浑身颤抖。绿萝扶着小卷毛上岸，心想无论如何，先摆脱掉赵小侠的纠缠。

可赵小侠不依不饶：你还没说，你到底……还没说完，赵小侠被伍元一脚端下了水！

伍元抄着手看赵小侠：你要真疑心，就自己想办法去查明！欺负人，逼人开口认罪，是最容易屈打成招的，也是最低级的一种解决方式。

浑身湿透的赵小侠站在绿萝面前，他告诉绿萝，小卷毛就是条毒蛇！我不想让你失去一个朋友，但我不能眼睁睁看她伤害你！要不是她割断琴弦，比赛也不会……

"那个事故，和她没关系。"绿萝神态落寞，"是我自己的问题。

是我不该做白日梦，我根本就不该参加那个比赛！我不该上台，我丢了自己的脸，我还丢了我爸爸的脸。"

"是她割断了你的琴弦！"赵小侠着急。

"我都说了，跟她没关系！就算没人割我的琴弦，我一样会出事故，我一样会输！如果真是她，我反倒要感激她，让我看清楚了真相。原来，我就是个笑话而已。"绿萝红着眼睛要走，被赵小侠一把拉住："别放弃。"

别放弃，这三个字，就像针尖戳中了绿萝。

绿萝一直以为，妈妈为了梦想而活，忍痛离开丈夫和女儿，是因为上天发现了妈妈灵魂中的荧荧之光，召唤她，令她不辱使命，成为一个实现梦想的女战士，成为一个值得所有女性为之骄傲的人生标杆。

绿萝一直追随妈妈的脚步，直到她发觉，妈妈的丈夫却不是爸爸，妈妈的孩子却不是自己。妈妈抛下爸爸和自己，不是为了梦想吗？

原来，爸爸和自己，是妈妈追梦路上的绊脚石。

绿萝不想成为第二个妈妈。她怀着对妈妈的失望、对爸爸的愧疚和对自己愚蠢的厌弃，她要放弃梦想。可是，赵小侠竟然让自己别放弃？

"我最讨厌你这种人，打着行侠仗义的名号，仗势欺人！所有的事情都凭你一厢情愿的想象，就擅自动手，打扰别人的人生！你凭什么？你根本什么都不懂！你根本不懂小卷毛，你也根本不懂我！"

拎着一桶油漆的罗宝瓶，站在不远处，看见这一幕。

罗宝瓶准备把被油漆染色的桌椅，干脆刷成一个色。

她一边刷，一边想，怎么才能让绿萝重新振作起来。夏之初也拿着一把刷子，在一边帮忙，一时间令罗宝瓶有些恍惚，好像回到了当初。

谁料，二楼食堂的杰瑞慌慌张张跑来，对夏之初大叫：出事了，大小姐在楼顶！

夏之初和罗宝瓶冲出去，食堂大楼已经被人围住。陈娇娇站在楼顶，往前一步就可能纵身跳下，她似笑非笑看着夏之初和罗宝瓶：你们想在一起，得从我的尸体上跨过去。

夏之初疯了一样朝陈娇娇大喊：你别乱来，我爱的人是你，我既然选择了你，就不会轻易放弃！

罗宝瓶看着夏之初朝楼顶奔去的样子，一下子清醒了。这才是夏之初啊，他想要什么，就一定会得到，从来不会半途而废。

陈娇娇跳楼事件变成了一场楼顶表白的闹剧，在楼下熙熙攘攘的围观人群中，罗宝瓶转身默然而去。一边走，她一边咬紧牙关，憋住眼泪，第一次由衷地不甘：凭什么啊？凭什么我要这么卑贱？凭什么你们都是真爱，而我却只能当个小丑？我到底做错了什么，要像现在这样被你们要来要去？

她看着那些未刷完的桌椅，就像是她的人生，被人扔在角落。

她一边走，一边从身上摸出零食……胸衣里摸出一袋酸梅糖，裤兜里摸出一包饼干，她疯狂地塞进嘴里，好像这就能填补她委屈的心。身后，伍元一直不远不近，默默跟着她，看着她孤独的背影念叨：蠢货，不甘心就反击啊！

夜里，伍元蹲在那些桌椅面前，拿起刷子刷了起来……一个人影一闪而过，突然跳出来大叫："原来是伍老师啊，我还以为又是哪个王八蛋来捣乱呢？"伍元回头一看，是大雄。

看着伍元刷好的桌椅，大雄嘿嘿一笑："伍老师，你喜欢我们宝哥吧？"还不等伍元回答，大雄义愤填膺，"那个姓夏的，不是什么好东西！要不是他，我们食堂也不会遭这么多罪，也不知道宝哥看上他啥了！"说罢，大雄摸出一个U盘交给伍元："这是监控视频拍到的，宝哥让删了，我没舍得删。伍老师，你说这种人渣，有得治没得治？"

与此同时，在杨丽家里，堆着一摞摞的心理学书籍。

罗宝瓶抓耳挠腮，一本一本攻读，做着笔记。她必须找到帮绿萝走出阴霾的办法，终于得出了结论：绿萝这是处于一个心理摆效应中，也就是说，人的感情在外界刺激之下，具有多重性和两极性。每一种感情，都有不同的等级，感情等级越高，呈现的"心理坡度"也就越大，因此很容易向相反的情绪状态进行转化。绿萝将妈妈放在追梦的终点，期待越高，失望越大，反向情绪也就越强烈。

罗宝瓶思索解决方法：除了绿萝的妈妈尹小荷，还有谁，能让绿萝达到情绪的高潮？

正想着，窗外突然响起了噼里啪啦的鞭炮声！

罗宝瓶和杨丽惊呆了，冲到阳台一看，竟然是许小东举着一串鞭炮站在杨丽楼下，正笑着对杨丽大喊："丽丽！祝贺你升职！"杨丽一阵晕眩，她不接许小东电话，不接受许小东一轮又一轮的追求，竟然还是躲不掉？

杨丽迅速去卫生间接了一盆水，冲向阳台，哗啦一下泼下去，把许小东和鞭炮都浇了个透心凉。杨丽对着许小东大喊："疯了吧你，三更半夜扰民，不怕警察把你抓起来啊！"

可是许小东却抹了一把水笑了："丽丽，你终于理我了。"

罗宝瓶扑哧一下笑了，这个许小东，追了杨丽好几年，还真是锲而不舍。杨丽瞪了一眼罗宝瓶："你笑什么笑！那家伙可是夏之初的帮凶！联手把你骗走，瓜分了你所有的股份！"一语落毕，许小东从包里摸出一个文件夹："宝哥，其实我今天是来跟你道歉的，这份文件里，有我的股份和积蓄，股份我已经转给你了，只要你签字，立即生效。还有积蓄，当初众筹，是刷你的脸找小伙伴儿们借的钱，结果钱被公司用了，还债的事儿你背了，对你不公平。这些钱不多，但是我最真诚的歉意，请你原谅我。"

就连杨丽，也被许小东的举动给镇住了。虽然是帮凶，但他拿出了他自己的那一份，来弥补对罗宝瓶的罪恶感。

"股份你留着吧，我不要了。钱，我正缺，我们食堂重建需要资金，你的道歉我接受了。"罗宝瓶接受了许小东的钱，也为杨丽卸下了一道心理防线。

第二天一早，罗宝瓶带着钱到食堂盘点，却发现所有的桌椅都已经被人粉刷一新！一时间她有些愣，想起了不久之前，那个帮她清洗学校墙壁的晚礼服假面。还没来得及问清楚，到底是谁干的，就看见静香慌慌张张地冲进来，打开食堂电视机："快、快看！"

电视上，播放着那一段夏之初砸食堂的监控视频。

有人登录了校园网，将校园里每一个教室里的电视机都联网播放这一段视频。很快，学校炸了锅，有人指出凶手就是二楼食堂的负责人夏之初。

二楼食堂的恶性竞争引起校领导的关注，进行强烈谴责！很快，二楼食堂被强制性关闭彻查，没有人再上二楼去吃饭。为了挽回公司声誉，夏之初必须对此事做出一个交代。

罗宝瓶堵住大雄：是不是你干的？

大雄经不住罗宝瓶的逼问，这才支支吾吾回答："伍、伍老师是个好人，我、我支持他这么做！"随即，静香、小夫、胖虎和食堂所有人都异口同声："我们支持伍老师！"

罗宝瓶冲进学校的网络中心，看见了伍元："为什么？"

伍元看着她：因为我憎恨那种不负责任地摧毁了别人的人生，却不需要为此负责，自私地继续逍遥于世的人。人，从生下来的那一刻开始，就是孤独的，虽然有妈妈陪着你出生，可是你要孤独地努力，面对新生的恐惧。然后你长大了，你需要孤独地面对内心的挣扎，面对这个世界的残酷、无奈与必须放手的悲凉，但你也因此懂得了什么叫珍惜。最后，你要面对死亡，也许身边有人陪伴，但最终也要孤独地走向另一个世界。你就像一辆列车，必须学会独自前行，孤独地行驶在长长的铁轨上，可能很久很久都没有人与你有交集，所以你学会了享受生活，享受当下，就在你终于与另一辆列车相遇时，你付出了真心，却被那辆列车给撞毁！那辆列车开走了，却把你一个人留在原地，你需要多大的力量才能重新振作，重新前行？即便这样，你还是感激那辆列车，摧毁了你，也给过你一段珍贵的回忆，陪你走过了一段人生路。你不怨恨他，你甚至感激他，可是，那创伤怎么办？

伍元手里捏着大雄给他的那个 U 盘：随意摧毁别人的人生，总要付出代价的，对不对？总要为自己的过错负责的，对不对？一个人，如果没有一丝一毫的敬畏之心，犯了错不必受到惩罚，伤害了别人不必付出代价，那整个社会怎么办？你可以说，他撞毁了你，可是他也受了伤，所以他就该被原谅吗？一个强奸犯，摧毁了一个女孩的人生，但是他也受伤了，也痛苦了，也是个可怜人，所以他就该逃脱惩罚吗？我不是法律，我也不是正义，但我不能容许这样的事情发生在我的眼皮子底下！我要让所有的学生看到，肆意摧毁别人的代价，我不能让从我手下毕业的任何一个人，成为第二个夏之初。

罗宝瓶哽咽，她第一次被人戳中，被夏之初撞疼的那一块地方。爬起来往前走，真的很难，但是人都是要往前走的，不是吗？受了伤也不能回头，因为没有回头路。我们每一天，都离死亡更接近一天，与其去怨恨，去痛苦，不如往前看，努力再努力，直到可以继续向前行驶的那一天。

长大，终究是艰难的。罗宝瓶想到了爸爸，她一直以来渴望成为爸爸那样的人，不管经历过什么，都能珍视自己，往前看，乐观地活着，这才是一个人的最大的魅力。

门外，莫茶静静地站着，听着伍元和罗宝瓶的对话。

伍元爱上罗宝瓶了。莫茶要为自己做最后的努力，她要抓住伍元。

罗宝瓶亲眼见证了夏之初被审判的那一幕。

操场上，夏之初九十度鞠躬，给一楼食堂道歉，给全校师生道歉。

可是，回应他的，是学生们的疯狂起哄，这样一个有暴力倾向的、恶性竞争、利欲熏心的人渣，应该滚出学校！

看着夏之初一脸沮丧，却坚毅不动，一直九十度鞠着躬站在众目睽睽之下的样子，罗宝瓶心如刀绞。这个人，她爱过五年的男人，陪她走过了一段珍贵的人生，给了她一段美好的、痛苦的记忆的男人，就算说再见，也不该是这样的方式。

是时候了，整装出发，各走各路。将来，万一再在哪一段旅程相遇，只用点点头，一声问候就好，再也不需要相互裹挟，相爱相杀了。

夏之初久久不起身，红着眼圈，嘴里喃喃：对不起，罗宝瓶。

我叫罗宝瓶。

我终于逐渐将食堂的运营带上了正轨。

董事长告诉我说，逆水行舟，不进则退！

我似乎一直在逆水行舟。我拼命前进，目标总是，为别人付出。

如果别人不需要我的付出呢？我便会没了目标，乱了阵脚，被逆水卷走。

这一刻，我突然懂了，为人付出的前提，是珍视自己。

罗宝瓶走进绿萝的房间，把一副耳机给绿萝戴上。耳机里传来的，是绿萝学的第一首大提琴曲《船歌》。

儿时学琴的回忆涌上心头，绿萝眼神动了动，她终究还是放不下大提琴的。每个坚持的点滴，都在召唤她"再试一次"。等罗宝瓶走出房间后，绿萝忍不住摸了摸她的大提琴……不知道什么时候，这把琴已经被爸爸偷偷修好了。

她坐在床边，拿起琴弓，一个音落下，她再一次拉起《船歌》，心情却全变了。

没想到，这个时候出现了令绿萝终生难忘的一幕！

窗户外面，整个小区里从不同的单元，不同的楼层，不同的房间里，纷纷传出不同乐器的伴奏！有弦乐器，钢琴、小提琴、低音提琴、竖琴，有木管乐器，单簧管、低音大管，有铜管乐器，圆号、小号、长号、低音大号，有打击乐器，定音鼓、大鼓、小鼓……这些小区里的各个角落传来的伴奏，配合着绿萝的大提琴，重新诠释了《船歌》！

原来，音乐竟然有这样的魔力，能把远远近近，相识不相识的人聚在一起，大家齐心协力完成一支曲子，那种美好的感觉顿时治愈了绿萝的心。

楼下，伍元带着高三三班的小伙伴们，仰望着绿萝的那扇窗，静静地陶醉在这令人眩晕的乐曲中。当一支曲子结束，绿萝推开窗户，看见楼下的伙伴们，看见从各个窗户中探出的笑脸，她当即抑制不住，眼泪流了下来。她想起了小时候，妈妈教自己拉琴，跟自己合奏《船歌》，整栋楼的小朋友都乖乖坐在她们家的窗户下面，静静地听，虔诚地赞美。那是绿萝最珍贵的记忆，是关于妈妈的记忆，也是关于音乐的记忆。

妈妈离开了，但给绿萝留下了音乐，留下了这份谁也无法夺走的快乐。

殊不知，为了帮绿萝找回这份快乐，罗宝瓶和伍元跑遍了小区单元，请求人家能让音乐学院的学生们在这里待一会儿，一起合奏一曲，找回一个女孩的梦想。而这些音乐学院的学生们，都是罗宝瓶拜托了绿萝的妈妈尹小荷找来的。

小区角落，尹小荷抚着自己怀孕三个月的肚子难过，是她对不起这个女儿。

尹小荷身边，站着她的新婚丈夫——和她一起回来参加艺术节评审的国外著名音乐家，山姆。

罗宝瓶语录:

青春不能错过的第八件事:经历一次巨大的挫折,却没有被打败!只要经历过了,却不被打败,你就会变得比过去强大很多倍!不经历这么一次,你永远不会知道,自己是多么勇敢,多么坚韧,多么有力量!

山姆向绿萝伸出了橄榄枝。

山姆是柯蒂斯音乐学院的毕业生，当代最有潜力的大提琴演奏家之一，在业内具有极高的声誉，能得到他的肯定是无上荣光。

山姆想再给绿萝一次机会，甚至愿意为绿萝写一封去柯蒂斯音乐学院就读的推荐信！

这对任何学音乐的人而言，都无疑是个巨大的惊喜！校园沸腾了，没想到一夜之间，绿萝从艺术节败北，摇身一变，成了美国柯蒂斯音乐学院的准新生！

可是，绿萝拒绝了，因为她还不知道，该怎么面对妈妈。

春丽病房里，小卷毛正捧着那本被赵小侠扔进游泳池里的童话书，轻轻读着。

"每个兵都是同一个模样，只有一个稍微有点不同：他只有一条腿，因为他是最后被铸出来的，锡不够用了！但是他仍然能够坚定地站在一条腿上，跟别人站在两条腿上没有两样。而且后来最引人注意的也就是他。在放着他们的那张桌子上，还摆着许多其他的玩具，不过最引人注意的一件东西是一个纸做的华丽的宫殿。从那些小窗子望进去，可以一直看见里面的大厅。大厅前面有几株小树，围着一面小镜子——这面小镜子算是一个湖。一些蜡做的小天鹅在湖上游来游去；它们的影子倒映在水里。这一切都是很美丽的，不过最美丽的还要算一位小姐；她站在敞开的宫殿门口。她也是纸剪出来的，不过她穿着一件漂亮的洋布裙子。"

小卷毛长长的睫毛，在阳光中扑闪、扑闪。

这是绿萝送给春丽的童话书，可是绿萝却毁了春丽那个傻傻的、明媚的童话世界。

看着躺在病床上，一直昏睡不醒的春丽，小卷毛一脸的悲伤。

病房门口，突然出现了一个身影！

小卷毛吓得差点碰倒了椅子……是赵小侠。伍元说了：你要真疑心，就自己想办法去查明！欺负人，逼人开口认罪，是最容易屈打成招的，也是最低级的一种解决方式。所以，赵小侠来了，他偷偷跟着小卷毛，就是要弄清楚真相。

看到小卷毛给春丽读童话书的那一刻，赵小侠内心是震惊的。

小卷毛所做的一切，都是为了春丽吗？他突然想起了绿萝的咆哮："我最讨厌你这种人，打着行侠仗义的名号，仗势欺人！所有的事情都凭你一厢情愿的想象，就擅自动手，打扰别人的人生！你凭什么？你根本什么都不懂！你根本不懂小卷毛，你也根本不懂我！"

怕惊扰春丽，小卷毛把赵小侠推出门外，一脸的敌意：你跟踪我？

"你到底是谁？你和春丽是什么关系？"赵小侠盯着小卷毛，"因为绿萝的一句话，导致春丽自杀，成了植物人，你恨绿萝，所以你进立德高中，就是为了报复绿萝？"

赵小侠的目光刺痛了小卷毛的心："没错！我就是恨绿萝，我就是要报复她，要让她体会失去的滋味！她凭什么伤害春丽，她凭什么辜负春丽！谁都能说春丽是弱智，但绿萝不行！她在长大，她的世界在变大，但春丽永远都停留在五年级，春丽的世界里永远只有绿萝……她是罪人，应当受到惩罚。"小卷毛看着沉睡中的春丽，眼泪打着转："她抢走了我唯一的朋友，我绝对、绝对不会原谅她。"

赵小侠觉得不可理喻，你报复绿萝，春丽就能醒过来吗？你毁了绿萝，就是搞砸春丽的世界。"搞砸春丽的世界？春丽现在这个样子，还能更糟糕吗？"小卷毛冷笑，她好不容易进了立德高中，不会让一切这么容易就结束的。

可是，赵小侠举起手机，刚才小卷毛说的每一个字，他都录下来了："这一切，必须结束。"

小卷毛慌了，拉住赵小侠：你失去过吗？你痛苦过吗？你曾一个人缩在墙角哭到天亮过吧？在你的世界里，什么都是理所当然吗？你理所当然地欺负人，理所当然地成为校园一霸，理所当然地以你的方式解决一切！你站在阳光里，怎么会知道你身后的阴影，有多冷，有多黑暗，有多恐怖！

赵小侠盯着小卷毛：我失去过，我痛苦过，我也曾一个人缩在墙角哭到天亮，我知道活在阴影里的滋味。谁的人生，都不是理所当然的，但我不想再像你一样，因为被伤害，就变成一条毒蛇。

赵小侠的眼睛里，有故事，有悲伤，有小卷毛从来没见过的脆弱。

"放过我吧，我、我用一个秘密跟你交换，好不好？是、是关于绿萝的秘密。"

赵小侠带着绿萝的秘密，来到了琴房。

他看着琴房里，孤独的绿萝，静静地拉着《杰奎琳之泪》，百感交集。他没想到，绿萝一心参加艺术节，竟是为了妈妈。他更没想到，绿萝在上台的前一刻，被妈妈抛弃，毁了多年来的大提琴梦。原来，绿萝的梦，是妈妈。

赵小侠必须让绿萝振作起来。他突然打开了手机音乐，立即，律动感强劲的欧美流行 Hip-Hop 轰鸣而来，彻底扰乱了琴房的宁静！

绿萝恶狠狠地瞪着赵小侠，看着他故意的样子，叛逆心起，一定不能被这个家伙扰乱心智！绿萝逼着自己投入大提琴，沉浸在自己的旋律里，而赵小侠竟然也毫不示弱，音量越来越大！

一个唯美的大提琴，一个荷尔蒙爆表的说唱，在这个小小的琴房里拉锯。

终于，绿萝用力过猛，琴弦被拉断！她气急败坏地站起来："赵小侠你什么意思！"

赵小侠鄙夷地瞪着绿萝："你喊什么喊！拉得那么难听，赶紧收拾收拾滚，别扰了我欣赏音乐的雅兴！"

绿萝不甘心地顶回去："谁说我拉得难听了，我、我还收到山姆的邀请了呢！"

"有本事你去啊！敢去艺术节拿个金奖回来，证明你拉的不是噪音吗？"赵小侠一句接一句地逼绿萝，激将绿萝，终于将绿萝的熊熊怒火烧得不可遏制："去就去，我要拿了金奖回来，你就给我磕五十个头赔礼道歉！你敢吗！"

"你要拿不到金奖，就给我磕一百个头喊我爸爸！"赵小侠吹胡子瞪眼。

学校食堂，陈娇娇突然出现在罗宝瓶的面前。

"我们谈谈吧。"陈娇娇的表情中，第一次出现了真心实意。

她告诉了罗宝瓶，她的身世。她爸爸曾是本市数一数二的富豪，但因为赌，很快败光了家产，直接玩消失了。那几年，她和妈妈相依为命，过得困苦不堪："你能想象几十只蟑螂和蛆挤在茅坑边上，而你必须忍着胃酸踩进去的感觉？"陈娇娇苦笑，后来，爸爸终于在离婚协议上签了字，她彻底脱离了上流社会的朋友圈，却也融不进一般孩子的圈子，成了个孤独、自闭的局外人。

几年后，妈妈通过爸爸曾经的老关系，加入了餐饮行业，越做越大。她重新有了富家小姐的自尊，有了挥金如土的底气。像是为了补偿她，妈妈什么都给她，什么都迁就她，唯独就一点：对她的恋爱横加干涉。因为妈妈不相信她的眼光，觉得男人是种善于伪装，自私狡猾的动物，稍不留神看走了眼就会抱憾终生。

她见多了豪门恩怨，不爱二代，偏爱那种出身简单，高学历，靠自己本事奋斗的男人。在一次餐饮行业的聚会上，她爱上了夏之初，她爱夏之初的博闻强识，爱夏之初被业内老狐狸羞辱得面红耳赤，仍不懈坚持。她认定了夏之初是那个对的人，即便，夏之初已经有了罗宝瓶。妈妈百般阻挠她的爱：敢不敢跟我打赌？赌夏之初愿不愿为了我的投资，放弃他现在的未婚妻？

陈娇娇相信夏之初不是一个见利忘义的人，但妈妈赢了。夏之初放弃了罗宝瓶。

用这种方式得来夏之初，陈娇娇不光彩。她拼命作，拼命折磨夏之初，就是想证明，夏之初选择她是因为爱她，不是因为钱！

　　"就算输了，我也认了，至少我有了一次选择自己人生的机会。这是我跟我妈之间的博弈，是我跟命运的博弈，所以罗宝瓶，你成全我吧，让我试一试，我到底能不能赢到最后。"

　　陈娇娇从包里拿出一个文件袋："这里面，是二楼食堂的转让协议，我把二楼食堂送给你了，我会带着夏之初消失在你面前，也希望你从此之后，消失在夏之初的人生里。"

　　罗宝瓶捧着那份转让协议，沉默了许久。

　　打开手机，却惊到眼珠子要掉下来！

　　伍元的朋友圈，发了一张图片——

　　莫茶半裸着，包着浴巾，配了一行文字：累了，想好好睡一觉。

　　伍元家，门铃响了，方华气急败坏冲进来：我前脚搬走，你后脚就带别的女人回家了？！

　　伍元摸不着头脑，别的女人？不过是女同事弄脏了衣服，来借浴室罢了。直到方华把手机戳到伍元的眼睛面前，他才瞠目结舌：这是……我、我发的？

　　是莫茶，用伍元的手机发的。

　　伍元和方华急急去卧室，看见半裸的莫茶，裹着浴巾，妩媚地涂抹着润肤乳液。

　　方华呆了："是你？！"

　　四目相对，莫茶像是被人当头棒喝！她警惕地躲开方华的目光："认错人了吧？"

　　嘭！莫茶关上卧室门，将伍元和方华挡在了门外。

　　方华失魂落魄回到家里，无论怎样质问罗宝瓶，都得不到答案。一定是莫小珊，她不可能认错人！那个让她女儿失去两年青春，改变了整个人生轨迹的女孩，她无论如何也不会忘记的！

莫茶急忙跟伍元道歉，说尽了各种蹩脚的理由。她却不想跟更多人解释，特别是罗宝瓶。

这条朋友圈，炸了锅。更炸出了一个，令伍元始料未及的女人。

"千春？！"伍元惊讶！

徐千春捧着一个骨灰盒，满眼泪花站在伍元面前："阿元，爸爸他……"

伍元不敢相信："徐老前辈他……仙逝了？"徐千春泪水汩汩而出，扑进伍元怀里："我只有你了。"

撞见这一幕，罗宝瓶心里咯噔一下。

这个千春黑发柔软，皮肤雪白，五官搭配得极美，最特别的是那双眼睛，眼角微微上翘，神态楚楚可怜却透露着一股坚毅。她气质清贵，细细的手指抱着骨灰盒，用力得发了白，让人心疼。

伍元透过徐千春的拥抱，和罗宝瓶对视。

千春这才转头，自我介绍："对不起，我只顾着阿元了，你是他的朋友吧？我叫徐千春，你可以叫我千春酱。"

千春酱有一半的日本血统，是伍元的前女友。

原来！那个儿子……是伍元和千春酱的孩子。

09

我叫罗宝瓶，我想成为千春酱这样的女人。

她跟陈娇娇的不同之处在于，陈娇娇总是把想要的东西着急往嘴里塞，急了噎了，吃相难看，暴露了内心的惶恐和虚弱；而千春酱说话不紧不慢，做事不紧不慢，给人一种宾至如归的感觉：千春酱，是高贵而和善的女主人，无论何时何地。

千春酱感激罗宝瓶对伍元的关照，送了她一盒自己烤的黄油小饼干。

看着千春酱开伍元的保时捷送他上班，罗宝瓶真心觉得，他们好般配。坐在摩托车上，她打开那盒黄油小饼干，闷闷不乐地塞了一块进嘴，一瞬间幸福感爆炸：好好吃！

车里，千春酱拉开包，撕开随身携带的消毒湿巾，开始清洁手指，清洁方向盘。伍元饶有兴致地看着千春酱：洁癖，一点儿都没变！

千春酱大包小包，出现在办公室，所有人竟都叫了起来："千春酱！你们俩复合了？太棒了！恭喜恭喜！"看出了伍元的尴尬，千春酱温柔地解围："虽然，我和阿元现在只是挚友，但我还是拿你们当最好的朋友，谢谢你们对阿元的照顾了。"说着，千春酱打开各种包裹，里面是每个人喜欢的不同东西，有便当，也有日本带来的礼物。她不仅记得每个人的名字，还记得每个人的口味，每个人喜欢的颜色、款式，甚至记得他们的星座和口头禅。

千春酱火速被老师们包围，莫茶傻眼了。

不一会儿，千春酱笑眯眯地拿出了一盒精致的糯米小丸子递给莫茶：她记得莫茶喜欢糯米那种黏黏的、弹牙的感觉！"我自己做的哦，如果不好吃，还请多多包涵啦！"莫茶拿起了一块，放进嘴里。在糯米小丸子融化在舌尖的那一刻她就懂了，千春酱还和四年前一样，站在高高的山顶，遥不可及。

教导主任赞不绝口：四年前，千春酱第一次跟伍元来学校，正好是校运动会。在接力赛中，一个孩子用力过猛肌肉撕裂，猝然倒地，直接导致骨折，没想到千春酱一个箭步冲上前，第一时间对孩子进行紧急救治，等救护车赶到，保住了孩子的腿！

千春酱笑着告诉大家，三年前，自己就离开了东京医院，去美国进修，现在想回到中国，继续当骨科医生，毕竟这里才是故乡，还请大家多多关照。

艺术节复赛，绿萝失踪了。

因为伍元告诉她，山姆是尹小荷的新婚丈夫。

罗宝瓶气得跟伍元大吵，为什么要告诉她？就算要说，也让她参加了复赛再说啊！

伍元却对罗宝瓶的态度鄙夷，为什么不能告诉她真相？这是她自己的人生，你们谁也没有资格替她选择。你总是自以为是地冲进别人的人生，替人出头，替人做选择，你真的做对了吗？你有没有想过，绿萝一无所知地参加了复赛，真捧了个金奖回来，才发现自己不过是被补偿，被可怜，她该怎么办？真到那一天，你才会知道你所做的一切不是为她好，而是害了她！她的自尊心，她的自信心，尽数被摧毁，你还来得及后悔吗？还赶得上补救吗？现在告诉她，是最后的机会，让她自己去选择。

罗宝瓶咬牙，你说得没错，她需要自己做选择，但绝对不是在这个时候，把绿萝一个人扔下，一个人做选择！绿萝再聪明懂事，也还是个孩子，就算成年人也不能对自己的人生冷眼旁观，理智审判，你却把这个难题扔给她？

伍元反驳，谁的选择不艰难，谁不是这样长大？这是她生而为人必须要过的一关。

"但她有伙伴啊，她有我。"罗宝瓶坚定不移，"为什么我要这么执着地帮她？为什么我要进立德高中，去做那些在你看来，明明很蠢的事请？因为成长太孤单了，我想要给她伙伴，我想要让那些孩子紧紧抓着彼此，信任彼此，才不会在最危险、最绝望的关头，一个人失足掉落悬崖。你知道吗，摔落崖底，仰头看着巍峨四壁，无人可依的感觉，太可怕了。"

伍元不知道，罗宝瓶曾在哪个瞬间，被伙伴撒手扔下了悬崖。

在最艰难的关头，彼此支撑，一起咬牙挺过去的人，是伙伴。伍元的人生，一直是孤单的，早已习惯了独自作战，但只有他自己才知道，他有多渴望得到一个伙伴。

湖边，罗宝瓶找到了绿萝。

绿萝静静地坐在湖边，倒影是那样悠长而悲伤。她转头看罗宝瓶："我决定了，退出复赛。"

罗宝瓶点头，尊重绿萝的决定，但是……罗宝瓶抓起绿萝，一把将她扔进了湖里！

绿萝惊慌失措地在湖里扑腾，难以置信地看着罗宝瓶："姐你疯啦！"

罗宝瓶冷冷地看着绿萝：是谁教你游泳，教你求生的？这么多年，是谁陪你长大的？我们用全部的爱来爱你，用全部气力来保护你，为什么你长这么大的眼睛，就是看不到我们！至少，你看看你爸爸啊！你委屈，你痛苦，但你爸爸比你还要痛苦！为了一个离开了你的人，就这副没精打采、灰心丧气的样子，你对得起你爸爸吗？他只能看着你流泪，什么都不能做！不能帮你往前走，不能帮你带回妈妈。但是绿萝，人总是要长大的，要受伤，要挣扎，要断奶，要咬紧牙关忍受痛苦，要努力往前走！你呢，你比你妈妈更加残忍！至少她还在努力往前走，但你却放弃了自己，这等于杀了你爸爸。

绿萝怔住了，仿佛头一次意识到，身后那个被自己遗忘的，老实巴交的爸爸。

"就算只是为了爸爸，振作起来。"罗宝瓶向绿萝伸出了手。

浑身湿透的绿萝，在最后一刻踏上了复赛的舞台。

这一次，她不能再放弃自己，为了那些站在她身后默默爱着她的人。

绿萝的演出得到了全场暴风雨般的掌声，可是，妈妈却没有听到。

听说绿萝突然失踪，尹小荷一着急，不小心跌落楼梯，被送进医院。虽然肚子里的孩子保住了，但身体极其虚弱，山姆决定立即把她带回美国调养。

站在病房门口，绿萝觉得自己简直是坏透了，为什么总是牵连身边的人，总是要爱自己的人付出代价？怀着满心的自责，绿萝逃走了……看着她的背影，山姆叹息，还有多少家庭，有话不敢直说，有话不能好好说，隐藏内心的爱和纠结，却忘了至亲，是唯一肯接受你真心的人。

尹小荷要走了，直到踏进了机场，也没看到绿萝。

走廊上，赵小侠拦住了绿萝，表情严肃："怎么没找我要那五十个磕头？"

绿萝心烦意乱，白他一眼："我找你要，你会磕吗？"

"不会。"赵小侠简单明了，"但作为补偿——"赵小侠把一只波子汽水的空瓶子塞进绿萝手里："这只瓶子，送给你。"

看着已经被喝光了汽水的空瓶子，绿萝随手就要扔进垃圾桶："神经病！"却被赵小侠一把拦下："不能扔！"

"你到底想干什么？"绿萝瞪着赵小侠。

"这只瓶子，是一只阿拉丁神灯！我嘛，就勉为其难，让你当一次阿拉丁。只要你需要帮助，摇一摇瓶子，弹珠发出撞击声，我就咻的一声出现在你面前！怎么样，够意思吧？"赵小侠得意扬扬。

"咻个屁咧，幼稚！要是我把瓶子扔了，你就可以永远不出现在我面前了，岂不是更好？"绿萝说着又要扔，被赵小侠拉住："不是谁都能得到我这么帅的神灯精灵的！"

绿萝被赵小侠缠得没招，只能暂时收下那个瓶子，嘟囔着："汽水被你喝了，空瓶子扔我这儿，拿我当垃圾桶啊！"此时，两人却迎上了罗宝瓶。

罗宝瓶看了一眼时间，尹小荷应该到机场了：你不去送送你妈妈吗？

绿萝被戳穿了心事，却面无表情地进了教室："要上课了。"赵小侠迎上罗宝瓶："绿萝的妈妈要走了？"罗宝瓶点头，再不去，不知道什么时候能再见了。

莫茶的语文课上，同学们窃窃私语，说莫茶想霸王硬上弓，结果武大郎的正牌女友回来了……莫茶强压内心的恼怒，点名要人读课文："绿萝，你来读《再别康桥》。"可绿萝心不在焉，连书都没拿出来。

绿萝内心极其焦躁，去，还是不去？绿萝需要有人告诉她，该怎么做。她的手足无措，点燃了莫茶的怒火：都快高考了，这样的状态，还想不想上大学了！不想读书，就给我出去！

怎么办？绿萝忍着泪，看见赵小侠给她的那只瓶子……她拿起了那只瓶子，一下一下摇了起来，波子汽水的弹珠，发出叮叮当当的撞击声。

莫茶几近失态：你在干什么！

这时候，赵小侠却突然从座位上站起来，径直走向绿萝，一把背起她的大提琴，拉着她就往外跑，一边跑一边喊："神灯精灵帮你决定了，去！"

看着两人无视自己跑出教室，莫茶呆了，随即一把掀翻了讲台上的教案！这一幕被跛脚而来的教导主任看见了，不得了，纵使对美女也不客气了，立即全年级点名批评莫茶，话里有话：要注意教师的形象！

赵小侠拉着绿萝跑出教学楼，罗宝瓶早已等着赵小侠，眼神交换，把摩托车钥匙扔给他。

赵小侠给绿萝戴上安全帽："上车！"一路风驰电掣，绿萝紧紧抓住了赵小侠的衣服，脑海中回现出儿时的回忆……不管何时，不管何地，她都是妈妈。就算她选择了新的人生，该给她的是谅解，是祝福。

尹小荷换了登机牌，直到走进了安检，也没有等到女儿。

绿萝终究还是来晚了，当她奔向机场，却根本找不到妈妈的身影。一时间，绿萝崩溃，她至少应该告诉妈妈，我很好，虽然长大的路上，你不在身边，但是我有爸爸，我有姑妈，我还有姐姐，他们给了我很多很多的爱。我一直觉得，我是个寄人篱下的小孩子，我一直活得小心翼翼，我必须用最温暖的笑容、最贴心的言行去维护着这一切，生怕一不小心，我会被嫌弃，被抛弃。我一直以为我失去了你，但其实我得到了更多，我得到了更多的关怀，我得到了一个更加完整的自己。谢谢你，把大提琴留给了我，这是你给我的最最珍贵的礼物。

可是，没机会了，绿萝没机会跟妈妈说这些话。

赵小侠把大提琴递给绿萝：来得及，让妈妈听见你的声音。

看着这把被爸爸修补一新的大提琴，绿萝接过，端坐在往来的人群中，拉了起来。她拉了妈妈最喜欢的《天鹅》，吸引了机场所有人的目光。好像世界都安静了，都停下来了，绿萝专注地拉着每一个音符，没想到这首《天鹅》，真的传到了妈妈的耳中。

正准备登机的尹小荷，突然闭上眼睛，生来对音乐极其敏感的她，听见了熟悉的旋律。她猛地睁开眼睛，转身往回跑！山姆紧跟其后，甚至追不上尹小荷的脚步……

尹小荷被拦在了安检这一头，她踮着脚尖，从缝隙中往外看。一边看，一边捂着嘴落泪：是女儿，是我女儿，你们听，她拉得多好啊！

一曲结束，整个机场大厅都为绿萝响起了掌声。

赵小侠站在绿萝身后，一手轻握她的肩膀：今天，就当成你的成人仪式吧，今天是你的毕业日，从对妈妈的幻想中毕业。从今天开始，支撑你往前走的人，不是妈妈，而是你自己，是你身边爱你的，陪伴你的亲人和伙伴。从今天开始，你可能会成为一个受过伤的，艰难、努力地生活着的大人，但是，你并不孤单，我会一直站在你身后。

逆光中的赵小侠，是那么高大，又是那么温暖。

我叫罗宝瓶，我想成为千春菌这样的女人。

她不仅长得漂亮，更拥有一个女人最吸引人的东西：女人味。就是那种，越跟她相处，就会越爱她的味道。

味道，是最难得到的一种东西，你需要读很多书，有完整的人生观，有独立的见解，却又不恃才傲物，不妄自尊大，不得理不饶人。你需要有温暖、包容的胸怀，有从最平淡的生活中找到快乐的情怀。你有教养，讲礼貌，知分寸，你尊重每一个人，也得到每一个人的尊重，你的美好，你的梦想，你的坚强，你适时的柔弱，都是治愈这个世界的良药。

千春菌这样的女人，也是治愈任元的良药吧？

食堂里，罗宝瓶替绿萝高兴，一脚踏上一张空凳子，敲着餐盘吸引了全部师生的注意："今天的午餐，全体免单，算我的！"全体欢呼，罗宝瓶一得意，脚下一滑，仰身向后栽倒……

伍元嘴里吐出一句"蠢货！"就向她飞奔而去，伸手要接，却扑了个空！

罗宝瓶被李树接住了。

伍元在众目睽睽之下扑倒在地，像一条龇牙咧嘴的蚯蚓。看着李树和罗宝瓶诧异的眼光，伍元下不来台，一时间竟对罗宝瓶破口大叫：是怎么做保洁的？地这么滑，把我摔伤了怎么办！我就想过来盛个汤，你什么意思，不想让我喝汤是不是？说着，伍元装作很疼的样子，走不了路，指着罗宝瓶：我要索赔！

莫茶看着这一幕，内心翻滚：为什么看起来普普通通的罗宝瓶，总是能在人群中闪闪发光？为什么我这么努力了，却还是望尘莫及？为什么每一次，罗宝瓶都能轻而易举地赢过我？

十二年了，莫茶第一次有了想逃走的冲动。她被自己的懦弱、卑鄙、背信弃义追着跑了十二年，她被自己的自卑、自负、瞻前顾后折磨了十二年，她逆着生命的洪流拼命朝河岸游了十二年，她恨罗宝瓶，但她又羡慕罗宝瓶，想成为罗宝瓶，想站在阳光下。她一直以来，只想做一个好老师，用她的方式努力保护她的孩子，却总是不招人待见，可是罗宝瓶几乎不费吹灰之力，就得到了所有人的心。

十二年前，她在生命的洪流中，溺死的那一刻，是罗宝瓶把她拉了起来。但她，背弃了罗宝瓶。她很害怕，会遭到罗宝瓶的惩罚，被一脚踹回洪流之中，一生再无力逆流而上。

方华家里，她面对杨丽，惊叹："真的是她？！"

杨丽感叹，怪不得第一眼见到莫茶，就觉得这个女人面熟，没想到她竟是莫小珊！

杨丽要许小东帮她摸清楚了莫茶的底细：大学毕业后，莫茶就进入师范系统，阴错阳差回到了立德高中当语文老师，这些年一直独居，和继父郭大力断了联系。

"断了联系？"方华皱眉，"为什么？"

自从十二年前出了那件事之后，莫小珊就转学了，郭大力失踪了，这些年来，莫茶都是靠自己的打拼走过来的。

十二年前，方华和杨丽就觉得不对劲。那年夏天，很热，罗宝瓶去找莫小珊写作业，却被小珊的继父郭大力赶出门外，说罗宝瓶拖了女儿后腿，马上要高考了，女儿的成绩一直在下滑，不许罗宝瓶再来纠缠女儿小珊！两人争执之间，郭大力说罗宝瓶是没爹的孩子，大骂着是罗宝瓶害死了她的爸爸，戳中了罗宝瓶的痛处，她眼前一黑，脑海里出现爸爸的脸，顺手从桌子腿下抽走一块板砖，冲着郭大力的后脑勺砸去……

罗宝瓶因为故意伤人，被判了两年。莫小珊作为证人，站出来指认，是罗宝瓶先动的手，将继父砸成脑震荡。方华不信，她自己的女儿她最了解，罗宝瓶就是个包子，被伤害得再深，也不会下那么狠的手伤人！

但是，罗宝瓶承认了，是自己故意伤人。

那天，罗宝瓶被从学校带走。

这事在学校里传得沸沸扬扬。放学后，莫小珊被杨丽拦在校门口："你就是莫小珊？真的是罗宝瓶先动手，打了你继父？"莫小珊却撞开了杨丽，埋头往前走，扔下一句："与你无关。"

原来，莫茶就是十二年前，那个"与你无关"的莫小珊。

杨丽暗下决心：越是可疑，越要查清楚，因为，罗宝瓶是我姐们儿，她的人生，与我有关。

赵小侠和绿萝，又一次因为忤逆了莫茶，受到处分。赵小侠大包大揽：要处分，就处分我，跟绿萝没关系！气得教导主任破口大骂：那你退学好了！

赵小侠家，在市区一处闹中取静的别墅。

晚餐紧绷的气氛，就像是壁炉里蹿出来的火苗，仿佛随时能把这个华丽的豪宅付之一炬。

偏偏，扁福故意似的，提起了高考加分的事情。作为学校三好学生，各科成绩优异，且连年得到各种奥数奖项，扁福是最有资格被推优的。此刻，面临退学的赵小侠，只能默默不语，连勺子撞击汤碗的声音都显得那样刺耳。

扁鳌对儿子扁福点头赞许，坐在他对面的妻子芦竹，则脸色惨白，小心翼翼地开口求扁鳌，能不能去求老师，撤销退学处分？

"啪"一下，正刷着股市信息的扁鳌把 iPad 重重地拍在桌子上，汤碗差点被掀翻。他一双鹰眼直勾勾地盯住赵小侠："自己惹的事儿，自己担着吧。"

赵小侠不为所动，继续喝着汤："本来也没指望别人帮忙。"这句话将扁鳌的火一下点燃了，他抓起赵小侠的领子："跟谁说话呢！"

这对继父子，早已水火不容。为了妈妈，赵小侠一直忍气吞声。如今，扁鳌竟嚣张到指着赵小侠的鼻子大骂："你跟你妈一个样，就是个烂泥扶不上墙，只会拖人后腿的废物！"赵小侠气得推了扁鳌一把："我不许你说我妈！"

芦竹挡在扁鳌和赵小侠之间，软弱无力地恳求他们，都是一家人，有什么话不能好好说呢？谁料，扁鳌反手一推，把芦竹重重地推倒在地上！一家人？他和芦竹结婚，只是为了隆则集团，他没有爱过她，他又怎么会爱这样一个发起病来就口吐白沫，像野兽一般嘶吼号叫的癫痫病人呢？

扁鳌转身上楼。留下扁福饶有兴致地看着这对可怜的母子。这世上最不缺可怜人，别看网上成天转发评论为那个祈福为这个心痛的，要让他们本人拿出十分之一的好运来施舍给可怜人，谁做得到？扁福冷笑，命运永远掌握在自己手里，他从不可怜任何人，也不会被任何人可怜。他是个冷血动物。

扁福耸耸肩，也走了，剩下赵小侠扶着妈妈，心疼地一摸她后脑勺，有血。赵小侠浑身颤抖，却被妈妈一把拉住：药，药！赵小侠迅速而准确地从抽屉里找到了癫痫的急救药，给芦竹服下，化解了一次犯病的危机。

赵小侠带妈妈去医院，一路上，妈妈默默淌着泪对赵小侠道歉：是妈妈连累了你。是妈妈没用，我有病，我不能给你一个正常的家庭，我不能成为你的支柱。妈妈一直想让你健健康康，好好长大，成为一个有本事的人，让你可以去做你想做的所有事情，可以去享受这个世界，不用看人脸色，不用忍气吞声，不用依附于任何人。妈妈唯一的希望，就是你不要像我一样，这么卑微、痛苦地活着。所以，你必须努力考大学，你飞得越高越远，妈妈越安心。

"那你呢？"赵小侠看着妈妈的脸，一阵难受。

"我这辈子，站不起来了，我是个废物。"芦竹的眼睛，蒙上了一层灰灰的纱，就像她后脑勺的血迹一样刺目。

杨丽从灶上端下来一份西班牙海鲜饭，噗噗地吹着热气，深嗅一口：好香啊！海鲜的鲜香和奶油的浓厚幼滑相得益彰，一粒粒米被炒得闪闪发光，像一盘刚从深海里捧出来的宝藏。罗宝瓶野兽一般扑了上去，顾不得烫，一口接一口吞下这专属的美味。

杨丽开了上好的赤霞珠，一人一杯，祝贺罗宝瓶，搞得罗宝瓶蒙掉了：祝贺什么？杨丽严肃，祝贺你又一次被人抢了男人，还有我这么个好姐们儿，对你不离不弃啊！罗宝瓶嘟着嘴扑进杨丽怀里，好姐妹就是受伤了，那个温暖的避风港，是孤独的宇宙里，突然传向你的那一声回音。

罗宝瓶嘴上不承认，心里却感觉到受伤——在看见千春酱扑进伍元怀里的瞬间。

与此同时，在伍元的家里，千春酱端上来一份深夜料理，牛尾豆腐烧萝卜。

好吃。伍元这才发现，千春酱的手指上缠了一个创可贴，原来是切牛尾的时候不小心受了伤。千春酱把手指往身后藏，说自己没事，只是分开这么久，想为伍元多做一些。

伍元找出医药箱，一边帮千春酱清理伤口，一边赞道，这道牛尾豆腐烧萝卜，将牛尾先煎再炖，骨肉中肉汁形成浓浓胶原，加入了红味增一起炖煮，口感浓郁，回味绵长。萝卜和豆腐分别下锅，时间火候把握得刚刚好，非常入味，一口咬下去，满嘴都是汁，不愧是千春酱的手艺。

千春酱俯身，一个吻轻轻印在伍元的嘴角。

伍元一愣，看着千春起身时，胸前若隐若现的沟，却并没有被诱惑，反而觉得乳房不过是由脂肪和纤维组织构成的人体器官，以乳房作为女人性感的依据实在是一种低级趣味。

伍元礼貌地保持距离，他答应过徐老前辈，他会成为千春的亲人，千春的依靠。

但，不再是爱人。

芦竹拉着赵小侠去学校，想求老师撤销退学处分，却被人指指点点。

"就是她，赵小侠的妈妈，她有精神病！"

不小心听到"精神病"三个字，芦竹一时间傻了，回头去看那些躲得远远的学生，嘴里喃喃："我、我没有。"那是扁鳌强加给她的，剥夺她作为大股东参与公司行政权力的紧箍咒。因为"精神不太好"，她不能参加董事会，由扁鳌作为监护人全权代理，控制公司。她默认了，她退缩了，因为她有癫痫，很严重，一不小心就会发病。她知道，自己发病的时候，像只野兽，她不能要求更多，只要扁鳌肯留住这段婚姻，肯为她撑一把保护伞，就够了。

一个人的时候，芦竹会想起，她当初还是个娇俏小姐的样子。爸爸一手创立了隆则集团，打造了一个紧追时尚的电子贸易平台。那时候，尽管她需要定期去治病，仍是被捧在手心的小公主，就像童话故事里那样，遇见了一个珍惜她、爱她的王子，生下了一个健康宝宝，赵小侠。

可是，王子和爸爸，相继离开自己。芦竹觉得自己的人生，被下了咒，觉得自己是个巫婆，克死了王子和爸爸。在她最孤独无助的时候，终于接受了扁鳌，尽管，扁鳌从来不得爸爸待见。但至少，公主不用独当一面，不用自力更生，不用从象牙塔掉入凡尘。公主带着小王子赵小侠，魔王带着小魔鬼扁福，组成了再生家庭。

她再也不是童话里的公主，她是个被下了诅咒的巫婆，一个人躲在小黑屋，静静地为自己熬着满满一大锅毒药。她从不向人求救，就算被中伤，遍体鳞伤，也要骄傲地自裁，轮不到别人动手。

她唯一放不下的人，就是她的小王子。她希望她的小王子飞向太阳。可是，她的小王子却因为她这个有"精神病"的妈妈，从半空栽落山崖。

"我没有！我没有精神病！"芦竹越是辩解，越像是疯了。她给儿子抹黑了，她太害怕了，害怕她的小王子，又掉入那个可怕的诅咒。她逃上出租，却难忍痛苦，癫痫发作，被司机直接送进了医院。

扁福被赵小侠一把抓住！

"为什么你要造谣？为什么说我妈有精神病？你到底想干什么！"

白净瘦弱的扁福，被抓得脸色有些发青。从身体上来讲，他根本就不是赵小侠的对手。但是从心理来说，他的智商、果敢、审时度势，无疑能秒杀这个天真的小王子。

"因为你失控了。"扁福意味深长地望着赵小侠，"打从一开始，我爸爸就没爱过你妈妈。这个家，是我爸爸，施舍给你们的，你应该听话。你不听话，我就要惩罚你。"

站在角落里的莫茶，目睹了这一切，浑身发抖：这是她一直以来，最喜欢的优等生扁福吗？明明是连年拿奖的小天才，温文尔雅的小绅士，为什么真实面目竟是这样冷酷可怕？

扁福推开赵小侠走了，他撞上目瞪口呆的莫茶，冷笑：不是你教我的吗？人生就是一场战争，你不能指望被保护，因为每一个人都自身难保。你得豁出性命，去拼，去杀，才能活到最后。老师，你教的每一个字我都记得清清楚楚，我只是在铲除，战场上那些碍眼的垃圾。

莫茶最喜欢的学生，变成了一个魔鬼。她作为一个教师的初心，动摇了。

赵小侠冲进了隆则集团的办公大楼，直奔会议室，对着扁鳌大喊："骗子！小偷！无耻混蛋！我妈妈不是精神病，你有什么资格糟蹋她？

你能坐上今天这个位子都是因为我妈妈！你诬赖她是精神病，你控制她，折磨她，你太欺负人了！我不怕你，我要你现在就把偷来的一切都还给我妈妈！"

扁鳌一耳光扇在赵小侠脸上！赵小侠鼻孔出血，瞪着扁鳌："我再说一次，我不怕你，你偷来的东西，我要你一件一件，还给妈妈。"

赵小侠在众目睽睽之下被保安带走。

格子间里，错愕不已的方庄，看着扁鳌气到变形的脸，起了疑心……

回到家里，方庄将今天的所见所闻告诉家人，觉得这事不简单！方庄谈起年轻时候的芦竹，天真可爱，公司里每一个人都喜欢她，都心疼她，癫痫归癫痫，怎么会扯上精神病呢？方华怀疑，该不是那个扁鳌企图以"无完全民事行为能力"霸占芦竹的股份和遗产吧？一家人的猜测吓得绿萝和盘托出，之前林真就跟她说过，赵小侠的妈妈再婚之后，赵小侠就变了个人，什么都听扁福的，肯定是因为扁鳌给的压力太大了！

这一番话，惊得罗宝瓶一身冷汗。她不敢想象这样的一个赵小侠，如果无人援助，未来的人生会变成什么样……

罗宝瓶离开家，仍回杨丽那儿去住，令方华心下了然：罗宝瓶是不想遇见伍元和千春酱双入对。不行，得去摸摸底细。这么想着，方华送走了罗宝瓶，便上楼去敲伍元的家门了。

绿萝却放心不下赵小侠，求罗宝瓶帮帮他。不知什么时候开始，绿萝对赵小侠有了不一样的感情。很懵懂，很纯真，和对林真的单恋是一种完全不同的感觉。她对林真是谨慎的，带刺的，渴望向前走，却又驻足徘徊的；她对赵小侠，却是坦诚的，不怕出丑、不怕被嘲笑，就算会受伤，也勇敢地并肩前行。

一个小酒吧里，伍元坐在喝傻了的莫茶面前。

"酒精会与大脑中一些特定的负责长期记忆的神经传递物质受体相互作用，在豪饮的过程中，导致大脑中乙醇含量大幅升高，阻碍了这些受体的正常活动，进而抑制了记忆的形成。"伍元平静地咽下一口矿泉水，"酒精会在你的身体内转化成一种叫作乙醛的化学物质，高浓度的乙醛会变得有毒。乙醛由你身体中的两种酶在肝脏中分解成二氧化碳和水，随后排出体外。但由于基因问题，如果你身体中的酶，不能分解乙醛，那么乙醛将直接由肝脏代谢，会极大损伤肝脏组织。"

伍元拿掉莫茶手中的酒："为了你的健康，也为了避免你喝断片儿，又产生什么不必要的误会，有话直说吧。"

莫茶一把鼻涕一把泪，在伍元面前号啕大哭，引得四座的人都回头看向他们。

她从未像今天这样，丝毫不顾自己的形象，眼线、睫毛膏、口红晕得一团糟，怔怔地望着伍元："我比你看到的，比你想象的样子更糟糕！我是个叛徒，是个骗子，我用了十二年来洗刷自己的罪恶，我只想当个干干净净的好老师。但我直到现在才发现，我洗不干净，我还把我的学生给弄脏了！我该怎么办……"伍元动容，到底出了什么事？

莫茶仍是双目空洞。

人生就是一场战争，你不能指望被保护，因为每一个人都自身难保。你得豁出性命，去拼，去杀，才能活到最后。这句话，是我教那些孩子的，我这三十年，每一天都是靠这句话活过来的，我每天备教案备到凌晨，我想把每一个知识点都像填鸭一样塞进孩子们的记忆里，我给他们做不完的卷子，我偷听他们每一句无关痛痒的对话，我较真到每一个标点符号，我逼迫他们给我写周记，逼迫他们跟我谈心，我不在意他们有多讨厌我，我只想要他们成功！我要他们有机会选择人生，我要他们明白，在这个世界上只有他们的脑袋，才能成为他们唯一的依靠！我带的高三一班，次次考试都是年级第一，我一直以为我这一套挺成功的，直到今天，我才发现，我最喜欢的一个孩子，他变成了魔鬼！

莫茶抓起一瓶酒，就往嘴里灌："我觉得我根本没资格当老师，我没本事洗干净自己，我更没本事洗干净我的孩子，都怪我，从一开始我就该站出来承认，我是个罪人！"伍元第一次见到这样慌乱无助、自暴自弃的莫茶，虽然不知道发生了什么，但他肯定，如果是罗宝瓶，肯定会义无反顾地站出来帮莫茶。所以这一次，伍元决定，要拉莫茶一把。作为同一个办公室多年的同事，他不能眼睁睁看着伙伴掉入绝望的泥沼。

深夜的街道，伍元架着莫茶往她家走，一路听她絮絮叨叨关于扁福的事情，说着说着没声了，伍元以为她断片儿了，突然，竟听见莫茶喃喃："罗宝瓶，对不起。"

伍元愣住了。他突然想起那天晚上，方华第一眼见到了莫茶，脱口而出："是你？"

莫茶和罗宝瓶，究竟有什么他不知道的过去？

出小区门的时候，罗宝瓶竟撞上了回家的伍元。

她想装不认识伍元，从旁边的小路偷偷溜走，却被伍元拦住！

"怎么，不认识我了？假装失忆是不是？"罗宝瓶甩不开伍元的手，气急败坏地瞪着他："你走你的阳关道，我过我的独木桥，跟你没什么好聊的。""我跟你有聊的。"伍元硬生生把罗宝瓶拉到小区楼顶。

"去，把那堆干柴点燃。"伍元指着楼顶早已安置好的一小堆干柴，吩咐罗宝瓶。虽然不明所以，罗宝瓶还是硬着头皮去琢磨那堆干柴，嘴里嘀嘀咕咕，不是一个次元的人，聊也聊不到一起去……

好不容易从楼下保安那儿借来了打火机，点燃了那堆火，罗宝瓶奇怪地盯着伍元："你到底想干吗？露天烧烤？还是……"罗宝瓶后退三步，"不要杀我！"伍元拍了一下她的脑袋："过来！"

伍元从包里拿出一个玻璃罐子，罐子里装着一些金属粉末，他舀出一勺粉末，朝那堆火焰撒去——整个天空就像长出了漫天星光！那些金属粉末和火焰充分燃烧后，成了一颗一颗小星星，夺目闪烁的小星星把整个天台变成了一片宇宙。罗宝瓶站在这片伍元为她亲手制造的小宇宙中，仿佛置身于一望无际的银河……

罗宝瓶睁目结舌，伍元笑了："快许愿啊，蠢货！"罗宝瓶还没回过神，伍元露出羞涩的表情："不是都说，对着星空许愿，很灵的吗？"这是伍元想表白，又不好意思开口的爱情。

"我希望，高三三班的所有孩子，都能找到人生的方向，都能实现他们的梦想。"罗宝瓶虔诚地闭上眼睛，认真地念出自己的心愿。一时间，伍元有些愣，这个傻子，让她许个愿，心里所念都是别人而不是她自己。

罗宝瓶睁开眼睛：从赵小侠开始吧，我们一起，帮帮小侠吧！

"是谁在天台放火！"保安的声音！伍元不知道从哪儿摸出个小型灭火器，往火堆上一阵乱喷，拉起罗宝瓶的手："快跑！"

伍元拉着罗宝瓶跑过走廊，跑过楼道，跑过飘散着夜晚香气的小花园和星星点点的路灯……罗宝瓶笑得上气不接下气，问伍元，你是叮当猫吗？你那包里还装了什么？那个玻璃罐子里到底是什么宝贝？还有，那个灭火器又是怎么回事？罗宝瓶去掏伍元的包，要看看还有什么稀罕东西，伍元东逃西窜："那是镁粉啊，不能乱碰的，蠢货！"两人打闹之间，伍元没站稳眼看要往后倒，罗宝瓶一个箭步冲上去接住他，一个公主抱将伍元揽在怀里。

两人对视，突然气氛变得很微妙。

罗宝瓶一紧张，松了手，伍元吧唧摔在地上！罗宝瓶回避伍元的目光："我要回杨丽家了，你也赶紧回去吧！千春酱……还在等你。"

罗宝瓶希望，伍元能回到千春酱的身边，因为她太了解一个孩子，有多需要一个完整的、温暖的家。

伍元却对罗宝瓶突如其来的变脸摸不着头脑，为她把自己推向千春酱而懊恼！

与此同时，在伍元家里，本想一探究竟的方华，竟舒舒服服地瘫在沙发上，享受着千春酱的顶级按摩！

原来，方华还没展开对千春酱的攻势，就被对方发现了椎间盘突出的老毛病。不愧是骨科医生，三两下就找到了方华的痛点，一通力度适中的按摩，竟让方华感觉舒服许多！

千春酱的谦和、热心，立刻得到了方华的赞赏，俩人聊得畅快，互加微信，成了忘年之交。方华不禁感叹，我们家宝哥这次是彻底输啦，连翻身的机会都没有！

芦竹的病房门外，赵小侠见到了绿萝的爸爸，方庄。

方庄讲起，那时候芦竹大学刚毕业，灿烂得像每天清晨晒进隆则集团的阳光。谁也不敢相信，这个女孩儿小时候受过伤，被同学推倒在地，后脑勺撞在讲台的台阶上，留下了永远的后遗症，癫痫。

芦竹是全公司的开心果，她是好多人梦寐以求的姑娘，她爱上了跟方庄同一个办公室的男孩儿赵子衿。

青青子衿，悠悠我心。芦竹和赵子衿相爱，结婚，生下了赵小侠……可是命运偏偏不再纵容芦竹，从她身边一样一样夺走了珍贵的东西。方庄想帮助芦竹，也是要报答老董事长对他的旧恩。

赵小侠很小的时候，爸爸就去世了，他的记忆里，只剩下送走爸爸的那天里一些模糊的片段，那天很冷，爷爷奶奶哭得昏天黑地……他一直很想知道，在别人眼里，爸爸是个什么样的人？

想到赵子衿，方庄笑了，因为赵子衿实在是一个太招人喜欢的男孩了。赵子衿家里穷，但有志气，他拼命努力，要给芦竹一个美好的未来。他穿磨得发亮的毛衣，他的裤子是补了再补的，却把钱都存起来给芦竹买她喜欢的花，买她喜欢的画。赵子衿总是背着一个照相机，捕捉每一个令他心动的瞬间：落在排水井盖上的小桃花令他心动，下班路上捡到一片透明的枯叶令他心动，冬天的枯树枝上挂着一片倔强的红叶令他心动，小花园里一家子"穿白靴子"的流浪猫令他心动，窗帘上倒映的树影令他心动，下大暴雨时远处未落的太阳令他心动，单位楼顶的晾衣架突然长出的葡萄藤令他心动，逃学的两个小孩分吃一袋红通通的樱桃令他心动……赵子衿的每一张照片，都让人觉得美好。赵子衿每一个储存起来的笑话，都让人笑到腮帮子疼。而赵子衿的死，竟然是为了救马路上一只茫然无措的小黄狗。

想着想着，方庄抹眼泪了。是自己辜负了子衿的友谊，为什么直到今天，才发现子衿的太太和儿子，这么需要帮助。

赵小侠却笑了，没错，他心里的爸爸和别人眼里的爸爸，原来根本不曾有区别。爸爸一直是那样一个，招人喜欢，让人过了好多好多年，依然忘不掉的大男孩。赵小侠握住了方庄的手：谢谢你，愿意伸出援手。

赵小侠走进病房，面对虚弱的芦竹，眼睛里充满了勇气：妈妈，我们重新开始，好吗？

这双眼睛，让芦竹一时间恍惚，像是看见了曾经坚定不移的赵子衿。

莫茶也跟教导主任求情，让赵小侠回学校。

教导主任一向对美女有求必应，但这次，他晃动着跛脚告诉赵小侠：只要这次摸底考试，他的成绩进入全年级前100名，就同意他复学。

全年级前100名，对赵小侠来说根本就是不可能完成的任务！莫茶泄气了，她虽然想帮赵小侠，却根本不相信三班这个学渣中的战斗渣赵小侠，有闯进前100的可能。

绿萝急了：我不许你离开！

扑通、扑通……绿萝和赵小侠，脸红了。绿萝忙掩饰她的心跳：我、我的意思是……你是为了我，才被开除的，我不能视而不见。我、我会帮你的，一定让你挤进前100名！

林真也站出来：我和绿萝一起帮你！这一次要向所有人证明，我们高三三班不是垃圾，我们能冲进前100，我们也有能力拼一个好未来！

高三三班的孩子们，开始有了决心，有了野心，他们要向所有人证明自己。他们开始自觉留在教室里补习，他们一起解决课业上的难题，甚至轮流去陪赵小侠攻书，在快餐店挑灯夜战。

赵小侠的人生，重新被点亮。他第一次这样充实，跃跃欲试，他要努力，去选择自己的将来。

甚至，这样的气氛也感染了小卷毛夏薇。

轮到小卷毛陪赵小侠攻书的夜晚，她呆呆地看着卷子，说了一句："要是春丽在就好了。"要是春丽在，他一定会特别努力，尽管他有智力障碍，也从未放弃过自己。他一定能考上大学的。小卷毛长长的睫毛，扑闪扑闪，掉下了几颗好大的泪珠。

赵小侠伸出手，替小卷毛擦干了脸颊上的泪珠："我们都欠春丽一句对不起。"

罗宝瓶语录：

青春不能错过的第九件事：喜欢一个人。在第一次触碰爱情的时候，尽管懵懂，尽管不知所措，但这第一次深深的喜欢，浅浅的爱，会给你从未有过的勇气。喜欢一个人，就像是独自对着山谷唱歌，听见了回音，不管是来自对方，还是自己，都是青春最宝贵的一段记忆。

方庄通过公司财务，找到了扁鳖的把柄——公司装修过程中，扁鳖以权谋私，跟装修公司联手侵吞了装修款。

方庄搜查那家装修公司，却意外发现了一条线索：给公司做设计方案的设计师是杨丽！方庄赶紧将这个消息告诉了罗宝瓶，也许，杨丽将是将整个事件往前推进的关键。

此时的杨丽，正经历着一轮又一轮的相亲。

相亲，变成了一场战争。在这场战争中，你的对手异军突起，战斗力格外强，逼得你气场节节败弱，开始怀疑：为什么要相亲？

杨丽遇到了一个又一个奇葩。一号男子问杨丽：过几天是端午节，我们公司发了购物卡，你需要吗？我九五折卖给你。二号男子是个海归凤凰男，没房没车，跟杨丽第一次见面就提出：你不是有房有车吗，我们结婚以后就用你的。三号男子约杨丽去肯德基见面，杨丽正感叹这里是她高中时代的约会地，男子却指着鸡翅，翘着兰花指问：能帮我要双筷子吗？会把我的手弄脏哒。四号男子长得又高又帅，却带了一堆朋友来相亲，站成一排像看猴一样把杨丽扫描个遍，杨丽恍然：我是不是进了牛郎店？五号男子看起来是个成功人士，第一次约会过后，就想带杨丽去泡温泉，加深身体的互动。

相亲活动结束在六号男子，他带杨丽去了一家高级餐厅，点了两千多的东西，却发现身上只带了一百块钱。于是杨丽掏出钱包去结账，也是邪门了，那天偏偏餐厅刷卡机出了问题，三次输入密码都有问题，银行卡直接被冻结。杨丽恨恨地翻遍了钱包，好死不死的只带了那一张卡……于是杨丽打给许小东管他借钱，许小东十分钟之内赶到餐厅，二话不说付了钱，带走了杨丽。

杨丽告诉罗宝瓶，当许小东带走她的那一刻，突然觉得，这个男人还挺帅的。

也许，许小东事业不如杨丽，人脉资源不如杨丽，对人情世故的认知不如杨丽，他有很多条件，都不满足杨丽的要求。可是，在杨丽需要的时候，许小东总是第一个出现。是条件更重要，还是有求必应的一颗心更重要？杨丽纠结了。

对于扁鳌侵吞装修款的事情，杨丽却不以为然。

这种事情，在业内是潜规则了，她曾跟扁鳌有过一份协议，设计费要分给扁鳌五个点作为回扣。不单是设计费，整个装修涉及的单位，都可能和扁鳌有利益勾结，这就是甲方负责人所享受到的灰色收入。这种气，乙方只能受着，谁站出来声张了正义，反倒是坏了规矩，被列入甲方黑名单。

罗宝瓶本来想让杨丽站出来做证，帮芦竹一把，现在却退缩了。她不想道德绑架，难道自己伸张正义的代价，是把杨丽也拖下水吗？

10.

我叫罗宝瓶。我接到了一项艰巨的任务：负责校庆午餐。

食堂的员工们围在一起，仔细一合计，吓傻了！校庆当日，会有毕业三十年的校友回校欢聚，其中不乏精英，遍布世界各个领域，有的人甚至是当今社会规则和法律的制定者，专程来为应届毕业生做高考动员！在校生已经有上千人，再加上蜂拥而至的校友……

李树建议，做一道方便、快捷、营养丰富又香味浓郁的午餐，能最大限度满足师生的需求。可什么样的午餐，能同时达到这些要求？这是摆在我面前最大的难题。大鱼大肉、山珍海味？要在短时间内烹饪出上佳的味道，满足那么大流量的客源，是基本不可能的。

罗宝瓶正郁闷，李树拉起她："跟我走。"

李树带着她，去了外婆家。

李树把外公外婆，当成了爸爸妈妈。他跟着外公外婆长大，小时候，逢年过节，亲戚朋友带着孩子们回老人家拜年，但凡外公外婆多抱一下别的孙子，李树都要吃醋。因为李树，只有外公和外婆啊。

他的父母早年出国打拼，在美国定居之后，就把李树接走了。但李树不喜欢国外的生活，也不明白为什么弟弟在美国出生，就比自己更金贵，没两年，他被父母送了回来，彻底成了外公和外婆的孩子。

176

外婆喜欢写诗，外公喜欢写字，两个老人可以这么玩一辈子：外婆写诗，外公把那些诗一个字一个字誊写在宣纸上，订成一本诗集。傍晚，外公和外婆在夕阳下读诗，李树就看着他们傻笑，心里想，不知道爸爸妈妈和弟弟，在美国是不是也这样幸福？

外婆特别喜欢罗宝瓶，每次都准备一大桌子好吃的，叫李树带罗宝瓶来吃！

几大杯米酒下肚，外婆讲起李树小时候的糗事，逗得罗宝瓶捧腹。外婆说，李树上中学的时候，喜欢一个隔壁班的小姑娘，回来问外公：外公，你当年是怎么追到我外婆的？外公说啊，外婆就被他的一手好字给吸引了！李树从小跟着外公练字，对自己的一手好字特别自信，写了封信给那个小姑娘，托低年级的小男孩去送信，结果你猜他信上怎么说的？他说，你要是不答应当我女朋友，我就把这个小屁孩揍到屁股开花！

最后，人家小姑娘报告老师，李树被教导主任停了三天学！教导主任指着那封信又好气又好笑——那竟然还是工工整整的楷书！罗宝瓶笑得上气不接下气，觉得这事也是情理之中，李树从来都是个不太会表达感情的人。

外公端着一碗香喷喷的红烧肉上来了。每一颗红烧肉都闪闪发光，被清亮的油滋养得红通通的，晶莹剔透。罗宝瓶迫不及待夹了一块塞进嘴里，一口咬下去，浓郁的肉香，香甜的酱香，砰砰弹牙的肉皮，仿佛一团层次丰富的胶原蛋白在口中化开，浓醇不腻，就着一口白米饭，一瞬间幸福感爆棚，让人快要晕过去。

外婆意味深长地看着罗宝瓶和李树，说："外婆年纪大啦，真希望你们这辈子，都能这样彼此做伴，多好啊。"李树不敢吱声，罗宝瓶却一口肉，一口酒，拍着胸脯保证："外婆，这辈子我都陪着李树，谁让他是我大哥呢！"

这句大哥，让李树的眼神又黯淡下去。但这顿饭，让罗宝瓶茅塞顿开。

方便、快捷、营养丰富又香味浓郁的校庆午餐，有了。

高三三班的晚自习，伍元让赵小侠回到班里，和同学们一起补课，抓住最后的时间提高成绩。需要随堂测验时，赵小侠却发现笔没墨了，想找同学借支笔，一抬头发现绿萝的长发用一支长长的2B铅笔盘了起来。赵小侠看着绿萝的背影，走神了。

伍元砰一下，拿一沓卷子敲了赵小侠的脑门："蠢货，什么时候了还在发呆！还想不想回学校了！"赵小侠老实承认自己的笔写不出来了，伍元看怪物似的看着他："写不出来就发呆吗？你能用意志操纵卷子是吗？"全班同学都笑了，绿萝随手从发间抽出那支铅笔，转身递给赵小侠。

当铅笔抽出的一瞬间，绿萝的长发像瀑布一般散落下来，好像整个教室，都活了，活在她头发的大森林里。

赵小侠看蒙了。

他想起了爸爸赵子衿留下的一本诗集。那是他唯一的藏品，小心翼翼地保存在抽屉的最里层。那本诗集，就像是一条打通重重阻碍的媒介，让他能跟远在天堂的爸爸秘密通话。那本诗集，是果尔蒙的《西茉纳集》。那里面，有一首诗，突然跳进了赵小侠的心里。

西茉纳，有个大神秘，在你头发的林里。

你比着干荔的香味，你比着野兽睡过的石头的香味；
你比着熟皮的香味，你比着刚辗过的小麦的香味；
你比着木材的香味，你比着早晨送来的面包的香味；
你比着沿荒垣开着的花的香味；
你比着黑莓的香味，你比着被雨泡过的常春藤的香味；
你比着黄昏间割下的灯芯草和薇蕨的香味；
你比着冬青的香味，你比着苔藓的香味，你比着在篱阴结了神子的衰黄的野草的香味；

你吐着荨麻如金雀花的香味，你吐着牛乳的香味，你吐着茴香的香味；

你吐着胡桃的香味，你吐着熟透而采下的果子的香味；

你吐着花繁叶满时的柳树和菩提树的香味，你吐着蜜的香味，你吐着徘徊在牧场中的生命的香味；

你吐着泥土与河的香味；

你吐着爱的香味，你吐着火的香味。

西茉纳，有个大神秘，在你头发的林里。

食堂的夜也灯火通明。

罗宝瓶把精心烹饪好的几碗红烧肉摆成一排，让杨丽尝尝，哪一份最好吃。

这几份红烧肉，在做法上有细微的差别，呈现出来的口感便也不一样，罗宝瓶相信杨丽的判断。杨丽一边嘟囔着这大晚上的，吃这么多肉，又得长好几斤，一边仍拿起筷子，仔细地品尝起来。

杨丽锁定了其中一碗：好吃，真好吃！罗宝瓶终于松了口气，杨丽的判断没错，那一碗是罗宝瓶综合了几种烹饪方式之后，摸索出的最满意的一种。罗宝瓶给了杨丽一份红烧肉盖饭，配了一杯饮品。

杨丽埋怨：太故意了，这下马甲线又要抗议了！却忍不住一口接一口吃起来。

红烧肉盖饭，是罗宝瓶为校庆准备的午餐。那一天大家一定会消耗巨大能量，一碗红烧肉盖饭，既满足了口腹之欲，又补充了体力，方便快捷，能在最短的时间内分发给最多的师生。

杨丽端起那杯饮品，喝了一口，惊叫："这是什么！太好喝了！"罗宝瓶满足地笑了，这是她发明的鲜果苏打水。一杯冰镇的苏打水，加入新鲜的水果，几片草莓，几块西瓜，几片杧果，几片柠檬，几片青苹果，几粒鲜葡萄，你喜欢什么，就给你什么。苏打水的透心凉，加上新鲜水果的清香，完美地中和了红烧肉的厚重。

杨丽竖起大拇指，罗宝瓶跳起来，成功！

俩人手挽着手，要回家时却发现高三三班还亮着灯。罗宝瓶好奇，拉着杨丽一起去探个究竟，只见伍元还在针对随堂测验的题目，一道一道给同学们解析。

她们趴在教室外面，看着里面热火朝天的景象，想起了她们少年时的壮志凌云。罗宝瓶告诉杨丽，她听绿萝说了，教导主任要求赵小侠这次考试进年级前100名，才有资格复学。她以前一直以为，赵小侠是个玩世不恭的淘气包，是个校园恶霸，没想到遇到难关，竟然有这么多同学愿意挺他，少年意气着实可爱。

罗宝瓶仍保持着那份可爱的少年意气，令杨丽动容。

杨丽决定，要站出来揭发扁鳌侵吞装修款的事情。花有重开日，人无再少年。耽误了事业，可以重新开始，若任由成人世界的肮脏，玷污这个少年，杨丽于心不忍。杨丽要和罗宝瓶一起，帮赵小侠。

这一刻，杨丽为自己的少年意气而骄傲。

看着罗宝瓶花痴的模样，杨丽坏笑："还不承认，你爱上他了？"杨丽鼓励罗宝瓶，缘分三分天注定，七分靠打拼！可罗宝瓶，忌惮那个孩子啊，那个属于伍元和千春酱的孩子。她不敢掠夺一个孩子重组家庭的希望。

罗宝瓶和方庄，陪着芦竹走进隆则集团大楼时，伍元正陪着高三三班，陪着赵小侠走进摸底考试的考场。

芦竹脸色苍白，这是她第一次正视自己的疾病。

小时候被推倒，后脑勺磕在讲台上，得了癫痫，她的勇敢就像是被一把大刀砍出了一个缺口。如今，她要填上那块缺口了，就像是重走人生，需要狠狠掐住自己的软弱，从公主，变成野兽。

可是，芦竹看见站在大厅里的扁螯那一刻，她所有的决心都要被击垮了。

扁螯抚弄着手串，胸前一块碧绿通透的玉观音，发着荧荧的光。他活像一个笑里藏刀的玩物贩子，看了一眼芦竹：病好了？怎么不回家静养，到这儿来了？还带了朋友啊？他扫了一眼罗宝瓶，那眼神让人发寒。那眼睛，像是一汪黑洞，冒着汩汩欲望，深不见底，毫不掩饰。他从容不迫，一伸手，贴身秘书递过来一份文件。他翻着文件，满意地点着头，眼睛却毒蛇一般盯住了芦竹：这份文件，是方庄的解聘合同。虽然方庄是个老员工了，但跟不上时代的进步，被淘汰了。

当头一棒，芦竹当即浑身绵软，瘫倒在地。她想开口替方庄求情，却动了动嘴巴，什么也没有说出来。她太害怕扁螯了。怕他的强势，怕他的决然，怕他的暴力。

扁螯一个眼色，司机立即扶起芦竹，送她回家。

罗宝瓶想拦，可是芦竹根本就不敢看她，顺从地在司机的搀扶下，一步步走远。

罗宝瓶咬牙切齿：要想人不知，除非己莫为，你那些勾当迟早会大白天下！方庄气得攥紧了拳头，浑身颤抖：老董事长还在的时候我就进隆则集团了！我在这个地方三十年，没有做过一件亏心事，本本分分、尽职尽责，你凭什么开除我？你凭什么说我，跟不上时代的进步？！

扁螯依然带着微笑：因为你忘了，老董事长早就死了。

罗宝瓶和方庄，被保安拖走。罗宝瓶大喊：扁螯，一年前公司装修，你侵吞装修款三百万，这事儿没人知道吧？大家都小心着点儿，扁螯侵吞装修款，克扣施工材料费，你们吸的可都是劣质材料里的甲醛！听说最近楼道里到处漏水，墙皮裂缝，才装修的办公室就这么一点点儿坏掉了，你们都不怀疑背后有猫腻吗！

她的喊声，吸引了大楼里职员的围观！大家都瞠目结舌，交头接耳。扁螯在众目睽睽之下，指着罗宝瓶的鼻子：滚蛋！哪儿来的臭老鼠，给老子扔出去!

方庄也怒极大喊:扁鳌,你诬陷芦竹是精神病,打的什么算盘你以为我不知道?我告诉你,她没病,她比谁都正常,比谁都清醒!老董事长死了,隆则集团也落不到你手里!人在做,天在看,老天爷不会放过你!

扁鳌脸涨成了一块猪肝,他失态地咆哮:看什么看!都给老子滚蛋!

方庄正在悲叹,芦竹回家,不知又会遭到怎样的暴行!

门铃响了,赵小侠站在他们面前:"我们……可以在这里,借住几天吗?"

他的身后,站着浑身再添新伤的芦竹!方华攥紧了拳头!

无论他们是怎样逃出那个囚笼的,这里,是能为他们遮风挡雨的庇护所。

方庄安顿芦竹睡下,给赵小侠煮了夜宵,是一碗酸菜鱼米线。满屋飘香,馋得绿萝也嚷着要吃!可惜米线不够,方庄一敲绿萝脑袋:"小侠是客人,你怎么跟客人抢吃的?"

赵小侠却把绿萝拎上桌,面无表情地指着那碗米线:"我不爱吃米线,我只爱吃鱼。"

于是,绿萝一口一口地吸溜着米线,赵小侠一块一块吃着鱼,在暖暖的灯光里,分享着那碗烫烫的,满屋飘香的酸菜鱼米线。

绿萝和赵小侠,抢着喝汤,看得方庄和方华都乐了,多么好的青梅竹马!这一刻,在这个家里,赵小侠觉得好幸福,多年以后,他会和各种各样的人,吃很多很多的饭,贵的、便宜的,真心的、假意的,但是他永远不会忘,这个晚上,这碗香喷喷的酸菜鱼米线,是让他整个十八岁都温暖起来的,最幸福的一顿饭。

我叫罗宝瓶。我接到了一项艰巨的任务:负责校庆午餐。

182

食堂的员工们围在一起，仔细一合计，吓傻了！校庆当日，会有毕业三十年的校友回校欢聚，其中不乏精英，遍布世界各个领域，有的人甚至是当今社会规则和法律的制定者，专程来为应届毕业生做高考动员！在校生已经有上千人，再加上蜂拥而至的校友……

李树的外公外婆，给了我灵感，红烧肉盖饭！

这十年来，李树的外婆，就像我自己的外婆。她是个很懂生活的女人，她给我织粉红色的毛裤，去布料店买漂亮的花布给我做衬衫，她喜欢写诗，也喜欢画画，她已经快九十岁了，可仍然对每天都充满向往，像个未涉世事的小姑娘。她会因为一首老歌，突然掉眼泪，她会记得她的老闺蜜去世的那年，也是三月十八号下的雪。她快乐，也充满了深深的不安，因为她不放心李树。

我会陪伴李树，让她安心。因为李树，就像是我的亲人。

摸底考试的成绩出来了，赵小侠破天荒考了个好成绩，进入了年级前 100 名。

就在所有人为他能重回学校而欢呼时，教导主任却当众质疑赵小侠作弊。的确，高三三班这个垃圾班，从来都是年级垫底，更别说赵小侠就是垃圾中的垃圾，怎么可能跻身进前 100 名？

教导主任的奚落，将赵小侠最后一丝自尊心踩碎。

绿萝和林真气得带领全班同学罢课，也没换来教导主任的一丝心软。教导主任甚至指着绿萝和林真奚落：你们垃圾班，罢课还是不罢课，都没有任何区别，因为无论如何你们都是考不上大学的！

深夜，校园睡了。

赵小侠红着眼睛，拿着棍子，将整个年级，整条楼道的教室窗子砸了个粉碎！

三十年校庆当天，立德高中迎来了往届形形色色的师长、前辈。

这些人，有的是政界高官，有的是商界精英，不管是哪行哪业，当同一届、同一班的同学们认出彼此时，都从眼底绽放出年少轻狂的记忆。

都回来了，大家都回来了。

开幕式由班级方阵表演，升国旗，领导讲话，跑操表演和啦啦操表演等组成。

罗宝瓶从清晨开始，就带领着大雄、胖虎、静香和小夫，热火朝天地忙碌起来！眼下一锅香喷喷的红烧肉刚刚熬好，一揭盖子，满食堂飘香，瞬间把一屋子的员工都看饿了：宝哥，你太能耐了！罗宝瓶激动地搓手，快成了，快成了，她似乎都能看到食堂拥进来饥饿的食客们，两眼放光，一口接一口的红烧肉，裹着冒着热气的白米饭，尖叫着甩着被烫到的舌头还停不下来的样子。

虽然米饭，只是盖饭中的配角，却不容得半丝疏忽。细心揉搓好的大米，要加比平时稍稍多一些的水，才能煮得松松软软，出锅带着水气，吐芳扬烈、郁郁芬芳。趁着米饭热气升腾，将亮晶晶的红烧肉和肉汁盖上去，一块红烧肉，一筷米饭，一同送入口中，肉香、油香、饭香，微微烫口，却将味蕾完全打开，黯然销魂。

新鲜的水果已经切好，苏打水冰镇到了可口的温度。

罗宝瓶也是立德高中的校友，今天，也是她向母校交卷的一刻。

高三年级走廊，教导主任却并没有出席三十年校庆开幕式。

他跛着脚，看着一地的碎玻璃，捏紧了的拳头向面前吊儿郎当的赵小侠举起来！

赵小侠却扬着头，不屑一顾，嘴角带着挖苦的笑容：是我干的？怎样？打我啊！报警抓我啊！我就是个垃圾，垃圾班中的垃圾，我除了作弊，就只会搞破坏了，抓了我，我就再也不会出现在你面前了，手机给你，报警吧。

赵小侠把手机扔给教导主任。赵小侠一步一步逼近教导主任，你今天要是不抓我，我将来流窜到社会上，当了小混混，迟早要报复你的。怎样？还不拨号，你会后悔的哦！

伍元和莫茶赶来，拉开了赵小侠和教导主任，赵小侠看着教导主任气得要吐血，哈哈大笑："你不是神气吗，不是看不起我吗，怎么，现在怕了？我告诉你姓马的，我要是进去了，我年年给你寄果篮，让你这辈子都忘不了我！"

莫茶拉走了赵小侠，教导主任拿起手机就要报警："威胁我是吧？我不信收拾不了你！"

手机却被伍元给夺走了，教导主任冲伍元大喊，连头顶的"地中海"都飘乱了。

伍元意味深长地看着教导主任："他要是真有那么一天，也是拜你所赐啊，主任。"

教导主任一愣，伍元将一摞笔记本塞到教导主任手里。

这摞笔记本，是赵小侠这段时间以来，每天熬夜，努力学习的证据。教导主任冤枉了赵小侠作弊，刺伤了赵小侠的自尊心，如果因此放弃赵小侠，由着他的性子将他交给警方，那就是彻底毁了赵小侠。毁在教导主任的手里。

看着这一摞沉甸甸的心血，翻着每一页，赵小侠歪歪扭扭的笔记，都让教导主任对自己所做的一切，不寒而栗。

莫茶把赵小侠拉到楼下，正板着脸要教育他，却迎上了一个姑娘。

姑娘连忙问，教导主任马老师在哪儿？是不是在楼上？赵小侠上下打量了姑娘，盯住姑娘手里的一箱礼物，鼻孔里哼哼：姓马的跟我们面前假清高，礼物也是没少收！

姑娘却急了，说赵小侠误会了，自己是来参加校庆的，八年前她曾是立德高中的学生，那时候，马老师是她的班主任。姑娘娓娓道来，当年自己是个胆小懦弱的孩子，常常受一个男孩欺负，有一次，一个男孩当着所有人的面，掀了她的裙子，而她吓得放声大哭，一动不敢动。在男孩们不怀好意的笑声中，马老师走向了那个男孩，给了他一个响亮的耳光！马老师警告那个男孩：我只给你一次改正的机会，下一次，我直接把你送到警察局。

谁知道，那个男孩子家里有背景，找了人围住马老师，一顿狠揍！马老师的一条腿，在那次围殴中骨折了，留下了后遗症，从那之后走路都是一瘸一拐的。但马老师说，只要他还有一口气，他就不许任何人，弄脏了他的学校。

马老师的跛脚，常常被不知内情的同学们嘲笑。姑娘长大了，考上了一个好大学，开始变得勇敢，因为马老师曾在她绝望的时候，带她走出了那段黑暗的、漫长的路。每当姑娘脆弱的时候，只要想到马老师，就觉得没有什么难关，是克服不了的。

看着姑娘抱着的那一箱礼物，赵小侠的心，突然柔软下来。

赵小侠转身跑上楼，迎上了教导主任，指着他说：给我一次机会，单独考试，你来监考，我要当场证明给你看，我没有作弊。

食堂乱了！

胖虎和小夫，抬着红烧肉，要放在案台上，却脚下一滑，将整锅红烧肉倾倒一空！

罗宝瓶颓了……对，找伍元，伍元一定有办法！

她飞奔向办公室，一个跟头摔在伍元脚下，灰头土脸、龇牙咧嘴地仰头："救、救我！"

伍元站在洗消间，检查着食材，临时换别的菜式，等于打仗临场扔了武器，不仅士气大挫，更可能一败涂地。

只剩鸡肉？伍元沉思起来，所有人都凝神屏息盯着他……突然，伍元嘴里念叨起来："咖喱中的黄色来源于姜黄，可以用药材姜黄替代，姜黄中含有姜黄素、β—谷甾醇、琥珀酸、丁烯醛等十四种化合物，有破血行气止痛通经的效果；大茴香即八角，主含黄酮类化合物，有温中理气、健胃止呕的功效；小茴香是常用中药，始载于《唐本草》，为伞形科植物茴香的干燥成熟果实，果实中所含挥发油的组成很复杂，味辛性温，具有散寒止痛、理气和胃的功效；再加上川贝、党参、荷叶等八味中药材……"伍元翻找橱柜中的调料，"桂皮、丁香、小豆蔻、月桂叶、大蒜、辣椒……够了，现在只需要八味中药材就能解决问题！"

罗宝瓶听得一头雾水："八味中药材？现在去中医院挂、挂号吗？"

伍元拿起手机，拨了一个号，很快电话接通了。伍元一点也不客气："我需要八味中药材，你现在马上从你们医院的中医科给我调货过来，我只有半个小时时间。你记一下，我需要……"挂了电话，伍元将已有的调料拿出来，亲自动手研磨！

所有人都看呆了，胖虎结结巴巴地赞叹道："这、这是顶级高手才做得出来的中国传统药膳啊！"

不一会儿，一个人亲自带着这些药材赶来。

满头银发的伍德，十多年后第一次接到儿子主动打来的电话！他微笑着跟大家点头示意："我是大学化学系教授，退休之后老马伏枥，被返聘到市医院天然药物活性研究室，我是这位老师的父亲，我叫伍德。"

罗宝瓶目瞪口呆，这就是传说中的，那个极其恐怖的伍元的爸爸！

伍德劈头盖脸指出："我不同意你做药膳，中医是'古代医学'的一种，缺乏现代化手段的检验，你选取了八味药材加上各式天然调味料混合研磨，每一种材料中的化学物质和有效成分的相互反应是非常复杂而微妙的，需要科学实验来证明其安全性……"还没说完，就被伍元打断。

"你是在用对待中西医的态度来评判食物本身。拿我做的药膳来说，我不治病，而是以国学的'阴阳五行'来调节人体的亚健康。为什么有姜汁皮蛋？因为姜汁的温热能抵抗皮蛋的寒凉。为什么有北京烤鸭？因为用烧烤的方法可以祛除水鸭的寒凉。为什么我要用这八味药材，因为我基于已有的科学研究基础，用这些性平的药材中和炸鸡排的燥热。"伍元一边说，手上的工作却丝毫未停，"你平时所吃的西红柿、鸡蛋、蔬菜、水果、肉类和谷物，加工时若不经过五行调和，就可能过于燥热，或者过于寒凉，我们讨论的是科学，更是国学，以这样偏激的姿态攻击国学，你未免太过狭隘，太过不敬了吧！"

罗宝瓶赶紧站出来调解，告诉伍德，是因为自己的失误，损失了一大锅红烧肉，才拜托伍元来帮忙！胖虎和小夫对视一眼，谁也不敢出声……

伍元是要以药膳的方式替代咖喱，做咖喱鸡肉饭！

伍德见了罗宝瓶，竟突然换了一副笑脸！他欣赏地上下打量罗宝瓶，不住点头："不错，不错，好孩子，我给你一张名片，以后要是受了谁欺负……"伍德瞟了伍元一眼，"尽管来找我！"

"你什么意思？看不起我是不是？那种蠢货，用得着我出手欺负吗？她要爬到我的段位，至少还需要经历九九八十一难，等她先打败那些妖魔鬼怪，再来跟我挑战吧！"

"你、你少瞧不起人了！"伍元把食材一撂，一瞪眼，吓得罗宝瓶赶紧赔笑，把说了一半的话咽了回去。伍德心里特别温暖，已经好久好久，没看见过伍元这样发自内心的笑容，这一切，都是因为罗宝瓶吧？

十年来，伍德一直在看不见的地方，默默关注着罗宝瓶，默默照顾、支持着罗宝瓶，默默替冰山一样的儿子，偿还对这个女孩的负罪感。

一切，都是命中注定。

伍元的咖喱鸡肉饭，获得了师生的一致好评！

人潮散去，伍德默默地随着人潮，离开了食堂。十万火急的关头，他赶来给儿子送药材，却连一碗儿子亲手做的午餐都没有吃到。

罗宝瓶一手拉着伍元，一手端起一碗咖喱鸡肉饭，就要往外跑！伍元却别扭地挣脱，不去。他不敢往前走一步，不愿对爸爸低头，可是罗宝瓶望着他，告诉他：不是所有人都像你一样，有机会对爸爸说一声，谢谢。

你可能受过伤，你可能害怕改变现状，但是在你需要帮助的时候，你毫不犹豫拨出去的那个电话出卖了你的心。你以为，你早就不再期待这份亲情，但是你错了，其实你内心一直渴望这份亲情。过去，都过去了，不要因为任性和好胜心，给未来的自己留下遗憾。

伍元埋着头，顾自切着一朵西兰花，好像没听见罗宝瓶的话。

罗宝瓶急了，向他大吼：你知不知道我有多后悔！我没对我爸爸说一句谢谢，我只有在失去他后的日日夜夜里，对着他的照片说对不起！

伍元终于抬起头，把那朵西兰花放进碗里，跟着罗宝瓶跑了出去……

伍德已经走远了，隔着整个操场，隔着熙熙攘攘的人群，眼看着要走出校门了。伍元有些低落，算了吧。但罗宝瓶朝着校门口大喊：伍元爸爸！伍元爸爸！

所有的人都看向他们……伍德回头了。他愣住了，笑着摆摆手。

罗宝瓶推着伍元往前跑，去呀！众目睽睽之下，伍元龟速挪到了爸爸面前，把那只碗递过去，侧过脸不看爸爸："喏，你的。"

伍德接过碗，看着那朵西兰花，突然间眼圈就红了。他大口大口往嘴里送，那碗他看不上的药膳，仿佛是人间最美味的食物。

伍元嘴里小声嘟囔：谢了。说完，转身大步流星地走了。

伍德的眼泪一下子就流出来了，嘴里不住说：好吃，真好吃。

"为什么是西兰花？"罗宝瓶问伍元。

她拉着伍元去追伍德的时候，分明看见伍元往饭里放了西兰花。

伍元缓缓道来，那年他上小学一年级，因为聪明，被选上了班长。爸爸那天特别高兴，亲自下厨，给伍元做了一份蛋炒饭，在碗里放了几朵西兰花。伍元夹起西兰花的时候，爸爸告诉他：从今天开始，你要为自己的言行负责，成为老师的好助手，同学的好榜样，你会比别的同学付出更多，但你也会因此收获更多，爸爸希望你像这朵西兰花，长得健康、茂盛，像一棵小树，正直、克己。妈妈捧着特地买给他的小蛋糕，在烛光中笑得特别幸福。那一晚，成了伍元这一生最怀念的一个晚上，那朵绿油油的西兰花，长在他的生命里，长成了一棵大树。

"你呢？为什么……会说那些话？"伍元问罗宝瓶。

那些罗宝瓶脱口而出的话："你知不知道我有多后悔！我没对我爸爸说一句谢谢，我只有在失去他后的日日夜夜里，对着他的照片说对不起！"到底，是因为什么？

半晌，罗宝瓶艰难地开口……那一年，她十二岁，穿着爸爸从法国带回来的粉色公主裙，纯白色小皮鞋，像个精致的洋娃娃。她是闪闪发光的，是受过良好的教育，有着爸爸一样温文尔雅的微笑，教养得体的小淑女。她住在童话世界里。

她嚷着要去划船，要在湖心跳舞，她至今仍恨着那样任性、公主病的自己，可一切都无法挽回。她被公主裙绊倒，失足跌入湖中，为了救她，爸爸猛呛了几口水，最终抢救无效，失去了生命。

罗宝瓶的童话世界，从此落满了雪。

她努力用付出，去弥补内心的愧疚，她长成了一个老好人，一个受了委屈却咬牙不哭的包子，长成了一个为了别人，能切断自己后路的宝哥，她长成了现在这个样子，不知道能不能弥补，对爸爸犯下的过错？

伍元轻轻抱住了她。

伍元终于明白，为什么她已经三十岁，仍天真得像个小孩，为什么她总是有巨大的能量，去做那些明明就很蠢的事情，为什么她委曲求全，她奋不顾身……原来，她一直在赎罪。她把自己冰封在那个遥远的童话世界，却活得像一团火。她努力燃烧着，成了灰烬，仍烧不化那满世界的冰雪。

"你对爸爸说的每一句话，他都听见了。他这么爱你，怎么会怪你，他只会心疼。"

罗宝瓶的冰雪世界，突然洒进一片阳光。在伍元的怀抱里。

伍元的英雄救美，传到了李树耳朵里，也传到了千春酱的耳朵里。

罗宝瓶收到千春酱的邀请，一起吃晚餐。

走进私人会所，罗宝瓶才发现，这顿晚餐除了她，还有学校的很多老师受邀。原来，千春酱落实了新工作，请大家一起庆祝。只有千春酱，才有本事把这么多学校的同事，召集在一起聚会。这些同事里，有些甚至跟伍元都没说过几句话！

千春酱是聚会的中心，她穿一身精致的紫色小礼服，玲珑的曲线，晶莹剔透的皮肤，像夏天葡萄园里鲜嫩欲滴，紫到整个天空都被衬得苍白的一颗"美人痣"。罗宝瓶有些尴尬，竟空着手就来了。千春酱却丝毫不介意，反倒抱歉，是自己太任性了，一高兴组织了party，都没给大家准备的时间。又转而一笑："但不要紧，该准备的，由我来准备就好。"

罗宝瓶这才发现，千春酱将party安排得井井有条，吃的喝的一应俱全。有的人在烧烤，有的人在聊天、喝酒，有的人在玩新学会的游戏，千春酱则拉着罗宝瓶走到钢琴前，跟她介绍，钢琴师是她的西班牙朋友，Fausto。Fausto长得很帅，像一块磁铁，静静地吸引着周遭女人的目光，修长的手指按住琴键，全场立即就安静了。

千春酱羞答答地表白，这首歌要献给阿元，感谢他陪伴自己成长。

Fausto弹琴，千春酱唱《Que Sera Sera》，所有人顺着千春酱的目光看去，伍元坐在人群中，手里正抓着一块西瓜，放进嘴里也不是，抓在手里也不是，像个小孩子一样坐在原地，手里的西瓜仿佛也要随着时光的流逝，渐渐蒸发掉了水分。

千春酱一边唱一边走近伍元，世事不可强求，顺其自然吧，顺其自然吧。可是千春酱，偏偏要抓住伍元，是爱情吗？还是不甘心？千春酱吻上了伍元。

全场欢呼起来。

罗宝瓶怔怔地看着他们，转身离开了会所。

伍元推开千春酱。千春酱一愣，随即娇羞捂脸：人家喝太多了啦！

落荒而逃的罗宝瓶，被莫茶堵住。

莫茶的神情，有些幸灾乐祸：这一次，总算没有输给你。

这一次？罗宝瓶盯着莫茶，觉得眼前这个女人，是那么熟悉，又是那么陌生，那么可恨，又那么可怜。罗宝瓶摇摇头：你还以为，我是十二年前那个罗宝瓶吗？我知道你恨我，即便是，我曾拿你当最好的姐妹。我曾经会为你的一举一动伤心落泪，但现在不会了，莫茶，如果我们之间真的有输赢，你早就输了。

为了你，我差点耽误了一生，但我一点都不后悔，因为这都是我爱你的代价。你知道吗，只有我，能为你做到这个地步。这个世界上，除了我，没有人爱你，没有人救你，没有人成全你。你现在的人生，是我给你的，是我用我的善良换来的，是我让给你的！从你抛弃我的那一刻起，十二年来，我一直在找答案，我一直想知道为什么？现在我知道了，人和人之间本来就不存在完全契合，你我的家庭、教育、生长环境和对世界的认知，是不一样的，就算我们在某一个时段特别要好，也不能奢望对方完全的付出。经历了高三三班，看到这些问题学生的成长，我突然好像，回到了十二年前，突然看到了很多很多，十二年前我看不见的东西。每个人，都有自己的苦衷，每个人的成长都不容易，每一次选择，每一次放弃的背后，都是只有他们自己才能体会到的血泪。所以我理解了，你放弃了我，一定是有你的理由。看见你站在讲台上的样子，看见你眉飞色舞，跟学生们谈天说地的样子，我就懂了，那是你只有放弃我，才能换来的将来。

但是，你一直没有放过你自己。忘了过去吧，忘了我吧，别连爱一个人，都要跟我比赛。装作不认识你，是我能为你做的最后一件事了。死死拽着过去不撒手的人，才是输家。

罗宝瓶走了，莫茶却蹲在原地，一口一口喝着酒，一遍一遍地问，凭什么？凭什么你要理解我？凭什么你要纵容我犯的错？你以为你是谁啊？凭什么你总是这样高高在上？莫茶克制不住的，是发自内心的妒忌，从罗宝瓶第一次向她绽开笑容时，便不可遏制的妒忌。

因为莫茶，永远无法拥有那样的笑容。

伍元追出来，却被莫茶一把拉住。伍元甩开莫茶："你看见罗宝瓶了吗？"莫茶却笑了，笑得有些苦涩，罗宝瓶？是那个上高中时，就天不怕地不怕，老师喜欢，同学拥簇的罗宝瓶吗？你们都喜欢她，可你们知道吗？罗宝瓶她有多坏！她明明知道我喜欢那个男生，她明明知道我为了那个男生，减了三个月的肥，掉了十斤肉，饿得晕在教室后排，都不敢跟那个男生说话！可她呢，她可以轻轻松松，若无其事地跟那个男生勾肩搭背，一起复习功课，说笑话，她不用付出一丁点努力就能得到我想要的一切。还有，她发动全班，替我交补课费的那次，她抱着捐款箱就那么走上讲台了，我呢？我就像只可怜巴巴的小老鼠，我的自尊心，被罗宝瓶一步一步，踩得粉碎。她凭什么，那么不费吹灰之力，就在学校立足？我呢？你知道我走到今天，有多不容易吗？你知道我第一年没考上大学？我舅妈二话不说，把我的行李随便裹了裹，一股脑扔了出来，跟我大喊，我们家多供你一个不容易，我真的没钱供你再考一年啦！我啊，就跪在舅妈面前，磕头求她，再让我考一年吧，我将来加倍还你！额头磕出了血，才小心翼翼多要来了一年时间，每天只睡四个小时，白天晚上地读书，考了当年的文科状元。你看，我都这么用力了，还没跟那些孩子成为朋友，可罗宝瓶呢，她不费吹灰之力，就成了他们的宝哥。你说，凭什么呢？凭什么我这么恨她，这么伤她了，她还说她懂我？她凭什么懂我？

伍元盯着莫茶：你和罗宝瓶之间，到底发生过什么？

莫茶也盯着伍元：我，背叛了罗宝瓶，我在她最需要我的时候，把她推下了悬崖。我妒忌她，我要报复她，但是十二年过去了，我无时无刻，不在憎恨我自己。她说得没错，如果我们之间真的有输赢，我早就输了。我输给我自己了，输给了我的自私、绝情，输给了我的不甘心！我那么恨她，但我知道，只有罗宝瓶真心爱我。

看着纠结、痛苦的莫茶，伍元想起了罗宝瓶曾对他说过的话："为什么我要进立德高中，去做那些在你看来，明明很蠢的事请？因为成长太孤单了，我想要给她伙伴，我想要让那些孩子紧紧抓着彼此，信任彼此，才不会在最危险、最绝望的关头，一个人失足掉落悬崖。你知道吗，摔落崖底，仰头看着巍峨四壁，无人可依的感觉，太可怕了。"

莫茶痛哭，她的妒忌毁了她，原来这十二年，她从未真正地重新开始。

伍元离开了 party，追到杨丽楼下，才看见等待罗宝瓶的人，是李树。

李树站在罗宝瓶面前，十年来，第一次开口对她表白。

李树不是一个善于表达感情的人。但是外婆的话，让他下定决心，他想抓住罗宝瓶，想让这个他保护了十年的姑娘，看见他的心。

宝瓶，我可以向你，往前再走一步吗？

罗宝瓶愣住了。

原来，一直像个大哥哥一样，站在自己身后的李树，对自己的爱，从来都不只是像对一个小弟那样简单。复杂的情绪向罗宝瓶涌来，她珍惜李树，欣赏李树，信任李树，她和李树之间，总是很有默契地保护着这份友情，她觉得，她和李树谁都不可能往前再走一步，谁都不想弄巧成拙，没做成爱人反倒毁了这十年的感情。

但李树还是往前走了一步。十年前，他默默看着罗宝瓶走出那扇铁门，他看着罗宝瓶一次又一次付出，一次又一次飞蛾扑火，他总是默默地站在她身后，在她摔倒的时候，向她伸出一只手，帮她整装再出发。一开始，这只是伍德的安排，可是到后来，李树爱上了罗宝瓶，便再也停不下来。

罗宝瓶第一次认识李树，是在火车站送一个朋友远行。那是一个冬天，非常冷，罗宝瓶冻得全身发抖，追着火车拼命跑。罗宝瓶一边跑一边冲着火车车窗里那个朋友大喊：一定要珍惜，自由。那是她在铁门里面认识的朋友。

她不知道跑了多久，一回头，却发现身后有个人，围着一条火红的围巾，一直紧紧跟着她跑！原来，冻僵的罗宝瓶根本没意识到，她书包上的钥匙扣，在人流中挂住了那个人的围巾，于是她拼命跑，那人被围巾勒住了脖子，慌乱中又拽不掉，只好跟着罗宝瓶拼命跑……

看着那个人围着那条火红火红的毛线围巾，无辜地喘着粗气，吐出一团一团的云雾将他自己包围的样子，罗宝瓶忍俊不禁。她从书包上摘下被挂住的围巾线头，递给了那个人，说："对不起。"那个人仓皇而羞涩地接过围巾，说："我叫李树。"

从那之后，李树一直那样不远不近，仓皇而羞涩地跟在罗宝瓶身后，尽他所能地给罗宝瓶帮助。只要罗宝瓶回头，就能看见火红火红的李树，让任何一个寒冬暖和起来。

只是罗宝瓶一直不知道，那个冬天，李树之所以会去车站，是因为他要默默保护罗宝瓶。

罗宝瓶终于从这突如其来的告白中，回过神来。

在她开口之前，李树先说：不要着急答复，我给你时间，无论你要考虑多久，我都会站在你身后，不会走。

黑暗之中，伍元眼睛低垂，转身离开。

罗宝瓶语录：

青春不能错过的第十件事：建立自信。你也许觉得自己不够漂亮，不够聪明，不够有内涵，也不够有钱，但就算你什么都没有，你还有青春。不要在人生刚刚开始的时候，就放弃自己。学会为自己的每一次进步骄傲，并且，要勇敢地，让全世界都知道。

罗宝瓶跑到一个高级会所，却被人拦下来了！

她不管不顾地推开服务员，指着里面说："扁鳌，扁鳌在里面！我朋友也在里面！我朋友出事了，你们一分钟都耽搁不起！"

罗宝瓶拿出手机，要打110，才被经理放了进去。

刚进去，罗宝瓶和经理就被眼前的一幕惊呆了。

许小东正一拳一拳揍在扁鳌的脸上，打得扁鳌站不起来！经理连忙叫保安去拉开许小东，而许小东拎起狼狈不堪的扁鳌，瞪着眼睛一字一句："再敢碰她一根手指头，我杀了你！"

许小东扔下扁鳌，转身抱住站在他后面，瑟瑟发抖的杨丽。

罗宝瓶看着一地狼藉，这才知道发生了什么……原来，扁鳌得知，自己贪污装修款的事情，是杨丽捅出去的！于是他约杨丽来会所见面，威胁杨丽：搞死我，你也活不下去！杨丽在慌乱之中，暗暗给罗宝瓶发了微信定位，吓得罗宝瓶叫上许小东，一起去救杨丽！

许小东马不停蹄，刚进包间，就看见扁鳌掐住杨丽脖子的一幕！杨丽被掐得喘不过气，仍死死瞪着扁鳌："我一定，要揭发你这个人渣！"许小东一脚踢上去，把扁鳌撂倒，拳头就砸下去。

惊魂未定的杨丽渐渐平静下来，在许小东的怀里，杨丽第一次，摘下了女王的皇冠。

罗宝瓶回到家里，直奔芦竹！

她想到杨丽被扁鳌掐得脖子瘀血，想到赵小侠努力备考却被教导主任冤枉作弊，之后所有人都在争取，要带芦竹走出困境。

芦竹却胆怯，在犹豫、在反复。

甚至，方庄连律师都帮她找好了，仍不能为她的决心添最后一把助力。

罗宝瓶握住芦竹的肩膀：你软弱，你怯懦，你总是把自己的人生寄托在别人身上！你不敢独立，你宁愿被人踩躏也不敢负担自己的人生！癫痫，病的不仅仅是你的身体，更是你的心！你打算一辈子这样病下去吗？你还打算继续拖你儿子的后腿吗？你知不知道，为了回学校，赵小侠有多努力！所有的孩子都在帮他，甚至为了威胁教导主任，一起罢了课！你呢？你不断后退，你在用你的身体、你的心告诉赵小侠，你残废了，你站不起来，你永远都只能是扁鳌的傀儡！给赵小侠一点希望吧，给他自由吧，只有你坚强起来，他才能得到真正的自由啊！

芦竹泪如雨下，她的软弱，让自己恶心。

她给了孩子爱，却给不了他思想。

她庇荫得了他的身体，却不能庇荫他的灵魂。他的灵魂，是住在明日的宅中，那是她在梦中也不能相见的。

她可以努力去模仿孩子，却不能使他来像她。

她唯一能做的，就是给他自由。可是她现在这个样子，怎么能让赵小侠心安地去追求自由？

她要站起来，她必须做那强而有力的弓，从弦上发出生命的箭矢。

她要让孩子成为那飞出的箭。

11.

我叫罗宝瓶。面对李树的表白，我的心乱成了一锅粥。

一锅……各种食材都已经细细切好，倒入，熬了很长时间的粥，可看味并不是我想要的那一种。到底是哪里出了问题？到底该做什么样的加加减减？食材之间，到底起了什么样的化学变化？

任元抱着一个正方形的大盒子等我。他脸上带着古怪的表情，像是憋着坏：叫你到实验室来，你看看，都耽误五分钟了！你现在只剩两个小时五十五分钟了！

我不明所以，任元却把那个大盒子一把塞进我的怀里！

"两个小时五十五分钟之后，打开这个盒子。一分钟都不能差，懂了吗？不许提前偷看！"任元认真地看表，也就是说，下午学生统一跑步锻炼的时候，就是打开盒子的准确时间。"四点半，准时打开盒子，然后我就会在操场等你。"任元的表情有些傲娇，却又难掩羞涩！一时间，我有点摸不清楚他的招数。

隆则集团，罗宝瓶来了。

罗宝瓶带着芦竹，带着方庄，带着杨丽和律师，来了。

芦竹在众目睽睽之下，径直走进了会议室，将一份精神鉴定报告拍在桌子上。

以及，扁鳌侵吞公款，转移婚内资产的证据。

"我有癫痫，但我不是精神病，我比谁都正常！这六年，每一天我都忍气吞声，我想要的只是一个健康的家，我想要一个可以依靠一生的肩膀，为了这份奢望，我懦弱，我退缩，我一步一步踩自己的底线。但这样的日子，我不要了，我不仅不要，我还要把我的东西，全部拿回来。

"我知道，你们有的人受了扁鳌蛊惑，以为我是个疯子，对吧？这个，省医院的精神科鉴定报告，有谁不服气的，我们可以去司法系统做公证。他为什么？为了钱。所以这一份资料，是他转移婚内财产的证据。但最重要的，跟你们在座所有人利益相关的，是这一份，扁鳌侵吞公款的举证。"

扁鳌脸气得发白，冲上来就要手撕，却被罗宝瓶一个过肩摔，甩在地上！

方庄和杨丽站出来，指证扁鳌挪用装修款三百万，克扣施工材料费，全公司上下吸着劣质材料里的甲醛，只要注意一下公司上下的体检报告，就知道。至少小半员工出现了肝功能异常的症状，难道在座各位，没有流泪、咽痛、恶心呕吐频发的情况吗？

会议室骚动起来，高层领导都紧张起来，怪不得这段时间一直咳嗽、过敏。

如果全公司员工，知道了他们健康危机背后的罪魁祸首，他们会放过扁鳌吗？会放过公司吗？如果因此出了人命，你们负得起责任吗？不仅如此，最近楼道里到处漏水，墙皮开裂，才装修的办公室就这么伤痕累累，你们以为这种办公室还能用多久？

扁鳌急了，从地上爬起来，要去掐芦竹的脖子。

扁鳌红着眼睛，咬牙切齿："是我可怜你！是我可怜你才跟你结婚的！"

芦竹却瞪着扁鳌："不仅仅是可怜我吧？更多的，是利用，利用我的软弱。但是从今以后，你没戏了。"公司高层出来拉扁鳌，把他推在墙上，一阵剧烈的撞击却突然之间崩坏了摇摇欲坠的墙皮，一道更大的裂缝张开了嘴……

罗宝瓶握住了芦竹的手。

同时，学校里。赵小侠当着教导主任的面重新考试。

当他把考卷一张一张交到教导主任手里时，只看见教导主任的脸，露出了惊异、抱歉和尊重。

四点半的操场，学生们集合，跑步锻炼。

伍元等待罗宝瓶。

整整两个小时五十五分钟，他的心都是忐忑的。罗宝瓶打开那个盒子，会看见伍元想要的那一幕吗？他的告白，会成功吗？罗宝瓶会接受吗？伍元的两个小时五十五分钟，每一分每一秒，都在自我斗争，前一刻觉得自己像个傻子，想一叉子戳死自己，后一刻觉得自己是个天才，每个女人都会为他的杰作所折服。

他的情感第一次被下丘脑玩得团团转，他从来没有这样的感受。原来，这就是爱情。

罗宝瓶却没有出现。

这时候，绿萝上气不接下气地跑来找伍元：出事了！小卷毛、小卷毛跑步的时候晕过去了！

学校医务室里，伍元看着小卷毛强作坚强的样子，皱起了眉头。

这个女孩，藏着很多心事。从她转学到高三三班，踏进教室门的那一瞬间，伍元就觉得这个女孩的眼睛里，揣着秘密。揣着憎恨，也揣着坚定。

夏薇，表面上是个大眼睛，卷卷头发的洋娃娃，背过脸，却是个心坎儿里插着把刀子的小恶魔。伍元翻着夏薇的资料，心里想着医务室老师的话：长期营养不良，身体虚弱，常常用冷水洗澡以至于月经不调，身体上有多处伤痕，怀疑是经受过暴力行为。夏薇却矢口否认，说只是自己缺钙，总是摔跤，不小心弄伤的。

伍元的目光落在夏薇的资料里，家庭那一栏。单亲，母亲是工厂女工。

当初夏薇转学来时，教导主任提过一句，说夏薇转学的事情，是她妈妈单位的人帮着办的，不知道为什么，非要来伍元的班，明明是个垃圾班，谁都唯恐避之不及的……教导主任当时觉得自己失言，那个尴尬的眼神，让伍元记忆犹新。

伍元在慢慢了解这些孩子，他要走的路还很长，所剩的时间却不多。

伍元板着脸，等罗宝瓶给他一个解释，为什么不来？

他却看到了罗宝瓶抱着那个正方形大盒子，和李树走在一起。

他一惊：又是那个家伙！哼，跟着他们，听听他们在说什么？

伍元偷偷摸摸，跟在罗宝瓶和李树身后，伸长了脖子想听个清楚。

没想到，他听见罗宝瓶说：我答应了，我愿意跟你在一起。

什么？！

"你不过是个 SO_2！哼！"

罗宝瓶和李树一回头，发现伍元抄着手，冷冷地审视着他们。

李树语气有些僵硬："你什么意思？"伍元直视李树："我的意思是，你就是个革命不彻底型的 SO_2，漂白性不稳定，别的是天长地久，你只是暂时拥有。"

罗宝瓶看着古怪的两个人，他们在聊什么啊？

李树不想跟这个怪胎一般见识，要带走罗宝瓶，却被伍元拦住。

伍元指着那个正方形大盒子："下午四点半，你打开这个盒子了吗？"

说到这个盒子，罗宝瓶就来气，她瞪着伍元："我打开了，看到了，我知道你什么意思，不就是想羞辱我吗，我呀就要把这个盒子抱回去，供起来，时时刻刻提醒自己，跟你保持距离！"

伍元急："羞辱你？怎么叫羞辱你？你知不知道这个盒子里，凝聚的是我三十五年智慧的结晶！我把这个盒子送给你，那是看得起你，怎么还把你给羞辱了？"

罗宝瓶也不甘示弱："三十五年智慧的结晶？这么说我还真的是高估你了，我还以为堂堂化学天才，有多了不起，原来三十五年智慧的结晶就是这种东西！"

伍元："这种东西？哪种东西？"

罗宝瓶把正方形大盒子的盖子掀开，从里面拿出一坨黑漆漆的，坚硬而形状古怪的，像干硬牛屎一样的固体，举到伍元面前。罗宝瓶气得脸都红了，伍元也看呆了。

罗宝瓶："这是什么？你送给我这样一坨东西，还鬼鬼祟祟地叫我下午四点半准时打开，你不是在羞辱我是在干什么？你的意思我知道，你想羞辱我的智商，你想表示在你的眼睛里，我就是一坨 shǐ，对不对！"

伍元接过那坨黑漆漆的东西，眼睛里闪烁着奇异的光芒："竟然会生成这样的一种物质！有趣，有趣！"

罗宝瓶瞪眼："有趣？有趣个屁咧！这就是你三十五年的智慧结晶，大天才，你该不会是想说，你三十五年的智慧结晶就是一坨 shǐ 吧？"

伍元突然目光一凛："你没有按照我的规定时间打开盒子！"

罗宝瓶委屈："你冤枉谁呢！四点半，我掐着表，谁骗你谁是小狗！"是的，下午四点半，罗宝瓶打开这个盒子，心脏是扑通乱跳的。是花吗？是珍贵的礼物吗？是惊喜吗？是她决定接受李树的最后关头，拉住她的一双手吗？可惜，只是一坨黑漆漆的，坚硬而古怪的东西，拿在手里，甚至都有点臭臭的。吓得罗宝瓶差点把盒子给扔了！她失望了，但她又清醒了，她本来就不应该喜欢上伍元，她本来就应该祝福伍元，尽快回到千春酱，和那个孩子的身边。

是这坨牛屎一样的东西，让罗宝瓶下定决心，和李树在一起。

只是，四点半之前，只有李树看见了。他看见，好奇的大雄打开了那个盒了。大雄皱眉："什么破玩意儿，还以为宝哥抱了什么宝贝回来呢！"大雄把盒子盖好，走了。

李树现在，反应过来了，那个盒子里，应该装着伍元精心准备的一个化学反应堆！按照伍元的计划，这个化学反应堆，要到四点半才能反应完毕，生成一个完美的效果，提前打开盒子或者推迟打开盒子，都会影响反应结果。

大雄的好奇心，无意中破坏了伍元的完美表白。同为化学系出身的李树，对这块黑漆漆的牛屎有了一个初步判断：应该是一个人造气体之类的东西。

伍元把那坨物质放回盒子。他的眼睛里，是失望的。

照伍元的计划，那该是一次完美的化学实验。

他将装有盐微粒的燃烧弹，架置于自燃物质之上，一旦自然物质反应堆的反应完成之后，便会点燃燃烧弹，将大量的盐微粒发射到空气中，同时，自动喷水装置迅速提高空气中的水分，盐微粒遇到冷空气和水，变成了凝结核，迅速凝结成庞大的云朵！而所谓三十五年智慧的结晶，则是伍元进行了精密的化学计算和无数次的实验，盐微粒喷射出来的瞬间形成的，会是一朵……爱心形状的云朵！

这是伍元的告白。

一场化学实验似的告白，一朵精心制造而成的爱心云。

一切都该是在下午四点半，在罗宝瓶打开那个正方形大盒子的一瞬间发生。

可是，这场告白，却最终变成了一坨黑漆漆的牛屎。变成了一个笑话，变成了罗宝瓶心口上，一次被羞辱的伤痕。变成了伍元拱手把罗宝瓶推向李树的契机。

罗宝瓶执意，要把那个耻辱的盒子带走。伍元要抢回，这耻辱的盒子！

这一瞬间，李树突然觉得自己很可笑，因为他，明明已经输给了伍元。明明如伍元所说，他就是个革命不彻底型的 SO_2 二氧化硫。

我叫罗宝瓶。一面对李树的表白，我的心乱成了一锅粥。

一锅……各种食材都已经细细切好，倒入，熬了很长时间的粥，可看味并不是我想要的那一种。到底是哪里出了问题？到底该做什么样的加加减减？食材之间，到底起了什么样的化学变化？

我想拒绝李树，却又一次，怕伤害别人，而选择了委屈自己。

十年来，李树一直像一棵大树，站在我身后，在我需要帮助的时候，庇护我，帮助我。

十年来，每次在我需要支撑的关头，他从不曾迟到。

他是我的大哥，是我的恩人。我怎么能够伤害我的恩人？我要试着让自己爱上李树，这是我的仙鹤报恩。

杨丽家的阳台上，闺密俩喝着红酒。

"谈恋爱的人，可不该是这种表情哦。"杨丽轻抿一口红酒，"这不是心动的表情，这是……羞愧，后悔，焦躁，闷闷不乐的表情。"

罗宝瓶一仰头，喝光了杯中的红酒，转头看杨丽："你答应跟许小东恋爱，不也是报恩吗？你是报恩，对不对？你是不忍心，对不对？"

杨丽笑了，摇头："你是报恩，你是不忍心，我不是。我是心动。"

原来，心动的女人，脸上会绽放五彩的烟花，心动的女人，眼睛里会流淌着一条银河。

杨丽的心动，在许小东无数个挺身而出的时刻，在许小东为了她痛揍扁鳌，然后紧紧抱住她的时刻。

罗宝瓶有的，只是对李树的感恩，是对李树的不忍心。

"大家好，我叫伍元！第一天上班，请各位老师多多……"

一只雪白、冰凉的手突然抓住了伍元的手！

伍元一惊，那只手已经松开了。他转头，只看见那只手的主人，被几个老师带走，她穿着校服的背影，紧紧绷着，充满无助和绝望。

周遭的声音嘈杂起来，有学生们尖锐地质问："你算什么老师？"

同样的梦，第无数次让伍元惊醒。

突然，黑暗的房间里，一个人向伍元扑来！

伍元刚要伸手，那个人却滚进了伍元的怀里。是千春酱。

千春酱整个身体是滚烫的，是充满欲望的。

她和伍元，是一样的人。他们冷静，理智，从来不会被情感冲昏头脑，他们时刻都在跟这个世界保持距离，他们是两座冰山。尽管千春酱能成为所有人的朋友，能讨所有人的喜欢，她仍然不会像罗宝瓶那样，毫不为己，只为别人的事赴汤蹈火，肝脑涂地。

伍元和千春，都是隔岸观火的人。

伍元不爱她，是从各种小细节里面表现出来的。

他们曾养过一条小狗，叫斑斑。伍元怕斑斑冷，给斑斑开小暖炉，给斑斑买薰衣草自动加热眼罩，怕斑斑睡不好，专门研制治疗狗失眠的药，伍元宁愿跟斑斑谈哲学，也不愿意在千春身上多花一分钟。

千春总埋怨伍元是个小男生，不够绅士，不够儒雅，最爱与人斗嘴，什么都不肯让步，从不为她而改变。千春一气之下甩了伍元，以为除了她，再也没谁能受得了伍元，其实她心里，何尝不是堵着一口气。她堵着这口气，却发现伍元离自己越来越远。

伍元变了。伍元变得绅士了，变得儒雅了，变得与人为善了，可是这一切的改变，是因为罗宝瓶。

原来，一个人只会为了爱的人而改变。

千春不甘心："我哪里不如她？你凭什么要推开我？"

伍元却说："当那个人出现的时候，你就会懂了。那样一个人，飞蛾扑火，生硬地闯入我的生活，搅得我的世界地动山摇，颠覆了我过往的所有人生。所以，我会为那样的人心动，我会渴望成为一个像她那样的人，又蠢，又萌，总是闯一屁股祸，却总是拿真心换真心，那样的人生，风风火火的，热热闹闹的，多好。"

伍元转头看着千春酱："两座冰山，一千年，一万年，守着彼此，却从不曾融化，多冷啊。我不能和你在一起，处理完徐老前辈的后事，你就搬走吧。"

千春酱有洁癖，是生理洁癖，也是心理洁癖，她容不下一切人性的弱点，包括自己的。

芦竹作为公司大股东，重回董事会，罢免了扁鳌，并火速离婚。

她还提出，向社会公开招聘总经理，隆则集团要广开大门，吸纳真正优秀的人。

方庄重回公司。芦竹站起来了，赵小侠也站起来了。母子搬了新家。

伍元目睹了这一切：这就是他爱罗宝瓶的理由。

高三三班的教室里，伍元站在讲台上：赵小侠，你想保护妈妈，从今天开始，你就要和你妈妈一起成长。你想拿什么来保护妈妈？除了勇气，除了拳头，你还要用脑子！你要足够聪明，足够智慧，才能在商场上游刃有余！不再被人愚弄，不再被人欺侮，不再像你妈妈，受了委屈不敢出声，不敢还击！读书吧，只有努力，只有学习，你才能真正拿起智慧的武器，去捍卫你的家人，去捍卫你的爱人、你的兄弟，去为他们的权益而战斗！你已经见识到，除了知识，没有人能带你走出困境，没有人能证明你的清白！从今以后，你是你自己的主人，只有你自己，能决定你的人生。

高三三班，开始脱胎换骨。

垃圾班的孩子们，不再垃圾，他们夜以继日地学习，开始在越来越频繁的模拟考试中，表现出令人惊喜的成绩。

赵小侠带着全班同学，去了春丽的病房。

从前，他是孩子王，他是带头欺负春丽的罪魁祸首。他叫春丽"傻子"，用尽各种方法来戏弄春丽，他曾以此为乐，曾经他最喜欢看见的，就是绿萝为春丽挺身而出。

他不知道，在哪个绿萝挺身而出的时刻，他就喜欢上了绿萝。

曾经的绿萝，有他没有的勇气，有他不敢为了最爱的人挺身而出的冲劲。曾经的绿萝，是所有男生暗恋的对象，却只为了春丽出头。

曾经的绿萝，却在那个春丽跪地求婚的瞬间，退缩了。第一次，从绿萝嘴里，也说出了"弱智"这个词。谁都能用这个词伤害春丽，可是绿萝不能。

那个第一次的伤害，像个蝴蝶效应，让春丽躺在这里，至今未醒，但绿萝的消沉，也为整个高三三班带来了罗宝瓶，带来了一点一点的改变，带来了光明。

所有人都变了，除了春丽。罗宝瓶说得对，要说凶手，他们所有人，所有欺负过春丽的人，都是凶手。

赵小侠把全班都带来了，他大声对病床上的春丽说："春丽，对不起！"

高三三班，所有的孩子，都跟着赵小侠大声说："春丽，对不起！"赵小侠对春丽鞠躬，全班同学，都跟着他一起弯下了腰。春丽的爸爸妈妈，看着这一幕，捂着嘴巴哭了。

要是春丽，能睁开眼睛，和高三三班一起去追光明，多好啊。

可是春丽，闭着眼。

病房里这一群孩子中，没有绿萝。

医院走廊尽头，绿萝不敢出现在春丽的面前。她恨自己，她还是不能原谅自己。

绿萝无数次，想要走进春丽的病房，可是她不行。

只要想到春丽那双信任的眼睛，她就觉得自己，是天底下，最恶毒的人。

她还记得，小学五年级，那天下了雨。她没带伞，站在学校的屋檐底下避雨。

雨实在是太大了，春丽也躲进了屋檐底下，低着头看绿萝，撇撇嘴：

小矮子。

绿萝气鼓鼓地跺脚：谁说我是小矮子，我还没长大呢！春丽侧过脸偷笑，回头又是一本正经的样子，目不转睛地看雨。

等雨慢慢小了，春丽从书包里拿出了伞，撑开。绿萝�’嘴：原来你有伞啊。

还没说完，春丽就直接伸出手，轻轻牵住了绿萝，把她拉到自己的伞下。

春丽撑着伞，送绿萝回家，那天，一路上，绿萝都没再敢说半个字。她只记得，那天的春丽，特别高，特别像童话书里的士兵。

绿萝回过神来，看见林真，站在自己面前。

绿萝抽泣着："我不敢进去。我不敢面对他。"

林真伸出手，轻轻擦绿萝脸上的泪痕，然后抱住了绿萝。

不远处，小卷毛夏薇，拿着手机拍下了这一幕。

绿萝和林真"早恋"的照片，贴得校园里到处都是。

绿萝想跟赵小侠解释，却无从开口。好不容易建立起来的"爱情"，因为这场轰轰烈烈的照片风波而一拍两散。

绿萝大喊："不是你想象的那个样子！"赵小侠却头也不回："我对你们没有想象。"

绿萝和林真，分别被教导主任叫去谈话、请家长："高考前夕，就算你们不想上大学，也要考虑其他同学的感受！"

在这个事件中，最受刺激的人，除了赵小侠，还有黎雪儿。

黎雪儿一直觉得，林真是她的跟屁虫，永远都不会改变。谁知道，林真却被绿萝的纯情打动，疏远了黎雪儿。

黎雪儿一气之下，一定要和绿萝一较高下！

游泳课上，所有女生都穿的是保守的连体泳衣，只有黎雪儿穿着桃红色的比基尼亮相！

黎雪儿就像是一株娇艳的桃花，吸引了所有男生的目光。她斜眼一瞥绿萝，论长相，论身材，绿萝哪点比得过自己？她款款走向泳池，看得所有人都目不转睛，除了林真。她故意在泳池中滑倒，冲着林真大喊："快拉我！"话音刚落，男生们纷纷跳进水里去拉她，除了林真。

　　黎雪儿气得瞪眼："没劲！"随即甩开那些救她的男生，径自游上了岸。黎雪儿直奔林真而去，气得脸色发白，质问道："你为什么不来拉我！"

　　大家起哄。"我跟你说话呢！你看着我！"黎雪儿命令林真。

　　林真却不敢看黎雪儿白花花的身体，把头扭向一边，生硬地说："身材一点都不好！"

　　黎雪儿伸手就要去挠林真："谁允许你评价我了！"被同学们拉开，一气之下拉拉扯扯的，却不小心把躲在一边的小卷毛给推下了水！

　　水浸透了小卷毛的衬衫。

　　她从来不参加游泳课，从来不下水，从来都只是躲在岸上的一个小透明。

　　此刻，衬衫透明了，她再也不能隐形。

　　衬衫下面，透露出来的是暗红的伤疤，看得所有同学都惊呆了。大家都忍不住想起，当初在操场跑步，小卷毛的运动服不知道被谁剪了，众目睽睽之下撕破的那一幕。在所有人的注目中，小卷毛束手无策，她想逃，却不敢这样失魂落魄地上岸，她就像一具孤零零的雕塑被扔进了水里。

　　小卷毛一急之下，整个人沉了下去，把自己全身都埋进水里！

　　绿萝冲出来，对着所有人大喊："别看她！你们都转过去！转过去！"

　　在绿萝的大喊之下，同学们立马回过了神，纷纷转过了身，所有人都背对着泳池，绿萝扑通跳进水里，把小卷毛拉了起来。

　　绿萝把小卷毛领上岸，给她披上了衣服，把她带走。一路上，小卷毛都在发抖。

绿萝握住小卷毛的手："有我在，不怕。"

小卷毛看向绿萝，那眼睛里，有很复杂的东西。

食堂里，罗宝瓶看着一张，从食堂走廊里撕下来的照片。

胖虎则兴高采烈，在一边跳来跳去：红烧肉盖饭很受老师和学生的欢迎！自从把红烧肉盖饭列入菜单，天天都供不应求！宝哥有才华，太有才华了！

罗宝瓶却根本没听进去。绿萝和林真在早恋？究竟是谁这么不安好心，拍这种照片到处散播？不行，得去问个清楚！

罗宝瓶推开胖虎，跑了出去。

操场上，罗宝瓶和伍元一同拦住了刚从游泳课回来的林真。罗宝瓶和伍元对视，看到对方手里，都拿着同一张照片。

"到底是怎么回事！"罗宝瓶和伍元异口同声。

"我喜欢绿萝。"林真倒是毫不掩饰。

罗宝瓶急了，马上要高考了，你们怎么能在这个时候分心？

伍元冷哼，没看出来啊，小小年纪，对待感情倒是很有一套，请教一下你是怎么跟女生接近的？怎样有好的女人缘？该怎样把握时机对女生表白？

罗宝瓶气得一拍伍元，你怎么回事！有你这么当老师的吗？现在是什么时候，你不罚他抄课本三遍，反倒在这里请教起泡妞攻略来了，你害不害臊！

伍元莫名其妙，我怎么了？你以为我真的在不耻下问吗？你怎么总是好赖不分？

两个人你一句我一句吵了起来，林真摇摇头，走开了。正吵着，班里的同学慌慌张张跑来，大喘气：伍、伍老师，莫老师辞职了！

罗宝瓶和伍元戛然而止：莫茶辞职了？

罗宝瓶拔腿向教学楼跑去，正好撞上莫茶抱着东西往外走。好多同学探出头来围观，不懂这个语文老师为什么偏偏要在这个时刻辞职。可莫茶没有给任何人答案，她相信会有更好的语文老师来帮助这些孩子们度过最后一关。

罗宝瓶生气：你好不容易得到今天的一切，为什么要走？

莫茶看了罗宝瓶一眼，什么话也没说，抱着她的东西疾步走了。

罗宝瓶对着她的背影大喊：有什么话说清楚啊！有什么问题解决啊！逃走算什么？

回了家，她才知道莫茶辞职的真相。

方华红着眼睛，冲向罗宝瓶，被方庄死命拉住。

方华指着罗宝瓶大骂：罗宝瓶，你这个混蛋！你跟你爸一个德行，就知道欺负我！你爸撒手走了，我怎么办？你撒手走了，你知道我那两年是怎么过来的吗！罗宝瓶，你太自私了，你只顾着自己逞英雄，你只顾着一个人闷着头往前冲，你看看我，我怎么办！你把整件事情，给我原原本本，交代清楚！

罗宝瓶被骂得一头雾水。交代什么？

方华急了，又跳起来：交代什么？你说交代什么？十二年前，你故意伤人，根本就不是那么回事！

一句话，让罗宝瓶浑身冰凉。

方华继续说下去：我都知道了，十二年前，你那样做是为了救莫小珊！那天下午，你是去找莫小珊，但是你看见……你看见她继父要、要侵犯她，所以你才捡了砖头砸破了那个畜生的脑袋！你明明是为了救莫小珊，反倒被那个畜生倒打一耙！你被他诬陷是故意伤人，你被他起诉，一直到你被送去坐牢，莫小珊都没有站出来证明你的清白！她有什么资格当老师？有什么资格教书育人，她根本不是个东西！你对她那么好，你对她就像亲姐妹一样好，你为她做了那么多，她怎么能就那么眼睁睁地把你送进去？

每句话都打在罗宝瓶的心坎，都让她阵痛。

每句话，在罗宝瓶坐牢的两年里，她都反反复复问过自己。为什么？为什么她对小珊那么好，却被踢下悬崖？为什么她睁大了眼睛，往下坠落，开口向这个世界求救的时候，小珊却只是站在崖顶看着她？

尽管小珊从来没有为她挺身而出，她还是为小珊，吞下了一切。

因为她知道，小珊太不容易了。小珊什么都没了，她不能再丢了名声。

罗宝瓶跟小珊的继父郭大力做了个交易：你滚得越远越好，离小珊越远越好，你要再敢碰她一根汗毛，两年以后等我出来了，追遍天涯海角我都要杀了你！

罗宝瓶带着这个秘密，摸爬滚打，跌跌撞撞地过了十二年。

她以为她会带着这个秘密，一直到死。她恨小珊，她也爱小珊。她看见十二年后的小珊变成了莫茶，她也终于知道，为什么小珊当年没有救她。

因为罗宝瓶的付出，一直都是自私的。

她从没想到，她抱着捐款箱走向讲台，为小珊募捐的时候，躲在角落里的小珊，有多么害怕。她自认为是仗义的事，却将小珊的自尊心踩得粉碎。

她从没想到，她若无其事地跟男生小 a 谈天说地，却刺伤了那个躲在角落里的小珊，那个暗恋了小 a 很久，为了小 a 减肥三个月，却仍然不敢上前跟小 a 说一句话的小珊。

她从没想到，她总是那个天不怕地不怕，被所有老师同学喜欢的宝哥，可是莫小珊却永远跟在她屁股后面，被人叫"金锁"，被人嘲笑是罗宝瓶的丫鬟。

她从没想到，她自以为是的付出，却在无形中，成了小珊的压力。

她一次又一次出头，一步又一步，远离了她所以为的金石之交。

那一砖头下去，罗宝瓶将小珊继父的脑袋，砸出了一个大洞！血流汩汩，罗宝瓶自己也被吓傻了。她被郭大力反咬一口，但小珊却没有站出来说出真相。

小珊没有妈妈了，没有家了，没有自信，没有自尊，她不能再连最后的名声，都给丢了。小珊太害怕了，她不敢站出来澄清一切，她只有罗宝瓶。在这个世界上，只有罗宝瓶爱她，肯为她吞下一切。

小珊愧疚了十二年，也恨了十二年。罗宝瓶的出现，让小珊无时无刻，都在提醒着她自己：我是一个罪人，是一个卑鄙小人。小珊一直想让罗宝瓶滚蛋，但最后，滚蛋的人是她自己。

方华号啕大哭：你知道那两年，我是怎么过的吗？我的头，全秃了。我那个时候，体重只有七十斤，好几次送医院，下了病危通知！我不相信我女儿会做出那种事情，但我没有任何能力帮你，我连知道真相的权利都没有！你根本就没把我当成妈妈，你根本就觉得我没有资格为你分担一切！我连我女儿受了这么大委屈，都过了十二年才知道！你那么爱往前冲，那么爱替人出头，可是你根本都没有回头看看你妈妈，你根本就不在乎我失去了你，我该怎么办！

罗宝瓶抱住了方华。

在她的怀里，妈妈老了，曾经的老公主，是那样桀骜，是那样花枝招展，可是此时此刻，在她怀里的妈妈，是那么脆弱，那么柔软，像一只受了伤，百般无助的小动物。

夜深了，罗宝瓶推开门，冷着脸看着面前的杨丽。

"是你？是你查到十二年前的事情？是你赶走了莫茶？"

罗宝瓶第一次，对杨丽咄咄逼人。

杨丽很得意：是我！我和华姐越想，越觉得有问题，所以我让许小东查到了郭大力的下落，逼问出了十二年前的真相！是我找到了莫茶，我告诉她，我什么都知道了！我逼她辞职，我要她滚蛋，我得让她为她的自私和残忍付出代价！她要是不同意，我就把她的秘密寄给教育局。像她这样的人，凭什么能当老师？凭什么站在讲台上？她拿什么去教孩子？她自己都是个败类，她能教出什么样的孩子？她那是害了祖国的花朵！罗宝瓶，你也太不够意思了，这么大的事，你居然瞒到了今天！如果不是我，你是不是打算瞒一辈子？

罗宝瓶却冷冷地看着杨丽：是，我打算瞒一辈子。从十二年前，我为莫茶担下一切的那天起，我就打算瞒一辈子！你知不知道，她能走到今天有多不容易？你知不知道，她有多爱她这份工作，有多爱那些孩子！我为什么要瞒一辈子？就是因为我要这件事情过去！我要让她好好的，端端正正地活下去！现在翻那些旧账有什么意义？你为什么要做这些？为什么要多管闲事！你把我十二年来，辛辛苦苦守护的一切全部都毁了！莫茶她好不容易才重新开始了，等高考结束我也会躲得远远的，让莫茶再也见不到我，我和她会像从来没有认识过，各走各路！十二年前的一切，都过去了，为什么你要把那些都翻出来，把现在的、将来的一切都搅得乱七八糟？莫茶该怎么办？你为她想过没有？

杨丽气得把抱枕靠垫一个个摔在罗宝瓶身上，大喊着：你个狼心狗肺的东西，我一心为你好，你居然一心向着那个女人！狗咬吕洞宾，不识好人心，你那么讨厌我，你就滚啊！滚滚滚！从我家里滚出去！

罗宝瓶卷起她本来就不多的行李，头也不回地走了。

摩托车的马达声刺破了夜空。

罗宝瓶呼啸而去。杨丽抓狂，踢沙发：多管闲事！什么叫多管闲事！你的事是闲事吗！罗宝瓶你个王八蛋！

突然，杨丽小腹一阵刺痛，她满头是汗，几乎要疼晕过去……

晚上，罗宝瓶将近二十年来，第一次和妈妈睡在一张床上。

方华拍着她的背，轻轻说：傻丫头，别把你爸爸的死，往自己身上揽。我们谁都不想看到那个结果，但事情就是发生了，那不是你的错，不是你造成的，你不需要用你的一生，去拼命吃苦、吃亏，去拼命往外给，来填补内心的愧疚感。你爸爸的死，是因为爱你，他是带着爱离开的，他没有任何的遗憾。

这么多年来，妈妈一直想跟你说一句，对不起。我一直是个自私的人，我不愿意去面对很多事，我一直躲在你的保护伞下，我从来没有一次，为你挺身而出。我总是在打击你，在挖苦你，在泄你的气，其实那都是源于我对自己人生的无力感。我总是想跟你好好道个歉，但总是没有机会，因为我总是做错，总是搞砸我们的关系，总是把你越推越远。我从没有讨厌过你，更没有怪罪过你，我只是恨自己，不够强大，不足以被你依靠。

从现在开始，放下过去吧。放下你对爸爸的愧疚，放下你对自己的执念。不要总是把别人，放在第一位，不要总是为了别人，让自己受苦。不要总是想着付出，偶尔也要为自己想一下，你想要的是什么？

罗宝瓶在妈妈怀里哭了，她想起了十二岁那年。她穿着爸爸从法国买回来的，漂亮的公主裙，嚷嚷着要爸爸带着她去划船。那一天，她觉得自己是这个世界上，最漂亮最幸福的小公主，她在船上又唱又跳，而爸爸就坐在船头，微笑着看着她，眼睛里都是阳光反射出来的小星星。

可是，她被公主裙的蓬蓬纱绊倒，跌进湖里。为了救她，爸爸淹死了。

从此之后，小公主再也不穿裙子，再也不敢去追求自己想要的，她唯一能做的事情，就是拼命付出，拼命往前冲，拼命往外给，只有这样，她才能够稍稍弥补一些，内心的愧疚。她从没有停下来问问：我到底想要什么？

她把付出，当成了她理所应当的人生。可是，这一天，妈妈告诉她：那不是你的错，不是你造成的。她突然不知道该怎么办了，妈妈紧紧握住了她的手：不管做什么，首先要问问，自己的心，同不同意。

方华轻轻帮罗宝瓶拭去眼泪：妈妈希望你，能够尊重你的心。妈妈希望你，和一个真正相爱的人在一起，如果你不爱李树，一定要跟他说清楚。这是对他的尊重，也是对你自己的尊重。妈妈知道，李树对你好，所以你要报答他，但是妈妈也知道，李树对你好，该去报答他，该去感激他的人，是我。是我该去向他道谢，这么多年，他照顾你，帮助你，为了你付出了这么多，这都是我一个当妈妈的，没有做到的。但是我也要向他道歉，因为你对他的回报，是感激，不是爱情。

原来，罗宝瓶没说，妈妈却全知道。

梦里，爸爸轻轻推开了卧室门，俯下身来，拍着罗宝瓶的背，轻轻说：三十岁，重新回到学校，重新回到高三，重新走一次青春，看见那些你曾经没看见的感情，放下一些你曾经想不开的事情，这是你的人生中，最宝贵的经历，爸爸祝福你，也希望你如妈妈所说，学会好好爱自己。

> **罗宝瓶语录：**
> **青春不能错过的第十一件事：感谢你的父母。也许，你不太会表达感情，也许，你为拥抱和亲昵的表白而害羞，但至少让他们知道，你有多感谢他们给了你生命，给了你爱你能做的，可能是为他们准备一顿晚餐，或者仅仅是倾听，听听他们的故事，听听他们的智慧，听听他们内心深处，最想对你说的话。**

清晨，天还没亮，学校食堂就被大雄的呼喊给吵醒了："小偷！"

大雄带着几个员工追出来，将那个偷东西的人团团围住！电筒一束光打在那个小偷的脸上：是小卷毛！

大雄将小卷毛的情况告诉了罗宝瓶，引起了罗宝瓶的怀疑：为什么小卷毛会清晨到食堂偷东西吃？是没有回家吗？是回家吃不饱吗？

罗宝瓶立即找到伍元，向他提出了自己的疑虑。

伍元也听说了游泳课上，小卷毛背上伤疤的事情，准备动身去小卷毛家家访。

此时的校园里，却不平静。

广播室里，小卷毛正在校园广播中朗读着一篇朱自清的《背影》。

小卷毛的声音很好听，像是清晨的小鸽子。从她转学来了立德高中，就被挖到广播室当播音员。

小卷毛娓娓道来："我与父亲不相见已二年余了，我最不能忘记的是他的背影。那年冬天，祖母死了，父亲的差使也交卸了，正是祸不单行的日子，我从北京到徐州，打算跟着父亲奔丧回家……"

突然，广播室的门被撞开，赵小侠手里抱着一大堆林真和绿萝的照片，扔在小卷毛面前的桌子上。原来，他把学校里贴得到处都是的照片全部撕了下来，他指着这一大摞照片问小卷毛："是你干的吧？"

一时间小卷毛慌了神，瞪着赵小侠："我不知道你在说什么！"

赵小侠冷笑："不知道我在说什么？你敢把手机拿出来吗？我敢肯定，这张照片就在你的手机里面！夏薇，你到底有完没完，我上次不是已经警告过你了，别再找绿萝的麻烦！"

小卷毛的眼神冷了下来："麻烦你出去，我还要广播呢。"

没想到赵小侠从包里拿出手机，打开了一段录音……

没错！我就是恨绿萝，我就是要恨复她，要让她体会失去的滋味！她凭什么伤害春丽，她凭什么辜负春丽！谁都能说春丽是弱智，但绿萝不行！她在长大，她的世界在变大，但春丽永远都停留在五年级，春丽的世界里永远只有绿萝……她是罪人，应当受到惩罚。……她抢走了我唯一的朋友，我绝对、绝对不会原谅她。

小卷毛愣在原地。

小卷毛："你……"

赵小侠："还不够吗？谁都不想看见春丽那个样子！那天，我们所有人都去病房跟春丽道歉，我们都知错了！绿萝也一样！为什么她会逃走？因为她没法面对春丽！她已经很痛苦了，为什么就不能放她一马，我们都重新开始不好吗？"

小卷毛的两眼，泪珠滚落，她摇头："不好。我们都能重新开始，春丽呢？春丽怎么办？你们都知错了，但你们谁为春丽的未来负责？绿萝逃走，是因为她懦弱，是因为她心虚！她怎么去面对春丽？她该怎么解释？我就是要她尝尝失去的滋味，我要惩罚她，一直到春丽醒过来。"

小卷毛和赵小侠的对话，通过广播，传遍了校园。

同学们都炸了锅，原来，这就是绿萝和小卷毛闺密之情的真相。

罗宝瓶从食堂赶来，终于看见绿萝站在人群之中，呆若木鸡。

绿萝脑海中，想起了她曾送给春丽的那本童话书。童话书的侧面，有两只小熊印章的记号。可是那本童话书，却在小卷毛的书包里。

她一直怀疑，一直不愿意相信，直到这一刻，她听见了小卷毛和赵小侠的对话。

原来，小卷毛是为春丽而来。她是为惩罚绿萝而来。

那一切突如其来的"噩运"，终于都有了一个合理的解释。只是绿萝很心痛，她早已把小卷毛当成了最好的朋友，可是她却根本不了解她最好的朋友。

她不了解小卷毛，她甚至也不了解春丽，绿萝觉得，自己终究是愧对了朋友。

绿萝抬头看罗宝瓶，泪眼婆娑。

她们都一样，在人生的路上，经历着友情，感受着人心，她们暂时跟最好的朋友走散，却在孤独迷茫的路口，看清楚了自己。

12.

我叫罗宝瓶，我搞砸了一段二十年的交情。

我是个包子，而她是这世上最厉害的火枪手。

我没命地向前冲，把一切都搞得乱七八糟，她却深谙人生真理，把自己保护得很好。

我爱她的冰雪聪明。也讨厌她的冰雪聪明。

小卷毛成了学校里议论的焦点。

她走到哪里，都有人指指戳戳，说她来路不明，两面三刀。

小卷毛没上晚自习就跑掉了。

天桥下，绿萝终于追到了小卷毛，却没想到，小卷毛竟然从书包里，掏出一张毯子。

小卷毛左顾右盼，绿萝赶紧往后躲！

小卷毛铺开毯子，天桥下，就是她今夜的住所。

绿萝惊得瞠目结舌，想要上前一探究竟，却终究还是不敢，怕让小卷毛陷入两难。她默默躲在不远处，看着小卷毛熟练地铺着毯子，将她自己包裹在渐渐暗去的夜色中。难道小卷毛一直以来，都是这样生活的？怪不得她每天都是第一个去教室，有女生传八卦，说小卷毛用厕所的冷水洗澡，绿萝还不相信。

这时，三个无所事事的小混混围上来，堵在小卷毛面前："你占错地盘了。"

　　小卷毛抬起头，还是那双倔强的眼睛，死死盯住小混混："这里写着你们的名字？"

　　小混混们相视一笑，不怀好意的手，伸向裤腰带。小卷毛警惕地站起来，从包里掏出一把刀："谁敢过来我杀了谁！"

　　小混混们却根本不当回事，步步逼近，急得绿萝跳出来大喊："夏薇，跑！快跑！"

　　趁小混混们回头看绿萝，小卷毛一溜烟跑了。几个小混混转头就向绿萝走来。

　　绿萝骑上自行车，一紧张，车链子给蹬掉了！看着嘻嘻哈哈逼近的小混混，绿萝拔腿就跑……

　　小混混追了几条小巷，最终将绿萝堵在一条死胡同。

　　天色已经黑了，绿萝瑟缩在死胡同的墙角，看着三个小混混逼近。这个时候，她大脑里，只有恐惧。她浑身发抖，想往后退，却只能死死贴在墙上……

　　就在三个小混混的手，要碰到绿萝的时候，一把刀划破了小混混的棉袄！

　　是小卷毛！她手里紧紧攥着那把刀，红着眼睛，疯了一样不管不顾地向着小混混们划去！小混混们显然也没料到这个小姑娘是个亡命之徒，一时间乱了阵脚，忙着在暗夜中躲避凛凛刀光！

　　绿萝一下子回过神来，要求救，要求救！绿萝扯破了嗓子喊起来："救命！救命！快报警！报警啊！"

　　胡同里亮起了灯，传来了狗叫，吓跑了三个施暴未遂的小混混。

　　绿萝紧紧抱住小卷毛，止不住发抖："你没事吧？没事吧？"

　　小卷毛急了："谁叫你替我出头的？要不是你，我刚才在天桥底下就能收拾了他们三个！"

绿萝着急：“到底出了什么事？为什么你要睡在天桥下？”

小卷毛却什么都不说。只问绿萝：“知不知道刚才有多危险？你差点就被他们给毁了！你不害怕啊！你多管什么闲事！”

绿萝一边抖，一边说：“我害怕，但我不能不管，因为你是我最好的朋友。”

小卷毛愣住了。绿萝拿她当最好的朋友。

小卷毛推开她：“凭什么？你凭什么拿我当最好的朋友！”她一把拎起绿萝往马路走，一边走，一边咆哮：“我的事情，与你无关！滚！”小卷毛把绿萝塞进一辆出租车，转头走了。

绿萝拍着窗户：“你去哪儿！你去哪儿啊！夏薇！”

办公室里的伍元，认真准备着教案。

为了让高三三班的垫底学渣，能在最短的时间内逆袭，他绞尽了脑汁。

他的第一步计划是重读教科书，已经初见成效。教科书是高考知识点的基石，是所有题目的原点。一切难题，都来自教科书的例题，只不过稍微变了个形。

伍元要求全班同学把教科书当成小说来看，首先建立对学科的兴趣，在此基础上一遍接一遍地专攻。总共花了一个星期，同学们就把各科课本包括例题过了一遍，对各自缺漏的知识点有了明确认识，开始进行全面的补充。

这个阶段过后，高三三班的学渣们终于能听懂老师上课到底在讲些什么啦！不仅如此，他们发现，送分题基本不会出错，他们开始能够在大部分的基础题目上拿分。

第二步计划，就是在现有基础上，挑战中难题。

伍元搜集了历年考卷上的各种类型考点，对这些考点进行了基本分类。

第一大类，送分题。第二大类，占高考题目三分之二的中难题。第三大类，难题。

伍元要求同学们在每天反复巩固送分题的基础上，开始按照知识点，研习中难题。

就在伍元全心投入时，突然接到了一个电话。

电话里，绿萝带着哭腔求伍元："伍老师，救救夏薇！救救夏薇吧！"

伍元早已私下了解，夏薇的特殊身世。

夏薇的妈妈几年前去世了，她跟着继父生活。在街里街坊嘴里，继父是一个非常好的人，温柔、有趣、知书达理，是个文化人，对小卷毛非常好，挑不出半丝瑕疵。

可正是这种完美，让伍元心里不安。

越完美的人，越有问题。

伍元接到绿萝的电话，便冲出去找夏薇。

他直接到了夏薇家门口死等，他一定要问清楚，继父到底对夏薇做了什么！结果遇见了夏薇家的邻居，听说夏薇还有一个小姑，在市六医院生二胎。

伍元立即赶往六医院，按照邻居给他的线索，打听夏薇小姑的信息。

病房里，夏薇的继父汪文推了推金丝边眼镜。镜片后面是一双凛冽逼人的眼睛，看着小姑，汪文的嘴角有一丝若隐若现的笑容。

"她人到底在哪儿？你们把她藏哪儿了？"汪文的愤怒，也是斯文的，克制的，不露痕迹的。他笑了笑："不说，没关系，我会每天都来看你和小二宝的。"汪文凑近了小姑的宝宝，逗弄着："小二宝，你比你哥哥，长得还可爱呢。"

小姑惊恐地把孩子抱得更紧了些："我不知道她在哪儿！你也别再来了，你威胁我也没用，她那么人个孩子了，我想藏就能藏得住吗！"

这时候，小姑父拿着水壶进来，看见汪文吓了一跳，上来就推开汪文，护着妻子和孩子："你来干什么！"

汪文整了整衣衫："我是夏薇的合法监护人，我有权利来带走我的孩子！"

"她不在这儿！还要我们说几次！上次她跑过来找我们，没待上两天就被你接走了，她就再没有来过了！你是合法监护人，孩子丢了你应该报警，不是来威胁我们！"小姑父气得脸通红，指着门外，"这里不欢迎你，走！"

汪文还是不紧不慢："如果有她的消息，第一时间通知我。小二宝，再见咯！"

汪文笑着对婴儿招了招手，一脸阴郁地走出了病房。

伍元正好从电梯出来，看见汪文从病房出来，下意识地躲开了。

医院里。

杨丽看着体检报告，跌坐在椅子上，半天回不过神来。

盆腔内发现囊实混合性包块，大小约 9.5cm 乘以 12.7cm 乘以 8.4cm，边界清楚，形状不规则，考虑来源于右卵巢。

杨丽决定遵从医生的建议，先微创手术取出包块，确定肿瘤到底是良性还是恶性。

自从揭发了扁鳌，杨丽的事业，就陷入了低谷。她破坏了行业规则，她捅破了那层不能说的秘密，她被列入了甲方合作的黑名单。

丢了事业，丢了最好的朋友罗宝瓶，她还害怕，怕这个不明不白的肿瘤，会让她丢了自己。

她没有将此事告诉任何人，包括许小东，她放不下高高在上的自尊。她受不了别人怜悯的眼神，她不想变成任何人的包袱。

我叫罗宝瓶，我搞砸了一段二十年的交情。

我是个包子，而她是这世上最厉害的火枪手。

我没命地向前冲，把一切都搞得乱七八糟，她却深谙人生真理，把自己保护得很好。

我是上蹿下跳的火，她是表面波澜不惊，内心却暗潮涌动的海。

我是她屁股后面的小叫花，她是我心里永远的女神。

我是这个世界上的另一个她，她是这个世界上的另一个我。

被逼急了，我成了最厉害的火枪手，而她甘愿当个包子。

我心里藏着十二年不肯吐露的秘密，她却为了揭开这个秘密，没命地向前冲。

受了欺负，我习惯了忍气吞声，她却能像一把火，熊熊烧掉欺负我的人。

我从来不知道，原来我才是那个被她捧在手心里的女人。

有的时候，我们是自己，有的时候，我们变成了对方。

但每每，我们只要回头，都能看见彼此。

我们在彼此的人生里，随时随地，准备将对方推向更好的地方。

然后站在身后看着对方，保护对方，随时随地，准备为对方赴汤蹈火。

现在，我回头，杨丽却不见了。

如果我是先知，该有多好。

我一定不会在这个时刻抛下她，我一定会寸步不离，陪伴在她左右，我一定……

罗宝瓶回到家，听绿萝讲了天桥下经历的一切，吓坏了。

她把绿萝翻过来覆过去检查："没事吧？没伤到你吧？你怎么敢私自行动，去那么危险的地方，万一出事怎么办？为什么不告诉我，让我陪你去！"

绿萝着急，现在该怎么办？小卷毛不知去向，万一她真要露宿街头，又碰到那群坏蛋怎么办？天黑了，她一个人寡不敌众，肯定会吃亏的！

罗宝瓶沉思：想知道小卷毛的真实情况，也许只有一个人最清楚……

春丽。

但躺在病床上的春丽，又怎么会开口告诉罗宝瓶一切？

罗宝瓶还是决定，去碰碰运气，去医院看望春丽。

这一次，绿萝拉住了她，手在微微颤抖，声音却无比坚定："我要和你一起去，我要去见春丽，我要帮夏薇。"

春丽的病房，亮着微弱的灯。

春丽的妈妈，一丝不苟地，温柔地为眼前的儿子洗脸。

这是这么长时间以来，绿萝第一次走进春丽的病房。

春丽的妈妈转头看向绿萝和罗宝瓶，先是一愣，然后轻轻对春丽说："孩子，绿萝来看你啦。"

听见这话，绿萝眼泪就掉下来了。

她张开嘴，一切却都哽在喉咙里。

所有感情都争先恐后要挤出来，差点把绿萝的喉咙挤破。

她慢慢走向春丽，看着春丽宁静的熟睡的脸。

"春丽，对不起。"绿萝终于，对春丽说出了压抑在心口的这三个字。

五年级的那个小男孩，历历在目。

他跑向绿萝的样子，他挤对绿萝的样子，他保护绿萝的样子，他跟在绿萝屁股后面的样子，他为了绿萝冲在最前方的样子……

他长大的样子，他和这个世界格格不入的样子，他被人欺负和嘲笑的样子，他满不在乎的样子，他笑的样子，他从怀里拿出那枚戒指向绿萝求婚的样子……

他的一切，都停留在那个五年级。在他的整个宇宙里，绿萝是最漂亮的小姑娘。绿萝长成了漂亮的同班女生，长成了漂亮的姐姐，长成了离他遥不可及的一颗星。他在他的宇宙里，卖力地冲那颗星招手，冲那颗星呼喊，他使劲跳，想要离那颗星近一点，最终却落回原地。

春丽智商只有 68，显著低于平均水平，属于智力障碍。

但他不是个傻子，他会心痛，他会低落，他清楚地意识到，他和他的星星，隔着银河。

此时此刻，站在春丽面前，绿萝终于穿过银河，拉住了春丽的手。

此时此刻，站在春丽面前，绿萝才看到，春丽在他的世界里，跳得多高，多努力。

绿萝曾是学校里，唯一替春丽出头的人。她保护春丽，她为了春丽忍受所有人的嘲笑。

她做了再多，内心却和那些欺负春丽的人一样，觉得春丽是智障。

可是现在，她摘下了有色眼镜。她开始读懂人心，她开始理解了人和人之间是平等的，可是人心是有高低贵贱的。春丽的心，是她要抬头去看的。

春丽的妈妈，和罗宝瓶，站在病房门口看着这两个孩子。心动，也心酸。

春丽在睡，可是即便他的眼睛没有睁开，他的心，也一定和绿萝一样，努力生长着。

春丽的妈妈告诉罗宝瓶，夏薇是和他们隔了一条街的邻居。

夏薇的身世很苦，妈妈去世之后，她就跟着继父生活。但继父道貌岸然，表面上是个慈父，背地里控制欲极强，一旦觉得夏薇失控了，便会想方设法惩罚她。

直到夏薇遇见了春丽。她有了最好的朋友，她有了精神上的依靠。

至于夏薇现在的处境，春丽的妈妈也不是很清楚，因为夏薇也不是每天都来看春丽。

罗宝瓶害怕，如果夏薇是为了躲避继父才离家出走，那么，继父一定会极尽所能找到夏薇！宁愿露宿街头，冒着遇见坏人的危险，也不愿回家的夏薇，究竟受到了继父怎样的控制和惩罚？

先找到夏薇！罗宝瓶立即打给伍元，却被掐断了。她拨通了莫茶的电话，要夏薇家的详细住址。

电话通了，莫茶的声音很憔悴。得知夏薇的处境，莫茶焦急不已，让罗宝瓶赶紧上夏薇家去碰碰运气，自己帮着四处找找！

罗宝瓶和绿萝按照地址，赶往夏薇家。

敲不开门，两人急得往外跑，和刚刚从医院归来的继父汪文擦肩而过。

罗宝瓶骑着摩托，载着绿萝，一边找一边喊，小卷毛你到底在哪儿？

顺着之前的天桥，绿萝一路指着罗宝瓶向前，却再也不见小卷毛的踪影。绿萝急得打给赵小侠……电话通了，绿萝问赵小侠，能不能一起去找小卷毛？

赵小侠叫上几个哥们儿就出发了，一传十，十传百，很快，全班同学都串了起来，各自想办法去找小卷毛。

高三三班，曾经的垃圾班，曾经的一盘散沙，却在这个夜里，自发集合起来，为了那个"居心叵测"的坏女孩，几乎要把整个城市都翻遍。"夏薇"这个名字，回荡在城市的空气中，意气用事的赵小侠，阳光干净的林真，热辣少女黎雪儿，学霸课代表马莉，氧气女绿萝……还有每一个成长中，遇到各种各样的难关，鼓起勇气咬紧牙关去拼杀的孩子们，他们是彼此的伙伴，是在危难中，要伸出手来紧紧拉住对方的人。

一个黑暗的角落，夏薇的尖叫声撕破了黑夜。

几个魁梧的身影，慢慢靠近。

夏薇被逼向了墙角，她几乎要咬破嘴唇，手里紧紧攥着那把刀。她敌不过恐惧，敌不过暴力，她最后的退路，就是将这把刀刺向自己。

她在黑暗中一边颤抖，一边哭，嘴里说着：妈妈，对不起，我没机会考大学了，但是我要来找你了。爸爸、妈妈，等着我。

就在几个男人扑向夏薇的瞬间，一束刺眼的光射向了他们！

男人回头，看见罗宝瓶的摩托车刹车停下，车前照明灯直射向这个黑暗的角落。

罗宝瓶走向他们，只身一人。见她没有帮手，几个男人心里踏实了，脸上淌着失去理智的笑容。

他们包围了罗宝瓶，手指关节被捏得噼里啪啦响。这时，一束更大的光要闪瞎眼睛！

他们转头，看见面前的一幕，傻了，吓得腿都软了。

不远处，站着几十个人，每个人手里都拿着一把手电，齐刷刷地向他们照射而来！那几十个人，安静，又蠢蠢欲动，像是大雷雨铺天盖地而来之前的沉闷。他们的眼睛，从那些光的后面穿梭而来，编织成了一张巨大的铁丝网，将这几个人牢牢捆住，动弹不得。

罗宝瓶趁几个男人走神，一个大踢腿，横扫了一人，又过肩摔将几个人全部撂倒！

瑟缩在角落的夏薇，慢慢站起来。

她瞠目结舌地看着罗宝瓶，穿过她，向那几十个人走过去……

站在她面前的，是整个高三三班。

那些她熟悉的，不熟悉的，喜欢的，不喜欢的同学们，每个人都举着手电，举着光，举着夏薇走出黑夜的希望。

站在光面前，绿萝紧紧抱住夏薇："别怕，我在，我们都在。"

伍元从夏薇小姑的病房出来，紧紧攥着拳头。

他脑海中回想着小姑愧疚的表情，那才是夏薇身世的真相。小姑紧紧抱着怀里的孩子，求伍元帮帮夏薇：他们不能收留夏薇，他们有两个孩子！他们不能让自己的宝贝冒任何风险！每次看见汪文守在家门口等夏薇，每次被汪文警告，他们都很害怕，为了保护自己的孩子，只能推开夏薇，请她离开。

怕引火烧身，怕害了自己的宝宝，他们为夏薇选择了一条最荆棘的路。

伍元冷眼看着小姑和小姑父：当你们的宝宝长大了，发现你们所谓的父母之爱，就是把亲侄女推下火坑，会怎么想？你们一辈子不站出来，就一辈子都是宝宝的耻辱。当他们长大了，你们是希望，被他们看不起，还是希望他们长成像你们一样，冷漠又残忍的大人？

伍元向夏薇家跑去，这一次，他一定要亲手抓住那个伪君子！

罗宝瓶和高三三班的同学们把那几个男人扭送到派出所。

莫茶也赶来了，她慌慌张张地扑向夏薇，小心翼翼地将夏薇从头摸到脚，嘴里不住问："没事吧？没事吧？老师来晚了，对不起老师来晚了！"

莫茶的惶恐，焦急被所有学生看在眼里。这个不怎么有学生缘的语文老师，其实是可爱的，是发自内心想要和这些孩子们当朋友的，只是有的时候，过犹不及，反倒将自己置于一个尴尬的境地。

莫茶辞职了，却仍是孩子们的老师。夏薇握紧她的手："我没事，莫老师，我没事了。"

在警察面前，夏薇第一次开口，说出了她的秘密。

妈妈去世后，她跟继父一起生活。

继父是个控制欲很强的人，只要夏薇超过三分钟没回他的信息和电话，就开始夺命连环 call。

每天几点出门，几点到家，吃什么，喝什么，都必须遵从继父的安排，如果不从，继父会立刻断生活费，断网络，还不定期偷偷检查夏薇的手机。

夏薇的朋友，每一个给她打电话，发信息的人，都会被继父查得底儿朝天，夏薇受不了，觉得自己生活在牢笼，每次一反抗，就会被打。

每次被打，夏薇都觉得，末日来了。

虽然过后，继父会道歉，他总说，他是因为太爱夏薇了，他是要替夏薇的妈妈管好她，不能让妈妈在天上担心。

但夏薇实在是经受不住越来越频繁的末日到来，她太害怕了，太累了，她必须要逃走。

她不能承受继父的爱，她不能接受这份以爱为名的控制。她宁可睡在天桥下，和乞丐们抢地盘，宁可冒着被黑暗侵袭的危险，她也要自由。没有人救她，就连唯一的亲人小姑，也害怕被她连累而将她推走。

继父是颗定时炸弹，谁不怕，谁不躲？更何况小姑还有两个那么小的宝宝。

夏薇在颤抖。莫茶也在颤抖。

夏薇遍体鳞伤，却无人可依。她觉得自己在这个世界上，孤零零的，却没想到会在她最绝望的瞬间，看见罗宝瓶，看见绿萝，看见高三三班。

她更没想到，那个冷冰冰的怪物班主任，那个被所有人暗地里叫"武大郎"的化学老师，此时此刻正为了她，对继父汪文大打出手！

当警方赶到夏薇家时，汪文正和伍元在楼顶对峙。

伍元冷冷地看着汪文，对他科普《中华人民共和国反家庭暴力法》，于2015年12月27日第十二届全国人民代表大会常务委员会第十八次会议通过，2016年3月1日起正式施行。国家禁止任何形式的家庭暴力，汪文没有资格继续当夏薇的法定监护人，并且，汪文要依法接受处罚，如果构成犯罪，要依法追究刑事责任。

伍元一步一步向汪文走去。

走投无路的汪文抓住伍元，两个人都到了楼顶的边缘，无论是谁掉下去都会是粉身碎骨。可是伍元一点都没有退缩，在这个楼顶，在这个随时可能丧命的时刻，他再也不是曾经那个冷冰冰的，只会隔岸观火的化学怪物，他是高三三班的班主任，是那些孩子的领路人，他要像罗宝瓶一样，用火一样的真心，去接住那些孩子。

楼下，警方对着汪文喊话，布下了天罗地网。

罗宝瓶看着他们摇摇欲坠的样子，急了，冲上楼去救伍元！

罗宝瓶不管不顾，跑到楼顶，对着汪文大喊："你放开伍元！你把他推下去解决不了任何问题，只会让你罪加一等！你还有父母吧，你把自己逼死了，你让你父母在亲戚朋友面前怎么做人啊？还有夏薇，你知不知道你差点毁了她！如果你对她，哪怕还有一点点父爱，你就该去向她妈妈谢罪，去向夏薇谢罪，去请求她给你重新做人的机会。"

就在汪文动摇的瞬间，罗宝瓶冲上去推开汪文，抱住了伍元！

谁料，伍元大喝一声："蠢货！"

原来，罗宝瓶用力过猛，抱住伍元的瞬间，加速度带着伍元后退几步，一脚没踩稳，两个人一起栽下楼顶，摔落下去！

十八层的高楼，伍元和罗宝瓶紧紧抱着彼此，咬紧牙关，充满了绝望：爱情还没开始，就要这样结束了！

一声巨响，两人掉入了警方布好的巨大气垫。

汪文被警方带走。

派出所里，夏薇看见了狼狈不堪的汪文。

汪文眼睛里是不可遏制的怒火，他的嘴迅速翻动，在说着什么，却没有发出任何声音！

只有夏薇能读懂，他在说，为什么不回电话？为什么不回短信？你到底去哪儿了？谁允许你不告而别？汪文攥紧了拳头，青筋暴跳。

夏薇开始颤抖，恐惧，憎恨。

在周遭都一团乱的时候，只有莫茶看见了，夏薇紧紧攥着口袋里的那把刀。

世界仿佛安静了。

夏薇的脑海中只有一个念头，杀了他。

夏薇抽出了那把小刀，咬紧了牙，不管不顾地向汪文冲去……

那把刀划过了一个身体，血汩汩流出，周遭真的安静了。

但被刀划过的人，不是汪文，而是莫茶。是莫茶先于夏薇一步，挡在了汪文面前。

夏薇傻了，看着莫茶苍白的脸她手软，小刀偏离了位置，只浅浅划了莫茶的手臂，但鲜红的血仍从那把小刀划过的地方流淌出来，染红了莫茶的衣服，裤子，皮鞋。

"老、老师……"夏薇喘不过气，不知道该怎么办。

"别、别为了一个人渣，毁了自己。别、别像我一样。"莫茶身体在发抖，脸却在笑，"老师没、没事，不、不疼。"说罢，莫茶晕了过去。

夏薇的小姑站出来做证，汪文被依法惩处。

莫茶强烈要求警方对夏薇从轻处理，并且提出申请，要领养夏薇。

莫茶的病房外，夏薇哭得稀里哗啦。她失去了一切，却得到了一个家，得到了一个新的妈妈。

夏薇告诉了绿萝，她和春丽的故事。

春丽是跟她距离一条街的，白马王子。

春丽会在每个她被打得遍体鳞伤的时刻，带着她拼命跑，去敷药，去疗伤。

春丽是唯一帮她的人。

春丽喜欢小黄花。

春丽喜欢童话书。

春丽是带她走出阴霾的希望。

春丽牵着她的手，拼命往前跑，一直跑到远远回头再也看不见人的地方。她抬头看春丽，这个大男孩，虽然智力障碍，却五官鲜明，轮廓清晰好看。她的眼睛里，一瞬间充满了阳光，好像整个人生都被照亮了。

春丽看见路边有小黄花，俯身下去采了一束，编成了一个花环，戴在夏薇的头上。

夏薇希望永远跟着春丽跑下去，永远不要再回头。

"春丽，我喜欢你。"夏薇向春丽告白。

"春丽喜欢绿萝。"春丽微笑着，回答夏薇。

夏薇羡慕绿萝，她陪着春丽，给绿萝买了一枚戒指。

她也感激绿萝，能陪着春丽玩一个不用长大的过家家游戏。

谁知道，春丽却没有再醒过来。

她恨绿萝，夺走了春丽，她恨绿萝伤害了春丽，她恨绿萝掐灭了她走出阴霾的希望。

她要让绿萝受伤，要让绿萝尝尝失去的滋味。

她处心积虑，却没想到，她得救了，是绿萝救了她。

绿萝那一句"最好的朋友"，融化了夏薇。

最好的朋友，在你绝望的时候，走投无路的时候，闭上眼睛咬紧牙关要往悬崖跳的时候，拉住你，抱住你，告诉你：别怕，有我在，未来的路，我们一起走。

夏薇紧紧握着绿萝的手：对不起。为那些她曾做过的傻事，为那些她为了报复绿萝，而造成的伤害。

软组织挫伤的伍元，全身打着石膏，僵硬着四肢，挺直地走进教室。

他脖子甚至都不能自由转动，一颦一笑都像个非常窘迫的漏电的机器人。

他好不容易站在讲台上，在黑板上画了一个大大的太阳。

他转身，指着那个大太阳：你们知道，太阳是由什么组成的吗？从外到内，由太阳大气、对流层、辐射层和内核组成。从外到内，密度增加，温度也增高，太阳内核，是整个太阳温度最高的部位，是太阳内部进行核聚变的地方。太阳内核，包含 33% 的氢，65% 的氦，还有少量其他重元素，这些物质在一千万度以上的温度中，能够释放出多少的能量？拿手里这一截粉笔头来说，就这样大小的一块太阳内核，相当于当量 20 吨的核武器爆炸的能量。

你们每个人，都像是太阳的组成物质之一。你们在慢慢加温，在慢慢聚集着能量，当温度足够高，当反应足够强烈的时候，你们会爆发出意想不到的巨大力量！要怎样加温，要怎样聚集能量？除了用心去感受人生，你们得抓住现在每一分每一秒去积累，去读书，去改变你的处境。

伍元艰难地走下讲台，走到了夏薇面前，俯身看着她：只有改变，才能自我保护。

现在，你看到的也许是污浊的泥潭，是阴暗的人心，但是当你改变了，当你站得更高，你会俯视今天的一切。你会摆脱那段仰人鼻息、寄人篱下的人生。你会逃离那个不堪的、痛苦的过去。

有的人说，上大学没什么卵用，还是得拼家世，拼颜值，拼运气。我想对这些蠢货说一句：放屁！说这种话的人，都是自己一事无成，却喜欢把责任推得干干净净的 loser，因为自己一事无成，所以怪父母，怪社会，怪每一个成功的人。他们大多数没有念过好的大学，没有接受过好的教育，他们对自己在这个世界上的窘迫而懊恼，却想不出任何办法去改变！

改变，最简单的办法就是学习。

对于你们，就是抓住最后的时间好好读书，参加高考。

高考，不是改变命运的唯一途径，却是一条最简单，成本最低的途径！

伍元看向夏薇：你把春丽当成你的太阳，但是当有一天，你改变了，你真正勇敢、强大、充满能量的时候，你也会成为春丽的太阳。

伍元把手里的一沓试卷高举过头顶："这是我从历年考卷上筛选出来的不同类型的考题，这些考题按照考点，划分成了送分题、中难题和难题三个等级，你们经过这段时间对课本的通读，已经基本掌握了送分题的部分。从现在开始，高三三班，进入高考中难题强化训练阶段！"

罗宝瓶的病房外，李树捧着一束玫瑰，刚要进门却听见旁边几个小护士在眉飞色舞地八卦。

一个小护士夸张地比画着："说时迟，那时快，伍元和歹徒在屋顶殊死搏斗，眼看就要被推下高楼！这时候，罗宝瓶飞奔上楼，一手指着歹徒大喝：放开那个男人！你要绑架，就换成我好了！趁着歹徒分神的时刻，罗宝瓶凌空一跃，一脚踢上歹徒的肩膀，然后稳稳地扎在地上，回头对伍元说：别怕，我保护你！"

其他小护士都星星眼，包围在讲故事的小护士身边，着急追问：然后呢？

小护士接着讲："罗宝瓶和伍元组成了太极八卦阵，仿佛两股旋风，对歹徒进行双面夹击！谁料，歹徒也不是吃素的！他一弯腰，从夹克里抽出了——这么大一把刀！他手臂一抬，将大刀举过头顶，向伍元砍去！罗宝瓶心说，不好！她跐溜一下，蹿到伍元身前，要用身体帮伍元挡住歹徒的大刀！"

小护士们都倒吸一口冷气，完全没有注意到，抱着一束玫瑰的李树也听得入神。

小护士完全沉浸在她的故事里："伍元从罗宝瓶身后，一把抱住了她！伍元在罗宝瓶的耳边轻声说：要死一起死。就在歹徒手起刀落的瞬间，伍元伸出他的大长腿，冲着歹徒的肚子一踢！那一瞬间，歹徒被踢飞到两米开外的地方，手里的刀也飞到了半空！但是惯性，惯性啊！伍元把歹徒踢飞的瞬间，自己的身体也向后仰，从楼顶悬空了！在他要掉下楼的时刻，把罗宝瓶往前一推，要救罗宝瓶一命！谁料，罗宝瓶却紧紧抓住了伍元的手：要死一起死。"

小护士们听得眼圈都红了，浑身发抖：然后呢？

"然后，罗宝瓶和伍元，一起摔下了楼顶！在半空中，他们紧紧相拥，这辈子不能同年同月同日生，但求同年同月同日死……好在，他们掉在警方布好的气垫上面，捡回两条命！伍元全身软组织挫伤，医生要他静养，他却打着石膏回学校上课了，说要高考了，每一天都不能浪费！罗宝瓶呢，也没有伤筋断骨，但被她全家人强迫在医院待着，哪儿都不许去！"小护士扒在罗宝瓶的病房门口，呆呆地向里面看，"他们俩真是太般配了，太浪漫了，太不容易了！"

小护士们都呆呆地扒上去："我也想要罗宝瓶这样的男朋友……"

看着这些小护士花痴的样子，李树苦笑。

他将那束玫瑰花放在病房外的墙边，转身走了。

罗宝瓶语录：

青春不能错过的第十二件事：鼓起勇气，向你伤害过的人说一句,对不起。也许因为你的伤害,她/他留下了长长的、深深的伤疤,将心比心,你才发现原来那条伤疤那么疼。别因为懦弱,给人生留下任何遗憾。其实说对不起,没那么难。

病房里,罗宝瓶突然接到了许小东的电话。

电话那头的许小东声音在颤抖:为什么要抛下杨丽?你知不知道她为了你,在业内被排挤,工作丢了,前途未卜?你知不知道她调查莫小珊,都是为了你!你判了两年,你在里面的时候,是谁天天来陪你妈妈,是杨丽!你知不知道这十二年,杨丽有多担心你?每一次你遇到任何事,第一个站出来的人是不是杨丽?罗宝瓶你太不是个东西了,你怎么能为了莫小珊抛下杨丽!你知不知道她……你知不知道……她……

罗宝瓶脸一下子就僵了:杨丽怎么了?她出什么事了?

罗宝瓶赶往医院,在门口看见了焦急等待的许小东。

原来,杨丽做了微创手术,在家养病,几天没出门,引起了许小东的怀疑。于是,许小东上门去找杨丽,却意外发现了杨丽藏起来的病例!

这下子,许小东吓坏了,失魂落魄地问杨丽,那个肿瘤到底是怎么回事!

许小东陪着杨丽,一起到医院去领化验结果,却得知,那是一个恶性肿瘤。

杨丽看见,许小东脸色唰地白了。她反过来安慰许小东:没事,我已经做好了最坏的准备了。

罗宝瓶出现的时候,杨丽准备接受第二次手术,清理微创手术中可能产生的残渣。

她扑向病房,从外面往里看,杨丽已经睡着了。她看着杨丽精致的脸,那么苍白,那么不堪一击,她想起了她们过去的年华。她恨自己,在那个晚上,不管不顾地扔下了杨丽,她恨自己没能在杨丽最脆弱的时候，陪伴左右。在小小的、冷冰冰的病房里，杨丽一定很害怕，很孤单，杨丽不敢把这消息告诉父母，杨丽只有罗宝瓶。

其实，罗宝瓶比杨丽更害怕，她不能失去杨丽。

13.

我叫罗宝瓶，三十岁，我第一次审视自己的身体。

我第一次意识到，"年龄"，像一个神奇的咒语。年龄，让我打开了对新世界的认知，让我在这一场生命的搏击中越来越波澜不惊；年龄，让我看到自己的软弱，让我惊觉自己并不是一个金刚不坏之身！我的身体器官，我的新陈代谢，再也不像十八岁那般狂妄，我开始害怕疾病。

手术时间是第二天早晨七点。

罗宝瓶让许小东回去休息，她来换班，守着杨丽。

一整夜，罗宝瓶都坐在医院大堂的板凳上，瞪着挂钟。一整夜，她脑海中都回荡着"恶性"这两个字，她是个滚烫滚烫的火球，一直在和这个冰冷的世界抗争，任何事，她都能努力去把握，除了生命。

天亮了，她一个激灵，冲向了杨丽的病房。

在杨丽被推进手术室的瞬间，分明看见蓬头垢面，满眼通红的罗宝瓶追着她跑，一边跑一边喊：别怕，我等着你，我一直等你！

在那个瞬间，杨丽心里突然踏实了。

手术室外，罗宝瓶紧张得走来走去。一回头，她却看见，李树站在面前。

李树打开一个保温盒，里面有罗宝瓶喜欢的海鲜粥，还有香喷喷的几道小菜。他把筷子递给罗宝瓶：这个时候，你的身体不能垮，你得比杨丽更坚强，才能照顾她。

听了这话，罗宝瓶有了胃口，三两下抱着那些东西吃了个精光！

李树对她而言，就像是彻夜未眠的清晨，那碗暖心暖胃的海鲜粥，默默守候在身后。

罗宝瓶知道，她不能辜负李树默默的付出，尽管她内心仍拿李树当哥哥，而不是恋人。

伍元也遭遇着一场"恶战"。

高三一班的学生会长扁福，突然办理了出国留学的手续，不再来学校上课了。

学校觉着可惜，毕竟扁福被各种推优，名牌大学抢着要，是立德高中的标杆。但因为扁福要出国而震惊的，不仅仅是学校，更是扁福的妈妈白洁。

白洁疯了一般大闹学校，抓住校领导和老师问：扁福要去哪儿？扁福的电话为什么停机了？他爸爸的电话怎么打不通？他们现在到底在哪里？

白洁甚至到高三三班去找赵小侠，红着眼睛问他：你妈妈和扁鳌不是结婚了吗？你帮我联系扁鳌好不好？我要找我儿子，我有很重要的事情找他！

赵小侠无奈地告诉白洁，他妈妈芦竹，已经跟扁鳌离婚了。离婚后，他们母子和扁鳌再无联系，至于扁福出国的事情，自己也不清楚。白洁不信：你是扁福的弟弟，你怎么可能不知道他要去哪儿！

白洁失魂落魄，蹲在地上哭：我要找我儿子，我要找我儿子……

如果白洁从未离开，扁福也许，也会是个温暖的孩子。但人生没有也许，不管你有怎样的父母，不管你有怎样的家庭，你的人生，只有你自己说了算。

所以，离开，是扁福自己的选择吗？

学生们被这个崩溃的妈妈吓得伸长了脖子，不敢靠近。白洁仰起头，抓住迎面走来的伍元，巴巴地望着他：扁福答应了，他答应了要给妹妹输血的，他怎么能就这么人间蒸发啊！

伍元皱眉：输血？

白洁使劲点头：我女儿得了尿毒症，要输血，只有扁福能救她！她是扁福唯一的妹妹啊，她时间不多了！你帮帮我，帮我找到扁福好不好？我求你，我求求你了！

白洁扑通扑通就给伍元磕头。

所以，白洁要的，不是儿子，而是扁福的血。

人世间，爱恨情仇，酸甜苦辣，这些孩子早早看到了。人性的真相，不是非黑即白的，是灰色的。在灰色中，努力去靠近，坚定而滚烫的萤火。

在伍元心里，罗宝瓶就是那盏萤火，点亮了少年的人生。

伍元愿和罗宝瓶一起，去做那盏萤火。他知道，如果这个时候不伸手，扁福的人生，也许就会渐渐黯淡。

医院病房，医生告诉杨丽：手术结果，那个肿瘤是原发性肿瘤，没有转移。

听到这个结果，杨丽、罗宝瓶和许小东，无不松了口气。但是医生又说，由于肿瘤位于右卵巢，属于高危地带，癌种残渣如果进入血液，很容易复发，建议切除子宫。

早已做好最坏打算的杨丽，却坐不住了。她是骄傲的，是高贵的，她可以轰轰烈烈地去死，但她不能残缺不堪地活着。

杨丽把罗宝瓶和许小东撵出病房，她想一个人静静。

病房外，罗宝瓶听见许小东拦住了医生问：切除子宫，是不是……就不能要孩子了？

原来，杨丽一路过关斩将，以为找到了真爱，却站在她的真爱面前，被"孩子"给拦住了。

我叫罗宝瓶，三十岁，我第一次审视自己的身体。

我们开始为年少时肆意妄为的折腾而付出代价，我们开始关注养生，也开始精通每一种药物对应怎样的病症。

我们开始了解自己的身体，也开始惧怕自己的身体。

我们和命运顽抗，却也发现命运的不可逆转。我们开始第一次，直面"死亡"。

三十岁，身体器官，不复如前，但我们仍然在努力，将最好的我们留下。

千春酱为了挽回伍元的心，用爸爸徐大怪的"遗作"作为诱饵，来吸引伍元。

千春酱将一份最先进的《分子学研究报告》上半册给了伍元，却将这份报告的下半册给了那个西班牙人 Fausto！

千春酱告诉伍元：强扭的瓜不甜，道理我懂，所以我答应了 Fausto 的求婚。这份《分子学研究报告》，是爸爸的遗作，他嘱咐我说，这份遗作只能留给我未来的丈夫。但是出于对你这段时间照顾我的感激，我把上半册送给你，但是下半册，只能给 Fausto 了。如果你想要回下半册，只有两个办法，要么说服 Fausto，要么娶我。

千春酱知道 Fausto 是个多么执着的男人，伍元根本不可能从 Fausto 手里要回下半册。她也知道伍元有多想要这份珍贵的《分子学研究报告》，所以大胆地压上了婚姻，来赌伍元的回心转意。

可是伍元脸上，却是带笑的。他感激千春酱，把本来也属于 Fausto 的上半册给了自己。伍元告诉千春，有了上半册，他一定会不懈努力，亲自研究、写出下半册。

千春酱顿时蒙在原地。

她没想到，千算万算，竟忘记了，伍元已经不再是那个不食人间烟火、为了学术不顾一切的化学怪物了。她几乎崩溃：我这么完美，明明应该是你哭着喊着来求我复合，我怎么能被你一而再、再而三地拒绝？你凭什么？

伍元却说，婚姻的资格，你应该留给那个最爱你的人。

这一场爱情，原来从一开始，就是千春一个人在较劲。这场较劲，从来都没有对手。

不爱，所以对方连比赛的开始哨，都没有吹响过。

春丽的病房外，突然出现了一个鬼鬼祟祟的身影！

小卷毛觉得可疑，追了出去，却在门口看见地上放着一个亮晶晶的……戒指！

小卷毛愣住了，那枚戒指，分明是当初她陪着春丽，买给绿萝的那枚"求婚戒指"。

她几步跑上前，抓住那个背影，怔住了。那个人转过头来，竟然是……扁福！

小卷毛举着戒指问他："这个戒指，为什么会在你手里？"小卷毛越想越不对劲，这个戒指，是春丽要送给绿萝的！扁福甩掉她，并不准备回答这个问题，冷冷地瞪着她："别跟着我！"

小卷毛却对着扁福的背影大喊："你要逃到哪儿去？你逃得掉吗？你妈妈都闹到学校来了，让你给你妹妹输血呢！"

听见这话，扁福猛然回头，那眼睛里像有猛兽乱窜，他狂吼着："你再乱说，我饶不了你！我告诉你，我没有妹妹！我没有妹妹！"

扁福的怒火，吓住了小卷毛。

小卷毛手里捏着那枚戒指，心里扑通乱跳：那天，到底还发生了什么？扁福为什么会有这枚戒指？他到底对春丽做了什么？

小卷毛找来了绿萝和赵小侠，把那枚戒指递给绿萝："你还记得这个吗？"

看见这枚戒指，绿萝怔住了。那天的一切，又浮现在眼前。

那一天，高三三班的班花，罗宝瓶的表妹绿萝，被傻子春丽求婚了。

绿萝回过神来。这枚戒指，她记得，太记得了。

她接过这枚戒指，微微颤抖，就是那一天，改变了绿萝。

小卷毛的话让绿萝和赵小侠都惊呆了：今天，扁福把这枚戒指，放在了春丽的病房门口！

为什么春丽的戒指，会在扁福手里？那一天，到底还发生了什么？春丽到底为什么会去游泳池，为什么会掉进泳池里？扁福又做了些什么？

回家路上，绿萝的脚被皮鞋磨破了。

赵小侠让她待在原地别动，跑到附近药店买来了创可贴。

他满头大汗地冲回来，小心翼翼地撕开创可贴，蹲了下来。一个快一米九的男孩儿，蹲下来轻轻拿起绿萝的脚，为她贴上创可贴，为她穿上鞋的样子，瞬间融化了绿萝。

赵小侠背对着绿萝蹲了下来：上来！

他不容分说，背起了绿萝。

阳光洒在他们的身上，将影子拉得很长很长。夏天的风来了，树叶沙沙轻舞，路边开始有叫卖红糖绵绵冰的小贩，举着糖人的孩子笑闹着从身边穿行而过，泡在阳光里的整个宇宙都弥漫着糖浆的味道、青草的味道、烘得松松软软的衣领的味道，青春的味道。

赵小侠问绿萝：你眼里的未来，是什么样子的？

大提琴，音乐学院，绿萝眼里的未来，好像很远，又好像近在眼前。她彷徨过，犹豫过，也更加坚定未来的样子。她要成为一个大提琴家，她要将此生交给音乐。

绿萝的未来，是那样美，那样动人，赵小侠绝不能拖她的后腿。

赵小侠要努力成为更好的人，成为跳起来，就能够得着绿萝的人。

他喜欢绿萝，但是他想要和绿萝，在未来相遇。在那个未来里，他是个令自己满意的男人，他有资格接得住绿萝的整个世界。

赵小侠有了自己的理想。

他想当特警，他要像罗宝瓶那样奋不顾身地保护家人、爱人，和伙伴们。

隆则集团，伍元找到了赵小侠的妈妈芦竹。

芦竹已经不再是从前那个弱不禁风的女人，她作为公司大股东，参与了行政事务，开始独当一面，开始被员工信任。

身体的疾病，吓不倒她了。因为心理的疾病已经痊愈。

芦竹告诉了伍元，关于扁福的家庭故事。

当年，扁福的妈妈白洁在怀孕的时候，爱上了另一个男人。她义无反顾地要跟扁鳌离婚，激怒了扁鳌。于是，扁鳌失去理智，拎着刀去把那个男人给砍伤了！扁鳌被判刑，入狱之前他求白洁：无论如何，把孩子生下来，你愿意跟那个男人在一起我不拦你，我把所有的财产都给你，你先帮我养着这个孩子，我一出狱就把孩子接走！

白洁答应了扁鳌最后的请求，生下了扁福。

在扁鳌出狱之前的那几年，白洁和那个男人，一起养着扁福。

但是那几年，扁福的日子并不好过。他早早学会了察言观色，早早学会了照顾自己，早早学会了在暴风雨到来之前，躲进谁都找不到他的角落。

后来，扁鳌出狱，带走了扁福。从此之后，两家人再无联系。

芦竹也没想到，白洁会在这个时候找来，要扁福为女儿输血。芦竹感慨，白洁所做的一切对于扁福这个孩子来说，实在是太残忍了。

伍元离开了隆则集团，一路上都在想扁福决定出国读书的事情。

就算离开了，就算惩罚了白洁，扁福的人生，就能重新开始了吗？

从来都是罗宝瓶向伍元求救，而这一次，伍元主动向罗宝瓶求救了。

伍元将扁福的事情告诉罗宝瓶，他很担心扁福的离开，或许并不是好事，而会将事情变得更糟。

罗宝瓶皱眉：扁福的逃避，是在惩罚妈妈，也是在伤害自己，不解开心结，扁福不管逃到哪里，都不可能重新开始。

罗宝瓶握住伍元的肩膀：别担心，我帮你。她温热的掌心，握得伍元的心，小鹿乱撞。

通过赵小侠的分析，罗宝瓶基本锁定了扁福可能出现的区域。

在一间图书馆的二层，罗宝瓶带着伍元，找到了扁福。

这是扁福最喜欢的"科学书籍"区域，他正津津有味地研读一本《进化论》，没发现自己已经被罗宝瓶和伍元围住。

扁福抬起头，显然，吃了一惊。随即，他掩饰住慌乱的神色：怎么是你们？

罗宝瓶盯住扁福：就这样不告而别吗？逃走有用吗？妈妈就是妈妈，永远在你心底那块位置，不会被距离带走，也不会被时间抹去，无论你逃到哪里，无论你长大到了什么年纪，只要一想到"妈妈"这两个字，你就会被一瞬间带回来。你逃不掉的，躲起来不能解决任何问题。

扁福苍白的脸上，闪出一丝冷笑：你知不知道那个被称作"妈妈"的女人，给我的人生留下了什么？我从一出生，就是一颗弃子，我明明是她的孩子，却过着寄人篱下的日子。我知道，谁的成长都不容易，但为什么我的成长要比别人都更加艰难？我的人生，没有你这么清新，你救得了所有人，但你救不了我！你知不知道那个女人，回来找我，就只是要我的血，我的血！

扁福缓缓坐在地上，回想着小时候，爸爸出狱了，带自己"回家"的样子。

那只是从妈妈的住所，搬去了爸爸的住所，他从来没有真正得到过一个家。

要说"家"，唯一的一个瞬间……有一天，他发烧了，没有去上学，躺在床上模模糊糊看见了一个背影。那个背影，忙忙碌碌，煮汤熬粥，过了好一会儿，才小心翼翼走进了自己的卧室。那个模模糊糊的身影逐渐清晰，端来了热汤和毛巾……是赵小侠的妈妈，芦竹。

芦竹带着赵小侠走了，扁鳌一落千丈，浑浑噩噩，毫无生机。

扁福其实内心里，一直在后悔，是他亲手，推走了那唯一一个，得到"家"的机会。

离开这里，出国留学，未来该何去何从，其实扁福心里，一点头绪也没有。

伍元翻着那本扁福读得津津有味的《进化论》，撇头看扁福：进化，到底是一种什么样的发展过程？仅仅是由简单到复杂吗？的确，晚出的真核生物，要比早出的原核生物更加复杂，多细胞生物要比单细胞生物复杂，脊椎动物要比无脊椎动物更加复杂。但是，原核生物，单细胞生物，无脊椎动物，却并没有因此被替代，而是继续在各自的途径上进化着。这样的进化，可不仅仅是由简单到复杂，甚至可能，是由复杂变得更简单了。

科学，教会你的是什么？是一概而论吗？不是的，是教会你辩证地看待这个世界！

就像你，觉得自己受伤了，所以就此沉沦，刀口舔血，让自己这辈子都活在被伤害的阴影中无法自拔。就算是读了再多的书，走了再多的路，你从来没有重新开始，你的人生，并没有进化，而是停滞了。就这样在停滞中，过一辈子，不觉得遗憾吗？人生啊，不过就是短短的几十年，停在原地也是一辈子，往前奔跑也是一辈子，难道你就不想看看，前方还有什么风景，未来还有什么得到幸福的可能性吗？

人类的进化，除了生理上的，更是心理上的。有的人，变得越来越复杂，有的人，变得越来越简单，但是进化中的人，都会不约而同，拥有一种前所未有的东西，那就是更高级的感情。那种更高级的感情，让你宽容，让你克己，让你感恩，也让你自省，让你从过去那些自怜自艾、怨天尤人的混沌中醒过来。

家庭，是一个人之所以成为这个人的原生构成。你不能选择家庭，但是你能选择进化，选择辩证地看待自己的人生。我希望读书带给你的不仅仅是知识，更是智慧。只有智慧，才能真正让你睁开眼睛。选择停滞，还是选择前进，一切都看你自己！

说罢，伍元把那本《进化论》扔在扁福身上，转身走了。

伍元在前，罗宝瓶在后，她跟着他走进了阳光里。

机场，扁福跟着扁鳌，要过安检了，却突然停下脚步。

扁福看着扁鳌：我不想走。

扁鳌难以捉摸：我们就快要成功啦！你不想看看白洁痛不欲生的表情吗？我们一步一步，走到今天，不就是为了报复她吗！

扁福却表情痛苦：是，一开始，我们要报复她，我答应了给她女儿输血，我给了她希望，然后人间蒸发，让她绝望。她一定非常痛苦，她的女儿躺在病床上等着重生，却变成了等死，她一定非常恨我们，但这一切，都是她的报应。

扁福抬起头：她生不如死，我们应该非常痛快！可是爸爸，我现在，非常痛苦，非常煎熬，我不能这么一走了之，不管躲到天涯海角，我们的人生，都不会变得更好。我要留下来，我要回去找她，我要替她的女儿输血。

扁鳌难以置信地盯着扁福，使劲摇着他的肩膀：你疯了吧？你回去，我们所有的计划都前功尽弃了！你这个没用的东西，你到现在还没明白，她回来就只是为了要你的血！

扁福却坚定不已：我是她生的，不是吗？她给了我一条命，现在我能还她的，只有我身上的这些血！爸爸，我们放下过去吧，我们重新开始吧，我们一定会有一个很好的家，好不好？

扁鳌手在颤抖，最后，却一拳揍在扁福脸上。

扁鳌大喊：不好！你要是现在敢走，你就永远别再叫我爸爸！

扁福摇头：我已经害了春丽，我不能再害一个人！

扁鳌怔住：春丽？谁是春丽？

扁福一步一步后退：对不起爸爸，我不能走。

扁福转身往机场外跑去，扁鳌气急败坏地在众目睽睽之下指着儿子的背影大喊：好！你走！从今以后，我们断绝父子关系！

扁福回来了，他答应了要给妈妈白洁的女儿输血，他迟了。

白洁痛苦地抓着扁福：我终于等到你了！你这个坏孩子，你这个说话不算话的家伙，你太狠心了，你这是要我孩子的命啊！

白洁撕心裂肺，在众目睽睽之下打了扁福一巴掌。

白洁血红的眼睛瞪着扁福：你想跑？你想跑到哪儿去？你知不知道我的孩子她躺在病床上快要咽气了！

扁福无力地站着，像只受伤的小动物。他抬起眼睛，充满了绝望，充满了渴求，充满了对人生的困惑，轻轻说了一句：我也是你的孩子啊。

扁福给白洁的女儿输了血，一个人爬上医院楼顶，看着脚下熙熙攘攘的街道，倍感孤独。在他眼里，天空那么蓝，阳光那么刺眼，世界那么大，却没有自己的容身之地。

扁福抬起脚，往楼顶的边缘迈出一步，又一步。

在别人眼里，他是学生会会长，他有傲人的智商，他有名牌大学争相录取的推优资格。他理应有比别人都更广阔的未来，理应有更加灿烂，更加不平凡的人生。可是，他却从未这样讨厌自己，他觉得自己就像是一只苟且偷生的老鼠，一只过街老鼠。

越是否定自己，越是觉得人生无望。如果从这个楼顶，跳下去，是不是就一百了？是不是就解脱了，是不是就得到了永恒的快乐？

扁福咬咬牙，一直走到了摇摇欲坠的边界。

"你干什么！"一个声音从后面传来，扁福回头，看见了罗宝瓶。他眼里本来一瞬间怀着期望，他以为叫住他的人是妈妈，他以为这个世上，还有爱他的人要挽留他。可那是罗宝瓶，扁福的眼睛黯淡了，原来是一个他讨厌的人，她一定是在这个时刻，来嘲讽他，来看他笑话的。

罗宝瓶看见白洁带走了扁福，心里放心不下，便跟着他们去了医院。

目睹了扁福像个提线木偶，被妈妈拎着来去，给那个同母异父的妹妹输血的样子，罗宝瓶打心眼里心疼扁福。她看见扁福苍白的脸上，最后一丝表情：那是扁福看见妈妈紧紧抱住妹妹时，深深的羡慕。

扁福看着罗宝瓶：我知道，你是来看我笑话的。名人的墓志铭上，都是那样深刻的人生总结，我的呢？我的墓志铭就一句话——这个人的一生，就是个笑话，哈哈哈。

罗宝瓶不屑一顾：你有什么资格拥有一块墓志铭？你对这个世界有什么贡献？你有什么值得人称赞的德行？有什么了不起的技艺？你有什么流传千古的功业？你有什么难以被人忘怀的故事？像你这样，拥有了别人所没有的健康，还不珍惜，遇到挫折就内心崩溃，怨恨世界的懦夫，只管跳下去好了，你怎么还敢奢望墓志铭？不仅没有墓志铭，你连一块碑文可能都没有！碑文上写什么？写你怎样落荒而逃，粉身碎骨，体面无存？你跳下去，谁也报复不了，只是辜负了你这副好脑子，辜负了你本来应该拥有的远大前程。

扁福眼神动了动：没有灵魂，再远大的前程也是行尸走肉。

罗宝瓶严肃地告诉扁福：灵魂，是自己给自己的，不是别人给你的！灵魂是谁也拿不走的，更是不能被任何人所左右的！为什么会有那些高才生投毒、杀人的事件？为什么他们有那么好的脑子，有那么好的前途，却要用杀人来结束一切？因为他们像你一样，被自己困住了，他们找不到灵魂，所以被外面的世界控制了，被流言蜚语控制了，被自己幻想出来的悲惨处境控制了！他们和你一样，用伤害来摆脱控制，但结束一切，就是解脱吗？如果再给他们一次机会，他们还会那样做吗？

在坠入地狱之前，抓紧你的灵魂，不要撒手。

扁福回忆起童年，爸爸出狱之后，将他接走。跟着爸爸生活，比跟着妈妈，要幸福许多，至少他要什么就有什么。唯独一件，就是亲密。爸爸给不了他亲密，甚至剥夺了他对人的信任。

那时候，爸爸从报纸上读来了一个故事，便实践在他身上。

爸爸让他走上楼梯，然后背对着楼梯台阶往下跳。前几次，他不敢，爸爸说"别怕，我接着你！"他终于敢放心大胆，一闭眼往后跳！爸爸接住他了，他习惯了信任，习惯了依靠，习惯了亲密。可是最后一次往下跳时，爸爸却猛地闪开！扁福从台阶摔了下来。

那一次，他脑袋上缝了几十针，可爸爸却一脸冷漠地告诉他："不能相信任何人。"

从那之后，他变了。变成了一个孤独的小怪物，他和人群保持着远远的距离，他观察，也警惕，可是他内心里，从未间断地渴望着被爱。

他拥有强大的脑子，却丢失了灵魂。

灵魂，到底是什么？

扁福想起了春丽。

他告诉了罗宝瓶，春丽在游泳池出事那天的真相。

那天，春丽对绿萝"求婚"，引起了巨大轰动。

在楼梯一角的扁福，目睹了整个过程。虽然春丽是智障，但扁福却一直暗暗地羡慕春丽，因为春丽活得那么坦荡，那么执着，那么一往无前。而扁福自己，却是躲在阴暗的角落里，潮湿的洞穴里，除了会窜出来咬人，一无所有的小怪物。

绿萝说了那句"春丽他、他是弱智啊！"伤了春丽的心。

春丽拿着那枚戒指，一个人去了游泳池，对着碧蓝的池水发呆。

这时候，扁福出现在春丽的身后，嘲讽春丽："你不是执着吗，你不是一往无前吗，你什么都不是，你只是个弱智。"

可春丽，一点都不怪绿萝，反倒是托着腮自责："春丽给绿萝添麻烦了，春丽是个弱智，是不能和绿萝结婚的。"

扁福趁此机会，发泄内心的怨气，因为他一直喜欢绿萝，却始终不被绿萝正眼相看。春丽虽然是个智障，却是绿萝最好的朋友，绿萝只替春丽出头，处处捍卫春丽，早就让扁福看不顺眼了。扁福幸灾乐祸："这个世界上，人和人之间，哪会这么简单就拥有信任。"

春丽竟反驳："老师说了，信任，是人和人之间最基本的情感！不管别人怎么对我，我都会信任，我信任绿萝，信任所有人，包括你。"

扁福愣住了："包括我？"一时间，他竟不习惯这样被人"信任"，他恼羞成怒，一把抢过春丽手里的戒指，往游泳池里一扔！

扁福挑衅地瞪着春丽："现在呢？你还信任我吗？"谁料，春丽想也不想，扑通一声就跳进了泳池里，他要找那枚戒指！

扁福看着春丽傻傻地在泳池里扑腾着，他摊开手心：那枚戒指，赫然躺在扁福的手心里！原来，他只是做了个抛的动作，却并没有真的将戒指扔进水里。

扁福惊慌又害怕，他喃喃着，声音颤抖："不能相信任何人，这是给你的教训。"说罢，他转身离开了游泳池。

没想到，春丽却在泳池出事了。

校方承担了所有责任，终于惊醒的扁福心里却一直不能原谅自己。是他害了春丽。

听完了这些，罗宝瓶深深叹了口气。

原来，春丽并不是自杀，绿萝也不是凶手。这一切，都是因为这些少年，正处于"孩子"和"成人"的分水岭，他们好像什么都不懂，却也好像什么都懂了。他们站在天使和魔鬼的交界点，一不留神，就改变了一生。

这就是罗宝瓶，要向他们伸出手的原因。这个世上也许有很多很多，糟糕的大人，可是即使再糟糕，罗宝瓶还是要把希望给这些少年，让越来越多，越来越多的人，成为不那么糟糕的大人，成为越来越好的大人，成为让这个人世，变得更干净一点点的力量。

灵魂是什么？大概是不忘初心，生生不息。

罗宝瓶将手伸向扁福：我帮你找回灵魂。

扁福被罗宝瓶打动，却仍将信将疑。

罗宝瓶的手却坚定地伸着：不信？那我们打个赌，你敢吗？

扁福一愣：打赌？

罗宝瓶笑着看扁福：就赌上你对这个世界的信任。

扁福看着罗宝瓶，半晌，向她伸出了手，然后被罗宝瓶一把拉下了楼顶边界。

罗宝瓶看着那张，伍德的名片。

那是校庆那天，伍德来送药材，留下的。罗宝瓶想让伍德，帮一个忙。

伍德一口答应了，他是那么慈爱、乐天，耐心地听罗宝瓶聊一些学校食堂的小事，还兴致勃勃地给罗宝瓶讲一些实验室里的笑话，两人畅所欲言，完全成为忘年好友。罗宝瓶真没想到，在伍元嘴里那个咄咄逼人，望子成龙却欲速不达的爸爸，竟然完全是另一个样子！

伍德感叹，这辈子，觉得亏欠了儿子，但他们父子总一山难容二虎。说着说着，伍德拿出手机，一张一张给罗宝瓶翻看，都是伍元从小到大在各种竞赛中得奖的照片。罗宝瓶看着伍德那样沉醉在儿子成长的点滴之中，心生感动……无论这个爸爸表面上多尖酸冷漠，背地里和所有慈父一样，把孩子视为手心中的宝贝。

突然，伍德感叹："要是我们家伍元有这个福气，能把你娶回家多好！我这个当爹的就放心了。"罗宝瓶尴尬地摆手：千春酱回来了，他们应该重修旧好，我和伍元只是朋友。

"千春回来了？"伍德一愣，"我怎么不知道？"

"千春她爸爸……去世了，那天我看见她抱着骨灰盒来找伍元，她能依靠的也只有伍元了吧。"她不能当一个绊脚石，横在千春酱和伍元之间。

"徐大怪死了？！"伍德惊讶得要跳起来！"不会吧，我怎么一点消息都没收到？这么大事儿，我们老同学微信群里，连个屁都没人放？"伍德慌忙拿起手机，刷微信群消息，眉头皱得越来越紧："徐大怪死了？这老东西，还没跟我华山论剑，他怎么舍得死？不对、不对啊，完全没人提他死的事儿啊！"

原来伍德和千春酱的爸爸竟然是大学同学。罗宝瓶安慰伍德，也许是事情太突然了，家属还没来得及通知……

伍德还没回过神来，呆了半晌，缓缓告诉罗宝瓶，当年伍元化学系毕业，就到立德高中执教。除了教书，伍元还做很多其他跟化学有关的工作，比如城市地下水净化，给大型电池公司做技术支持、燃料检测，帮制药公司做研发，研究有机合成或者量子化学……后来，一次无意中的机会，伍元闯进了深山里一座年久失修的寺庙。据说那座寺庙有上千年的历史，却保护不善，岌岌可危，那寺庙的壁画更是美轮美奂，实属中华民族的艺术精品！为了那座寺庙，伍元去了东京，找到了伍德的老同学徐大怪。徐大怪是化学方面的高人，带着伍元游历了京都古刹，联系上了他德国的朋友，传授了伍元最先进的文物修复技术。

就是在那个时候，伍元认识了千春。

说起来，徐大怪只是大家给他起的绰号，因为他实在是太古怪。硬要比较，可能徐大怪就是金庸笔下的周伯通，完全是个老顽童，凡事不按常理出牌。他老婆早年被他给气跑了，他就一个人带着女儿徐千春，周游世界，把他从各个国家淘回来的物件儿乱七八糟塞得满屋都是！千春呢，早受不了那个乱七八糟的家，又不敢数落不拘小节的徐大怪，没想到伍元一去，看着那面墙——实在是要逼死强迫症患者！那是一套"欧洲中世纪少妇图"墙砖，下半身拼得很正常，少妇提着蓬蓬裙，站姿端庄，上半身却拼倒了，少妇的脸蛋和胸部就像被砍断的娃娃一般九十度躺倒在蓬蓬裙上！伍元当即受不了，趁着徐大怪睡着了，把他的墙砖给撬了，气得徐大怪追着伍元打，说伍元不懂艺术，逗得千春哈哈大笑，终于有人替她出了一口恶气！那之后，千春就爱上伍元了。

伍德想起这些往事还发笑，千春那个时候啊，真的是穷追猛打，逼得徐大怪直接来找伍德："让伍元赶紧接受千春，不然咱俩没完！"伍德却只能耸肩："这儿子打小跟我就是冤家，他听谁的话也不能听我的话啊！"可伍德还是去怂恿了伍元："我看千春那孩子挺没脸没皮的，哪有姑娘家赶着要跟人谈恋爱的？你不许再跟她来往！"

果然不出所料，伍元非得跟爸爸对着干，当即接受了千春的示爱。伍德事后笑得直不起腰来：小兔崽子，知不知道什么叫道高一尺魔高一丈？

听着他们的往事，连罗宝瓶都跟着开心，千春和伍元多般配啊，他们还有一个孩子呢。

"孩子？！"这次，伍德吓得差点摔下椅子！

他竟然都不知道，千春酱给伍元生了一个孩子！

医院里，罗宝瓶赶去见杨丽，却目睹了一场悲伤的别离。

杨丽坚持，跟许小东分手。

许小东苦苦挽留，说他不能在这个时候离开她。可是，杨丽毫不留情。她告诉许小东：和你在一起，本来就是第二选择。如果当初，在我的生活中有更好的男人出现，各方面条件，都满足了我的第一选择，我绝对不会跟你在一起。既然我的身体，已经出了问题，我想在接下来的人生里，好好享受，去抓住我真正想要的，去过"第一选择"的生活。你就放了我吧，我的日子可能也不多了，让我去过，我想要的生活吧！

许小东黯然，成全了杨丽。

他默默地离开病房，和罗宝瓶擦肩而过。可是在这个瞬间，罗宝瓶分明，从杨丽眼睛里看见了痛苦，看见了不舍，看见了不忍心。

罗宝瓶想起了，那个晚上她和杨丽在阳台上的对话。

那天，罗宝瓶一仰头，喝光了杯中的红酒，转头看杨丽："你答应跟许小东恋爱，不也是报恩吗？你是报恩，对不对？你是不忍心，对不对？"

杨丽笑了，摇头："你是报恩，你是不忍心，我不是。我是心动。"

罗宝瓶回过神，她明白，杨丽对许小东，绝对不是"第二选择"。杨丽是放手，为许小东选择了一种更广阔的人生。

杨丽一路过关斩将，以为找到了真爱，却站在她的真爱面前，被"孩子"给拦住了。她告诉罗宝瓶，她知道，许小东有多想要一个孩子。如果切除子宫，那么这辈子她都没法成全许小东一个当爸爸的心愿，她不能拖许小东的后腿。

在罗宝瓶怀里，杨丽哭得很脆弱。

罗宝瓶抚摸着杨丽的头发，轻轻说："哭吧，哭出来吧，好好哭一次。等哭得过瘾了，咱们就乖乖听医生的话，该治疗治疗，该手术手术，咱们重新开始。不管什么时候，不管你成了什么样子，我都最爱你，我都会一直陪着你，咱不怕。等你好了，咱们还要去环游世界呢！"

抱着杨丽，说着宽慰的话，其实罗宝瓶心里，也在流泪。

月满星稀的夜，突然被刺耳的机车马达声震得寒气逼人。

扁鳌疯了一样踩油门，他要往医院赶，儿子出事了。

医院太平间，扁鳌跌跌撞撞地冲进来，只看见冰冷的水泥板上，躺着一个瘦弱的男孩。

男孩身体上蒙着一张白布。

一瞬间，扁鳌被彻骨的冰冷渗透，战战兢兢地掀开了那张白布，看见了男孩面无血色的脸。是他的儿子，扁福。

穿白大褂的医生伍德，和几名主治医生，默默摇头。

原来，一个小时之前，扁福出了车祸，被送到医院抢救！医院没联系上家人，但找到了学校——这时候，伍元和罗宝瓶冲进来，看见扁福，都惊呆了。

罗宝瓶上气不接下气："他、他……"

再也回不来了。伍德一个眼神，几名医生连忙解释，他们已经尽了最大的努力。

扁鲞无法接受这样唐突的事实，两眼呆滞，扑通一下跪在儿子面前。

他控制不住自己，痛哭起来。他从未流露过的脆弱，让那个躺在白布下的男孩，手指轻轻一动。

扁鲞抽噎着：还没有来得及温柔待你，你就离我而去。也许想起了第一次把这个男孩接回家的样子，也许想起了每次为男孩洗衣做饭，陪男孩读书写字的日子，也许想起了这个男孩举着一张又一张满分试卷向他跑来的样子，也许想起了父子相依为命的点滴，也许想起了他曾给这个男孩，那样短暂的一个家……他深爱着这个男孩，也深深地伤害过这个男孩。

一只手，扶住了扁鲞颤抖的肩膀。

是罗宝瓶。她看到了，扁鲞对儿子的爱，她看到了扁鲞脸上那些复杂交割的情绪。

罗宝瓶轻轻开口：现在的家长，很少关心孩子们的心里，真正在想些什么，只关心的是：你要考什么大学？你模拟考试怎么样？你考了第几名？你有没有达到我的要求？你有没有辜负我辛辛苦苦赚来的学费？很少有人会问孩子：你今天，开不开心？在学校里，有什么收获？和同学们相处愉快吗？有喜欢的女孩吗？有想和我分享的电影吗？可以让我听听你爱豆的新歌吗？

扁鲞怔住了，这么多年，他一直活在自己压抑阴沉的世界里，从来没有真正地看一看，儿子的心。高中生，半大不大，既懵懵懂懂地解读了大人的世界，又未曾脱去孩子的天真和稚嫩，他们的心里，到底在想什么？

这个时期的家长，正当壮年，拼事业，拼家庭，在人生的战场上鲜血淋漓，谁还顾及得到孩子的真心？罗宝瓶告诉扁鲞，其实扁福想要的真的很简单：你停下来，看看我，我要看你看到我的心。

扁鳌难过得几乎说不出话来：现在我停下来了，我看到你了，可是一切都来不及了。

那个躺在白布里的扁福，突然坐了起来，一把抱住了扁鳌！

扁福又哭又笑，抱着爸爸一个劲儿说：对不起，我骗了你。

扁鳌傻了。

他怔怔看了儿子半天，反手一个巴掌打上去：长本事了，敢耍我？！

扁鳌指着扁福和罗宝瓶破口大骂：我是怎么对你的？你呢？你又是怎么对我的？让你出国你不肯，非得跑回来，给那个女人输血，还跟别人合起来耍我，你到底想干什么？你想玩死我！今天既然你跟我装死，那我把话撂在这儿，我就当你真死了，你给我滚！

扁福又委屈又懊恼，撞开罗宝瓶就跑了出去！

罗宝瓶和伍元急忙追了出去！

扁鳌腿一软，滑倒在地，直勾勾盯着眼前的伍德和几个医生："为什么？为什么要合起来耍我？"伍德挨着扁鳌坐下，点了一支烟，幽幽地说："在孩子需要你的时候，一脚端开他，这是不管过了多少年，你付出多少倍的努力，都弥补不回来的。"

伍德的话，轻轻打在扁鳌的心头。

为什么他们要这样做？其实在扁鳌以为儿子死了的那一刻，他就已经明白了。

家长，是孩子最好的老师，家庭教育，是一切教育的基础。

夜幕下，巨大的旋转木马，闪烁如童话世界。扁福和扁鳌，儿子和爸爸，坐在旋转木马上，就好像回到了遥远的时光里。那年，扁福被爸爸接走，来的第一个地方就是这里。那些不曾得到的依靠，那些不敢奢望的娇宠，在爸爸身边逐一得到满足，却又被爸爸逐一拿走。

扁鳌从伍德身边跳起来，第一个地方就是赶来这里。

该说对不起的人是爸爸。好多年，扁鳌没有这样抱过儿子，失而复得，他才知道，被儿子依靠，被儿子信任，被儿子紧紧相拥，有多温暖。

这个让人束手无策的小怪兽，终于得救了。

罗宝瓶语录：

青春不能错过的第十三件事：珍惜你的身体。身体，是你出生在这个世界上的第一份礼物。无论是健康的，还是不健康的，身体都是我们来体验这次人生的载体。有了身体，才有了一切。所以不要以年轻的名义糟蹋身体，更不要以疾病的名义放弃身体，珍惜身体就是珍惜这来之不易的一次生的机会。如果可以，就现在，开始锻炼吧！

风波过后，伍元和罗宝瓶，坐在校外奶茶店喝珍珠奶茶。

伍元意味深长地看着罗宝瓶："我觉得，你真的很没有女人味，像男人一样，怪不得被大家叫作宝哥。"

罗宝瓶一听，喷了："什么叫像男人一样！你告诉我，男人有我这么温柔可爱吗？"

伍元撇撇嘴："温柔？可爱？这大概是你对自己最不着边际的幻想。"

罗宝瓶气笑了，一口珍珠喷在伍元身上：我喷死你！

伍元也不甘示弱，回吐罗宝瓶：看谁吐得过谁！

当李树忙完了公司的事务，赶来接罗宝瓶下班时，正好站在奶茶店窗外，看见罗宝瓶和伍元在朝对方互吐珍珠。

虽然那场面，令人有点难以直视，但不可否认，那对互吐珍珠的男女之间，气氛很和谐。

李树心里，终于下定了决心。他想，自己的表白，也许从一开始就是多余的。

14

我叫罗宝瓶，我想认真和李树交往，我想认真报答李树。

杨丽都告诉我，放手，也许才是对他最好的方式。

我约了李树，想和他好好谈一谈，却被一个电话打断。

电话那头，任德咆哮，声音粗大到要震碎手机："妈的！徐大怪！我看见千春的爸爸徐大怪了！他不是死了吗！"

伍德急速踱步，激动得语无伦次，说他应邀去担任一个化学竞赛的评委，结果中途去厕所的时候，闻到了一股恼人的香水味！那种味道，就是徐大怪最喜欢的"糖炒栗子"味香水！为什么是糖炒栗子香水，而不是真的有人在厕所吃了糖炒栗子？因为那种香水味里，混合了桂花乌龙味的前调，糖炒栗子味的中调和浓重的白檀莲花味后调，只有徐大怪那个老家伙才调得出这种味道的绝佳比例！徐大怪曾说，他的糖炒栗子香水，有绝佳的人生意义：一杯桂花乌龙，喝饿了，来一盘浓香的糖炒栗子，吃饱了，四大皆空，如白檀莲花般万籁俱寂，遁入空灵，整个过程就像人生。

伍德狠狠地"呸"了一口："喷着这恼人的香水四处乱窜，一边装人生导师一边装死！"

伍德从厕所追出去，分明看到了徐大怪的背影，可惜一眨眼就不见了。

他咬牙切齿："一定要把那个老家伙揪出来！我就说嘛，跟我斗了几十年，说好了华山论剑，还没比呢人就死了？我看他就是怯了，他怕我，他不敢跟我进行最后的决战！"

李树打开网页，仔细翻看着，果然在化学竞赛的官网上找到了一个网名叫"一颗小栗子"的人留言，各种奚落伍德作为竞赛的评委露出的诸多马脚，都被他一一捉住了。李树确定，这人一定是徐大怪！作为几十年的老对手，徐大怪会想方设法挑伍德的毛病，却只能通过官网，以这种方式来打嘴炮。

伍德吹胡子瞪眼，指着电脑跺脚："狗屁马脚，给我回！一条一条回！"

于是，化名"人参黑豆营养饭"的伍德，和化名"一颗小栗子"的徐大怪，就各种化学知识点，一来一回，在网上争得不可开交，甚至吸引了很多化学爱好者前来观摩！最后，两人约好了当面切磋，私聊约定了见面的时间地点。

伍德摩拳擦掌："小栗子，我这回非让你死而复生，捏碎你不可！"

扁福重新回到学校，第一件事就是去春丽的病房，向春丽道歉。

扁福告诉春丽：是我错了。我告诉你说，这个世界上，人和人之间，没那么容易产生信任，是我错了。你的坚持，是对的，谢谢你对我的信任。

成人仪式。

这是立德高中，针对高三学生的一次成人教育，让他们知道十八岁了，成人了，应当懂得作为一个公民的基本权利和义务，也让他们知道即使成人了，也要不断学习。

高三三班，却在这次成人仪式上，全体迟到了！

教导主任气得，在全年级大会上数落伍元"上梁不正下梁歪"！找不到学生也就罢了，连伍元也消失得无影无踪！

这时候，伍元漆黑的保时捷911耀武扬威地开进校园。

所有人都朝他的豪车看去……车里放着震耳欲聋的摇滚乐，整个车子宛如一台移动的大音响！这辆豪车的后面，竟然还跟着一辆大巴车！

众目睽睽之下，911和大巴车相继在操场边上停下来。大巴车门一开，里面一个接一个跳出了高三三班的学生们……所有人都傻眼了：高三三班的男生们，都身穿黑色西装、白衬衫，系着五颜六色的彩色领带，每人脚上都穿着干净得闪闪发光的新皮鞋！高三三班的女生们，都穿着粉红色的小礼裙，有的高高梳起马尾，有的将长发飘散在风中，有的卷了耀眼的大波浪……每个人都穿着五颜六色的高跟鞋，如同一片粉色的花海中飞舞着七彩蝴蝶！

男生女生们在轰隆隆的摇滚中自信满满，阔步而来，他们身上满是青春逼人的力量，满是无所畏惧的勇气，他们本来就年轻美貌的脸，在这色彩和音乐的衬托下愈发艳丽，简直就像是校园里洒下了一片五光十色的艳阳！

911的车门打开了。伍元穿着笔挺的西装，精致的剪裁将他完美的身材尽显。所有人都看呆了，罗宝瓶更是合不拢嘴："太帅了，太帅了……"

伍元潇洒地走向另一侧车门，开门，探身进去将一个男孩抱了出来……是春丽！

就连春丽，也身着笔挺的西装，白衬衫上系着一条明艳艳的黄色领带。原本苍白的脸，此刻却带着红晕，就像一个马上就要在甜梦中醒过来的婴儿！

赵小侠展开一架轮椅，伍元将春丽放在轮椅上，这下，高三三班到齐了。

是的，这才是高三三班，一个都不能少的高三三班。

他们踏在一条金光大道上，要走向他们所期待的远方。还不待教导主任发话，伍元便郑重而大声地宣布：高三三班的成人仪式，现在开始！

伍元举起了右手，带领着全体同学宣誓：

在此正式成人之际，我以一个中华人民共和国公民的名义，面对中华人民共和国国旗庄严宣誓——

捍卫神圣宪法，维护法律尊严；

履行公民义务，承担社会道义；

继承先辈意志，弘扬优秀传统；

国家昌盛为先，人民利益至上；

……

伍元每宣誓一句，高三三班的孩子们就跟着宣誓一句。掷地有声，我们成人了！

我会努力学习，探求真知，做终身的学习者；

我会心怀梦想，勇于创新，成为时代的先锋。

……

伍元声音高昂：记住现在这个时刻，记住站在阳光下的感觉！你们努力了，拼命了，换来了一个你们想要的未来，那个时候你就会看见，你们身边，站着很多很多，和你们一样的人，满怀希望，志同道合，一起站在阳光里的人！你们将远离潮湿阴冷的洞穴，你们将刺破冷漠决绝的人心，你们的眼界越宽广，心就会越坦荡。你们的努力，不是为了挤上金字塔顶，不是为了迷惑身心的名利，而正为了，永远保持住这颗坦荡的心。人生，不长，不要辜负这来之不易的生的机会，我希望你们一直到二十八岁、四十八岁、六十八岁、八十八岁还充满童心，充满好奇心，充满了闯世界的勇气，充满了坦坦荡荡，不惧黑暗的底气！

高考，是通往更好人生的一块垫脚石，但绝不是决定你人生的唯一机会。能决定你们人生的，不是任何一次考试，不是任何一个意外，不是任何一个外人，而只是你们自己。现在，你们是整个立德高中，最漂亮的高三三班，但我想要你们不仅仅是长得漂亮，穿得漂亮，我还想要你们从今往后，活得漂亮！

这三年，能朝夕相伴，能当你们的班主任，我很幸运，谢谢你们。

伍元冲着整个高三三班，深深鞠了一躬。是这个班，让他成长了，是这个班，让他找回了自己，是这个班让他睁开眼睛看见，作为一个班主任的意义，作为一个老师的意义。

坐在轮椅上，闭着眼睛的春丽，眼角滑落了两行眼泪。

罗宝瓶惊喜地捂住嘴巴，不住颤抖："春丽醒了，春丽醒了……"

化名"人参黑豆营养饭"的伍德，和化名"一颗小栗子"的徐大怪，终于见面了。

伍德一袭考究的黑色西装，乳白色衬衫，搭配一条暖灰色领带，一手拎一个精致的黑色皮包，一手扶了扶鼻梁上的高级墨镜，岿然不动地站在山脚下。他的满头银发，在微风中丝丝波动，整个人看起来像是黑帮电影中走出来的大佬。

徐大怪一身橘黄色冲锋衣，灰色冲锋裤，脚上踩一双满是泥泞的登山鞋，眯着眼睛打量着面前的伍德。微风拂来，徐大怪的帽檐轻轻翻起，露出若隐若现的光头，他整个人看起来就像是翻了十万八千里筋斗云而来的悟空。

伍德哼了一声："华山论剑，还没比就装死，戾了吧？"

徐大怪毫不示弱，装死，是有不得已而为之的苦衷，并不是怕了伍德！两个人你一言我一语，呛得不可开交。两个化学高人，一手翻出一片星河，一手将对方的矿泉水变成牛奶，一手将身边的溪水燃起一团火，一手将天空炸出一片烟花，一手在空中凭空写出几个大字，一手让身边的植物都跳起舞来……

这还只是个开始，两人要比试这么多年来，到底谁更厉害，相约到山顶人迹罕至的地方一较高下！一路上，两个人还互不相让，一边爬山，一边打嘴炮：一个要用化学的方式制造微波泡，以产生大量等离子的方式来制造出世上罕见的球形闪电！另一个不甘示弱，你制造球形闪电，我就制造暴风雨，以化学的方式精确预估云层的降雨量，进行冷云增雨，想要多大的暴风雨我就能给多大的暴风雨，这是哪个国家都做不到的！一个不服气，你会造雨，我还会造台风呢，我还会造冰雹，造海市蜃楼！

一路上，双方使出了各自几十年来的看家本领，在化学领域争论得喋喋不休。

山体铿锵，台阶曲折绵长，两个老头一个不留神，一会儿这个磕了腿，一会儿那个扑通摔在台阶上，还指着对方威胁："别扶我，我结实着呢！"

两个老头叮叮咣咣终于爬上了山顶，已经口干舌燥，还不服气地打开各自的包，要比试比试！一开包傻眼了，他们为了今天这一场"华山论剑"，携带的烧杯、容器什么的，全部在爬山的叮叮咣咣中，摔了个七零八落！

俩人傻眼了，工具摔坏了，可比赛还没结束。

伍德冷冷一笑，从皮包里摸出一个厚厚的文件夹。他打开文件夹，一张一张抽出这些年来的丰硕成果：英国皇家化学会青年化学奖、中国化学会高分子科学创新奖，有机合成化学创造奖，美国亚当斯化学奖，中国科学院自然科学奖，国家最高科学技术奖……不一会儿，伍德的化学奖项摞了一堆！

徐大怪也不甘示弱，从登山包里掏出一个塑料袋，从里面捞出皱皱巴巴的一些纸张：国家自然科学奖，国家科学技术进步奖，美国总统绿色化学挑战奖，英国绿色化学技术奖，日本绿色可持续发展化学奖，澳大利亚化学会绿色化学挑战奖，加拿大绿色化学奖章，ACS分析化学奖，中国化学会高分子科学创新奖……

要比奖牌，谁赢得了谁？要比论文，两个人都拍出这些年，我在什么专业期刊上发表过五百篇论文，你在什么研究所有六百多个前无古人后无来者的发明。两个老头俨然是两个孩童，你争我夺，却谁也没捞着谁的好。

吵累了，瘫在山顶的草地上，望着天空。

伍德瞥也不瞥徐大怪一眼，问他：为什么装死？

徐大怪倒是红了脸，小声嘟囔了一句：还不是因为伍元那个臭小子！

赛马场，李树和罗宝瓶在看台上伸长了脖子，等待着马匹开跑的激情一刻！

这是罗宝瓶第一次看赛马，这次赛马由中国赛马管理委员会和中国赛马执行委员会举办，李树还特地买了马彩，跟罗宝瓶约定，赢了的人，可以向输家提出任何要求，输家都必须无条件满足！

罗宝瓶兴奋地观察马匹，选择了一匹油亮健壮的黑马，下了注。

李树却对自己选择的马匹保密，一定要等到比赛结束，再公布结果。

一声枪响，数十匹马齐刷刷地飞奔而出！骑在马上的赛马手躬着身体，身着不同颜色的赛马服，紧紧勒紧了双腿。随着马匹的狂奔，赛马手们几乎整个身体站立在马背上！身体随着马身的起伏而有节奏地配合着。很快，一个身着红衣的赛马手遥遥领先！他所驾驭的是一匹光泽非常明媚的红马，马头有一块白斑，像是一颗窜天流星！

在场的所有人都沸腾了，罗宝瓶激动地跳起来，为她下注的黑马加油！可是，黑马拼了命狂奔，也只是众马之中的平庸之辈，根本没有胜出的可能！几圈之后，得到冠军的果不其然，是那匹窜天流星。

这时候，李树才亮出他的票：李树下注的，竟然就是那匹窜天流星！

罗宝瓶惊异地捂住了嘴巴："你、你怎么知道那匹马会赢？"

李树微微笑着，目光深邃，秘诀就是识马。识马有四句口诀：先看一张皮，后看四只蹄，槽口摸一把，膀头一般齐。看皮，也就是看毛色，以红黑为上等色，皮的弹性和毛的光泽也很重要。后看四只蹄，也就是说，要选择蹄正，腿粗的马。槽口摸一把，就是看口，也就是看牙，牙是识别马龄的关键。膀头一般齐呢，就是看马的骨架了，光是骨架，都有一番学问在里面，外行人是摸不明白的。

听了李树的解释，罗宝瓶敬佩不已，没想到李树连这个都知道！

罗宝瓶愿赌服输，问李树："你提要求吧，我无条件满足！"

李树看了罗宝瓶半天，最终，嘴角一弯，笑了。他的笑，仍是那样温柔，开口却无比认真："罗宝瓶，我们分手吧。"

话一出口，罗宝瓶愣住了。

分手？她没有想到，李树提出的要求，竟然是这个。是这种报恩的方式，令李树感到了羞辱？罗宝瓶一时间，陷入了尴尬，却被李树抓住了肩膀。

李树告诉她：我们不合适。我们是兄弟，这个关系，从前没有变过，将来，也不会再改变。我对你……实在是，没有对一个女人的冲动。

李树极力支撑着自己的谎言。

他爱罗宝瓶，却不能允许罗宝瓶因为报恩，而委曲求全。打从一开始，他出现在罗宝瓶的人生里，就没有想过回报。他的出现，就是为保护罗宝瓶而精心策划的，而他能够得到的最大的回报，就是罗宝瓶的信任。除此之外，强求其他，只会毁了这十年来，他小心翼翼守护的一切。

罗宝瓶却信以为真，大大咧咧笑了，一锤李树：你早说啊！我对你，也没有对一个男人的冲动，我怎么看，都觉得你是大哥！跟大哥恋爱，感觉就像是在……乱伦！

李树差点喷出一口老血。

这段恋情，也算是有始有终，只是罗宝瓶不知道的是，李树给今天比赛的每一匹马，都下了注。只有买了每一匹马，才能保证，让罗宝瓶这个他深爱的女人，万无一失地逃出他的掌心。

我叫罗宝瓶，我想认真和李树交往，我想认真报答李树。

杨丽都告诉我，放手，也许才是对他最好的方式。

每一次，他都能轻而易举，化解我的难堪，就像这一次。

他比我先一步，提出了退出。

每一次，在拥挤的人潮中，我转头看他，他都正好站在那里，就像这一次。

"大哥，谢谢你的十年。"

咖啡馆里，李树约见了伍元。

他坐在伍元面前，拿出手机，翻开微信记录。打开了一张照片，是伍德刚刚传给他的，两个老头在山顶上握手言和之后的亲密自拍。

伍元几乎要跳起来：徐老前辈？！

李树点点头，徐老前辈，活得好好的，他的"死"，只是千春酱的谎言。也许，是千春酱要极力挽回伍元，而找到的唯一一个，名正言顺的理由。

李树告诉震惊的伍元，他已经跟罗宝瓶分手了。

也许这世上，很多事情都可以安排。可爱情，是唯一绞尽脑汁，却也无法安排妥帖的一件事。也许这世上，有很多的感动，可是十年的感动，也敌不过一次怦然心动。

所有真爱，开始都很容易，结束却倍加艰辛。李树知道，真正相爱的人，是不可能轻易结束的，而自己，自始至终都没有让罗宝瓶开始过。所以，李树选择了成全。

他警告伍元：如果你辜负了罗宝瓶，不管你逃到天涯海角，我都会弄死你。

看着伍元跑出咖啡馆，李树拨了一个电话。

有一个人，他需要自己去面对，他需要去告诉那个人：尽管没有得到理想的爱情，他仍拥有了灿烂的人生。那个人，就是李树的外婆。

千春酱一进门，发现伍元正坐在餐桌上候着她，津津有味地吃烤面包。

千春酱笑靥如花："烤了面包？哇，好香啊！"她款款而来，看着桌上奶黄色、香喷喷的面包，馋得眼睛都亮了。她眨眨眼："怎么，不会是想一个人独享吧？"伍元微笑，一边嚼着面包，一边伸手做了一个"请"的动作，让千春酱也一起品尝这极品美味。

千春酱迫不及待拿起了一块面包，送进嘴里。

一口咬下去，她眯起眼睛，连连赞叹："好吃！真好吃！"

伍元也连连点头："好吃吧！不愧是徐老前辈的骨灰，原来骨灰面包，味道竟是这么赞！"说着，伍元拨弄着桌上那些面包，"你看，这儿有菠萝骨灰面包，有奶油骨灰面包，还有巧克力骨灰面包！你不是喜欢吃草莓吗？我专门为你准备了草莓骨灰面包！"

千春酱的脸，刷一下就白了。她结结巴巴问伍元："你说这是、这是什么？"

伍元收起了笑脸，将徐老前辈的骨灰盒，哐当一下，放在千春酱面前。

"这是什么？这是徐老前辈的骨灰啊！真想不到，徐老前辈竟然生得这么环保，连骨灰都是面粉做的！"伍元盯着千春酱，接着说："日本品牌日清出产的高筋小麦粉，看来徐老前辈骨骼清奇，果然不是泛泛之辈。"

千春酱面红耳赤："这、这个……阿元，其实……"

伍元打断了千春酱："其实什么？抱着徐老前辈的骨灰盒来找我，利用我的同情心，觉得自己很聪明是不是？其实你爸爸，徐老前辈，根本就没死！"

千春酱连忙解释："我爱你，我想跟你在一起，是我为了跟你在一起不择手段了，我错了！"

伍元却摇头："可是我不爱你。我们之间，早就结束了，那段短暂的爱情，只是我在跟我爸闹脾气。该说对不起的人，是我。"

伍元想起，当年爸爸伍德的怂恿："我看千春那孩子挺没脸没皮的，哪有姑娘家赶着要跟人谈恋爱的？你不许再跟她来往！"于是，伍元非得跟爸爸对着干，当即接受了千春的示爱，殊不知竟落入了爸爸挖的坑。

伍元已经替千春酱收拾好了行李，时间到了，该离开了。千春酱却不要，死死拽住伍元："为什么要这样羞辱我？你既然知道你对不起我，为什么不用力拉住我，用力补偿我？"

伍元拨开千春酱的手："酒店地址，已经发到你手机上了。我帮你叫车。"

伍元要走，却没想到千春酱突然扯起裙角，她绝望地看着伍元："你说，那段短暂的爱情，只是你跟你爸闹脾气？我不相信，我不信你没有爱过我！我现在就烧死自己，如果你爱过我，你会来救我。"

说罢，千春酱点燃了打火机，将打火机扔在裙边。

一时间千春酱的裙子迅速燃烧起来！千春酱站在烈火中间，挑衅地看着伍元。

她要逼伍元承认，爱过。

可是，在这一瞬间，伍元却一伸手，拉了一下墙上一处开关。

"嘀——"一声警报之后，整个房间下起了瓢泼大雨！

千春酱傻眼了。只见倾泻而下的"大雨"，将千春酱淋湿了个透。

伍元耸耸肩："一个化学家的家里，一定会有防火装置。"

说罢，伍元转身走了。

杨丽最终，没有选择切除子宫，而是选择了另一条路：化疗。

将癌细胞彻底扼杀，给自己留一次生宝宝的机会。杨丽甚至笑着对罗宝瓶说："送我一顶漂亮的假发吧，等做化疗掉没了头发，我戴上假发，照样跟你压马路去！"

进化疗室之前，杨丽突然想起了什么，一定要告诉罗宝瓶。

原来，她想说的是那个晚上。

那个罗宝瓶喝得迷迷瞪瞪，被伍元送回她家楼下的晚上。

伍元俯下身，吻了熟睡中的罗宝瓶。

现在，杨丽要进化疗室了，握住罗宝瓶的手，一字一句告诉她："好的爱情，是成全，是彼此帮助，彼此成就，让对方有一个更美好的人生。"罗宝瓶和伍元，彼此帮助，彼此成就，两个人都得到了更美好的人生，这是好的爱情，是杨丽想帮罗宝瓶更进一步的爱情。

杨丽在化疗室里，罗宝瓶趴在化疗室外的玻璃上，哭得像个傻子。

她竟然对伍元的心动，毫不知情！

伍元应约，来见了莫茶。

自从莫茶，挡了小卷毛那一刀后，一直在医院静养。她已经办完了小卷毛的领养手续，把小卷毛接到了自己身边，成了小卷毛的妈妈。

莫茶的眼神，从未这样温柔，这样温和。她想跟伍元聊聊，像是跟一个好朋友。

莫茶从学校辞职后，一直很挂念她的学生们，想问问伍元那些孩子们怎么样了，成绩进步了没有，高考前准备做好了吗？

莫茶的关切让伍元奇怪：既然这样不舍，为什么又要辞职？

提到这个，莫茶的眼神黯淡了，那眼睛背后有着深藏多年的秘密。可是她犹豫再三，终于还是决定将这个秘密告诉伍元，终于还是要面对过去，面对自己。

莫茶开口：我这一生，最幸运的事，就是认识了罗宝瓶。

那一年，莫茶还没改名，叫莫小珊。

莫小珊是高中班里最不起眼的一个女孩子。

那时候，日子很清苦，她很努力要考上一个好大学，有一个好未来，将来找一个好工作，帮妈妈减轻生活的负担。

她是穷大的，她爱妈妈，却也恨妈妈。她被贫穷所折磨，被毫无尊严的生活所折磨，别的女孩在花季有漂亮的新衣，而她有的，只是亲戚朋友们穿剩下不要的旧衣服。甚至有一次，一个亲戚塞来一件洗变形的

270

胸罩，妈妈还像个宝贝似的收下了，对亲戚百般感谢！

在学校里，别的女孩们穿的都是漂亮的运动鞋，而她穿着开了胶还反反复复粘过的破胶鞋。甚至有人在背后嘲笑她，说她穷。可是穷，是罪过吗？穿得丑，是罪过吗？在她因为流言蜚语，而成绩急剧下滑的关头，只有一个人站出来力挺她，那是罗宝瓶。

她还记得，罗宝瓶那天，不知道从哪儿弄来了一双，和她脚上一模一样的破胶鞋。晨跑，罗宝瓶出现在大家的视线中时，所有人都惊呆了。罗宝瓶不以为意，跑得特别卖力，还连声说：解放军跑步，都穿胶鞋，这叫磨炼意志！连一双胶鞋都战胜不了，还参加什么高考！

莫小珊以为，这只是罗宝瓶的一时兴起，可是，这双胶鞋一穿，罗宝瓶就没再脱下来过。莫小珊是班里最不起眼的一个，而罗宝瓶，却是班里最耀眼的那一个。

罗宝瓶爽朗，大方又仗义，老师学生都喜欢她。

那一次，罗宝瓶仗义到，替莫小珊进行全班募捐。那一次，是老师要收补课费，莫小珊的妈妈大闹办公室，搞得满城风雨。莫小珊倍感羞辱，抬不起头来，自卑地缩在角落里……其实，她们家哪里是拿不出那三百元的补课费？她太知道妈妈了，她太懂那种穷人的侥幸，以为无理取闹、哭穷卖惨就可以屡试不爽。这是在撒谎，这是在利用别人的同情心，这是在钻空子！莫小珊留下了无声的眼泪，这是在控诉不公的身世，更是在谴责自己对妈妈的纵容。

可是偏偏在这个时候，罗宝瓶抱着捐款箱走上了讲台。

罗宝瓶为莫小珊组织了一次全班募捐。罗宝瓶以为这是在帮莫小珊，这仗义却将莫小珊最后一丝尊严踩得粉碎。莫小珊恨自己，更恨罗宝瓶！为什么我享受着你的恩惠，却越来越像个卑鄙龌龊的小人？为什么你一再为我挺身而出，你的高高在上却让我那样讨厌？因为你的付出，只满足了你自己，你从来没有真的回头看看我，你从来没有问过我，到底想要的是什么？我要的是自尊，我要的是平等，我要的是你拿我当朋友，而不是"金锁"！

那次募捐，莫小珊捧着罗宝瓶递来的五百多块钱"善款"，笑了。

她谢谢罗宝瓶，谢谢全班同学的善心，她得到了友爱，却从此失去了真心。

那个夏天，那个炎热的午后，那个改变了她和罗宝瓶人生的瞬间，又浮现眼前。

那时候，妈妈因病去世，莫小珊和继父郭大力一起生活。

莫小珊穿着夏天的裙子，还是妈妈捡来的旧裙子，却撩动了继父的欲望。

莫小珊只记得恐惧，深深的恐惧，记得那个男人扑来时，她手无缚鸡之力的绝望。

就在那时，只听见"嘭"的一声，继父的动作突然停住了！

莫小珊看见，罗宝瓶站在继父的身后。

罗宝瓶手里拿着一块板儿砖，砖上有血。罗宝瓶显然也吓呆了，可是她就那样倔强地站着，看着继父。

继父一摸脑袋，一个窟窿，一摊血，顿时吓得魂儿都没了，求莫小珊：打120，救我！

那个瞬间，莫小珊心里，是挣扎的。救，还是不救？让你活下来，还是让你死？

最后，打120的人，是罗宝瓶。当继父郭大力被送进抢救室，捡回一条命之后，却反咬一口，告罗宝瓶故意伤人！郭大力满口胡言，说罗宝瓶是被他拒之门外，恼羞成怒，才起了杀心！郭大力一边"哎哟哎哟"喊疼，一边盯着身旁的莫小珊，说："要高考了，我女儿乖，我不想她被罗宝瓶给带坏了，才不让罗宝瓶找她的，没想到会被报复！"

莫小珊第一次直视人性的丑恶和卑劣，吓得说不出话来。

郭大力替她跟警方解释，说莫小珊，是被罗宝瓶那一砖头给吓傻了。吓得精神出问题了，吓得说不出话了。

警方把罗宝瓶带来对峙，问她是不是拍了那一板砖？罗宝瓶点头。警方又问，为什么？罗宝瓶看向莫小珊，她看到了小珊眼睛里的死寂，罗宝瓶开了开口，却最终没有说出，莫小珊差点被她继父强暴的真相。

莫小珊什么都没了，没有妈妈，没有家，没有钱，连最后的一丝尊严都快没了。

如果罗宝瓶开口，说出真相，那么莫小珊根本无法面对老师同学的目光，根本无法靠着所谓的坚强和希望，在那个关头走下去。她眼里的死寂，只是做好了最后的打算，从学校的楼顶跳下去。

罗宝瓶什么都没有说。罗宝瓶承认了，承认是她，起了杀心，要报复郭大力。

罗宝瓶以故意伤害罪被判两年。

宣判那天，罗宝瓶满眼的血红瞪着郭大力，凑近他耳边说了一句："滚得越远越好，离小珊越远越好，你要再敢碰她一根汗毛，两年以后，等我出来了，追遍天涯海角我都要杀了你！"

罗宝瓶回学校办理了退学手续，被警方带走。

那天，所有人都去看了她，只有莫小珊，躲在厕所里哭得快咬断自己的舌头。

她恨罗宝瓶，更恨自己。

从那之后，继父便人间蒸发了。一去十二年，莫小珊，变成了莫茶。

莫茶为什么要回到这个学校？因为只有她知道，这些年有多难熬，她看遍了人情冷暖，她想把最后、最后那一丝希望留住。

学校，是最干净的地方，也是人性悄悄生长的地方。莫茶想给那些孩子知识，想给那些孩子力量，同时她也用这些知识和力量在支撑着自己。这个地方，她曾经拼了命想逃开，却仍然选择了回来。这是她毁灭的地方，也是她想重新站起来的地方。

这十二年，莫茶一直在问自己，为什么那个时候，没有站出来，为罗宝瓶澄清一切？

当她在学校再次见到罗宝瓶的那一刻，她的惶恐又回来了，她拼命要把罗宝瓶撵走，害怕自己苦苦经营了十二年的新生，会付之一炬。她害怕罗宝瓶，却更害怕自己，她不想自己，被人性中恶的那一面，再次困住。

直到，被小卷毛夏薇，刺了那一刀。

被刺，才知道伤口有多疼。

被刺，才知道拼命去保护一个人，有多满足。

被刺，才知道那个被你保护的人得到了重生，有多幸福。

被刺，才知道为什么罗宝瓶，明明知道有的事情是飞蛾扑火，仍然要去做。

被刺，才知道这个世界上，罗宝瓶最爱她，也只有罗宝瓶爱她。

终于可以，坦然将过去都说出来了。

终于可以，面对自己人性中，不堪的那一面。

这一切，却被来探望莫茶的教导主任听到了……

从病房走出来，伍元却整个人都不好了。

原来，十二年前的那个女孩，就是罗宝瓶。

那个梦又清晰地出现在伍元脑海中。

"大家好，我叫伍元！第一天上班，请各位老师多多……"

话还没说完，一只雪白、冰凉的手突然抓住了伍元的手！

伍元一惊，那只手已经松开了。他转头，只看见那只手的主人，被几个老师带走，她穿着校服的背影，紧紧绷着，充满无助和绝望。

伍元急忙问周围的老师，那是谁？老师们纷纷讨论着，那个女孩，被人起诉，犯了故意伤害罪！

故意伤害罪？！这么小的女孩？！伍元揣着深深的疑惑，到了班级报到。

那是个高三毕业班，班级里的孩子们吵吵嚷嚷，不得安宁！其中，一个男孩绘声绘色地描述着，他亲眼看见，那个女孩被老师带出学校，上了警车！孩子们义愤填膺：不可能！她不可能故意伤人！她那么善良，那么仗义，不可能去做伤害别人的事情！

孩子们抓住了这个第一天当老师的伍元，求他：你去把这件事查清楚吧！你救救她吧！我们相信她，我们都是她的伙伴，我们担保，她绝对不会故意伤害别人的！小珊一定知道事情的真相，你去找小珊问问清楚吧！

伍元于是，找到了那个已经转学的女孩，小珊。

他想知道，整件事情的来龙去脉，却被拒之门外！他一趟又一趟，吃了闭门羹。一直到他被老师们劝阻：要高考了，你应该带着你们班的孩子们，向前走。

伍元放弃了，他回到班里，对孩子们说：快要高考了，你们应该把精力放在有意义的事情上面，干吗还要去做这些没用的事儿？！这种真相，根本就不重要，你们应该向前走。

这些话，深深刺痛了那些孩子们。

真相，对他们来说，比什么都重要。一个老师，难道不是应该，不抛弃、不放弃吗？可这个老师，无视了他们对伙伴的信任，无视了他们对真相的坚持，无视了他们的不忍心和不甘心，用一句"不重要"轻轻把他们给打发了。

伍元太冷血了。他没有挺身而出，却选择了明哲保身。

何必多管闲事呢？此后的十二年，他却总是会做梦，梦到当年那一幕，却再也想不起来，种种细节。那个女孩，长什么样子？叫什么名字？她判了几年？她后来怎么样了？

伍元只记得那些孩子们锐利的眼睛：你算什么老师？

曾经他想做一个好的老师，一个除了传道授业解惑，还懂得尊重学生人格，尊重学生本性的老师。可是，从他放弃那个女孩的那一刻，他放弃了初心。

直到罗宝瓶的出现。

罗宝瓶用她无穷的能量，傻瓜一般横冲直撞，闯进了他的高三三班。罗宝瓶让他睁开眼睛看到，这些学生背后的故事，每一个学生都像是活生生的，有血有肉，有伤痛有渴望的小动物，他们在孩子和成人的分水岭，踟蹰不前。他们懵懂，热情，他们憧憬未来又害怕伤害，他们需要保护，更需要引领。

伍元想起了他的初心。

他不仅仅想教这些孩子知识，还想陪着他们长大，成为一个人，成为一个更好的人。

他的心脏里揣着一块冰，而罗宝瓶的心脏里揣着一把火。

他冷冰冰地孤身走了好久好久，突然迎面而来了一团火，紧紧抱住了他。这团火，让伍元的整个人生，都暖和起来了。

事到如今，他全部想起来了。

那个被他放弃的女孩，是罗宝瓶

他本来决定，就在今天，向罗宝瓶正式表白。可是，他根本没有资格，去爱罗宝瓶。

伍德从医院回家，发现屋里亮着灯。

是李树吗？伍德一探头，却僵在原地。竟然是他的儿子，伍元。

厨房已经闪闪发光，伍元忙忙碌碌，切菜，炒菜，从炉子上端下来一锅炖得香喷喷的棒骨汤，嘴里尖酸，数落伍德："厨房多久没擦了，抽油烟机的油都多到可以炒菜了！"旋即又得意地露出一丝笑容："不过对一个化学高手来说，除油污比挖鼻屎还要简单。"

骨汤上桌，都是伍德喜欢吃的菜，这些菜上一次出现的时间，是伍元的妈妈还没去世的时候。伍元一边忙，一边嘟囔，小时候觉得灶台太高，踮着脚尖都够不着，长大了觉得厨房太挤，转个身都能把脑门磕个包。

这个家里有太多儿时的回忆，两人落座，都想说些什么，却仍是不知道该怎样开口。

伍元说："还是我妈烧得好吃。"同时，伍德也说："比你妈烧得好吃。"一时尴尬，伍元憋了半天，开口说："下班还挺准时？"同时，伍德说："今天没有晚自习？"又是一阵尴尬，伍元回答："吃了饭再回学校。"同时，伍德又说："回家再做些研究。"

要开口时，两人又同时咽回去了。伍元和伍德异口同声："你怎么老跟我抢话说！"这一句之后，两人干脆沉默了。

伍德拿起手机，漫不经心地发着信息。不一会儿，伍元的手机响了。

伍元拿起手机一看，是伍德发来的，信息上说："今天怎么有空回家？"

伍元也漫不经心地回着信息。不一会儿，伍德的手机响了。

伍德拿起手机一看，是伍元回过来的一句话："谢谢你，替我保护了她十年。"

看到信息，伍德愣住了，抬头看向伍元："李树……都告诉你了？"

伍元点点头。

李树都告诉他了，在李树公司的办公室。

一切都要从十二年前，伍元作为实习老师，第一次进入立德中学说起……

伍元放弃了罗宝瓶，也放弃了他进学校教书的初心。

他觉得自己很没用，在一次跟伍德争执之间，脱口而出："我算什么老师？我还不如你！"伍元的沮丧，对自己的失望，都被伍德看在眼里。伍元没能做到的，伍德要帮他做到，这也许，是这个爸爸能为儿子所做的唯一一件事。

伍德仔细了解了罗宝瓶案件，发现自始至终默认判决的莫小珊，是整个案件的关键点。

伍德打听到，莫小珊在罗宝瓶入狱后，就转学了，跟着舅妈一起生活，第一年高考落榜，费尽千辛万苦才得以复读重新考上大学。莫小珊的继父郭大力，却人间蒸发，再也没有出现过。

终于，伍德找到了机会！在一间小酒吧，他和醉得不省人事的莫小珊见面了。

心里压了太多秘密，早已喘不过气的莫小珊，遇到了伍德这个"心灵导师"，借着酒劲儿，将所有的真相，一吐为快。那一夜之后，莫小珊的心空了，她改名为莫茶，开始新的生活。那一夜之后，伍德却无比心疼那个叫罗宝瓶的女孩子，他对罗宝瓶案件，从好奇，变成了一种责任感。

两年之后，罗宝瓶出狱。罗宝瓶的人生中，出现了一个叫李树的大哥。

罗宝瓶不知道，其实一切的偶然，背后都是千丝万缕的必然。在每一个她跌倒的时刻，在每一次她寻求安慰的瞬间，在每个她需要倾诉的片刻，在每个她无助的关头，李树都会准时出现。罗宝瓶拿李树当最好的大哥，殊不知这个大哥，正是伍德为她精心准备的一把保护伞。

伍德用自己的方式，默默替伍元，偿还了那一次"放弃"。

伍德真的喜欢罗宝瓶这个女孩，而李树，则真的爱上了罗宝瓶。

于是，这一偿还，就是十年。

伍元和罗宝瓶，终究还是再次遇见了。

伍元内心翻江倒海，他是一只随时会对这个世界发射利器的刺猬。他自以为看透人世间人情冷暖，最终却发现，自己才是那个，被人深爱着却恃宠而骄的蠢货。

罗宝瓶语录：

青春不能错过的第十四件事：感谢你的老师。在你成长的这些年，遇到了不少老师，你喜欢的，或者你讨厌的，不管是哪一种，都请记住他们站在讲台上，曾倾尽全力要给你知识的那个瞬间。

278

当你走出校园，走进社会，你会发现，有人愿意倾囊相授，是多么珍贵的一件事。

罗宝瓶坐过牢的前科，不胫而走。

她面对的，是整个沸腾的校园，和义愤填膺的家长！学校竟然会庇护一个罪犯！

教导主任也没想到，事情会闹这么大……一个有过前科的人，该怎样重新开始？

如今的罗宝瓶，遇到挫折，不再像过去那样茫然无措。她跟着高三三班，重走了一次青春，重新成长了一次。她有了自信，有了自我，她有了努力的方向。

罗宝瓶主动辞职，跟高三三班告别。

高三三班，经历了破壳而出的阵痛，经历了人生。他们从懵懵懂懂、毫无方向的问题学生，变成了会思考、会选择，会为自己的方向拼搏的"大人"。

投至得云路鹏程九万里，先受了雪窗萤火十二年。

他们在映雪寒窗苦读，被那微弱而坚定的萤火照亮。那萤火给了他们温暖，也给了他们方向。罗宝瓶，就是那簇微弱而坚定的萤火。

他们的未来不取决于高考成绩，但取决于心中那不灭的萤火。

教室里，罗宝瓶站在讲台上，看着下面闪闪发光的眼睛：出了这个教室门，未来成为什么样的人，你们自己说了算。我只有一句，是我上学时，我的老师送给我的话。现在，送给你们吧，希望你们能明白，能一生受用。

罗宝瓶转身，在黑板上唰唰唰写下了几个字：敢为天下先。

她明媚的目光中，充满了感激。谢谢你们，成全了我。

伍元站在一边，不禁落寞：他要怎样才能乞得那个少女的原谅，重新开始？

老巷炸鸡的老师傅，决定在这里开一家分店，为罗宝瓶。

方华感谢老师傅，在女儿落难的关头，出手帮她。却没想到，老师傅说：只要罗宝瓶不干违法乱纪的事儿，她无论闯了什么祸，无论遇到多大的麻烦，我都帮她解决。她是个好孩子，因为过早失去了爸爸，什么事儿都自己担着，什么事儿都自己咽了。从今往后，她摔倒了，有我扶着，她捅了窟窿，有我顶着，她无论从多高的地方往下掉，有我接着，她缺的父爱，我给。她不必再像个小伙子似的，横冲直撞，把自己伤得青一块紫一块，她有爸爸护着，可以一辈子当个小公主。

老师傅深情地望着方华：就是不知道，我有没有这个资格，成为你的爱人，成为你女儿的爸爸。方华终于忍不住泪奔，抱住了老师傅。她一直不是一个完美的妈妈，一直是个以自我为中心的老公主，她越想得到，就越是扭捏造作。她需要观众，需要被哄，如果得不到，便飘在半空，找不到台阶下来，跟这个世界生闷气。

方华终究是变了。她面对了自己的弱点，学会了自己给自己搬梯子，从台阶上爬下来。所以，在这个时刻，她再也克制不住内心的感情，她感激老师傅，包容了她的公主病，更感激老师傅愿意给女儿一份父爱。她要嫁给老师傅！

罗宝瓶却决定，要去系统地学习餐厅经营。

她要成为一个独立，坚定，鲜衣怒马，自由自在的现代女性！

15.

我叫罗宝瓶。

高考结束了，伍元都消失了。

到底出什么事了？为什么走了，他去哪儿了？

千百个疑问在我脑中回旋，伍德却说，他需要时间。

他需要时间，来消化什么？

千春酱已经买好了机票，要和 Fausto 回西班牙去度蜜月了。

罗宝瓶着急了："那你和伍元的孩子……怎么办？"

千春酱一愣："孩子？你是说……斑斑？"

罗宝瓶点点头，斑斑给伍元写信了，说他很想爸爸！

千春酱喷了："斑斑给伍元写信？你没疯吧？斑斑是条狗啊！""斑斑是条狗？什么意思？那你们的孩子呢？""我们都没结婚，哪来的孩子？你都快把我给搞糊涂了。"千春酱的话，让罗宝瓶彻底凌乱了。

那么，那个叫伍元"爸爸"，给他写信的孩子，又到底是谁？

罗宝瓶拨打伍元的电话。无人接听，一遍又一遍的无人接听。

罗宝瓶突然想起，妈妈有伍元家的备用钥匙！上去看看，说不定能找到什么线索！

她拿了钥匙，迅速冲上楼，她的魂不守舍让方华担心：女儿和伍元之间，到底有什么跨不过去的坎？上楼，开门，还是那个充满了奇幻实验的化学天地，伍元到底在哪里？

罗宝瓶推开伍元的房门……还是这个卧室，像是属于一个小学男生，浅蓝色的墙壁，挂着飞机模型，稀奇古怪的卡通人物贴纸上，写着稀奇古怪的化学符号。角落里曾堆着成箱的玩具和儿童图书，现在却已经不知所踪。

书柜的一角，摆放着一张相片：伍元被一群山村的孩子们包围着，笑得有点尴尬，却很真心。罗宝瓶曾见过这张照片，却第一次真正留意这张照片。

照片里，蓝到透明的天空下，伍元和孩子们站在一片黄灿灿的油菜花田前，远山延绵，山中似乎有一个寺庙，飘着袅袅青烟。他们像是在世外桃源，孩子们的眼睛，干净得能听见潺潺清溪撞击石壁的叮咚声，这是在哪里？

罗宝瓶带走了这张照片，也许这就是找到伍元的线索。

化疗中的杨丽，像是一场新生般脱胎换骨。

她狠狠断绝了和许小东的恋情，是不想连累许小东，却还是被许小东不断涌来的真心包围了。

化疗的第一个疗程，没有明显感觉，只是便秘和四肢疼。趁着休息，病房里突然来了几个专业的理疗师，轻言细语，手法到位，给杨丽做全身按摩，极大舒缓了杨丽的四肢疼痛。理疗师说，是许先生请他们来的。

化疗的第二个疗程，头发已经掉光了。罗宝瓶送了她一顶漂亮的假发，但杨丽脸上的疲惫，身体的枯竭是掩饰不住的。她太累了，腿很疼，身上其他部位的毛发也都开始掉落……这时候，却每天都有人变着花样来逗杨丽开心！有时候是魔术师，有时候是小丑，有时候是双人相声，有时候是小型合唱团……如果病房不让进，他们就站在窗户外面演，让杨丽在里面看着，基本上，他们都是被护士给轰走的。

化疗的第三个阶段，杨丽食欲不振，医生让她能吃就吃，补充能量，她却看见饭菜就恶心。于是，许小东又请来了米其林餐厅的大厨，换着花样往病房里送饭，今天是日式料理，明天是江南空运来的小笼包，后天是精致法餐，大后天是市场里最地道的那一口鸡蛋仔……许小东专挑杨丽最爱吃的送，逼着杨丽多吃一口，再多吃一口，这样身体就能康复得快一点。许小东本人一直没有出现，他却又像是无处不在，像是从不曾离开。许小东告诉罗宝瓶，他是怕杨丽不想见他，影响心情，影响治疗。

化疗的第四个阶段，杨丽浮肿得像个气球，一戳就破。许小东央求罗宝瓶，能不能跟杨丽说说，让他来看看她？杨丽却一口拒绝：我现在这个样子太丑了，我不想让他看见我这个样子！杨丽心里是爱着许小东的，她想把最好的一面留给许小东，她被许小东感动着，却又不知道能拿什么去回报。

虽然不得相见，罗宝瓶还是在某个瞬间，发现许小东躲在医院的一角，偷偷看着臃肿的杨丽抹眼泪。罗宝瓶感动不已，老天虽然拿走了杨丽的健康，却给了她一份真挚的爱。

杨丽想好了，稍作恢复，就去找许小东表白。她可能再也无法生育，如果许小东能接受，那么不管多难，她都要紧紧抱住这份爱不再撒手。

罗宝瓶带着伍元的那张合影，约见了李树。

正好，李树也有话要对她说。是时候了，让罗宝瓶知道，李树到底是谁。是时候了，让罗宝瓶知道，十二年前，到底发生了什么故事。

李树告诉罗宝瓶，十年前，他们第一次见面，其实并不是偶然，而是早就安排好的。

现在，罗宝瓶终于知道了，那个冬天，火红火红的李树之所以会去车站，都是伍德的安排。

罗宝瓶困惑了，伍德为什么要安排你守护在我身边？

李树拿出一本资料，是十二年前罗宝瓶因为故意伤害罪被抓的报道。

罗宝瓶看着这资料里面关于自己的一切，更加惶惑了，伍德跟十二年前的那起事故有什么关系？

李树告诉罗宝瓶，十二年前，就在罗宝瓶被带走的那天，是伍元作为实习老师，第一次进入立德高中上班的日子。一切相遇，从那一刻就开始了。冥冥之中，老天安排了罗宝瓶和伍元的相遇。

伍元的放弃，成了他教师生涯中，第一块绊脚石。

伍元摔倒了，便没再爬起来，反正他只是个冷若冰山，从不多管闲事的化学怪人。但知子莫若父，伍德是儿子的仇人，也是这个世界上最爱儿子的人，伍德要替儿子寻找真相。

真相，令伍德震惊。

伍德真心喜欢罗宝瓶，便将李树安排在罗宝瓶的身边，给了罗宝瓶一只随时可以求救，随时可以抓住的手。

这一守护，就是十年。

而命运，还是让伍元和罗宝瓶相遇了。他们必须从十二年前跌倒的地方，重新爬起来。

伍元的失踪，是因为他没办法面对罗宝瓶。

伍元从徐大怪的德国朋友那里学到了最先进的文物修复技术。那之后，伍元便带着这技术回到了寺庙，不仅保护了上千年的中华文化，还暗地里，出资捐建了一所山村寺庙小学！这张照片，就是伍元和小学的孩子们一起照的。

罗宝瓶大为震惊：他盖了一所小学？！

杨丽出院了，她第一件事就是去找许小东。她想感激许小东的不离不弃，她要表白自己的真心。他们可以领养一个宝宝，他们依然会拥有一个幸福的未来。

杨丽到了许小东的公司楼下，却看见许小东搂着另一个女孩走出来。

杨丽愣住了，站在原地不知所措。那个女孩年轻，活力四射，他们是般配的一对。许小东显然没料到，杨丽会出现在这里，但许小东是坦诚的。他告诉杨丽：我爱过你，我们毕竟曾是恋人，也是多年的朋友，无论如何你出了事，我都不会坐视不管。我为你做的一切都是应该的，这是一个朋友应尽的本分。但我想要一个孩子，一个我自己的孩子。

　　杨丽不知道自己是怎么离开许小东的，她只觉得自己蹩脚的假发，浮肿的身体，苍白的脸和充满失望的眼睛，是这三十年来，她骄傲人生中的最大讽刺。

　　杨丽跌跌撞撞躲进了一家小超市，她不知道要买什么，她只是需要一个角落，能容她躲一会儿。杨丽跌坐在小超市一角，空气里都是肥皂的清香，那种肥皂味儿让她想起了去世的奶奶，让她想起了无忧无虑的童年。杨丽在这个堆满了肥皂和洗浴用品的小角落，放声大哭，她不知道自己到底做错了什么，为什么要受到上天这样薄情的惩罚……

　　不知道哭了多久，面前出现了一个金发碧眼的外国男人。

　　男人俯身，递给她一包纸巾。原来，这是个法国人，到中国来旅行，经过这家小超市，想进来买一点日用品。可是法国人不懂中文，正对着一排日用品束手无策，就看见了无助而绝望的杨丽。

　　杨丽大学是学美术的，但一直想去法国留学，就选修了法语。杨丽擦干眼泪，用流利的法语帮男人搞定了想买的东西，刚想离开超市，却被法国人叫住了。

　　法国人邀请杨丽，沿河走一走。杨丽答应了，带着这个法国人走在碧波粼粼的河边，对这个男人说，自己叫 Lily。她为他介绍这个城市，介绍这里的好吃的，好玩的，值得一去的景点。男人表现出了极大的兴趣，跟杨丽讲这些天来中国玩，遇到的各种各样有意思的事情。

　　杨丽笑了。临别时，法国人张开双臂，询问杨丽，能不能给他一个拥抱？杨丽点头，被这个法国人礼貌地拥住了。这个拥抱，让孤独而冰冷的杨丽，在这个微风徐徐的河畔，渐渐地回暖了。

我叫罗宝瓶。

高考结束了，任元都消失了。

我倒了三趟客运大巴，近一个小时的拖拉机和四十分钟的牛车，终于到了那个传说中的深山古寺。

我要找到任元。

城市里，没有这样蓝得高远，静谧的天。

那蓝色像一双目光深邃的眼睛，和你对视，从眼睛里伸出一双手来，要把你拉走。

罗宝瓶深呼吸，空气里有花的香味，树的香味，森林的香味，清冽山泉的香味，裹挟着花鸟鱼虫的生命的香味。

城市里，没有这样幽静而雄伟的千年古刹。罗宝瓶踏进这个寺庙，就被周遭精美绝伦的文物壁画所震撼。这些画看起来历史极其悠久，墙皮细细密密的裂缝，是时光的手指，摩挲在这些构图精巧而令人应接不暇的佛像上。凑近了看，壁画每一个细节，每一个落笔、收笔，每一抹用心打磨的颜色，都一幕幕，立体而具体地将千年前的壁画作者，生生带到了罗宝瓶的面前。

罗宝瓶似乎看见了小心翼翼握着画笔的人，他的手是那么稳，那么用力地握住脆生生的毛笔，落到墙面上，却又那样温柔，那样有条不紊，一气呵成。

这些壁画，充满了力量，充满了对人世间的悲悯，这些壁画与浩瀚宇宙共生，是人类灵魂与审美的归处。千年的时光，太多人和事已经悄然而去，可这些壁画，却被一双手，精心呵护，精心保存了下来。这双手，是一个化学家的手，是伍元的手。

与这些壁画一同保存下来的，还有各种石雕佛像。森林的古木枝叶间，洒下斑驳的阳光，落在朱红的墙壁上。石雕佛像就矗立在这星光般的墙壁之前，仿佛穿过时空而来，身后还带着流光。

原来，这里，这一切，就是伍元不为人知的另一面。

罗宝瓶一路走下去，就像是慢慢地走着伍元的人生，她似乎看到了伍元第一次来到这个古刹的样子，看到了伍元奔赴日本的样子，看到伍元求见徐大怪的样子，看到伍元和徐大怪的女儿千春酱第一次见面的样子，看到伍元跟着徐大怪去向德国学者求教的样子，看到伍元带着最先进的文物修复技术赶赴回国的样子，看到伍元一手一脚将中华文明小心保存的样子……

伍元偷偷做着这一切，他有一腔不为人所知的热血。

罗宝瓶向一个扫地僧，打听寺庙小学的地址。罗宝瓶在一步一步，接近那个真实的伍元，她在一步一步，接近伍元的真心。扫地僧看着罗宝瓶，微笑道："要了解一个人是否真心，只需要看他的出发点与目的地是否相同。"

寺庙小学到了，与其说这是个学校，不如说……

罗宝瓶走进校门，满眼都是漂浮的粉色巨大泡泡！一个小孩子拎着一个小杯子，用一个小圈伸进杯子里，沾满了粉色液体，再捞出来一吹，便生成了粉色泡泡，而且戳不破！一些孩子站在人造小水池旁，用试管滴入几滴试剂，于是水的颜色，由红变绿，由绿变蓝，甚是奇妙！还有孩子手里拿着两块物质，使劲搓，搓出了什么化学反应，一时间空气中弥漫着不可描述的香味……

罗宝瓶看呆了，是这里了，有伍元，才有这些化学小怪人！她张嘴问伍元在哪儿，可孩子们只捂着嘴笑，传递着眼神，什么也不说。孩子们像是早知道她要来，纷纷看着她，等着她往前走。罗宝瓶只好往前走，寒气袭来，天空被一块蓝色幕布遮住，幕布上有洞，阳光透过洞洒下来，就像是走进了神秘的银河。

罗宝瓶只觉得天旋地转，面前有好多个球体，正在围绕着一个金色的圆心旋转着！而这些球体的周围，又围绕着一些更小的球体，以其为圆心旋转着！

她要往学校深处走，就必须经过这个圆球阵队！罗宝瓶往前走几步，想避开第一围缓慢移动的深蓝色大球，却差点被深蓝色大球周围旋转的小球击中！她发现大球的运动，在一个大的轨道之上，这个轨道呈正圆形，以金色圆心为轴心。小球则是深蓝色大球上固定的旋转支架，每个小球以不同的速度，以深蓝色大球为圆心环绕旋转。

只听见不知道哪里传来的孩子们的尖叫："她来啦！她通过海王星啦！"罗宝瓶诧异：海王星？再往前走，越过了第二围，又差点碰上第三围的黄色大球！黄色大球的周围，甚至有更多的小球包围旋转，使得罗宝瓶不得不躲开，抱着头往里面跑！"她通过土星啦！"又是孩子们的尖叫声……罗宝瓶举目四望，却看不见一个人，他们到底在哪儿？

还好，第四围的橘色大球已经走远，第五围的棕色大球也在轨道的另一边……

罗宝瓶再往前走，一个快速运动的蓝白花纹大球向她驰来！罗宝瓶躲闪不及，被围绕花纹大球旋转的白色小球击倒在地！远处的孩子们爆发出一阵哈哈大笑："她被月球给击中啦！"罗宝瓶刚想站起来往前走，又随即被一颗土色球砸晕，再爬起来往前走，又被一颗绿色球给击中！遍体鳞伤的罗宝瓶只听见孩子们幸灾乐祸的爆笑："果然是个蠢货，她被金星给砸了，又被水星给砸了！"

罗宝瓶这算是看出来了，她在穿越太阳系啊！她想靠在中间的金色圆心上，却发现这个金色圆球在自转！这是太阳。罗宝瓶站在太阳身边，遥望着水星、金星、地球、月球、火星、木星、土星、天王星、海王星，像个误窜进太阳系的蠢货星人，她没有自己的轨道，她不知道该何去何从，一不小心就会被行星击中。

蠢货星人发现，这地方，根本就是伍元建造出来的科学帝国！她咬紧牙关，无论如何，也要闯到底！罗宝瓶往前冲，又被之前错过的，第五围的棕色大球——火星撂翻在地。

又是一阵孩子的爆笑，罗宝瓶哭丧着脸，爬也要往前爬，一路左躲右闪，眼看着第二围的浅蓝色大球——天王星来了！罗宝瓶蜷成一团，避开了天王星周围的小行星，终于逃出了太阳系！

气喘吁吁的罗宝瓶，往一块黑色大石头上一趴，就起不来了。

一个稚嫩的男孩声音传来："你坐在铁陨石上了。"罗宝瓶一抬头，只见一个小不点，一本正经地看着她，"铁陨石是陨石的三大类之一，密度在5.5到6之间。陨石中含有各类碳化物、硫化物、氧化物、硅酸盐、磷酸盐等化学成分，科学研究价值极高，你身下这款陨石，是我爸爸用化学物质复刻出来的一块原本拍卖价格上亿美金的陨石原石。"

罗宝瓶哑然，这孩子，这语气，这神态，还真像是……伍元？！

罗宝瓶一下子爬起来了："你爸爸？你难道就是……伍元的儿子？"小男孩推了推鼻梁上的眼镜，冷冷地抄着手，盯着罗宝瓶："我爸爸不想见你，你回吧。"罗宝瓶偏不，既然来了，就非见他不可！他躲得了一时，躲得了一世吗？小男孩耸耸肩："想见，也要看你有没有这个本事。"小男孩屁股后面的一大群孩子，不知道从哪里冒了出来，嘻嘻哈哈指着罗宝瓶：伍元校长就在这个学校里，你想见，就自己找吧！

孩子们跑掉了，罗宝瓶走出银河，走进了一间只进不出的密室。面前是一面巨大的墙，像是一块拼图，拼图的每一片，都是用不同的物质制造而成的，上面写着不同的化学符号。看着这一墙的拼图，罗宝瓶内心是崩溃的，这到底是些什么玩意？完全想象不出来这幅图原本的样子啊！再仔细一看，拼图的右侧，有一块标板，由下至上，一层一层写着：对流层、平流层、中间层、电离层、散逸层。

原来，走出了太阳系，走进了大气。

这幅拼图，也许，是每一层大气结构的化学组成。罗宝瓶心里窃喜：我化学没学好，可我手机玩儿得好啊！迅速摸出手机，搜索大气每一层的化学组成……

对流层，主要包括碳氧化物、硫氧化物、氮氧化物、碳氰化物、气溶胶的源、汇和循环……平流层主要是臭氧的光化学反应……罗宝瓶抓耳挠腮，第一次仔细去比对，辨识这些小蝌蚪一样的化学符号。

她一层一层，从对流层，开始拼，一旦拼错，整个房间就会产生"大气降水"，铺天盖地的大水从天花板降落，把罗宝瓶淋成个落汤鸡！好不容易，她拼对了，大气屋的另一扇门打开了。一瞬间，森林的清新和阳光汹涌而来，罗宝瓶跌跌撞撞地扑出去，踏进这片森林之中，还没来得及惊喜，就先惊异了。

这片森林里，竟然有各种各样的鸟！她经过了宇宙，经过了大气，她来到了鸟的世界！

原来，进入伍元的科学帝国，真的不简单。现在，她只是在"天空"的乐园，她甚至从来没有见过这么多种类的鸟，伍元到底有多大的本事，到底去哪里找到了这么多的鸟，这么多的蝴蝶，这么多的"天空飞行员"？

这里，实在是太美了，简直是五彩缤纷的童话世界，罗宝瓶陶醉了。

深吸一口气，一坨鸟屎不偏不倚，掉在罗宝瓶的头顶。又是一阵孩子们的狂笑！这些小家伙们到底藏在哪里？怎么总是听见他们笑，却看不见他们的身影？孩子们笑得上气不接下气："她被圭亚那公鸡的屎砸中啦！"

什、什么鸡？

城市里，高考结束之后的暑假，大街小巷遍布着荷尔蒙涌动的气息。

赵小侠背上了爸爸赵子衿的照相机，继续着爸爸未拍完的照，继续着爸爸未发掘尽的心动。落在排水井盖上的小桃花，下班路上捡到的一片透明枯叶，冬天枯树枝上挂着的一片倔强的红叶，小花园里一家子"穿白靴子"的流浪猫，窗帘上倒映的树影，下大暴雨时远处未落的太阳，单位楼顶的晾衣架上突然长出的葡萄藤，逃学的两个小孩分吃一袋红通通的樱桃……

爸爸照片里出现的每一个场景，赵小侠都想去。拿起了相机，他才发现原来这个世界这样美妙，这样生机盎然，这些闪着光的细节，千千万万倍地胜过那些令人心碎的过往。

赵小侠手机响了，是绿萝，说有事要问他。

绿萝带着那只赵小侠送她的"阿拉丁神灯"汽水瓶，拎起来一晃，里面的玻璃弹珠就会发出叮叮咚咚的撞击声。赵小侠曾说，只要摇一摇瓶子，他就会出现。

绿萝问赵小侠：这神灯有使用期限吗，我要是去美国了，摇一摇还管用吗？其实绿萝想问但没问出口的话是：你到底喜不喜欢我？如果你喜欢我，为什么还不向我告白？如果我去美国读书，你会等我吗？

但赵小侠沉醉在炸鸡里不可自拔。

酥脆，多汁，一口咬下去满嘴都是油的满足。

绿萝越急，赵小侠吃得越香。也不知道他是不是故意的，偏偏就是牛头不对马嘴，气得绿萝跟他斗嘴，又斗不过他，起身走了。

绿萝赌气走在前，赵小侠拎着神灯，慢慢悠悠跟在后。

绿萝走快一点，他也走快一点。绿萝走慢一点，他也走慢一点。绿萝只听见阿拉丁神灯里的小弹珠，随着脚步的快慢，叮叮咚咚，一会儿急匆匆，一会儿慢腾腾。她走在赵小侠的前面，就像他们一直以来的关系，绿萝总是跑得快一些，远一些，要赵小侠努一把力，才能抓住。赵小侠是个顽皮之徒，爱运动超过爱学习，他是玩世不恭的，可也会在心里打量他和绿萝的距离，他们是两个速度不一样的人。他不想在这个时候，拽住绿萝，但他要在未来和绿萝相遇。

赵小侠几步上前，握住绿萝的手："我带你去一个地方！"

几站公交车，被握住的手，怦然心动的初恋。

赵小侠带绿萝去了他常去的一个车间暗房。那是他洗照片的地方。自从迷上了爸爸的照相机，赵小侠就几乎天天来，自己躲在暗房里洗照片，看着镜头里那些美好的事物，渐渐成形。赵小侠取出胶卷，在暗房里，熟练地操作起来……

绿萝睁大眼睛，看赵小侠认真挑选底片，头头是道：这个是显影液，起曝光显影的作用；这个是定影液，起到了终止显影定影的作用；这个叫稳定液，起到了稳定保护的作用；这个是放大机，把胶片变成相纸。赵小侠用镊子小心翼翼地夹起一张水洗过的相纸，暗红的灯光下，相纸上的女孩渐渐清晰起来……是绿萝。

相纸上，绿萝挤在一群男孩女孩之间，笑得很开心。一张又一张相纸，赵小侠小心翼翼夹起的每一张，都是绿萝的笑脸，大的小的，动的静的。他捕捉的是一个鲜活明朗的少女，是一段怦然心动的初恋。

绿萝看呆了，还没回过神来，赵小侠靠近她，吻上了她的嘴唇。

世界在这个暗房天旋地转，他们掉进了哆啦A梦的时光机，他们在失去重力的隧道里迅速穿梭，暗红的灯光变成了巨大的花瓣、密不透风的翅膀，将他们紧紧裹在青青草地，呦呦鹿鸣的小人国。少男少女的初吻，柔软的嘴唇，像从雷暴区穿越回来的酥麻的四肢。

赵小侠眼神缱绻："不管多久，不管你在哪里，摇一摇阿拉丁神灯，我就会出现。"

山村小学，罗宝瓶从天，进入了地，被眼前光怪陆离的野兽林给吓傻了。

一头庞然雄狮，顶着金棕色的光洁毛发，隐匿在树丛后面。凛冽的双眸鄙视罗宝瓶，吓得罗宝瓶抱头鼠窜："别吃我！别吃我！伍元你个混蛋，给我滚出来，你怎么对我这么狠心啊！"她东跌西撞，谁知这野兽林里，远远不止雄狮，还有羚羊、麋鹿、虎豹！

罗宝瓶感觉要命绝于此，在这个大自然最原始的生物链里，她既没有一飞冲天的翅膀，也没有矫健有力的四肢，她逃不掉。罗宝瓶问自己：后悔来这里吗？如果不来，还能好好活着，可是来了，连小命都给丢了。可罗宝瓶回答自己：不后悔。不来，永远不会知道，伍元的世外桃源有多离谱。既然不后悔，那就拼尽全力，最后一搏。

罗宝瓶深呼吸，稳了稳心神，冲着眼前的雄狮猛地冲了过去，一个过肩摔，将雄狮撂倒在地！厮杀声还没停，就听见孩子们的笑声，又爆发起来了。伍元的儿子，那小不点的声音格外大："她跟狮子打架呢！"罗宝瓶一怔，怯怯地几步上前，踢了一脚狮子。不对，狮子怎么是僵硬的，轻飘飘的？罗宝瓶小心地对着狮子喊："喂，你不会就被我这么给摔死了吧？"孩子们又笑起来了，罗宝瓶一阵不好的预感，不会是……被耍了吧？

小不点大喊："这些动物都是我爸爸和哈佛国家历史博物馆进行技术合作，精心制作的动物标本！"大猩猩、孔雀、梅花鹿、金钱豹、狼……这些栩栩如生的动物，竟然，都是标本！

罗宝瓶气急败坏，在这片野兽林中大喊："伍元，你给我出来！偷偷摸摸的算怎么回事，有本事就来见我，我知道你在！"

还是那个小不点："想见，也要看你有没有这个本事。"罗宝瓶顺着小不点的声音追过去，突然天空一阵电闪雷鸣，巨大的冰雹从天而降，砸了下来！罗宝瓶呆了，大夏天的下冰雹，武大郎你搞什么鬼！孩子们嘻嘻哈哈地跑远了，小不点脸上是满满的嫌弃："湿热气流强烈上升，水汽凝结成冰，当上升气流无法负荷它的重量时，冰粒便会往下掉，在下掉过程中，又会被更强大的气流往上推，冰粒继续吸收水滴，直到又大又重，没有足够的上升气流能将它继续往上推，便会掉落地面，形成冰雹。我们这里空气暖湿，夏天气温高，最容易下冰雹了，这都不懂，果然是个蠢货。"

罗宝瓶被怼得无语，只得护着脑袋往前跑，那些原本看不见的孩子们，三三两两地在冰雹中四散奔逃，现了形。罗宝瓶跟着这些孩子，跑到了他们的根据地。

一片密密麻麻的小房子，像是走进了时光隧道。

石板路，青瓦深巷，孩子们纷纷从小房子里伸着脑袋看罗宝瓶。终于，有成年人出现了，山村小学的副校长刘老师，各个年级的组长，大大小小的班级主任、教导主任、行政人员……

这个学校虽然隐秘在山村，管理体系却很完善。大家都好奇地打量着罗宝瓶，得知她的来意，却纷纷神色抱歉，表示：伍元校长真的不在。嘴上说是不在，可罗宝瓶的直觉告诉她：伍元在这里，只是不愿意见她。

刘老师留罗宝瓶住一晚，明早便送她启程。一顿便饭，罗宝瓶只听得刘老师介绍这个山村学校，是伍元费了很大力气建起来的。这里是一个自然科学博物馆，有最先进的科研仪器，还有多个与政府合作的生态研究项目。这里的老师，都是名校毕业的高才生，他们来对孩子们进行革命式的智力开发，也在研究项目中担任重要的角色。这里是伍元的王国。

罗宝瓶放眼一看，周围的孩子们，个个都是小天才，摆弄的是她从未见过的高科技玩具，四处都是光怪陆离的化学小实验。

这一刻，罗宝瓶觉得特别疏离。她觉得自己，好像从来不认识伍元。

夜晚，罗宝瓶被安顿在这些小房子中的一间，躺在床上，看着屋顶打开的天窗，落下一束明媚的月光。她睡不着，回想着她和伍元的相遇，回想着她和高三三班的相知，她也曾是个被摧毁过的人，她带着高三三班往前跑，其实也是一种自我修补。罗宝瓶眼里的伍元，也和她一样，是个停留在过去踟蹰不前的人。他们成了精神上的挚友，完成了彼此的心理重建。

罗宝瓶理解伍元此刻的心情：就像你和一个人一起爬悬崖，爬着爬着，你们成了知己，你们成了爱人，你们好不容易要爬上悬崖顶，你突然得知，对方当年被踹下悬崖的时候，你曾袖手旁观，看着她差点摔死。所以，你不能原谅自己，你羞愧，你逃避，你好不容易要爬上悬崖顶，却突然之间放弃了。

罗宝瓶懂伍元，也根本不怪伍元。那一年，那一刻，伍元就算查出了一切，又能怎么样呢？那个人，还有多少，是她不知道的？那个人，

294

究竟把真心藏得有多深?

突然,屋顶的天窗,传来一阵窸窸窣窣的声音。

啪!一团重物掉在了罗宝瓶的窗边,她刚探头一看,却和那团重物四目相对了。

啊!惊叫声响彻了整个山村小学……罗宝瓶魂飞魄散地盯着面前那团重物:蛇!是蛇!活的!她晕了过去。

黎雪儿手里抱着礼品袋,坐在公交车上。

这个礼品袋子里,是一张黑胶,她想了好久才想到,为林真录制一张黑胶唱片作为生日礼物,特别酷。可林真在乎吗?

她一狠心,将这张黑胶唱片,放在自己坐的公交车座位下面。

黎雪儿在公交车上留下了礼物,便匆匆下车。她打电话给林真:"你喜欢我吗?你在乎我吗?"电话那头的林真显然没料到黎雪儿会问这么直接的问题,一下子哑了。黎雪儿一鼓作气:"送你的生日礼物,我放在81路公交车座位下面了,如果你喜欢我,你在乎我,你就能找到。"

林真几近崩溃,他打电话查询了公交车公司,81路公交车一天总共运营30辆,每十分钟一般,路线循环。要在这30辆公交车中,找到黎雪儿的礼物,无疑是大海捞针。如果礼物在半途中被人拿走怎么办?如果礼物在第二次循环运营时,被清洁工收走了怎么办?要找,就要抢时间,林真犹豫了:我还喜欢她吗?我还在乎她吗?

魂不守舍,便是喜欢了,便是在乎了。

林真妈妈一拍儿子肩膀:十八岁生日,这辈子可只有一次,女孩子送的十八岁生日礼物,这辈子可不会再有一模一样的。

林真咬咬牙,跑了出去。81路公交车,有一个男孩的身影,匆匆忙忙,上上下下,嘴里喊着抱歉,眼睛焦灼而期待地从第一排,扫到最后一排……

那张黑胶唱片里,只有一首歌。

那是黎雪儿唱的,为林真唱的歌。在那首歌结束的时候,黎雪儿说:

"林真，生日快乐。我喜欢你。"

山村小学，罗宝瓶终于醒了。

小不点也不忍心了，递给罗宝瓶一个炸鸡腿。罗宝瓶从小不点手里拿起鸡腿，一边哭一边啃，一边还问："一个不够，还有没有？"她吓坏了，累坏了，也饿坏了。

小不点干脆从厨房，端来一大盆，坐在罗宝瓶身边。俩人你一个，我一个，坐在一起啃鸡腿。小不点津津有味："爸爸说你是个吃货，果然没错。"罗宝瓶一边嚼鸡腿，一边抽泣，一边问："他还说我什么了？肯定没好话吧？"小不点想了想："他还说你不成熟，傻乎乎的，什么事都往前冲，最后把自己拖下水，要人救。"罗宝瓶哼哼："就知道，他肯定说我是——蠢货！是不是？"小不点耸耸肩："你本来就是啊。"罗宝瓶差点噎住，小不点继续说："爸爸还说，你身上有勇气，有力量。你虽然不成熟，但你纯粹，一往无前，带着你的伙伴们，努力去让人性白的那一面，战胜黑的那一面。"小不点认真地看着罗宝瓶，"他说你是高三三班的精神领袖，是个传奇。"

罗宝瓶看着小不点呆萌的大眼睛，笑了："你几岁了？"

"五岁，我叫波波。"小不点一手抓着鸡腿，一手比画出"五"。

罗宝瓶惊讶，伍元竟然五年前就有孩子了！那波波的妈妈又是谁？不等罗宝瓶问，波波继续说，他是个孤儿。父母在一次灾难中丧生，他被人辗转送到了寺庙，就像冥冥之中安排好的一样，他遇见了伍元。波波很像伍元，智力奇高，做事像个大人，心思缜密。于是，他被伍元收养，成了伍元的儿子。

一切，竟是这样。

罗宝瓶看着波波小小的身体，一时间，又感动又欢喜，一把抱住了波波！罗宝瓶火球一般，突如其来的拥抱，给了波波一种久违的化学反应。这一瞬间，波波被罗宝瓶抱在怀里，脑海里突然出现了一个词：妈妈。

波波决定，带罗宝瓶去找爸爸。在波波看来，爸爸躲你，说明他在乎你。你们是相爱的，所以我要带你找到他。

　　这个学校，是个大博物馆，也是个大迷宫。伍元存心要躲，谁也找不到他。但波波坚信，伍元一定在某个角落，看着他们。

　　波波带罗宝瓶来到了一片河流边，指着这片河流向罗宝瓶介绍："你经过了天的区域，经过了地的区域，现在进入了河海区域。看见这根木头了吗，过了这根独木桥，我爸爸就在那边！"波波示意罗宝瓶过桥，"去吧！"

　　罗宝瓶看着这根独木桥，心里怯怯的。这木头结实吗？我能走得稳吗？不会掉下去吧？即便心里打鼓，罗宝瓶还是鼓起勇气踩了上去，向河对岸走去……脚下河水湍湍，罗宝瓶几乎站不稳，却听见身后传来孩子们的笑声！波波不知道从哪儿弄来了两只小白鼠，放在独木桥上，一拉小白鼠的尾巴，大喊一声："去追她！"

　　两只小白鼠咻一下子跑过来，罗宝瓶脑海一阵空白，被这小不点给耍了？还没等小白鼠钻到脚底下，她便站立不稳，掉下河去！

　　罗宝瓶被卷进河水，惊恐地挣扎着：救我！救我啊！

　　话音未落，伍元不知道从哪个树丛里面钻了出来，气急败坏，指着波波："你这皮孩子，故意跟我捣蛋是不是！"说罢，伍元一个纵身，跳进河里，去救罗宝瓶。

　　是的，波波知道，爸爸不愿意出来，但如果罗宝瓶掉进河里，遇到危险，爸爸一定会出来的，波波的小计谋得逞了。他带着这帮大大小小的孩子们站在河边，看着爸爸英雄救美，激动得蹦蹦跳跳。

　　十二年前，伍元没有救罗宝瓶，这一次，他在罗宝瓶即将溺水的时刻，抱住了她。

　　罗宝瓶被伍元裹在大毛巾里，听他讲，曾有一段话被朋友圈刷屏：四年后你们会明白，你们今天的所有努力，并没有什么用。改变你们命运的不是知识文化，主要是酒量、关系、胆量、爹妈、长相，还有你们村是不是要拆。高考只是决定你以后在哪个城市打游戏，不过还是要好好考的，毕竟大城市网速快。

这段话，否定了"知识改变命运"的意义。

但伍元带回来最先进的技术，修复千年古刹，是想把知识的力量，带给这个村庄的孩子。他想让这些孩子知道，所谓的改变命运，不是明天比今天更有钱，而是明天的你，比今天的你更好。这些孩子，不一定每个人都会拥有完美的学历，但他们必须拥有比学历更高级的东西——知识。他们所拥有的知识，不一定会让他们锦衣玉食，但一定会让他们在过马路时走人行横道、看红绿灯，会让他们不随地乱扔垃圾，会让他们在公交车上给老弱病残让座，会让他们坚守住内心的纯净之地，对邪恶奋起反击。

知识不是获取分数的工具，而是了解这个世界的途径。知识给人见地，给人底气，给人勇气。伍元要给这些孩子们知识，给他们更高远的眼界，让他们明白，气有浩然，学无止境。

高三三班的"武大郎"，曾是垃圾班的领头羊。

这个寺庙小学，却藏着伍元的赤子之心。他从这里出发，他一直在努力走出内心的困境，他遇到了罗宝瓶，才终于将理想和现实之间的那堵墙打破。

罗宝瓶听着伍元所说的每一个字，仿佛看见伍元从逆光中走来，那么生动，那么高大，让人怦然心动。罗宝瓶从大毛巾里站了起来，抱住伍元："这一次，你不会再抛下我，让我一个人走了，对不对？"伍元眼圈红了，终于伸出手将面前这个女人紧紧抱住："不会了，再也不会了。"

杨丽开始了环球之旅。

她去北极看极光，她去瑞士爬雪山，她去意大利出海捉龙虾，她去日本看樱花，她去波士顿和莘莘学子一起泡图书馆，她去新加坡吃海南鸡饭，她去埃及看金字塔，她去尼罗河畔读阿嘉莎·克莉丝蒂……

杨丽的最后一站是法国，她曾一直想去进修美术，这梦想终于还是要实现了。她在巴黎的一家小咖啡馆，打开电脑，却被微博上热转的一条消息震惊了！那个她曾在小超市帮助过的法国人，举着一张牌子，上面写着：Lily, je t'aime, où es - tu ？

网络上疯转着这个法国男人，站在小超市门口，真诚等待的样子。大家都在帮他找人，因为他的牌子上写着：Lily, 我爱上了你，你在哪里？杨丽捂着嘴笑起来，她在他的家乡，而他却一直守在他们相遇的那个小超市。

杨丽在这条热转的微博下留言：Je suis à Paris. 我在巴黎。

高三三班重聚在一场盛大的婚礼。

婚礼地点在苹果园，同学们有的跳起来摘苹果吃，有的在苹果树下追逐打闹，任由苹果咕噜咕噜砸在脑袋上，然后抱在一起咯咯大笑。苹果树之间，摆着长长的餐桌，铺着洁白的桌布，上面琳琅满目的，有蛋糕，有冰淇淋，有新鲜果汁。

一张巨大的婚纱照拼图板前，一些同学手里拿着拼图碎片，七嘴八舌地拼着，哪一片是新娘的眼睛，哪一片是新郎的领结，从已经拼出来的样子看，新娘和新郎，光着脚，踩在一片日光粼粼的沙滩。

一片鲜花之中，藏着一个正方形的大盒子。那是伍元的杰作，曾经送给罗宝瓶，要她在三个小时后准时打开的，有头无尾的告白。这一次，他又和罗宝瓶约好了，三个小时后，婚礼开始，一定要准确无误地打开！罗宝瓶学乖了，虽然不知道这盒子里，闹什么幺蛾子，但总之一定是个惊喜！罗宝瓶把这个正方形大盒子，藏在花丛之中，便去闹新郎了。

新娘房门外，罗宝瓶穿着伴娘服，跟莫茶、绿萝一帮姐姐妹妹们，死死拦住老师傅。姐姐妹妹们鬼点子多，拿出一张印满了嘴唇印的白纸，举到老师傅面前：猜，哪个是新娘的嘴唇！选中了，直接亲一口，亲对了就让你进!

老师傅抓耳挠腮,身边的方庄、伍元、李树一帮哥哥弟弟们,七嘴八舌,替他出主意!

猜完了唇印还不够,罗宝瓶从冰箱里拿出一大块冰,仔细一瞧,开门的钥匙被冰冻在冰块里!罗宝瓶坏笑:"把这块冰焐化了,就让你进去!"伍元端来热水壶,倒在一个大盆里,把冰块往里面一丢:"冰块融化需要吸热,加入热水,冰块融化比加入冷水更快!"罗宝瓶着急:"我说焐,没让丢热水里!"伍元一笑:"可你没说用什么焐,用手也是焐,用热水也是焐。"很快,冰块融化了,老师傅拿着钥匙去开门,却发现根本插不进去!罗宝瓶嘿嘿一笑:兵不厌诈,哪这么容易让你进去?

原来,房间里还藏着 27 个气球,27 的意义,就是 13 加上 14,这 27 个气球里,藏着字条,老师傅必须找到气球,吹大了,一一挤破,凑齐了气球里的字条,念给屋子里的新娘听。放眼一望,别说 27 个气球了,就连一个气球都找不到!伍元往窗边,探出头,对着果园里的孩子们喊:"都上来!"一眨眼,高三三班的孩子们挤进屋,翻箱倒柜的,没一会儿就把气球一个一个找出来!

噼里啪啦,气球中的字条飘散。

老师傅将几张纸条凑在一起,念:"方华,我爱你,一生一世。"

门开了,罗宝瓶的妈妈方华,穿着洁白的婚纱,脸上挂着幸福的笑容。

婚礼开始了,罗宝瓶如期去取那个正方形大盒子,却发现,那片鲜花都不见了!

原来,他们闹伴郎的时候,鲜花店来车,拉走了这些花,腾出场地来进行后面的节目。罗宝瓶傻眼了,盒子呢?盒子不会也被他们一起拉走吧?不行,人在,盒子存,她答应了伍元的!罗宝瓶把伴娘裙撕开一道缝,跨上摩托车向前追去!

新娘、新郎伴着大家的祝福,走上了台,却发现伴郎伍元还在,伴娘罗宝瓶却不见踪影！场面一下子混乱了，伍元满头黑线："这个蠢货，不会是又闯祸了吧？"

罗宝瓶语录:

青春不能错过的第十五件事:保持一颗童心。没错,你现在所活的每一天,都是你余生中最年轻的一天,可如果你的心,跟着你的肉身一起老去,那就太可惜了。保持一颗童心,带着对这个世界的好奇,带着希望和梦想去生活,你余生的每一天,都会是更好的一天。

罗宝瓶一个刹车，摩托车拦下一辆面包车！

面包车一个刹车，司机探出头来破口大骂：干吗！你想干吗！是不是想碰瓷！

罗宝瓶跳下摩托，求司机开开门，她把一个很重要的东西落在花丛中了，必须要拿回来！司机摸不着头脑，什么花丛，这个人真的是，不要太奇怪哦！司机打开后备厢，根本没有什么鲜花，而是一堆奇奇怪怪的儿童玩具。罗宝瓶傻眼了：你不是鲜花店的人？

面包车刹车，后面的一辆车，也跟着刹车，再后面的车，也跟着刹车……就这样一辆跟着一辆刹车，一直到一辆晃晃悠悠的三轮车，来不及踩刹车，车夫瞪大了眼睛，尖叫着碰上了前面的一辆豪车。

豪车车主下车，三轮车夫吓得大气不敢出。因为惯性，三轮车上的鲜花往前狠狠一冲，又被弹了回来，稀里哗啦掉了一地。那个正方形的大盒子，就挤在这些鲜花之中，咕噜咕噜掉在了地上。

盒子摔开了，一朵粉红色的爱心云，渐渐飘了起来。

这朵爱心形状的云，是一团初生的棉花糖，是被丘比特之箭射中而渗出浅浅血迹的心，是被晨曦抚摸过的流云，是刚刚啄开蛋壳的鲜嫩小鸡，是午后打盹生出的一个小梦，是青山之间袅袅升起的炊烟。

所有人都呆了，整条街都安安静静，脸上带着微笑，看着这朵粉色的，爱心云。

　　这是一次完美的化学实验。伍元将装有盐微粒的燃烧弹，架置于自燃物质之上，一旦自然物质反应堆的反应完成之后，便会点燃燃烧弹，将大量的盐微粒发射到空气中，同时，自动喷水装置迅速提高空气中的水分，盐微粒遇到冷空气和水，变成了凝结核，迅速凝结成庞大的云朵！这是伍元三十五年智慧的结晶，是一朵需要三个小时，揭开盖子，即瞬间形成的，爱心云！

　　这朵爱心云，越飘越高，婚礼现场的所有人都看见了。整个城市的人都看见了。

　　垂头丧气的罗宝瓶，推着摩托车，不知道该何去何从的瞬间，抬头看见了。

　　这是伍元的化学反应，这是伍元的告白。